HEYNE

Das Buch:

Der angesehene Arzt Gary Lasch wird im Arbeitszimmer seines Hauses erschlagen aufgefunden. Alle Indizien weisen auf seine Frau als Täterin hin, die auch als einzige ein Motiv zu haben scheint: Molly Lasch war rasend wütend über die Affäre ihres Mannes mit einer jungen Krankenschwester, die auch noch ein Kind von ihm erwartete. Und Molly hat diesem Verdacht nichts entgegenzusetzen, denn was die Mordnacht angeht, leidet sie unter einem kompletten Gedächtnisausfall. Nach sechs Jahren Gefängnis wird Molly auf Bewährung entlassen. Fest entschlossen, Klarheit über die Ereignisse in jener schrecklichen Nacht zu erlangen, bittet sie ihre alte Freundin, die Journalistin Fran Simmons, um Hilfe bei den Nachforschungen. Fran ist zunächst skeptisch, stößt aber schon bald auf neue Verdachtsmomente und ungeklärte Spuren. Doch dann unternimmt Molly einen verhängnisvollen Schritt: Sie trifft sich mit der ehemaligen Geliebten ihres Mannes – wenige Stunden danach wird die junge Frau ermordet aufgefunden. Fran und Molly ahnen, daß eine ungeheure Verschwörung im Gang ist.

Die Autorin:

Mary Higgins Clark wurde 1928 geboren. Mit ihren Spannungsromanen hat sie weltweit Millionen von Leserinnen und Lesern gewonnen, und mit jedem neuen Roman erobert sie die Bestsellerlisten. Beinamen wie »Königin der Spannung« und »Meisterin des sanften Schreckens« zeugen von ihrer großen Popularität. Mary Higgins Clark lebt in Saddle River, New Jersey.

Im Wilhelm Heyne Verlag erscheinen:

Schrei in der Nacht, Das Haus am Potomac, Wintersturm, Die Gnadenfrist, Schlangen im Paradies, Doppelschatten, Das Anastasia-Syndrom, Wo waren Sie, Dr. Highley?, Schlaf wohl, mein süßes Kind, Tödliche Fesseln, Träum süß, kleine Schwester, Schwesterlein komm tanz mit mir, Das fremde Gesicht, Das Haus auf den Klippen, Sechs Richtige, Ein Gesicht so schön und kalt, Stille Nacht, Mondlicht steht dir gut, Sieh dich nicht um, Und tot bist du, Nimm dich in acht, In einer Winternacht, Denn vergeben wird dir nie, Vergiss die Toten nicht, Du entkommst mir nicht, Und morgen in das kühle Grab, Dass du ewig denkst an mich.

MARY HIGGINS CLARK

Wenn wir uns wiedersehen

Roman

Aus dem Amerikanischen
von Karin Dufner

WILHELM HEYNE VERLAG
MÜNCHEN

Titel der Originalausgabe
WE'LL MEET AGAIN

Umwelthinweis:
Dieses Buch wurde auf clor- und säurefreiem Papier gedruckt.

Taschenbuchausgabe 08/2005

Printed in Germany 2005
Umschlagillustration: CORBIS/ Herrmann Starke
Umschlaggestaltung: Eisele Grafik-Design, München
Satz: Leingärtner, Nabburg
Druck und Bindung: GGP Media GmbH, Pößneck

ISBN: 3-453-72052-0
www.heyne.de

Für Marilyn,
meine Erstgeborene,
in Liebe

Prolog

»Der Staat Connecticut wird beweisen, daß Molly Carpenter Lasch den Tod ihres Mannes, Dr. Gary Lasch, vorsätzlich herbeigeführt hat. Daß sie ihm, als er am Schreibtisch saß und ihr den Rücken zuwandte, mit einer schweren Bronzeskulptur den Schädel einschlug und ihn verbluten ließ. Sie selbst ging hinauf ins Schlafzimmer, legte sich zu Bett und schlief ein …«

Die Reporter, die hinter der Angeklagten saßen, schrieben eifrig mit. Wenn sie es vor Redaktionsschluß noch schaffen wollten, mußten die Artikel in wenigen Stunden fertig sein. Die altgediente Kolumnistin der *Women's News Weekly* schwelgte in ihrem üblichen blumigen Stil: »Der Prozeß gegen Molly Carpenter Lasch, die des Mordes an ihrem Mann Gary beschuldigt wird, wurde heute morgen in der würdigen und gediegenen Atmosphäre des Gerichtssaals im historischen Stamford, Connecticut, eröffnet.«

Journalisten aus dem ganzen Land waren gekommen, um den Prozeß zu beobachten. Der Reporter der *New York Post* beschrieb Mollys Äußeres, wobei er vor allem ihre Kleidung am ersten Prozeßtag hervorhob. Eine ausgesprochen attraktive Frau, dachte er. Dieser Mischung aus Schönheit und Eleganz begegnete man nur selten, vor allem nicht bei mutmaßlichen Mörderinnen. Auch ihre aufrechte, ja, fast majestätische Haltung, die manche vielleicht als trotzig bezeichnet hätten, fiel ihm auf. Er wußte, daß sie sechsundzwanzig war. Sie war schlank und hatte schulterlanges, dunkelblondes Haar. Zu einem blauen Kostüm trug sie kleine goldene Ohrringe. Als er den Hals reckte, um besser sehen zu können, bemerkte er, daß sie noch ihren Ehering am Finger hatte, was er notierte.

Währenddessen drehte Molly Lasch sich um und suchte den Gerichtssaal nach bekannten Gesichtern ab. Dabei trafen sich kurz ihre Blicke – sie hatte blaue Augen und lange, dichte Wimpern.

Auch der Reporter des *Observer* hielt seine Eindrücke von der Angeklagten und dem Prozeß fest. Da sein Blatt nur einmal wöchentlich erschien, hatte er für seinen Artikel ein wenig mehr Zeit. »Molly Carpenter Lasch würde besser in einen Country Club als in einen Gerichtssaal passen«, schrieb er. Er spähte zu Gary Laschs Familie hinüber, die auf der anderen Seite des Ganges saß.

Mollys Schwiegermutter, Witwe des legendären Dr. Jonathan Lasch, war mit ihrer Schwester und ihrem Bruder gekommen. Sie war eine magere Frau über sechzig, die streng und unnachgiebig wirkte. Wahrscheinlich würde sie Molly am liebsten eigenhändig die Todesspritze verabreichen, dachte der Reporter vom *Observer*.

Er wandte sich um. Mollys Eltern, ein sympathisch aussehendes Paar Ende Fünfzig, machten einen angespannten, besorgten und erschütterten Eindruck. Er kritzelte die drei Adjektive auf seinen Block.

Um halb elf begann die Verteidigung mit dem Eröffnungsplädoyer.

»Der Herr Staatsanwalt hat Ihnen soeben angekündigt, meine Damen und Herren, daß er Indizien für Molly Laschs Schuld vorlegen will, die über alle vernünftigen Zweifel erhaben sind. Ich hingegen werde Ihnen Beweise präsentieren, welche belegen, daß Molly Lasch keine Mörderin ist, sondern ebenso wie ihr Mann Opfer einer schrecklichen Tragödie.

Aufgrund meiner Ausführungen werden Sie zu dem Schluß gelangen, daß Molly Carpenter Lasch am Sonntag abend des 8. April kurz nach zwanzig Uhr von einem einwöchigen Aufenthalt in ihrem Ferienhaus in Cape Cod zurückkehrte und ihren Mann Gary über dem Schreibtisch liegend vorfand. Sie versuchte, ihn mit Mund-zu-Mund-Beatmung wiederzubeleben, hörte sein letztes Röcheln, stellte seinen Tod fest und ging – un-

ter Schock – nach oben, wo sie bewußtlos auf dem Bett zusammenbrach.«

Molly saß aufmerksam lauschend am Tisch der Verteidigung. Sie spürte die neugierigen und verurteilenden Blicke. Vorhin hatten einige ihrer guten, langjährigen Bekannten sie draußen auf dem Flur auf die Wange geküßt und ihr die Hand gedrückt. Zu ihnen gehörte auch Jenna Whitehall, ihre beste Freundin seit den Highschooltagen an der Cranden Academy. Inzwischen war Jenna Anwältin für Wirtschaftsrecht. Cal, ihr Mann, gehörte dem Direktorium der Lasch-Klinik und auch des Remington-Gesundheitsdienstes – einer privaten Krankenversicherung mit eigenen Vertragsärzten – an, den Gary gemeinsam mit Dr. Peter Black ins Leben gerufen hatte.

Jenna und Cal waren mir eine große Hilfe, dachte Molly. Da sie ein wenig Abstand gebraucht hatte, hatte sie in den letzten Monaten viel Zeit bei Jen in New York verbracht und sich dort gut erholt. Die Whitehalls wohnten zwar in Greenwich, aber während der Woche übernachtete Jenna häufig in ihrer Wohnung in Manhattan, ganz in der Nähe der Vereinten Nationen.

Auch Peter Black hatte Molly draußen auf dem Flur entdeckt. Dr. Peter Black war immer so nett zu ihr gewesen, doch nun zeigte er ihr ebenso wie Garys Mutter die kalte Schulter. Er und Gary kannten sich schon seit dem Medizinstudium. Molly fragte sich, ob Peter es wohl schaffen würde, Garys Aufgaben in der Klinik und beim Gesundheitsdienst zu übernehmen. Kurz nach Garys Tod hatte man ihn zum Chefarzt ernannt. Cal Whitehall war Direktoriumsvorsitzender geworden.

Wie benommen saß Molly im Gerichtssaal. Als der Staatsanwalt einige Zeugen aufrief, nahm sie nur ein verschwommenes Meer von Stimmen und Gesichtern wahr. Dann trat Edna Barry, ihre mollige, sechzigjährige Haushälterin, in den Zeugenstand. »Am Montag morgen kam ich wie immer um acht zur Arbeit«, sagte sie.

»Auch am Montag, dem 9. April?«

»Ja.«

»Wie lange arbeiten Sie schon bei Gary und Molly Lasch?«

»Seit vier Jahren. Aber ich war schon bei Mollys Mutter angestellt, als Molly noch ein kleines Mädchen war. Sie war so ein liebes Kind.«

Molly fing Mrs. Barrys anteilnehmenden Blick auf. Sie will mir nicht schaden, dachte sie, aber sie wird aussagen müssen, wie sie mich gefunden hat, und sie weiß, welchen Eindruck das machen wird.

»Ich war erstaunt, weil im Haus Licht brannte«, erklärte Mrs. Barry. »Da Mollys Reisetasche im Flur stand, wußte ich, daß sie aus Cape Cod zurück war.«

»Bitte beschreiben Sie uns den Grundriß des Erdgeschosses, Mrs. Barry.«

»Die Diele ist ziemlich geräumig, eher wie eine Vorhalle. Bei großen Partys werden dort vor dem Essen die Cocktails serviert. Gleich dahinter, gegenüber der Eingangstür, liegt das Wohnzimmer. Wenn man links den Flur weitergeht, befindet sich neben der Hausbar das Eßzimmer. Die Küche und ein zweites Wohnzimmer sind auch in diesem Flügel des Hauses untergebracht. Die Bibliothek und Dr. Laschs Arbeitszimmer sind rechts von der Eingangstür.«

Ich bin früh nach Hause gekommen, dachte Molly. Es war kaum Verkehr auf der I-95, und deshalb hat die Fahrt nicht so lange gedauert wie erwartet. Ich hatte nur die eine Tasche dabei. Ich trug sie ins Haus und stellte sie ab. Dann schloß ich die Tür, rief Garys Namen und ging direkt in sein Arbeitszimmer, um nachzusehen, wo er steckte.

»Als ich in die Küche kam«, berichtete Mrs. Barry dem Staatsanwalt, »standen Weingläser und ein Teller mit Crackern und Käse auf der Anrichte.«

»War das ungewöhnlich?«

»Ja. Molly räumte immer alles weg, wenn sie Besuch gehabt hatten.«

»Dr. Lasch auch?« fragte der Staatsanwalt. Edna Barry lächelte nachsichtig. »Sie wissen ja, wie die Männer sind. Mit der Ordnung hatte er es nicht so.« Stirnrunzelnd hielt sie inne. »Aber in diesem Moment ahnte ich, daß etwas nicht stimmte. Ich dachte, Molly wäre hiergewesen und wieder weggegangen.«

»Warum hätte sie das tun sollen?«

Molly bemerkte, daß Mrs. Barry zögerte und wieder zu ihr hinübersah. Mutter fand es immer unpassend, daß Mrs. Barry mich Molly nennt, während ich sie mit ihrem Familiennamen anspreche, dachte sie. Doch schließlich kennt sie mich schon seit meiner Kindheit.

»Als ich am Freitag kam, war Molly nicht zu Hause. Am Montag zuvor war sie nach Cape Cod gefahren. Sie schien ziemlich aufgewühlt zu sein.«

»Was meinen sie mit aufgewühlt?«

Die Frage kam abrupt und klang barsch. Molly war klar, daß der Staatsanwalt ihr nicht wohlgesonnen war, aber seltsamerweise beunruhigte sie das nicht weiter.

»Sie weinte, als sie ihre Tasche packte, und ich merkte ihr an, daß sie schrecklich wütend war. Molly ist ein fröhlicher Mensch, der sich nicht so leicht aus der Ruhe bringen läßt. In all den Jahren, die ich nun schon für sie arbeite, hatte ich sie noch nie so erlebt. ›Wie konnte er nur?‹ wiederholte sie immer wieder. Ich fragte sie, ob sie Hilfe brauchte.«

»Und was antwortete sie?«

»Sie sagte: ›Sie können meinen Mann für mich umbringen.‹«

»*Sie können meinen Mann für mich umbringen?*«

»Ich wußte, daß sie das nicht so meinte, und glaubte, sie hätten sich gestritten. Wahrscheinlich ist sie nach Cape Cod gefahren, um sich zu beruhigen.«

»Ist sie öfter so überstürzt verreist?«

»Molly gefällt es in Cape Cod. Sie sagt immer, dort würde sie wieder einen klaren Kopf bekommen. Aber diesmal war es anders. Ich habe sie nie so aufgebracht wegfahren sehen.« Sie bedachte Molly mit einem mitfühlenden Blick.

»Gut, Mrs. Barry, kehren wir wieder zum Morgen des 9. April zurück. Was taten Sie, nachdem Sie in der Küche gewesen waren?«

»Ich ging ins Arbeitszimmer, um mit Mr. Lasch etwas zu besprechen. Die Tür war geschlossen. Ich klopfte an, aber niemand antwortete. Als ich den Türknauf umdrehte, fühlte er sich klebrig an. Ich machte die Tür auf, und da sah ich ihn.« Edna Barrys Stimme zitterte. »Er saß zusammengesackt in seinem Sessel am Schreibtisch. Sein Kopf war blutverkrustet. Überall war Blut, auf seinen Kleidern, dem Sessel und dem Teppich. Ich wußte sofort, daß er tot war.«

Während Molly der Aussage ihrer Haushälterin zuhörte, erinnerte sie sich wieder an jenen Sonntag abend. Ich kam nach Hause, schloß die Haustür auf und hinter mir wieder ab und ging dann ins Arbeitszimmer. Ich war sicher, daß Gary dort war. Die Tür war zu, ich machte sie auf ... Was dann geschah, weiß ich nicht mehr.

»Was taten Sie danach, Mrs. Barry?« erkundigte sich der Staatsanwalt.

»Ich habe sofort die Polizei angerufen. Da ich befürchtete, Molly könnte auch etwas zugestoßen sein, lief ich nach oben ins Schlafzimmer. Als ich sie dort auf dem Bett fand, glaubte ich zunächst, sie wäre ebenfalls tot.«

»Warum?«

»Weil ihr Gesicht voller Blut war. Dann aber schlug sie die Augen auf, lächelte und sagte: ›Hallo, Mrs. Barry, ich habe wohl verschlafen.‹«

Ich bin zu mir gekommen, dachte Molly, und dann merkte ich, daß ich noch vollständig angezogen war. Zuerst befürchtete ich, ich hätte einen Unfall gehabt. Meine Kleider waren schmutzig und meine Hände ganz klebrig. Außerdem fühlte ich mich müde und benommen, und ich fragte mich, ob ich vielleicht im Krankenhaus war anstatt in meinem Zimmer. Im nächsten Moment schoß mir durch den Kopf, daß Gary möglicherweise auch verletzt war. Dann klopfte es unten laut an die Tür, und die Polizei kam.

So vergingen die Prozeßtage, die Molly wahrnahm wie durch einen Nebelschleier. Leute kamen und gingen und machten im Zeugenstand ihre Aussage.

Auch Cal, Peter Black und Jenna sagten aus. Cal und Peter gaben zu Protokoll, sie hätten Gary am Samstag nachmittag angerufen und sich bei ihm eingeladen, da sie wußten, daß er ein Problem hatte.

Gary sei ziemlich verzweifelt gewesen, denn Molly hatte von seiner Affäre mit Annamarie Scalli erfahren.

Seinem Freund Cal hatte Gary erzählt, Molly hielte sich schon die ganze Woche in ihrem Ferienhaus in Cape Cod auf und knalle einfach den Hörer hin, wenn er anrief.

»Wie haben Sie reagiert, als Dr. Lasch Ihnen sein außereheliches Verhältnis beichtete?« fragte der Staatsanwalt.

Cal erwiderte, er und Peter hätten sich um die Ehe ihres Freundes Sorgen gemacht. Außerdem hätten sie befürchtet, ein Skandal um Dr. Lasch und die junge Krankenschwester könne dem Krankenhaus schaden. Gary habe ihnen versichert, daß es keinen Skandal geben würde. Annamarie, die ein Kind erwartete, sei bereit, die Stadt zu verlassen und das Baby zur Adoption freizugeben. Sein Anwalt habe ihr eine Abfindung von fünfundsiebzigtausend Dollar angeboten und sie ein Abkommen unterzeichnen lassen, das sie zum Stillschweigen verpflichtete.

Annamarie Scalli, dachte Molly, die hübsche, dunkelhaarige, sexy Krankenschwester, die sie einmal in der Klinik kennengelernt hatte. War Gary in sie verliebt gewesen, oder hatte es sich nur um eine belanglose Affäre gehandelt, die erst dann Kreise zog, als Annamarie schwanger wurde? Nun würde sie es nie erfahren. Es gab so viele offene Fragen. Hat Gary mich wirklich geliebt? überlegte sie. Oder haben wir einander nur etwas vorgemacht? Sie schüttelte den Kopf. Nein. Sie durfte sich nicht mit solchen Grübeleien quälen.

Dann trat Jenna in den Zeugenstand. Ich weiß, wie schwer es ihr fällt auszusagen, schoß es Molly durch den Kopf. Aber der Staatsanwalt hat sie vorgeladen, ihr bleibt nichts anderes übrig.

»Ja«, gab Jenna mit leiser, zögernder Stimme zu. »Ich habe Molly an Garys Todestag im Ferienhaus angerufen. Sie erzählte mir, er habe ein Verhältnis mit Annamarie gehabt, die nun schwanger sei. Molly war am Boden zerstört.« Molly hatte Mühe, sich auf das Verhör zu konzentrieren. Der Staatsanwalt erkundigte sich, ob Molly wütend gewesen sei, und Jenna entgegnete, nein, eher traurig. Schließlich jedoch mußte sie einräumen, Molly sei auch sehr ärgerlich auf Gary gewesen.

»Molly, stehen Sie auf, der Richter verläßt den Saal.«

Philip Matthews, ihr Anwalt, zog sie am Ellenbogen hoch und führte sie hinaus. Draußen wurde sie von Blitzlichtern geblendet. Matthews bugsierte sie rasch durch die Menschenmenge und verfrachtete sie in das wartende Auto. »Ihre Eltern sind schon zu Hause«, sagte er beim Anfahren.

Mollys Eltern waren eigens aus Florida angereist, um ihr beizustehen. Sie hatten sie überreden wollen, aus dem Haus auszuziehen, in dem Gary gestorben war, doch Molly brachte das nicht über sich. Schließlich war es ein Geschenk ihrer Großmutter, und sie hing sehr daran. Aber auf Drängen ihres Vaters hatte sie wenigstens das Arbeitszimmer neu eingerichtet. Alle Möbel wurden weggegeben und der gesamte Raum umgestaltet. Molly ließ die schwere Mahagonitäfelung entfernen und löste die Sammlung antiker Möbelstücke und Kunstwerke auf, an der Gary so gehangen hatte. Seine Gemälde, Skulpturen, Teppiche, Öllampen, der massive Schreibtisch, das mit rotbraunem Leder bezogene Sofa und die Sessel mußten einer bunten Chintzcouch, einem passenden Zweisitzer und Tischen aus heller

Eiche weichen. Dennoch blieb die Tür zum Arbeitszimmer stets geschlossen.

Das wertvollste Stück der Sammlung, eine siebzig Zentimeter hohe Bronzefigur, ein Original von Remington, das ein Pferd mit Reiter darstellte, befand sich noch in der Obhut der Staatsanwaltschaft – denn damit hatte Molly Gary angeblich den Schädel eingeschlagen.

Manchmal, wenn Molly sicher war, daß ihre Eltern schliefen, schlich sie nach unten, stand auf der Schwelle zum Arbeitszimmer und versuchte, sich in allen Einzelheiten daran zu erinnern, wie sie Gary aufgefunden hatte.

Doch so sehr sie sich auch das Hirn zermarterte, sie wußte nicht mehr, ob sie ihn an jenem Abend angesprochen hatte oder auf ihn zugegangen war, als er am Schreibtisch saß. Und sie konnte auch nicht sagen, ob sie nach der Skulptur gegriffen, die Vorderbeine des Pferdes gepackt und so kräftig ausgeholt hatte, daß der Schwung genügte, um Gary den Schädel zu zerschmettern. Aber Polizei und Staatsanwalt behaupteten, so hätte es sich abgespielt.

Als sie nun nach einem erneuten Verhandlungstag nach Hause kam, bemerkte sie die wachsende Besorgnis ihrer Eltern. An ihrer Umarmung spürte Molly, daß sie sie beschützen wollten, aber sie war wie erstarrt.

Ja, ihre Eltern waren ein hübsches Paar, das sagten alle. Molly wußte, daß sie ihrer Mutter Ann sehr ähnelte. Walter Carpenter, ihr Vater, überragte sie beide. Inzwischen war sein früher blondes Haar, das er von seiner dänischen Großmutter geerbt hatte, ergraut.

»Jetzt könnten wir einen Cocktail sicher gut gebrauchen«, meinte er nun und ging zur Hausbar.

Molly und ihre Mutter tranken Wein, Philip bat um einen Martini. »Wie sehr hat uns Blacks Aussage heute geschadet, Philip?« fragte Walter, als er ihm das Glas reichte.

Molly merkte Philip Matthews an, daß er sich ungemein bemühte, Zuversicht zu verbreiten. »Ich glaube, ich kann noch einiges retten, wenn ich ihn mir erst mal vorknöpfe.«

Der achtunddreißigjährige Verteidiger Philip Matthews war inzwischen eine Art Medienstar geworden. Mollys Vater hatte seiner Tochter versprochen, ihr den besten Anwalt zu besorgen, den man für Geld bekommen konnte. Und Matthews entsprach trotz seiner Jugend genau seinen Vorstellungen. Hatte er es nicht geschafft, daß das Verfahren gegen einen Medienmogul wegen Mordes an seiner Frau eingestellt wurde? Ja, dachte Molly, aber schließlich hatte man den Mann nicht von Kopf bis Fuß blutverschmiert aufgefunden.

Sie spürte, wie sich ihre Benommenheit ein wenig legte, obwohl sie mittlerweile aus Erfahrung wußte, daß dieser Zustand nicht von Dauer sein würde. Allerdings war ihr klar, wie die Dinge auf die Menschen im Gerichtssaal, vor allem auf die Geschworenen, wirken mußten. »Wie lange dauert der Prozeß noch?« fragte sie.

»Ungefähr drei Wochen«, erwiderte Matthews.

»Und dann werde ich schuldig gesprochen«, stellte sie ruhig fest. »Halten Sie mich nicht auch für die Täterin? Jedenfalls glaubt offenbar alle Welt, ich hätte Gary aus Wut getötet.« Sie seufzte erschöpft. »Neunzig Prozent der Geschworenen denken, ich lüge, wenn ich erkläre, daß ich mich an nichts erinnern kann. Und der Rest vermutet, daß bei mir eine Schraube locker ist.«

Gefolgt von den anderen, ging sie den Flur entlang zum Arbeitszimmer und öffnete die Tür. Wieder kam sie sich vor, wie in einem Traum. »Vielleicht war ich es wirklich«, murmelte sie mit tonloser Stimme. »Ich weiß noch, wie ich in dieser Woche in Cape Cod am Strand spazierengegangen bin und das alles so gemein fand. Ich war fünf Jahre lang verheiratet, hatte eine Fehlgeburt und bin endlich wieder schwanger geworden. Doch auch dieses Kind habe ich nach vier Monaten verloren. Erinnert ihr euch? Ihr seid sogar aus Florida gekommen, weil ihr euch solche Sorgen um mich machtet. Ich war am Ende. Und dann, nur einen Monat nach der zweiten Fehlgeburt, hebe ich das Telefon ab und höre Annamarie Scalli mit Gary sprechen. Und alles, was ich verstand, war, daß sie schwanger von ihm war. Ich war so wütend und so gekränkt, und ich dachte, Gott hat die Falsche bestraft, als er mir mein Baby genommen hat.«

Ann Carpenter legte den Arm um sie, und diesmal ließ Molly es geschehen. »Ich habe solche Angst«, flüsterte sie. »Ich habe solche Angst.«

Philip Matthews nahm Walter Carpenter beiseite. »Setzen wir uns in die Bibliothek«, schlug er vor. »Ich glaube, wir müssen der Wirklichkeit ins Auge sehen und versuchen, eine Abmachung mit der Staatsanwaltschaft zu treffen.«

Molly stand vor dem Richter und bemühte sich, den Worten des Staatsanwalts zu folgen. Philip Matthews hatte ihr erklärt, der Staatsanwalt sei nach einigem Zureden mit einer Anklage wegen Totschlags einverstanden gewesen, ein Delikt, das mit zehn Jahren Haft bestraft wurde. Denn der Schwachpunkt in seiner Darstellung des Falls war Annamarie Scalli, Gary Laschs schwangere Geliebte, die noch nicht ausgesagt hatte. Der Polizei gegenüber hatte sie behauptet, am Sonntag abend allein zu Hause gewesen zu sein.

»Der Staatsanwalt weiß, daß ich den Verdacht auf Annamarie lenken werde«, sagte Matthews zu Molly. »Auch sie hatte allen Grund, wütend auf Gary zu sein. Möglicherweise schaffen wir es, daß die Geschworenen sich nicht auf ein Urteil einigen können, aber falls Sie dennoch verurteilt werden, droht Ihnen lebenslänglich. Wenn Sie sich jedoch des Totschlags schuldig bekennen, sind Sie sicher schon in fünf Jahren wieder draußen.«

Nun war sie an der Reihe, das auszusprechen, was von ihr erwartet wurde. »Euer Ehren, ich kann mich zwar nicht mehr an diese schreckliche Nacht erinnern, doch ich muß gestehen, daß die Beweise der Staatsanwaltschaft schlüssig sind und auf mich als Täterin hindeuten. Ich gebe zu, die vorgelegten Beweise zeigen, daß ich meinen Mann getötet habe.« Das ist bestimmt nur ein Alptraum, dachte Molly. Gleich wache ich auf und bin wohlbehalten wieder zu Hause.

Fünfzehn Minuten später hatte der Richter sie zu zehn Jahren Haft verurteilt. Sie wurde in Handschellen zu dem Transporter geführt, der sie ins Niantic-Gefängnis bringen sollte, die staatliche Justizvollzugsanstalt für Frauen.

Fünfeinhalb Jahre später

1

Gus Brandt, der Produzent des Kabelsenders NAF, sah von seinem Schreibtisch im Gebäude Rockefeller Plaza Nummer 30 in Manhattan auf. Fran Simmons, seine neue Reporterin für die Sechs-Uhr-Nachrichten, war gerade hereingekommen. Fran hatte außerdem die Aufgabe, regelmäßig Beiträge für die beliebte Sendereihe mit dem Titel *Wahre Verbrechen* zu liefern, die seit kurzem ausgestrahlt wurde.

»Ich habe es eben erfahren«, sagte Gus aufgeregt. »Molly Carpenter wird auf Bewährung freigelassen. Nächste Woche ist es soweit.«

»Sie hat endlich Bewährung gekriegt!« rief Fran. »Das freut mich aber.«

»Ich war nicht sicher, ob Sie sich noch an den Fall erinnern. Vor sechs Jahren lebten Sie schließlich in Kalifornien. Wissen Sie viel darüber?«

»Eigentlich alles. Vergessen Sie nicht, daß ich mit Molly auf der Cranden Academy in Greenwich war. Während des Prozesses habe ich mir die Lokalzeitungen schicken lassen.«

»Sie sind zusammen zur Schule gegangen? Das ist ja großartig. Ich möchte so bald wie möglich eine Reportage über sie bringen.«

»Klar. Aber Molly und ich stehen uns nicht sehr nah, Gus«, warnte ihn Fran. »Seit wir unseren Abschluß gemacht haben, habe ich sie nicht gesehen, und das war vor vierzehn Jahren. Als ich an der University of California zu studieren begann, ist meine Mutter nach Santa Barbara gezogen, und ich habe fast alle meine früheren Freunde aus Greenwich aus den Augen verloren.«

Für den Umzug nach Kalifornien hatten Fran und ihre Mutter eine Reihe von Gründen gehabt, sie wollten Connecticut so weit wie möglich hinter sich lassen. Am Tag von Frans Schulabschluß hatte ihr Vater sie und ihre Mutter festlich zum Essen ausgeführt, und sie hatten darauf angestoßen, daß Fran nun an seiner alten Alma mater zu studieren anfangen würde. Dann war er unter dem Vorwand, er habe seine Brieftasche im Auto liegenlassen, hinaus auf den Parkplatz gegangen und hatte sich dort erschossen. In den nächsten Tagen kam das Motiv für seinen Selbstmord ans Licht. Eine Untersuchungskommission kam ziemlich schnell zu dem Ergebnis, daß er vierhunderttausend Dollar unterschlagen hatte, und zwar aus der Kasse des Vereins zur Einrichtung einer neuen Bibliothek in Greenwich, dessen Vorsitz er ehrenamtlich führte.

Natürlich kannte Gus Brandt diese Geschichte. Er hatte Fran darauf angesprochen, als er nach Los Angeles gekommen war, um ihr die Stelle bei NAF-TV anzubieten. »Das ist lange her«, sagte er. »Sie brauchen sich also nicht mehr in Kalifornien zu verkriechen. Außerdem können Sie bei uns Karriere machen. Wer es in dieser Branche zu etwas bringen will, muß öfter den Wohnort wechseln. Unsere Sechs-Uhr-Nachrichten haben bessere Einschaltquoten als die der Lokalsender, und die Serie *Wahre Verbrechen* gehört zu den zehn beliebtesten im ganzen Land. Außerdem können Sie ruhig zugeben, daß Sie New York vermissen.«

Fran hatte nur noch auf den alten Spruch gewartet, außerhalb von New York gebe es ohnehin nichts weiter als finsterste Provinz, doch so weit war Gus nicht gegangen. Wegen seines schütteren, grauen Haars und der hängenden Schultern sah man Gus jedes einzelne seiner fünfundfünfzig Jahre an, und er machte stets ein Gesicht wie ein Mann, der in einer verschneiten Nacht den letzten Bus verpaßt hat.

Allerdings täuschte dieser Eindruck, und das wußte Fran ganz genau. Gus verfügte über einen messerscharfen Verstand, einen Riecher für erfolgreiche Sendungen und ein Händchen fürs Geschäftliche, in seiner Branche konnten ihm nur wenige das Wasser reichen. Also hatte sie sein Angebot angenommen, ohne lange zu überlegen. Wer für Gus arbeitete, führte ein Leben auf der Überholspur.

»Sie haben also nach Ihrem Abschluß nichts mehr von Molly gehört?« fragte er nun.

»Nein. Während des Prozesses habe ich ihr geschrieben und ihr meine Hilfe angeboten. Doch ich erhielt als Antwort nur einen höflich-distanzierten Brief von ihrem Anwalt. Darin stand, Molly wisse meine Besorgnis zwar zu schätzen, sei aber nicht in der Lage zu korrespondieren. Das war vor mehr als fünfeinhalb Jahren.«

»Wie war sie denn so als junges Mädchen?«

Fran schob sich eine Strähne ihres hellbraunen Haars hinters Ohr, eine unbewußte Geste, die bedeutete, daß sie angestrengt nachdachte. Kurz sah sie die sechzehnjährige Molly vor ihrem geistigen Auge. »Molly war immer etwas Besonderes«, meinte sie nach einer Weile. »Sie haben die Fotos ja gesehen. Schon damals war sie eine Schönheit, und während wir anderen noch über unsere eigenen Füße stolperten, drehten sich nach ihr bereits die Männer um. Sie hatte unglaublich strahlende blaue Augen, dazu einen Teint, für den jedes Model einen Mord begehen würde, und glänzendes blondes Haar. Doch am meisten hat mich immer ihre Gelassenheit beeindruckt. Damals dachte ich, wenn sie dem Papst und der Königin von England auf der gleichen Party begegnet wäre, hätte sie sie seelenruhig begrüßt, und das auch noch in der richtigen Reihenfolge. Trotzdem hatte ich seltsamerweise immer den Verdacht, daß sie in ihrem tiefsten Inneren schüchtern war. Bei all ihrer bemerkenswerten Ruhe hatte sie etwas Zögerliches an sich. Wie ein wunderschöner Vogel, der auf einem Ast sitzt, die Flügel ausbreitet und sich nicht loszufliegen traut.«

Sie schien durchs Zimmer zu schweben, dachte Fran und erinnerte sich daran, daß sie Molly einmal in einem eleganten Abendkleid erlebt hatte. Und wegen ihrer kerzengeraden Haltung wirkte sie sogar noch größer als eins siebzig.

»Waren Sie beide eng befreundet?« fragte Gus.

»Nein, ich verkehrte nicht in denselben Kreisen. Molly war wohlhabend und gehörte zur Country-Club-Clique. Ich hingegen hatte ein Faible für Sport und habe mich mehr für Wettkämpfe als für Bälle interessiert. Leider hat bei mir nicht jeden Freitag abend pausenlos das Telefon geklingelt.«

»Ein anständiges Mädchen, wie meine Mutter gesagt hätte«, spöttelte Gus.

Ich habe mich an der Schule nie wohlgefühlt, überlegte Fran. In Greenwich gab es zwar viele Familien, die der Mittelschicht angehörten, doch Dad wollte höher hinaus. Ständig versuchte er, sich bei reichen Leuten lieb Kind zu machen. Und er verlangte von mir, daß ich mich mit Mädchen anfreundete, deren Eltern Geld oder gute Beziehungen hatten.

»Und wie war Molly, abgesehen von ihrem Äußeren?«

»Sehr nett«, erwiderte Fran. »Als mein Vater starb und es bekannt wurde, was er getan hatte – der Selbstmord und die Unterschlagung –, zog ich mich völlig zurück. Molly wußte, daß ich täglich zum Joggen ging, und eines Morgens wartete sie auf mich. Sie sagte, sie wolle mir einfach eine Weile Gesellschaft leisten. Da ihr Vater dem Bibliotheksverein riesige Summen gespendet hatte, können Sie sich sicher vorstellen, wieviel diese freundschaftliche Geste für mich bedeutete.«

»Sie brauchten sich doch nicht dafür zu schämen, daß Ihr Vater einen Fehler gemacht hat«, tadelte Gus.

»Ich habe mich nicht für ihn geschämt«, entgegnete Fran barsch. »Er tat mir nur leid, und wahrscheinlich war ich auch wütend. Warum glaubte er, meine Mutter und mich mit Geld überschütten zu müssen? Nach seinem Tod wurde uns klar, was er in den letzten Tagen durchgemacht hatte, denn im Bibliotheksverein sollte eine Buchprüfung stattfinden, und er wußte, daß man ihm auf die Schliche kommen würde.« Sie hielt inne und fügte dann leise hinzu: »Natürlich hat er falsch gehandelt. Er hätte das Geld nicht nehmen und auch nicht denken sollen, daß wir es brauchten. Aber er war schwach. Inzwischen ist mir klar, wie entsetzlich unsicher er gewesen sein muß. Und dennoch war er ein sehr lieber Mensch.«

»Dr. Gary Lasch vermutlich auch. Außerdem hatte er ein Gespür fürs Finanzielle. Die Lasch-Klinik genießt einen ausgezeichneten Ruf, und vom Remington-Gesundheitsdienst könnte sich so manche vergleichbare Organisation eine Scheibe abschneiden.« Gus lächelte. »Aber da Sie und Molly zusammen in der Schule waren, müssen Sie sie doch besser kennen. Glauben Sie, daß sie es war?«

»Daran besteht kein Zweifel«, antwortete Fran wie aus der Pistole geschossen. »Die Beweislast gegen sie war erdrückend. Und ich habe schon genügend Mordprozesse beobachtet, um zu wissen, wie viele Menschen, denen man es eigentlich gar nicht zutraut, ihr Leben ruinieren, weil sie nur für einen Sekundenbruchteil die Beherrschung verlieren. Allerdings müßte Molly sich seit unserer letzten Begegnung sehr verändert haben. Denn eigentlich fällt es mir schwer, sie mir als Mörderin vorzustellen. Vielleicht hat sie die Tat ja verdrängt, weil sie so gar nicht zu ihr paßt.«

»Deshalb eignet sich dieser Fall ja so gut für unsere Sendung«, meinte Gus. »Machen Sie sich an die Arbeit. Wenn Molly Lasch nächste Woche aus dem Niantic-Gefängnis entlassen wird, werden Sie zum Empfangskomitee gehören.«

2

Eine Woche später wartete Fran inmitten einer großen Gruppe von Reportern vor dem Gefängnistor. Da es ein kühler Märztag war, hatte sie den Mantelkragen hochgeschlagen, die Hände in die Taschen gesteckt und ihre liebste Skimütze aufgesetzt. Ed Ahearn, ihr Kameramann, war mit von der Partie.

Wie immer murrten die Reporter über das miserable Wetter und die unchristliche Stunde. Windböen trieben eisige Schneeregenschauer vor sich her. Natürlich erörterten viele der Anwesenden noch einmal die Einzelheiten des Falles, der vor fünfeinhalb Jahren im ganzen Land Schlagzeilen gemacht hatte.

Fran hatte, das Gefängnis im Hintergrund, bereits einige Berichte in die Kamera gesprochen. Schon am frühen Morgen hatte der Sender ihre Live-Reportage gebracht: »Wir stehen hier vor dem Tor des Niantic-Gefängnisses in Connecticut, aus dem Molly Carpenter Lasch in wenigen Minuten entlassen werden wird. Sie hat eine Haftstrafe von fünfeinhalb Jahren verbüßt, nachdem sie sich dazu bekannt hat, ihren Mann Gary Lasch im Affekt erschlagen zu haben.«

Während Fran auf Mollys Erscheinen wartete, lauschte sie den Gesprächen der Umstehenden. Nach allgemeiner Auffassung war Molly eindeutig schuldig und hatte es nur ihrem Glück zu verdanken, daß sie schon nach fünfeinhalb Jahren wieder auf freien Fuß kam. Niemand glaubte ihr, daß sie sich an die Tat nicht erinnern konnte.

Als Fran eine dunkelblaue Limousine hinter dem Hauptgebäude des Gefängnisses auftauchen sah, gab sie sofort ihrem Sender Bescheid. »Philip Matthews' Wagen fährt los«, sagte sie. Mollys Anwalt war vor einer halben Stunde eingetroffen, um seine Mandantin abzuholen.

Ahearn schaltete die Kamera ein.

Auch die anderen hatten das Auto entdeckt. »Ich wette, wir vergeuden hier nur unsere Zeit«, bemerkte der Reporter von der *Post*. »Zehn zu eins, daß sie sich sofort aus dem Staub machen, sobald das Tor aufgeht. Halt, Moment mal!«

Währenddessen sprach Fran leise in ihr Mikrophon: »Der Wagen mit Molly Carpenter Lasch hat gerade die Fahrt in die Freiheit begonnen.«

Dann jedoch starrte sie entgeistert die schlanke Gestalt an, die neben dem dunkelblauen Auto marschierte. »Charley«, wandte sie sich an den Nachrichtensprecher im Studio. »Molly Lasch sitzt nicht im Auto, sondern geht zu Fuß. Offenbar hat sie uns etwas zu sagen.«

Blitzlichter leuchteten auf, Kameras liefen und Mikrophone richteten sich auf Molly Carpenter Lasch, als sie am Tor stehenblieb und darauf wartete, daß es sich öffnete. Ihre Miene war die eines Kindes, das zum erstenmal ein mechanisches Spielzeug sieht. »Es ist, als traue Molly ihren Augen nicht«, sprach Fran ins Mikrophon.

Kaum war Molly auf die Straße getreten, als sie schon von Reportern umringt und mit Fragen bestürmt wurde. *»Wie fühlen Sie sich in der Freiheit? ... Haben Sie sich diesen Moment so vorgestellt? ... Werden Sie Garys Familie besuchen? ... Glauben Sie, daß Sie sich später einmal an jene Nacht erinnern können?«*

Fran zückte zwar wie ihre Kollegen das Mikrophon, hielt sich aber bewußt ein wenig abseits. Sie war sicher, daß ihre Chancen auf ein Interview gleich Null sein würden, wenn sie Molly jetzt verärgerte.

Molly brachte die Reporter mit einer Handbewegung zum Schweigen. »Bitte, lassen Sie mich etwas sagen«, meinte sie leise.

Sie ist so blaß und mager, dachte Fran. So, als wäre sie krank gewesen. Daß sie sich so verändert hat, liegt nicht nur daran, daß sie älter geworden ist. Mollys früher goldblondes Haar war nun so dunkel wie ihre Brauen und

Wimpern. Außerdem trug sie es länger als in ihrer Schulzeit und hatte es im Nacken mit einer Spange zusammengefaßt. Ihre ohnehin helle Haut war heute so weiß wie Alabaster. Und die Lippen, die damals so oft gelächelt hatten, waren ernst zusammengepreßt. Wahrscheinlich hatte sie schon lange keinen Grund zur Freude mehr gehabt.

Allmählich verstummten die Fragen. Es herrschte Totenstille.

Philip Matthews war ausgestiegen und baute sich neben Molly auf. »Molly, lassen Sie das lieber. Dem Bewährungsausschuß wird das gar nicht gefallen«, warnte er sie, doch sie achtete nicht auf ihn.

Neugierig betrachtete Fran den Anwalt. Er wird sicher einmal so berühmt werden wie der Verteidiger von O. J. Simpson, überlegte sie. Mich interessiert, was für ein Mensch er ist. Matthews war durchschnittlich groß, hellblond, hager und wachsam. Er erinnerte Fran an einen Tiger, der sein Junges beschützt, und es hätte sie nicht gewundert, wenn er Molly gewaltsam ins Auto gezerrt hätte.

Molly blickte direkt in die Kameras und sprach laut und deutlich in die Mikrophone. »Ich bin dankbar dafür, daß ich nach Hause darf. Um Bewährung zu bekommen, mußte ich zugeben, daß ich allein die Schuld am Tod meines Mannes trage. Ich mußte gestehen, daß die Beweislast erdrückend war. Dennoch möchte ich Ihnen allen sagen, daß ich trotz all dieser Beweise nie einem Menschen das Leben nehmen könnte. Davon bin ich in meinem tiefsten Inneren überzeugt. Ich weiß, daß meine Unschuld vielleicht nie bewiesen werden kann. Aber ich hoffe, daß ich die vollständige Erinnerung an diesen schrecklichen Abend möglicherweise wiederfinde, wenn erst einmal ein wenig Frieden in mein Leben einkehrt. Erst an diesem Tag werde ich zur Ruhe kommen und wieder an die Zukunft denken können.«

Sie hielt inne. Als sie weiter sprach, klang ihre Stimme entschlossener. »Inzwischen ist mir ein kleiner Teil dessen eingefallen, was sich an jenem Abend ereignet hat. Ich erinnere mich, daß ich Gary sterbend in seinem Arbeitszimmer entdeckte. Und seit kurzem weiß ich noch etwas: Ich bin absolut sicher, daß sich bei meiner Ankunft eine dritte Person im Haus aufhielt; und ich glaube, daß dieser Unbekannte meinen Mann getötet hat. Ich bin überzeugt, daß dieser Mensch nicht nur ein Produkt meiner Fantasie ist, sondern daß es ihn wirklich gibt. Ich werde ihn aufspüren, denn er muß dafür bezahlen, daß er Gary ermordet und mein Leben zerstört hat.«

Ohne auf die Fragen zu achten, die nach ihrer Ansprache auf sie niederprasselten, drehte Molly sich um und stieg in den Wagen. Nachdem Matthews die Beifahrertür hinter ihr geschlossen hatte, eilte er um das Auto herum und nahm auf dem Fahrersitz Platz. Molly schloß die Augen und lehnte den Kopf gegen die Nackenstütze, während Matthews sich hupend einen Weg durch die Reporter und Fotografen bahnte.

»Haben Sie das gehört, Charley?« sagte Fran ins Mikrophon. »Molly beteuert weiterhin ihre Unschuld.«

»Ein überraschendes Statement«, entgegnete der Nachrichtensprecher. »Wir werden die Story weiterverfolgen, vielleicht gibt es ja noch weitere neue Entwicklungen. Vielen Dank.«

»Okay, Fran, Sie sind nicht mehr auf Sendung«, teilte die Regie ihr mit.

»Was halten Sie von Mollys Ansprache, Fran?« wollte Joe Hutnik, ein alter erfahrener Kriminalreporter von der *Greenwich Time*, wissen.

Bevor Fran Gelegenheit zu einer Antwort hatte, lachte Paul Reilly vom *Observer* höhnisch auf. »Die Dame ist nicht auf den Kopf gefallen. Wahrscheinlich will sie ein Buch über ihren Fall schreiben, und niemand würde Verständnis dafür haben, wenn eine Mörderin von ihrer Tat auch noch profitierte. Nun werden unsere sentimentalen Mitbürger glauben, daß Gary Lasch von jemand anderem umgebracht wurde und daß Molly ebenfalls ein Opfer ist.«

Joe Hutnik zog die Augenbraue hoch. »Kann sein. Molly Laschs nächster Ehemann sollte aufpassen, daß er ihr nicht den Rücken zukehrt, wenn sie wütend auf ihn wird. Was meinen Sie, Fran?«

Ärgerlich sah Fran ihre beiden Kollegen an. »Kein Kommentar«, zischte sie.

3

Auf dem Heimweg vom Gefängnis betrachtete Molly gedankenverloren die vorüberziehenden Straßenschilder. An der Ausfahrt Lake Avenue verließen sie den Merritt Parkway. Natürlich kenne ich die Gegend, aber an die Fahrt in die Strafanstalt erinnere ich mich kaum noch, dachte sie. Ich weiß nur noch, wie schwer die Ketten waren und daß die Handschellen in meine Handgelenke einschnitten. Obwohl sie starr geradeaus sah, spürte sie Philip Matthews Blicke auf sich.

»Ich fühle mich seltsam«, beantwortete sie seine unausgesprochene Frage. »Nein … leer, würde es besser ausdrücken.«

»Wie ich Ihnen schon gesagt habe, war es ein Fehler, das Haus zu behalten. Und es ist noch ein größerer, dorthin zurückzukehren«, meinte er. »Außerdem hätten Sie das Angebot Ihrer Eltern annehmen sollen, die herkommen und Ihnen helfen wollten.«

Molly sah weiter geradeaus. Die Scheibenwischer waren machtlos gegen den dichten Schneeregen. »Was ich vorhin den Reportern gesagt habe, war mein voller Ernst. Ich spüre, daß ich mein Gedächtnis an diese Nacht wiederfinden werde, da nun alles vorbei ist und ich zurück nach Hause kann, Philip. Ich habe Gary nicht getötet, zu so etwas wäre ich nie fähig. Mir ist klar, daß die Psychiater denken, ich hätte die Tat verdrängt, aber sie irren sich. Aber selbst wenn sie recht haben, werde ich einen Weg finden, mit dieser Schuld weiterzuleben. Das schlimmste ist diese Ungewißheit.«

»Nehmen wir einmal an, daß Ihre Version der Dinge stimmt, Molly: Gary war verletzt und blutete. Sie haben einen Schock erlitten, und Ihr Gedächtnis wird irgendwann wiederkehren. Ist Ihnen klar, daß Sie in diesem Fall für den tatsächlichen Mörder eine Bedrohung darstellen? Und da Sie nun öffentlich kundgetan haben, Sie würden sich zu Hause vielleicht besser an jenen Abend erinnern, könnte der Mörder auf den Gedanken kommen, Sie ebenfalls zu beseitigen.«

Sie schwieg eine Weile. Warum, glaubst du, habe ich meine Eltern gebeten, in Florida zu bleiben? Wenn ich falsch liege, wird mich niemand belästigen. Habe ich allerdings recht, hat der Täter nun einen Grund, sich mit mir zu befassen.

Sie sah Matthews an. »Philip, mein Vater hat mich einmal zur Entenjagd mitgenommen, als ich noch ein kleines Mädchen war«, begann sie. »Das hat mir überhaupt nicht gefallen. Es war noch früh am Tag und eiskalt, und es regnete. Die ganze Zeit wünschte ich, ich könnte nach Hause ins Bett. Aber eines habe ich an diesem Morgen gelernt: Wenn man Beute machen will, braucht man einen Köder. Sie sind wie der Rest der Welt der Ansicht, daß ich Gary im Affekt getötet habe. Streiten Sie das bloß nicht ab. Ich habe gehört, wie Sie und mein Vater darüber sprachen, daß Sie nicht mehr hofften, eine Einstellung des Verfahrens zu erreichen, indem Sie den Verdacht auf Annamarie Scalli lenkten. Vielmehr rechneten Sie sich höhere Chancen aus, wenn Sie auf Totschlag aus Leidenschaft plädierten, denn die Geschworenen würden uns sicher abnehmen, daß ich Gary in einem Wutanfall getötet hätte. Außerdem sagten Sie, es gäbe keine Garantie, daß ich nicht doch wegen Mordes schuldig gesprochen würde. Und deshalb sollte ich einen Totschlag gestehen, sofern der Staatsanwalt das zuließe. Sie haben doch mit meinem Vater darüber geredet.«

»Ja«, räumte Matthews ein.

»Und falls ich Gary wirklich getötet habe, hatte ich großes Glück, mit einer so geringen Strafe davonzukommen. Wenn Sie und alle anderen – auch meine Eltern – recht haben, kann ich also gefahrlos behaupten, ich hätte in der fraglichen Nacht eine dritte Person im Haus bemerkt. Denn da es diese dritte Person nach allgemeiner Auffassung ja nicht gibt, wird mich auch niemand bedrohen. Richtig?«

»Richtig«, entgegnete Matthews zögernd.

»Deshalb braucht sich niemand Sorgen um mich zu machen. Wenn meine Annahme hingegen stimmt, habe ich den wirklichen Täter damit aufgescheucht und riskiere mein Leben. Es mag Ihnen seltsam erscheinen, aber genau das möchte ich erreichen. Denn wenn ich tot aufgefunden werde, wird vielleicht endlich jemand eine Untersuchung einleiten, die nicht automatisch davon ausgeht, daß ich die Mörderin meines Mannes bin.«

Philip Matthews schwieg.

»Das trifft doch zu, oder, Philip?« fragte Molly fast vergnügt. »Wenn ich sterbe, wird wegen des Mordes an Gary noch einmal gründlich ermittelt werden. Und dann kriegen sie den wirklichen Mörder.«

4

Schön, wieder in New York zu sein, dachte Fran, als sie aus ihrem Bürofenster auf das Rockefeller Center blickte. Auf den trüben, regnerischen Morgen war ein kalter, grauer Nachmittag gefolgt. Doch sie genoß die Aussicht trotzdem. Es machte ihr Spaß, die Schlittschuhläufer zu beobachten, von denen einige anmutig über das Eis glitten. Andere hingegen konnten sich kaum auf den Beinen halten. Auch hier gibt es Talente und Stümper wie überall, schoß es ihr durch den Kopf. Sie sah zum Kaufhaus Saks hinüber, das hinter der Eislaufbahn lag. Die Schaufenster an der Fifth Avenue schimmerten im dunstigen Märzlicht.

Die Menschenmassen, die aus den Bürohäusern strömten, waren ein Zeichen dafür, daß der Arbeitstag sich dem Ende zuneigte. Wie auf der ganzen Welt wollten auch New Yorks Berufstätige so schnell wie möglich nach Hause.

Ich würde am liebsten für heute auch Schluß machen, sagte sie sich und griff nach ihrer Jacke. Es war ein langer Tag gewesen, und sie hatte noch viel zu tun. Um zwanzig vor sieben mußte sie noch einmal auf Sendung, um das Neueste über Molly Laschs Haftentlassung zu vermelden. Danach hatte sie endlich Feierabend. Sie hatte ihre Wohnung Ecke Second Avenue und 56. Straße, von der aus man die Midtown-Wolkenkratzer und den East River sehen konnte, schon ins Herz geschlossen. Nur der Anblick der Kisten und Kartons, die ausgepackt und sortiert werden wollten, dämpfte ihre Freude immer wieder.

Wenigstens im Büro ist es aufgeräumt, dachte sie erleichtert. Ihre Bücher standen schon in Reichweite hinter ihr im Regal. Und die Pflanzen verliehen den gesichtslosen Büromöbeln, die man ihr zugeteilt hatte, eine persönliche

Note. An den langweilig beigen Wänden hingen bunte Drucke impressionistischer Gemälde.

Als sie mit Ed Ahearn am Morgen in den Sender zurückgekehrt war, hatte sie sich zuerst bei Gus Brandt gemeldet. »Ich werde ein oder zwei Wochen verstreichen lassen und dann mit Molly einen Termin vereinbaren«, erklärte sie, nachdem sie Molly Laschs unerwartete Mitteilung an die Presse besprochen hatten.

Gus kaute heftig auf seinem Nikotinkaugummi, der ihm bei seinem Versuch, sich das Rauchen abzugewöhnen, leider nicht viel weiterhalf. »Wie hoch stehen die Chancen, daß sie mit Ihnen redet?« fragte er.

»Keine Ahnung. Ich habe mich zwar ein wenig abseits gehalten, als Molly mit den Reportern sprach, doch sie hat mich sicher gesehen. Natürlich weiß ich nicht, ob sie mich erkannt hat. Es wäre wunderbar, wenn wir sie zur Mitarbeit bewegen könnten. Ansonsten müssen wir ohne ein Interview auskommen.«

»Was halten Sie von ihrer Ansprache?«

»Ich persönlich fand, daß sie ziemlich überzeugend klang, als sie meinte, in jener Nacht sei eine dritte Person im Haus gewesen. Aber ich glaube, sie stellt nur Vermutungen an. Natürlich werden ihr einige Leute auch glauben. Vielleicht will sie auch nur Verwirrung stiften. Ob sie zu einem Interview mit mir bereit ist, kann ich noch nicht sagen.«

Doch ich kann es wenigstens hoffen, dachte Fran, als sie die Unterhaltung noch einmal Revue passieren ließ. Dann lief sie eilig den Gang entlang in die Maske.

Cara, die Maskenbildnerin, legte ihr einen Frisierumhang um, während Betts, die Friseurin, ihr das Haar ausbürstete. »Es ist zum Verzweifeln mit dir, Fran. Hast du gestern etwa mit deiner Skimütze geschlafen?«

Fran grinste. »Nein, aber ich hatte sie heute morgen auf. Ihr beide müßt also ein Wunder vollbringen.«

Während Cara Make-up auftrug und Betts den Lockenstab vorheizte, schloß Fran die Augen und überlegte sich ihren Einleitungssatz. »Um sieben Uhr dreißig heute morgen öffneten sich die Türen des Niantic-Gefängnisses. Molly Carpenter Lasch kam zu Fuß heraus und hielt eine kurze, aber überraschende Ansprache.«

Cara und Betts arbeiteten mit atemberaubender Geschwindigkeit, und nur wenige Minuten später war Fran bereit für die Kamera.

»Ich erkenne mich kaum wieder«, stellte sie fest, als sie in den Spiegel sah. »Ihr habt es wie immer geschafft.«

»Das bist wirklich du, Fran. Das Problem ist nur, daß Haut und Haare bei dir zu wenig Kontrast haben und durch Akzente hervorgehoben werden müssen«, erklärte Cara geduldig.

Hervorgehoben werden, dachte Fran. Genau das habe ich immer zu vermeiden versucht. Immer bin ich aufgefallen. Die Kleinste im Kindergarten und in der Grundschule. Der Winzling. Erst in der Highschool hatte sie endlich einen Wachstumsschub gehabt und maß nun einen Meter zweiundsechzig.

Cara nahm ihr den Frisierumhang ab. »Du siehst spitze aus«, verkündete sie. »Du wirst sie alle umhauen.«

Tom Ryan, ein erfahrener Nachrichtensprecher, und Lee Manners, eine attraktive, fröhliche Frau, die früher für den Wetterbericht zuständig gewesen war, führten durch die Sechs-Uhr-Nachrichten. Als sie nach der Sendung ihre Mikrophone abnahmen und aufstanden, sagte Ryan: »Ihr Bericht über Molly Lasch war große Klasse, Fran.«

»Anruf für Sie, Fran, Leitung vier«, ertönte eine Stimme aus der Regie.

Zu Frans Erstaunen war Molly Lasch am Apparat. »Fran, ich habe dich doch schon heute morgen vor dem Gefängnis gesehen. Ich bin froh, daß du gekommen bist. Danke für deinen Bericht. Wenigstens du scheinst, was Garys Tod angeht, keine vorgefaßte Meinung zu haben.«

»Ich möchte dir sehr gerne glauben, Molly.« Fran bemerkte, daß sie sich unwillkürlich selbst die Daumen gedrückt hatte.

Mollys Tonfall wurde unschlüssig. »Ich habe mich gefragt, ob du Interesse daran hättest, wegen des Mordes an Gary zu recherchieren. Als Gegenleistung wäre ich einverstanden, daß du für deinen Sender eine Reportage über mich machst. Mein Anwalt erzählt, fast alle Fernsehstationen hätten angerufen, aber ich möchte lieber mit jemandem sprechen, den ich kenne und dem ich vertraue.«

»Natürlich bin ich interessiert, Molly«, erwiderte Fran. »Ich wollte mich deshalb sowieso bei dir melden.«

Sie verabredeten sich für den kommenden Vormittag in Mollys Haus in Greenwich. Nachdem Fran aufgelegt hatte, sah sie Tom Ryan mit hochgezogenen Augenbrauen an. »Morgen habe ich Klassentreffen«, meinte sie. »Könnte sehr aufschlußreich werden.«

5

Die Verwaltung des Remington-Gesundheitsdienstes befand sich auf dem Gelände der Lasch-Klinik in Greenwich. Dr. Peter Black, der Geschäftsführer, traf jeden Morgen um Punkt sieben im Büro ein, denn seiner Ansicht nach waren die zwei Stunden, bevor seine Mitarbeiter eintrudelten, die produktivsten des Tages.

An diesem Dienstag vormittag hatte Black den Fernsehsender NAF eingeschaltet, was er sonst nie tat.

Von seiner langjährigen Sekretärin wußte er, daß Fran Simmons vor kurzem bei NAF angefangen hatte, und sie hatte ihn auch an Frans Vergangenheit erinnert. Dennoch war Black überrascht, daß ausgerechnet Fran Simmons über Mollys Haftentlassung berichtete. Nur wenige Wochen nach dem Selbstmord von Frans Vater hatte Black Gary Laschs Angebot angenommen, Teilhaber der Klinik zu werden. Monatelang hatte die ganze Stadt über den Simmons-Skandal gesprochen, und Black bezweifelte, daß einer der damaligen Bewohner die Angelegenheit vergessen hatte.

Peter Black sah sich die Sendung an, weil er neugierig auf die Witwe seines früheren Geschäftspartners war.

Da er ohnehin immer wieder den Kopf hob, um den Bericht ja nicht zu verpassen, legte er schließlich den Stift weg und nahm die Lesebrille ab. Black hatte dichtes, dunkelbraunes Haar, das an den Schläfen frühzeitig ergraut war, und große graue Augen. Neue Mitarbeiter ließen sich meist von seiner wohlwollenden Art täuschen – solange sie nicht den Fehler machten, ihm zu widersprechen.

Um sieben Uhr zweiunddreißig begann der erwartete Bericht. Aufmerksam beobachtete Black, wie Molly neben dem Wagen ihres Anwalts zum Gefängnistor ging. Als sie zu sprechen anfing, rutschte er mit seinem Stuhl näher an den Fernseher heran, beugte sich aufmerksam vor und ließ ihre Stimme und ihre Mimik auf sich wirken.

Obwohl er jedes Wort deutlich verstehen konnte, drehte er den Ton lauter. Nachdem sie fertig war, lehnte er sich zurück und faltete die Hände. Schließlich griff er zum Telefon und wählte eine Nummer.

»Bei Whitehall.«

Wie immer ging der leicht britische Akzent des Dienstmädchens Black auf die Nerven. »Verbinden Sie mich bitte mit Mr. Whitehall, Rita.« Er nannte absichtlich seinen Namen nicht, doch das war überflüssig, da sie seine Stimme kannte. Er hörte, wie das Telefon abgehoben wurde.

Calvin vergeudete keine Zeit mit Begrüßungsfloskeln. »Ich habe die Sendung auch gesehen. Wenigstens bestreitet sie immer noch, Gary umgebracht zu haben.«

»Das ist es nicht, was mir Sorgen bereitet.«

»Ich weiß. Mir gefällt es auch nicht, daß diese Simmons an der Story beteiligt ist. Wenn nötig, müssen wir uns um sie kümmern«, meinte Whitehall und hielt dann inne. »Also dann bis zehn.«

Peter legte auf, ohne sich zu verabschieden. Er wurde das Gefühl nicht los, daß etwas faul war. Den restlichen Tag verbrachte er auf Vorstandssitzungen, in denen die anstehende Übernahme von vier weiteren Gesundheitsdiensten erörtert wurde. Wenn alles glattging, würde Remington einer der wichtigsten Akteure auf dem profitträchtigen Gesundheitsmarkt werden.

6

Eigentlich wollte Philip Matthews Molly ins Haus begleiten, aber sie lehnte ab. »Bitte, Philip, stellen Sie mir einfach meine Tasche vor die Tür«, sagte sie. Dann fügte sie spöttisch hinzu: »Sie kennen ja den alten Satz von Greta Garbo: ›Ich möchte allein sein.‹ Und genauso fühle ich mich jetzt.«

Wie sie so auf der Veranda des Hauses stand, in dem sie mit Gary Lasch gelebt hatte, sah sie mager und zerbrechlich aus. In den beiden Jahren seit der unvermeidbaren Scheidung von seiner Frau hatte Philip Matthews, wie er zugeben mußte, dem Gefängnis mehr Besuche abgestattet, als aus beruflicher Sicht nötig gewesen wären.

»Molly, haben Sie sich darum gekümmert, daß jemand für Sie einkauft?« fragte er. »Ist etwas Eßbares im Haus?«

»Mrs. Barry wollte das erledigen.«

»Mrs. Barry!« Er bemerkte, daß seine Stimme lauter wurde. »Was hat sie damit zu tun?«

»Sie wird wieder für mich arbeiten«, entgegnete Molly. »Das Ehepaar, das inzwischen im Haus nach dem rechten gesehen hat, ist schon ausgezogen. Als ich wußte, daß ich entlassen werde, haben meine Eltern sich mit Mrs. Barry in Verbindung gesetzt. Sie ist gekommen, hat die Reinigung des Hauses beaufsichtigt und Lebensmittel besorgt. Nun wird sie wieder dreimal pro Woche hier saubermachen.«

»Diese Frau hat zu Ihrer Verurteilung beigetragen!«

»Nein, sie hat nur die Wahrheit gesagt.«

Den Rest des Tages verbrachte Philip in einer Besprechung mit dem Staatsanwalt. Sein neuer Mandant, ein bekannter Immobilienhändler, war wegen eines Autounfalls mit Todesfolge angeklagt. Doch auch während der Sitzung dachte er immer wieder sorgenvoll daran, daß Molly allein zu Hause war.

Um sieben läutete das Telefon in seinem Büro. Seine Sekretärin war schon nach Hause gegangen. Er hob ab.

Es war Molly. »Ich habe gute Nachrichten, Philip. Erinnern Sie sich noch, daß ich Ihnen erzählt habe, Fran Simmons, die heute morgen beim Gefängnis war, sei mit mir in einer Klasse gewesen?«

»Ja. Wie fühlen Sie sich, Molly? Brauchen Sie etwas?«

»Ich fühle mich ausgezeichnet, Philip. Morgen kommt Fran Simmons zu mir. Sie will für eine Sendereihe namens *Wahre Verbrechen*, an der sie arbeitet, Nachforschungen wegen Garys Tod anstellen. Vielleicht geschieht ja ein Wunder, und sie kann beweisen, daß in jener Nacht tatsächlich jemand im Haus war.«

»Bitte, Molly, lassen Sie die Vergangenheit ruhen.«

Darauf folgte Schweigen. Als Molly weiter sprach, hatte sich der Klang ihrer Stimme verändert. »Ich wußte, daß ich nicht mit Ihrem Verständnis hätte rechnen sollen. Ist schon in Ordnung. Tschüs.«

Philip hörte ein Klicken, das ihm bis ins Mark ging: Sie hatte aufgelegt. Als er ebenfalls einhängte, erinnerte er sich an ein Ereignis von vor vielen Jahren. Ein Hauptmann einer Eliteeinheit hatte mit einem Schriftsteller zusammengearbeitet, der angeblich beweisen wollte, daß der Soldat nicht der Mörder seiner Frau und seiner Kinder war. Doch schließlich hatte sich der Autor als vehementester Ankläger entpuppt.

Philip ging ans Fenster. Sein Büro lag an der Südspitze Manhattans, von wo aus man einen großartigen Blick auf die Bucht und die Freiheitsstatue hatte.

Ich hätte dich an der Stelle des Staatsanwalts des vorsätzlichen Mordes angeklagt, Molly, sagte er sich. Wenn diese Reporterin erst mal zu recherchieren anfängt, wird sie dich in ihrer Sendung in der Luft zerreißen. Außer der Tatsache, daß du ziemlich gut davongekommen bist, wird sie nichts herausfinden.

Mein Gott, warum kannst du nicht einfach zugeben, daß du in jener Nacht unter immensem Druck gestanden und die Beherrschung verloren hast?

7

Molly konnte kaum fassen, daß sie wieder zu Hause war. Und noch schwerer fiel es ihr, sich vorzustellen, daß ihre Abwesenheit über fünfeinhalb Jahre gedauert hatte. Sie hatte gewartet, bis Philips Wagen nicht mehr zu sehen war, und dann ihren Schlüssel aus der Handtasche geholt.

Die Eingangstür war aus dunklem Mahagoni mit einer Scheibe aus Buntglas. Molly ging hinein, stellte ihre Tasche ab, schloß die Tür und drückte automatisch den Bodenriegel hinunter. Dann schlenderte sie langsam durch die Räume, ließ die Hand über die Rückenlehne des Wohnzimmersofas gleiten und berührte das kunstvoll verzierte silberne Teeservice ihrer Großmutter, das im Eßzimmer stand. Dabei zwang sie sich, nicht an den Speisesaal im Gefängnis, das abgeschlagene Geschirr und die fade schmeckenden Mahlzeiten zu denken. Obwohl ihr das Haus vertraut erschien, fühlte sie sich wie ein Eindringling.

An der Tür zum Arbeitszimmer blieb sie stehen. Sie war immer noch erstaunt, daß es dort nicht mehr so aussah wie zu Garys Lebzeiten. Die Mahagonitäfelung, die schweren Möbel und die Kunstgegenstände, die er so hingebungsvoll gesammelt hatte, waren verschwunden. Das Chintzsofa und der Zweisitzer wirkten deplaciert, fremd und zu weiblich.

Und dann tat Molly das, wovon sie in den letzten fünfeinhalb Jahren geträumt hatte. Sie ging nach oben ins Schlafzimmer, zog sich aus, nahm ihren weichen Lieblingsbademantel aus dem Schrank und stellte die Düsen des Whirlpools ein.

Sie räkelte sich im schäumenden, duftenden heißen Wasser, bis sie sich wieder sauber fühlte. Erleichtert seufzte sie auf, als sich ihr angespannter Körper lockerte. Danach wickelte sie sich genüßlich in ein vorgewärmtes Handtuch.

Nach dem Bad zog sie die Vorhänge zu und legte sich ins Bett. Sie schloß die Augen und lauschte dem Prasseln des Regens an den Fensterscheiben. Beim Einschlummern erinnerte sie sich an die Nächte, in denen sie sich selbst immer wieder versichert hatte, daß dieser Augenblick einmal kommen würde. Eines Tages würde sie wieder in ihrem eigenen Zimmer liegen, unter einer Daunendecke, den Kopf auf einem weichen Kissen.

Am späten Nachmittag wachte sie auf, schlüpfte in Bademantel und Pantoffeln und ging in die Küche, um die Zeit bis zum Abendessen mit Tee und Toast zu überbrücken.

Eine Tasse dampfenden Tees in der Hand, rief sie wie versprochen ihre Eltern an. »Mir geht es gut«, sagte sie mit

Nachdruck. »Ja, ich freue mich, daß ich wieder zu Hause bin. Nein, offen gestanden, möchte ich eine Weile allein sein. Nicht für immer, aber in der ersten Zeit.«

Sie hörte den Anrufbeantworter ab. Jenna Whitehall, ihre beste Freundin und außer ihren Eltern und Philip die einzige, die sie im Gefängnis hatte besuchen dürfen, hatte eine Nachricht hinterlassen. Sie sagte, sie würde gern am Abend kurz bei Molly vorbeischauen, um sie zu Hause willkommen zu heißen, und bat um Rückruf.

Nein, dachte Molly. Nicht heute abend. Ich will niemanden sehen, nicht einmal Jenna.

Sie schaltete die Sechs-Uhr-Nachrichten im NAF an, weil sie auf einen Bericht von Fran Simmons hoffte.

Nach dem Ende der Sendung erreichte sie Fran im Studio und bat sie, in ihrer Sache zu recherchieren.

Dann rief sie Philip an. Mit seiner Ablehnung hatte sie gerechnet, und sie versuchte, sich davon nicht entmutigen zu lassen.

Schließlich ging Molly nach oben, zog einen Pullover und Hosen an und schlüpfte wieder in die Pantoffeln. Sie setzte sich an den Frisiertisch und betrachtete ihr Spiegelbild. Ihr Haar war zu lang und brauchte dringend Fasson. Sie fragte sich, ob sie es ein wenig aufhellen lassen sollte, denn es war in den letzten Jahren ziemlich dunkel geworden. Gary hatte immer gewitzelt, ihr Haar sei so goldblond, daß die meisten Frauen in der Stadt überzeugt seien, sie helfe ein wenig mit Chemie nach.

Die darauffolgende Stunde verbrachte sie damit, den Inhalt ihres begehbaren Kleiderschranks gründlich in Augenschein zu nehmen und die Sachen auszusortieren, von denen sie wußte, daß sie sie nie wieder tragen würde. Beim Anblick mancher Kleidungsstücke mußte sie schmunzeln. Da war zum Beispiel das goldfarbene Kleid mit passender Jacke, das sie in ihrem letzten Jahr in Freiheit zu einem Silvesterball im Country Club angezogen hatte. Und auch das schwarze Samtkostüm. Gary hatte es bei Bergdorf im

Schaufenster gesehen und darauf bestanden, daß sie es anprobierte.

Als Molly von ihrer Entlassung erfuhr, hatte sie Mrs. Barry eine Einkaufsliste geschickt. Um acht ging sie wieder nach unten, um das Abendessen vorzubereiten, von dem sie nun schon seit einer Woche träumte: grüner Salat mit Balsamicovinaigrette, im Ofen aufgebackenes knuspriges italienisches Brot, Linguine mit selbstgemachter Tomatensauce und dazu ein Glas Chianti Riserva.

Als alles fertig war, setzte sie sich in die gemütliche Frühstücksecke, von der aus man auf den Garten blicken konnte. Sie aß langsam und ließ sich die würzige Nudelsauce, das Brot und die Salatsoße auf der Zunge zergehen. Sie nippte genüßlich an dem vollmundigen Wein, betrachtete den dunklen Garten und freute sich auf den Frühling, der in wenigen Wochen beginnen würde.

Die Blumen sind in diesem Jahr spät dran, dachte sie, aber bald wird alles wieder in voller Blüte stehen. Sie hatte sich fest vorgenommen, den Garten auf Vordermann zu bringen, die warme, feuchte Erde unter den Händen zu spüren und zuzusehen, wie die Tulpen in allen Farbtönen aufblühten. Außerdem wollte sie die Rabatten entlang des Plattenweges bepflanzen.

Die Stille im Haus empfand sie nach dem ständigen, ohrenbetäubenden Lärm im Gefängnis als wahre Erholung. Nachdem sie die Küche aufgeräumt hatte, setzte sie sich ins dunkle Arbeitszimmer, schlang die Arme um die Knie und lauschte. Sie wartete auf das Geräusch, das sie in Garys Todesnacht darauf gebracht hatte, daß sich noch jemand im Haus befand. Es war ein eigentlich vertrautes Geräusch, das dennoch nicht hierher gehörte und das sie seit fast sechs langen Jahren bis in ihre wirren Alpträume verfolgte. Doch sie hörte nur den Wind und, ganz nah, das Ticken einer Uhr.

8

Fran verließ das Studio und ging zu Fuß zu ihrer Vier-Zimmer-Wohnung, die sie an der Ecke Second Avenue und 56. Straße gemietet hatte. Es war ihr schwergefallen, ihre Eigentumswohnung in Los Angeles zu verkaufen. Doch seit ihrem Umzug nach New York war ihr klar, daß Gus recht gehabt hatte. Hier war sie zu Hause.

Schließlich habe ich bis zu meinem vierzehnten Lebensjahr in Manhattan gewohnt, sagte sie sich, als sie die Madison Avenue entlangschlenderte und am Le Cirque 2000 vorbeikam. Sie warf einen bewundernden Blick in den hell erleuchteten Hof vor dem Eingang. Aber dann hat Dad an der Börse groß abgesahnt und beschlossen, sich aufs Land zurückzuziehen.

Sie waren nach Greenwich übergesiedelt und hatten ein Haus ganz in der Nähe von Mollys jetziger Adresse gekauft. Das Anwesen lag in dem Nobelviertel Lake Avenue, und bald stellte sich heraus, daß sie es sich nicht leisten konnten. Dem Haus folgten ein ebenfalls zu teures Auto und Kleider, für die genauso das Geld fehlte. Vielleicht hat Dad deshalb nichts mehr an der Börse verdient, weil er sich selbst zu sehr unter Druck gesetzt hat, dachte Fran.

Er war ein geselliger Mensch gewesen, der gerne neue Bekanntschaften schloß. Und da er glaubte, daß man sich durch ehrenamtliches Engagement Freunde schuf, war er bei sämtlichen Vereinen sehr beliebt gewesen – wenigstens bis er sich die Spendengelder aus dem Bibliotheksfonds ›auslieh‹.

Fran graute davor, ihre Umzugskartons auszupacken. Doch der Schneeregen hatte aufgehört, und durch die Kälte wurde sie wieder ein wenig wacher. Als sie den Schlüssel ins Schloß der Wohnung 21E steckte, war sie bereit, endlich zur Tat zu schreiten.

Wenigstens im Wohnzimmer ist es einigermaßen ordentlich, sagte sie sich. Sie machte Licht und betrachtete den einladenden Raum mit dem moosgrünen Samtsofa, den Sesseln und dem rot-, elfenbeinfarben- und grüngemusterten Perserteppich.

Sie beschloß, zuerst die immer noch nahezu leeren Bücherregale einzuräumen. Nachdem sie einen alten Pullover und Hosen angezogen hatte, machte sie sich an die Arbeit. Um sich die Langeweile dabei ein wenig zu erleichtern, legte sie Tanzmusik auf und sortierte dann die Bücher und Videos. Der Karton mit den Küchenutensilien nahm weitaus weniger Zeit in Anspruch. Kein Wunder, ist auch nicht viel drin, dachte sie spöttisch. Zur Meisterköchin werde ich es wohl nie bringen.

Um Viertel vor neun seufzte sie befriedigt und verstaute den letzten leeren Karton im Wandschrank. Es braucht eine Menge Liebe, damit aus einem Haus ein Zuhause wird, überlegte sie. Glücklich ging sie von Zimmer zu Zimmer. Das Apartment wirkte endlich bewohnt.

Sie hatte Photos von ihrer Mutter, ihrem Stiefvater, ihren Stiefbrüdern und deren Familien aufgestellt, um sich ihnen näher zu fühlen. Ich werde euch vermissen, schoß es ihr durch den Kopf. Es war ihr nicht leichtgefallen, nach New York zu ziehen und zu wissen, daß sie ihre Eltern nicht mehr regelmäßig sehen und ihnen nur hin und wieder eine Stippvisite abstatten konnte. Ihre Mutter hatte Greenwich hinter sich gelassen. Sie sprach nie von ihrer Zeit dort, und als sie wieder geheiratet hatte, hatte sie Fran gedrängt, den Namen ihres Stiefvaters anzunehmen.

Aber das kam für Fran nicht in Frage.

Als sie mit dem Ergebnis ihrer Arbeit zufrieden war, überlegte sie, ob sie zum Essen gehen sollte, entschied sich aber dann für ein überbackenes Käsesandwich. Sie verzehrte es an dem kleinen schmiedeeisernen Tisch am Küchenfenster und blickte dabei hinunter auf den East River.

Molly verbringt nach fünfeinhalb Jahren ihre erste Nacht zu Hause, dachte sie. Wenn ich mich mit ihr treffe, werde ich sie um eine Liste von Leuten bitten, mit denen ich reden kann und die auch bereit sind, mit mir zu sprechen. Außerdem habe ich selbst noch einige Fragen auf dem Herzen, und die haben nichts mit Molly zu tun.

Manche dieser Fragen beschäftigten sie schon seit langem. Über die vierhunderttausend Dollar, die ihr Vater unterschlagen hatte, gab es keinerlei Aufzeichnungen. Da er ein Faible für riskante Aktienspekulationen gehabt hatte, nahm man an, er habe das Geld auf diese Weise verspielt. Doch nach seinem Tod wurden keine Papiere gefunden, die belegten, daß er derartig hohe Investitionen getätigt hatte.

Als wir aus Greenwich wegzogen, war ich achtzehn, sagte sich Fran. Jetzt bin ich wieder hier, und ich werde viele Leute von früher aufsuchen. Ich werde mich bei den Menschen in Greenwich nach Molly und Gary Lasch erkundigen.

Sie stand auf und griff nach der Kaffeekanne. Beim Eingießen erinnerte sie sich an ihren Vater und daran, daß er der Verlockung eines heißen Tips nie hatte widerstehen können. Ihm war soviel daran gelegen, daß man ihm eine Mitgliedschaft im Country Club anbot, denn er wollte zu den Männern gehören, die regelmäßig miteinander Golf spielten.

Fran hatte zunehmend den Verdacht, daß etwas an der Sache nicht stimmte. Hatte ihr Vater den heißen Tip vielleicht von jemandem in Greenwich bekommen, auf den er Eindruck machen wollte? Hatte dieser Mensch ihren Vater zu der Dummheit verleitet, das Geld aus dem Bibliotheksfonds zu nehmen, es aber nie investiert?

9

»Warum rufst du Molly denn nicht an?«

Jenna Whitehall betrachtete ihren Mann, der ihr am Tisch gegenübersaß. Sie trug eine bequeme, weite Seidenbluse und eine schwarze Seidenhose und war eine exotische Schönheit, ein Eindruck, den ihr dunkles Haar und die haselnußbraunen Augen noch verstärkten. Um sechs Uhr war sie nach Hause gekommen und hatte den Anrufbeantworter abgehört: keine Nachricht von Molly.

»Cal, du weißt, daß ich ihr auf Band gesprochen habe«, entgegnete sie, ohne sich ihre Gereiztheit anmerken zu lassen. »Wenn Sie Lust auf Besuch hätte, hätte sie mich längst zurückgerufen. Offenbar möchte sie heute abend lieber allein sein.«

»Ich begreife immer noch nicht, warum sie wieder in dieses Haus gezogen ist«, sagte er. »Wie kann sie das Arbeitszimmer betreten, ohne sich an die Mordnacht zu erinnern? Sie muß doch ständig daran denken, wie sie dem armen Gary mit der Skulptur den Schädel eingeschlagen hat. Ich würde mich dort gruseln.«

»Cal, wie oft habe ich dich jetzt schon gebeten, nicht darüber zu reden? Molly ist meine beste Freundin, und ich habe sie sehr gern. Sie weiß nicht mehr, was in der Mordnacht passiert ist.«

»Das behauptet sie wenigstens.«

»Und ich glaube ihr. Da sie nun wieder zu Hause ist, werde ich sie besuchen, wann immer sie mich braucht. Wenn sie nicht will, respektiere ich das. Okay?«

»Du bist sehr hübsch, wenn du wütend wirst und es nicht zeigen willst, Jen. Mach deinem Ärger nur Luft. Dann fühlst du dich besser.«

Calvin Whitehall schob den Stuhl zurück und ging zu seiner Frau hinüber. Er war ein breitschultriger Hüne von Mitte Vierzig mit derben Gesichtszügen und schütterem rotem Haar. Seine eisblauen Augen unter den buschigen Brauen strahlten selbst zu Hause Autorität aus.

Man merkte Cal nicht mehr an, daß er aus einfachen Verhältnissen kam. Seit seiner Kindheit in der Doppelhaushälfte in Elmira, New York, war eine Menge Zeit vergangen.

Einem Stipendium in Yale und der Fähigkeit, sich seinen Kommilitonen anzupassen, die alle aus guter Familie stammten, verdankte er seinen kometenhaften Aufstieg in der Geschäftswelt. Er pflegte zu witzeln, von seinen Eltern habe er, wenn auch sonst nicht viel, wenigstens einen wohlklingenden Namen mitbekommen.

Nun bewohnte Cal eine elegante Zwölf-Zimmer-Villa in Greenwich. Er führte genau das Leben, von dem er vor vielen Jahren in seinen kleinen, spärlich möblierten Kinderzimmer immer geträumt hatte. In dieses Zimmer zog er sich vor seinen Eltern zurück, wenn sie wieder einmal zuviel billigen Wein tranken und sich stritten. Wurden die Auseinandersetzungen zu laut oder gewalttätig, riefen die Nachbarn die Polizei. Mit der Zeit konnte Cal das Heulen des Martinshorns, die verächtlichen Blicke der Nachbarn, das Kichern seiner Mitschüler und den Tratsch über seine verkommenen Eltern nicht mehr ertragen.

Er war ein intelligenter Junge und wußte genau, daß nur Bildung ihn aus diesem Milieu retten konnte. Bald fiel auch seinen Lehrern auf, daß er überdurchschnittlich begabt war. In seinem Zimmer, in dem der Fußboden durchhing, die Farbe von den Wänden blätterte und eine einzige Lampe ein dämmriges Licht verbreitete, las und büffelte er bis spät in die Nacht und eignete sich vor allem soviel Computerkenntnisse wie möglich an.

Nachdem er mit vierundzwanzig seinen Abschluß als Betriebswirt gemacht hatte, ergatterte er eine Stelle bei einer aufstrebenden Computerfirma. Mit dreißig zog er nach Greenwich und bootete kurzerhand den entgeisterten Firmenchef aus dessen eigenen Unternehmen aus. Es war seine erste Gelegenheit, Katz und Maus zu spielen und seine Beute in dem Bewußtsein zu hetzen, daß er den Sieg davontragen würde. Sein Triumph linderte seine schwelende Wut auf seinen gewalttätigen Vater und darauf, daß er es einmal nötig gehabt hatte, sich bei verschiedenen Chefs lieb Kind zu machen.

Einige Jahre später verkaufte er die Firma mit Riesengewinn und war inzwischen Inhaber einer Reihe von Unternehmen.

Seine Ehe war kinderlos geblieben. Er war erleichtert, daß Jenna sich ihrer New Yorker Anwaltskanzlei widmete, anstatt sich wie Molly Lasch in ihre Enttäuschung über die ihr versagte Mutterschaft hineinzusteigern. Jenna war – wie der Umzug nach Greenwich – Teil seiner Aufstiegspläne. Sie war ausgesprochen attraktiv und klug und kam aus einer guten, wenn auch verarmten Familie. Cal wußte genau, wie angenehm Jenna es fand, daß er ihr etwas bieten konnte. Sie genoß die Macht ebenso wie er.

Auch mit ihr spielte er gern. Nun lächelte er sie wohlwollend an und strich ihr über das Haar. »Es tut mir leid«, murmelte er zerknirscht. »Ich dachte nur, Molly hätte sich über einen Besuch von dir gefreut, obwohl sie nicht zurückgerufen hat. Es muß sehr schwer für sie sein, in ein leeres Haus zurückzukehren, und sicher ist sie verdammt einsam. Im Gefängnis war sie schließlich ständig unter Leuten, auch wenn sie sich in dieser Gesellschaft bestimmt nicht wohlgefühlt hat.«

Jenna schob die Hand ihres Mannes weg. »Hör auf. Du weißt, daß ich es nicht leiden kann, wenn du mir die Haare zerwühlst. Ich habe morgen früh eine Sitzung und muß dafür noch einen Schriftsatz durcharbeiten«, verkündete sie.

»Ein guter Anwalt soll immer seine Hausaufgaben machen. Du hast mich noch gar nicht gefragt, wie die Besprechungen heute gelaufen sind.«

Cal war Vorsitzender des Direktoriums der Lasch-Klinik und des Remington-Gesundheitsdienstes. Zufrieden lächelnd fügte er hinzu: »Es steht noch ein wenig auf der Kippe. American National Insurance hat es nämlich ebenfalls auf die Gesundheitsdienste abgesehen, aber wir werden den Zuschlag kriegen. Und dann sind wir der größte Gesundheitsdienst an der Ostküste.«

Jenna sah ihren Mann mit widerwilliger Bewunderung an. »Du bekommst anscheinend immer, was du willst.«

Er nickte. »Dich habe ich ja auch bekommen.«

Jenna drückte auf einen Knopf unter der Tischplatte, um das Hausmädchen zum Abräumen zu rufen. »Ja«, entgegnete sie leise. »Vermutlich ist das so.«

10

Der Verkehr auf der I-95 ist ja inzwischen fast so schlimm wie auf den Autobahnen in Kalifornien, dachte Fran, während sie angestrengt nach einer Möglichkeit Ausschau hielt, die Spur zu wechseln. Mittlerweile bereute sie, daß sie nicht den Merritt Parkway genommen hatte. Der Lastwagen vor ihr machte zwar einen Lärm wie ein Panzer, kam aber nur im Schneckentempo voran. Doch ärgerlicherweise gab es nirgendwo die Chance zu überholen.

Der Himmel hatte über Nacht aufgeklart. »Heute wird es teils heiter, teils wolkig mit gelegentlichen Schauern«, hatte der Wetterbericht von CBS, offenbar in der Absicht, sich nicht festzulegen, verkündet.

Also ist praktisch alles möglich, überlegte Fran. Dann aber wurde ihr klar, daß sie sich deshalb so mit dem Wetter und den Verkehrsverhältnissen beschäftigte, weil sie Angst vor dem Treffen hatte.

Mit jedem Kilometer, der sie Greenwich und Molly Lasch näher brachte, mußte Fran wieder an die Nacht denken, in der ihr Vater sich erschossen hatte. Sie wußte auch genau, warum. Denn sie würde auf dem Weg zu Mollys Haus direkt am Barley Arms vorbeikommen, dem Restaurant, in das ihr Vater sie und ihre Mutter zum letzten gemeinsamen Abendessen ausgeführt hatte.

Einzelheiten, die sie schon längst vergessen zu haben glaubte, kamen nun wieder hoch. Es waren unwichtige Details, die ihr aus irgendeinem Grund im Gedächtnis haften geblieben waren. Ihr fiel ein, daß ihr Vater eine blauschwarze Krawatte mit kleinen grünen Karos getragen hatte, die sehr teuer gewesen war. Ihre Mutter hatte ziemlich verärgert reagiert, als die Rechnung eintraf: »Ist das Ding mit Goldfäden genäht, Frank? Wie kann man für ein kleines Stück Stoff wie das da soviel Geld bezahlen?«

An jenem letzten Tag seines Lebens hatte er die Krawatte zum erstenmal umgebunden. Beim Essen hatte Mutter ihn auf den Arm genommen, er habe sie wohl für Frans Abschlußfeier aufgespart. War es ein symbolischer Akt gewesen, sich mit einem so sündhaft teuren Stück auszustaffieren, bevor man sich wegen finanzieller Sorgen umbrachte?

Sie näherte sich der Ausfahrt nach Greenwich. Fran verließ die I-95 und sagte sich wieder, daß es auf dem Merrit Parkway schneller gegangen wäre. Sie hielt Ausschau nach den kleinen Straßen, die drei Kilometer später durch das Viertel führen würden, in dem sie vier Jahre ihres Lebens verbracht hatte. Obwohl es im Wagen warm war, schauderte sie unwillkürlich.

Vier Jahre, die mich geprägt haben, überlegte sie. Und das stimmte auch.

Als sie am Barley Arms vorbeifuhr, blickte sie entschlossen starr geradeaus und gestattete sich nicht einmal einen Blick auf den Parkplatz, wo ihr Vater sich auf dem Rücksitz des Familienautos erschossen hatte.

Auch um die Straße, in der sie mit ihren Eltern gelebt hatte, machte sie einen Bogen. Schließlich kann ich noch öfter herkommen, dachte sie. Kurz darauf hielt sie vor Mollys Haus, einem einstöckigen, elfenbeinfarben verputzten Gebäude mit dunkelbraunen Fensterläden.

Fran hatte noch den Finger auf dem Klingelknopf, als eine mollige Frau über Sechzig mit einem grauen Pagenkopf und wachsamen Vogelaugen auch schon die Tür öffnete. Fran kannte ihr Gesicht aus den Zeitungen. Es war Edna Barry, die Haushälterin, deren Aussage Molly so geschadet hatte. Warum ließ Molly sie wieder für sich arbeiten? Fran konnte sich das nicht erklären.

Während sie den Mantel auszog, hörte sie Schritte auf der Treppe. Molly kam herunter und eilte ihr entgegen, um sie zu begrüßen.

Die beiden Frauen musterten einander. Molly trug Jeans und eine blaue Bluse mit hochgekrempelten Ärmeln. Sie hatte das Haar lässig aufgesteckt, so daß ihr einzelne Strähnen ins Gesicht fielen. Wie Fran schon vor dem Gefängnistor aufgefallen war, war Molly viel zu mager. Um ihre Augen zeigten sich die ersten Fältchen.

Fran, die sich für ihre Lieblingskombination, einen gut geschnittenen Hosenanzug mit Nadelstreifen entschieden hatte, fühlte sich plötzlich viel zu elegant. Dann aber hielt sie sich unwirsch vor Augen, daß sie schließlich hier war, um ihren Auftrag so gut wie möglich zu erledigen. Und deshalb konnte es nur von Nutzen sein, wenn nichts mehr an das schüchterne junge Mädchen aus ihrer Schulzeit erinnerte.

Molly ergriff als erste das Wort: »Fran, ich hatte schon Angst, du könntest es dir anders überlegen. Ich war so überrascht, als ich dich gestern vor dem Gefängnis sah, und dein Auftritt in den Nachrichten gestern hat mich sehr beeindruckt. Das hat mich auf die verrückte Idee gebracht, dich um Hilfe zu bitten.«

»Warum hätte ich meine Meinung ändern sollen, Molly?« fragte Fran.

»Ich kenne die Sendung *Wahre Verbrechen.* Im Gefängnis war sie sehr beliebt, ich wußte also, daß sie sich kaum mit abgeschlossenen Fällen beschäftigt. Doch zum Glück waren meine Befürchtungen unbegründet. Fangen wir an. Mrs. Barry hat Kaffee gekocht. Möchtest du welchen?«

»Gerne.«

Gehorsam folgte Fran Molly nach rechts einen Flur entlang. Unterwegs gelang es ihr, einen Blick ins geschmackvoll, dezent und offenbar teuer möblierte Wohnzimmer zu werfen.

An der Tür zum Arbeitszimmer blieb Molly stehen. »Fran, das hier war Garys Arbeitszimmer. In diesem Raum wurde er gefunden. Mir ist gerade etwas eingefallen, und ich möchte es dir zeigen, bevor wir uns unterhalten.«

Sie trat ein und ging zum Sofa hinüber. »Garys Schreibtisch war hier«, erklärte sie. »Er zeigte aufs Fenster, was bedeutet, daß er der Tür den Rücken zuwandte. Angeblich bin ich hereingekommen, habe eine Skulptur von einem Beistelltisch genommen, der dort stand« – sie deutete auf eine Stelle, die jetzt leer war – »und habe Gary damit den Schädel eingeschlagen.«

»Und du hast dich auf eine Abmachung mit der Staatsanwaltschaft eingelassen, weil du und dein Anwalt glaubten, die Geschworenen würden dich möglicherweise des Mordes schuldig sprechen«, ergänzte Fran leise.

»Fran, stell dich dorthin, wo früher der Schreibtisch war. Ich gehe hinaus auf den Flur, mache die Eingangstür auf und schließe sie wieder. Dann rufe ich deinen Namen und komme zurück. Bitte, hab' Geduld mit mir.«

Fran nickte und folgte der Aufforderung.

Da auf dem Flur kein Teppich lag, konnte sie Mollys Schritte deutlich hören. Kurz darauf rief Molly ihren Namen.

Sie will mir demonstrieren, daß Gary sie hätte bemerken müssen, wenn er noch gelebt hätte, dachte sie.

»Du hast mich doch gehört, oder?« fragte Molly, als sie wieder ins Zimmer trat.

»Ja.«

»Gary hat mich in Cape Cod angerufen und mich angefleht, ihm zu verzeihen. Ich war nicht in der Lage, mit ihm zu reden, und sagte, ich würde am Sonntag gegen acht nach Hause kommen. Ich war zwar ein wenig früh dran, aber sicher hat er auf mich gewartet. Wenn er mich gehört hätte, wäre er doch aufgestanden oder hätte sich wenigstens umgedreht, meinst du nicht? Warum hätte er so tun sollen, als wäre ich nicht vorhanden? Damals gab es in diesem Zimmer noch keinen Teppichboden. Auch wenn er nicht mitgekriegt hat, wie ich seinen Namen rief, hätte er mich hier drin bemerken müssen. Und dann hätte er mich angesehen. Das ist doch ganz normales menschliches Verhalten.«

»Was meint dein Anwalt zu dieser Theorie?« erkundigte sich Fran.

»Daß Gary vielleicht am Schreibtisch eingenickt ist. Philip befürchtete sogar, diese Version könnte gegen mich verwendet werden: Ich kam nach Hause und wurde wütend, weil Gary nicht aufgeregt auf mich wartete.« Molly zuckte die Achseln. »Gut, nun weißt du, was ich dir zeigen wollte. Jetzt kannst du deine Fragen stellen. Sollen wir hier bleiben, oder möchtest du dich lieber in ein anderes Zimmer setzen?«

»Das überlasse ich dir, Molly«, entgegnete Fran.

»Dann also hier. Am Tatort.« Mollys Tonfall war sachlich, und sie verzog keine Miene.

Sie nahmen auf dem Sofa Platz. Fran holte ihren Kassettenrecorder heraus und stellte ihn auf den Tisch. »Hoffentlich stört es dich nicht, daß ich unser Gespräch aufnehme.«

»Ich habe nichts anderes erwartet.«

»Eines will ich dir noch sagen, Molly. Ich kann dir nur mit meiner Sendung schaden, wenn ich zum Schluß behaupte, alle Beweise deuteten darauf hin, daß du trotz deiner Erinnerungslücken deinen Mann ermordet hast.«

Kurz stiegen Molly die Tränen in die Augen. »Es würde niemanden überraschen«, erwiderte sie tonlos. »Das glauben sowieso alle.«

»Falls es aber eine andere Erklärung gibt, Molly, kann ich dir nur helfen, wenn du absolut und in allen Dingen offen mit mir bist. Bitte rede nicht um den heißen Brei herum und suche keine Ausflüchte, selbst wenn dir meine Fragen noch so nahegehen.«

Molly nickte. »Nach fünfeinhalb Jahren Gefängnis weiß ich, wie es ist, keinerlei Privatsphäre zu haben. Wenn ich das überstanden habe, werde ich deine Fragen wohl auch noch aushalten.«

Mrs. Barry servierte den Kaffe. Fran erkannte an ihrer Miene, wie unrecht es der Haushälterin war, daß sie in diesem Zimmer saßen. Sie hatte das Gefühl, daß Mrs. Barry Molly beschützen wollte. Und dennoch hatte sie im Prozeß gegen sie ausgesagt. Mrs. Barry gehört zu den Leuten, mit denen ich unbedingt sprechen muß, dachte sie.

In den nächsten beiden Stunden beantwortete Molly Lasch – offenbar ohne zu zögern – Frans sämtliche Fragen. Fran erfuhr, daß sich ihre ehemalige Mitschülerin kurz nach dem Abschluß in den zehn Jahre älteren Arzt verliebt und ihn bald darauf geheiratet hatte.

»Ich war Jungredakteurin bei der *Vogue*«, erzählte Molly weiter. »Die Arbeit machte mir Spaß, und ich stieg rasch auf. Doch dann wurde ich schwanger und hatte eine Fehlgeburt. Ich dachte, es läge vielleicht am Termindruck und der vielen Fahrerei, und habe deshalb gekündigt.«

Sie hielt inne. »Ich habe mir so sehr ein Baby gewünscht«, fuhr sie verträumt fort. »Vier Jahre lang habe ich versucht, noch einmal schwanger zu werden. Endlich klappte es, aber es endete wieder mit einer Fehlgeburt.«

»Wie war die Ehe mit deinem Mann, Molly?«

»Früher hätte ich sie als vollkommen glücklich bezeichnet. Nach der zweiten Fehlgeburt hat Gary mich sehr unterstützt. Ständig beteuerte er, wie wichtig ich für ihn sei und daß er den Remington-Gesundheitsdienst ohne meine Hilfe nie auf die Beine hätte stellen können.«

»Was meinte er damit?«

»Vermutlich meine Beziehungen. Oder die meines Vaters. Jenna Whitehall hat ebenfalls viel dazu beigetragen. Sie ist eine geborene Graham, du kennst sie wahrscheinlich noch aus der Cranden Academy.«

»Klar erinnere ich mich an Jenna.« Auch sie gehörte zum engsten Kreis, dachte Fran. »Im letzten Schuljahr war sie schließlich unsere Klassensprecherin.«

»Stimmt. Wir beide waren schon damals sehr eng befreundet. Jenna stellte mir bei einem Empfang im Country Club Gary und Cal vor. Später wurde Cal Garys und Peter Blacks Geschäftspartner. Cal ist ein Finanzgenie und hat Remington einige wichtige Verträge verschafft.« Sie lächelte. »Mein Vater hat auch eine Menge für die Firma getan.«

»Ich möchte mit dem Ehepaar Whitehall sprechen«, sagte Fran. »Kannst du mir einen Termin vermitteln?«

»Ja, ich finde es gut, wenn du mit ihnen redest.«

Fran zögerte. »Befassen wir uns jetzt mit Annamarie Scalli, Molly. Wo wohnt sie jetzt?«

»Keine Ahnung. Soweit ich weiß, wurde das Baby im Sommer nach Garys Tod geboren. Ich glaube, es wurde zur Adoption freigegeben.«

»Hattest du einen Verdacht, daß Gary ein Verhältnis hatte?«

»Niemals. Ich habe ihm hundertprozentig vertraut. An dem Tag, als ich es erfuhr, war ich oben und wollte einen Anruf erledigen. Aber Gary telefonierte gerade. Normalerweise hätte ich aufgelegt, doch dann hörte ich ihn sagen: ›Annamarie, du regst dich unnötig auf. Ich werde für dich sorgen, und wenn du das Kind behalten möchtest, zahle ich Unterhalt.‹«

»Wie klang er?«

»Ärgerlich und nervös. Fast panisch.«

»Wie hat Annamarie reagiert?«

»Sie antwortete: ›Wie konnte ich nur so dämlich sein?‹ und hängte ein.«

»Und was hast du dann getan, Molly?«

»Ich war wie vor den Kopf gestoßen und rannte nach unten. Gary saß an seinem Schreibtisch. Er wollte zur Arbeit gehen. Ich kannte Annamarie aus der Klinik. Als ich ihn zur Rede stellte, gab er seine Affäre mit ihr sofort zu. Er sagte, er habe unüberlegt und dumm gehandelt und bereue sein Verhalten sehr. Unter Tränen bat er mich um Verzeihung. Ich war außer mir. Dann mußte er in die Klinik. Er ging, und ich knallte die Tür hinter ihm zu. Es war das letztemal, daß ich ihn lebend sah. Eine schreckliche Erinnerung, um sie für den Rest seiner Tage mit sich herumzutragen, findest du nicht?«

»Und du hast ihn wirklich geliebt?« wollte Fran wissen.

»Ich liebte ihn, und ich vertraute ihm. Ich habe an ihn geglaubt – oder es mir wenigstens eingeredet. Inzwischen bin ich nicht mehr so sicher; manchmal frage ich mich, ob ich mich nicht geirrt habe.« Seufzend schüttelte sie den Kopf. »Wie dem auch sei. An dem Abend, als ich aus Cape Cod zurückkam, war ich eher gekränkt als wütend, das weiß ich noch ganz genau.« Fran bemerkte, wie ein zutiefst trauriger Ausdruck in Mollys Augen trat. Molly schlang die Arme um die Schultern und schluchzte bitterlich. »Begreifst du jetzt, warum ich beweisen muß, daß ich ihn nicht getötet habe?«

Einige Minuten später verabschiedete sich Fran. Ihr Instinkt sagte ihr, daß Mollys Gefühlsausbruch ein Anzeichen dafür war, wieviel ihr daran lag, sich von dieser Schuld zu befreien. Die Sache ist gegessen, dachte Fran. Molly liebte ihren Mann und würde Himmel und Hölle in Bewegung setzen, damit ihr jemand bestätigt, daß sie ihn möglicherweise doch nicht ermordet hat. Wahrscheinlich erinnert sie sich wirklich nicht mehr, aber ich bin sicher, daß sie es war. Es wäre verlorene Zeit und nichts als Geldverschwendung für NAF-TV, auch nur den leisesten Zweifel an ihrer Schuld aufkommen zu lassen.

Spontan machte sie auf der Fahrt zum Merrit Parkway einen kleinen Umweg, vorbei an der Lasch-Klinik. Der Vorläufer des Krankenhauses war von Jonathan Lasch, Garys Vater, gegründet worden. Hierher hatte man auch Frans Vater gebracht, und sieben Stunden später war er an seinen Schußverletzungen gestorben.

Zu ihrem Erstaunen war das Gelände der Klinik inzwischen doppelt so groß wie früher. Vor der Auffahrt zum Haupteingang stand eine Ampel. Fran nahm den Fuß vom Gas und ließ den Wagen ausrollen, bis die Ampel auf Rot sprang und sie halten mußte. Sie sah sich das Krankenhaus an und stellte fest, daß neue Gebäudeflügel hinzugefügt worden waren. Außerdem stand am rechten Rand des Grundstücks ein Neubau, und es gab mittlerweile auch ein Parkhaus.

Es versetzte ihr einen Stich, als sie nach dem Fenster des Zimmers Ausschau hielt, in dem sie auf Nachricht über den Zustand ihres Vaters gewartet hatte. Eigentlich hatte sie gewußt, daß alle Hilfe zu spät kam.

Sicher bieten sich hier gute Möglichkeiten, Gespräche anzuknüpfen, dachte sie. Die Ampel schaltete um, und fünf Minuten später erreichte Fran die Auffahrt zum Merritt Parkway. Während sie durch den rasch dahinfließenden Verkehr nach Süden fuhr, grübelte sie weiter: Gary Lasch hatte also mit Annamarie Scalli, einer jungen Krankenschwester, ein Verhältnis angefangen. Und dieser unvorsichtige Fehltritt hatte ihn das Leben gekostet.

Aber war das Mordmotiv wirklich in dieser Affäre zu suchen? schoß es ihr plötzlich durch den Kopf.

Auch wenn Dr. Lasch – wie ihr Vater – ein einziges Mal gegen die Regeln verstoßen hatte, galt er doch überall als aufrechter Bürger und guter Arzt, der sich dem Ziel verschrieben hatte, Menschen zu heilen – so kannten ihn die Leute, und so würden sie ihn im Gedächtnis behalten.

Aber vielleicht liegt die Sache ja auch ganz anders, überlegte Fran, als sie die Staatsgrenze zwischen Connecticut und New York überquerte. Schließlich bin ich schon so lange in diesem Geschäft, daß mich inzwischen fast nichts mehr überraschen kann.

11

Nachdem Molly Fran Simmons hinaus begleitet hatte, kehrte sie ins Arbeitszimmer zurück. Um halb zwei steckte Edna Barry den Kopf zur Tür herein. »Molly, wenn Sie mich nicht mehr brauchen, würde ich jetzt nach Hause gehen.«

»Gut, Mrs. Barry. Vielen Dank.«

Zögernd blieb Mrs. Barry auf der Schwelle stehen. »Soll ich Ihnen vorher nicht doch etwas zum Mittagessen machen?«

»Ich habe wirklich keinen Hunger.«

Mollys Stimme klang gedämpft, und Edna sah ihr an, daß sie geweint hatte. Wieder wurde sie von den Schuldgefühlen und der Angst ergriffen, die sie nun schon seit sechs Jahren nicht mehr losließen. Oh, Gott, schickte sie ein Stoßgebet zum Himmel. Versteh mich doch. Ich konnte nicht anders.

In der Küche zog sie ihren Parka an und wickelte sich einen Schal um den Hals. Sie nahm ihren Schlüsselbund von der Anrichte. Nachdem sie ihn eine Weile betrachtet hatte, schloß sie fest die Finger darum.

Knapp zwanzig Minuten später erreichte sie ihr bescheidenes Haus in Glenville. Wally, ihr dreißigjähriger Sohn, saß im Wohnzimmer vor dem Fernseher. Als sie hereinkam, drehte er sich nicht einmal um, aber er schien ruhig zu sein. An manchen Tagen ist er so nervös, selbst wenn er seine Medikamente nimmt, dachte sie.

Wie zum Beispiel an jenem schrecklichen Sonntag, als Dr. Lasch gestorben war. Wally war so wütend gewesen. Dr. Lasch hatte ihn nämlich einige Tage zuvor angebrüllt, weil er das Arbeitszimmer betreten und die Remington-Skulptur angefaßt hatte.

Bei ihrer Aussage über die Ereignisse des folgenden Montag morgens hatte Edna Barry nämlich ein Detail ausgelassen: Der Schlüssel zum Haus der Laschs hatte sich nicht wie sonst an ihrem Schlüsselbund befunden. Deshalb hatte sie die Tür mit dem Schlüssel öffnen müssen, den Molly im Garten versteckte. Den vermißten Schlüssel hatte sie später in Wallys Hosentasche entdeckt.

Als sie ihn danach fragte, war er in Tränen ausgebrochen, in sein Zimmer gestürzt und hatte die Tür hinter sich zugeknallt. »Sag nichts, Mama«, hatte er geschluchzt.

»Wir dürfen das niemals irgendeinem Menschen erzählen«, hatte sie ihn nachdrücklich ermahnt und ihm das Versprechen abgenommen zu schweigen. Und bis jetzt hatte er sich auch daran gehalten.

Seitdem versuchte Mrs. Barry sich einzureden, daß alles nur ein Zufall gewesen war. Schließlich hatte sie Molly blutverschmiert aufgefunden. Und Mollys Fingerabdrücke waren auf der Skulptur sichergestellt worden.

Aber was war, wenn Molly begann, sich an Einzelheiten jener Nacht zu erinnern?

Hatte sie vielleicht wirklich jemanden im Haus gesehen?

War Wally dort gewesen? Mrs. Barry fragte sich, wie sie jemals Gewißheit bekommen sollte.

12

Peter Black fuhr durch die dunklen Straßen zu seinem Haus in der Old Church Road. Früher war es das Kutschhaus eines großen Gutes gewesen. Black hatte es während seiner zweiten Ehe gekauft, die wie seine erste schon nach wenigen Jahren gescheitert war. Doch im Gegensatz zu seiner ersten Frau, verfügte seine zweite über einen ausgezeichneten Geschmack, weshalb er nach ihrem Fortgang nichts an der Einrichtung verändert hatte. Die einzige Neuanschaffung war eine gut ausgestattete Hausbar – seine Exgattin war Abstinenzlerin gewesen.

Seinen verstorbenen Geschäftspartner Gary Lasch hatte Peter während des Medizinstudiums kennengelernt und sich mit ihm angefreundet. Nach dem Tod von Dr. Jonathan Lasch hatte Gary ihm dann ein Angebot gemacht.

»Die Zukunft der Medizin liegt in den Gesundheitsdiensten«, hatte er gesagt. »Eine nicht profitorientierte Klinik wie die meines Vaters hat heutzutage keine Chance mehr. Also vergrößern wir sie, erwirtschaften Gewinne und gründen unseren eigenen Gesundheitsdienst.«

Da Garys Name in der Welt der Medizin ein Begriff war, hatte er die Leitung des Krankenhauses übernommen und sie in Lasch-Klinik umbenannt. Später schlossen er und Peter sich mit Cal Whitehall als drittem Geschäftspartner zusammen und gründeten den Remington-Gesundheitsdienst.

Nun stand der Staat Connecticut kurz davor, den Ankauf einiger kleinerer Gesundheitsdienste durch Remington zu genehmigen. Alles schien wie am Schnürchen zu klappen. Doch der Vertrag war noch nicht unter Dach und Fach. Aber es sah gut aus, das einzige Problem war, daß American National Insurance es ebenfalls auf die Gesundheitsdienste abgesehen hatte.

Es konnte immer noch etwas schiefgehen, sagte sich Peter, während er sein Auto vor der Tür abstellte. Er hatte zwar nicht vor, heute noch einmal wegzufahren, aber er fror und sehnte sich nach einem Drink. Pedro, sein langjähriger Koch und Butler, der auch im Haus wohnte, konnte den Wagen ja später in die Garage bringen.

Peter schloß die Tür auf und ging sofort in die Bibliothek, einen gemütlichen Raum, in dem stets das Kaminfeuer brannte. Im Fernsehen liefen die Nachrichten. Kurz darauf erschien Pedro. »Das Übliche, Sir?« fragte er wie jeden Abend.

Das Übliche war Scotch mit Eis, obwohl Peter aus Gründen der Abwechslung ab und zu einen Bourbon oder einen Wodka verlangte.

Nach einigen genüßlichen Schlucken beruhigten sich Peters Nerven allmählich. Er tat sich an dem Räucherlachs gütlich, der auf einem kleinen Teller neben ihm stand. Zu Abend aß er normalerweise erst eine Stunde, nachdem er nach Hause gekommen war.

Den zweiten Scotch nahm er mit ins Bad. Er duschte und zog Baumwollhosen und ein langärmeliges Kaschmirhemd an. Inzwischen hatte er sich ein wenig entspannt. Das unbehagliche Gefühl, daß etwas im argen lag, hatte nachgelassen. Er ging wieder nach unten.

Peter Black aß häufig in Gesellschaft zu Abend. Da er seit kurzem wieder ledig war, überhäuften attraktive Damen der besseren Gesellschaft ihn regelrecht mit Einladungen. Wenn er zu Hause speiste, las er dabei meistens in einem Buch oder in einer Zeitschrift. Allerdings machte er heute eine Ausnahme. Während er den gebackenen Schwertfisch mit gedünstetem Spargel verzehrte und dazu an einem Glas Saint Emilion nippte, saß er nachdenklich da und ging im Geiste die Besprechungen durch, die noch wegen des Firmenzusammenschlusses stattfinden würden.

Als das Telefon in der Bibliothek läutete, ließ er sich nicht davon stören. Pedro würde dem Anrufer wie immer sagen, daß Dr. Black sich später bei ihm melden werde. Deshalb zog Peter Black ärgerlich die Augenbrauen hoch, als Pedro, das schnurlose Telefon in der Hand, ins Zimmer kam.

Pedro hielt die Hand über den Hörer. »Entschuldigen Sie, Herr Doktor«, flüsterte er. »Ich dachte, Sie möchten den Anruf vielleicht selbst entgegennehmen. Es ist Mrs. Lasch. Mrs. Molly Lasch.«

Peter Black hielt inne und leerte sein Weinglas in einem einzigen Zug, ohne sich wie sonst die Zeit zu nehmen, dem Geschmack des komplexen Weines auf der Zunge nachzuspüren. Dann griff er nach dem Hörer. Seine Hand zitterte.

13

Molly hatte Fran eine Liste von Leuten gegeben, die sie, wenn möglich, befragen sollte. Garys Partner, Dr. Peter Black, stand ganz oben. »Nach Garys Tod hat er kein Wort mehr mit mir gewechselt«, sagte Molly zu Fran.

Danach kam Jenna Whitehall: »Du kennst sie ja noch aus der Schule, Fran.«

Darauf folgte Jennas Mann Cal. »Als Gary und Peter Geld zur Gründung von Remington brauchten, hat Cal sich um die Finanzierung gekümmert«, erklärte Molly.

Der nächste war Philip Matthews, Mollys Anwalt. »Alle haben ihn gelobt, weil er mir zu so einer milden Strafe verholfen und dann die Bewährung durchgesetzt hat«, meinte Molly. »Wenn er auch nur ein bißchen an meiner Schuld zweifeln würde, wäre er mir noch sympathischer.«

Dann Edna Barry: »Als ich gestern nach Hause kam, war alles tipptopp. Es war, als wäre ich niemals fünfeinhalb Jahre fortgewesen.«

Fran hatte Molly gebeten, mit sämtlichen Personen zu sprechen und ihren Anruf anzukündigen. Doch als Edna Barry sich verabschiedete, war Molly nicht in der Stimmung, das Thema anzuschneiden.

Nach einer Weile ging Molly in die Küche und warf einen Blick in den Kühlschrank. Offenbar hatte Mrs. Barry auf der Hinfahrt in einem Feinkostladen eingekauft: Roggenbrot mit Kümmel, Virginiaschinken und Schweizer Käse, wie sie es bestellt hatte. Molly nahm die Sachen heraus und machte sich voller Vorfreude ein Sandwich zurecht. Im Kühlschrank stand sogar der extrascharfe Senf, den sie so gerne hatte.

Und Essiggurken, dachte sie. Seit Jahren schon habe ich keine Lust mehr auf eine Essiggurke gehabt. Ein Lächeln huschte über ihr Gesicht, als sie den Teller auf den Tisch stellte und sich eine Tasse Tee aufgoß. Dann griff sie zur Lokalzeitung, die sie noch nicht gelesen hatte.

Beim Anblick ihres Photos auf der Titelseite zuckte sie zusammen. Die Schlagzeile lautete: »Molly Carpenter Lasch bei ihrer Entlassung nach einer fünfeinhalbjährigen Haftstrafe.« Der Artikel behandelte noch einmal die Umstände, unter denen Gary zu Tode gekommen war, die Abmachung mit der Staatsanwaltschaft und Mollys Unschuldsbeteuerungen vor dem Gefängnistor.

Am meisten ging ihr der Bericht über ihre Familie an die Nieren. Der Artikel enthielt Kurzbiographien ihrer Großeltern, die sowohl in Greenwich als auch in Palm Beach angesehene Bürger gewesen waren, und listete ihre beruflichen Erfolge und ihr wohltätiges Engagement auf. Außerdem schilderte der Artikel die geschäftlichen Erfolge ihres Vaters, die medizinischen Qualifikationen von Jonathan Lasch und den vorbildlichen Gesundheitsdienst, den Gary gemeinsam mit Dr. Peter Black ins Leben gerufen hatte.

Alles gute Menschen und Stützen der Gesellschaft, die meinetwegen zur Zielscheibe von Klatsch und Tratsch werden, dachte Molly. Ihr war der Appetit vergangen, und sie schob den Teller beiseite. Wie schon am Vormittag wurde sie wieder von Erschöpfung und Schläfrigkeit übermannt. Der Gefängnispsychiater hatte sie wegen Depressionen behandelt und sie gedrängt, den Arzt aufzusuchen, der sie während ihres Prozesses betreut hatte.

»Sie sagten doch, Sie mögen Dr. Daniels, Molly. Sie hätten ihm vertraut, weil er Ihnen glaubte, als Sie beteuerten, sich nicht mehr an Garys Ermordung erinnern zu können. Denken Sie daran, daß ständige Erschöpfung das Symptom einer Depression sein kann.«

Molly rieb sich die Stirn, um die aufkommenden Kopfschmerzen zu vertreiben. Ja, Dr. Daniels war ihr sehr sympathisch gewesen. Sie hatte ganz vergessen, Fran auch seinen Namen zu nennen. Sie nahm sich vor, einen Termin mit ihm zu vereinbaren und ihm die Erlaubnis zu geben, Fran Simmons Fragen offen zu beantworten, falls diese ihn anrief.

Molly stand vom Tisch auf und warf den Rest des Sandwichs in den Müllschlucker. Dann ging sie mit ihrer Teetasse nach oben. Sie hatte zwar das Telefon leise gestellt, aber jetzt beschloß sie, den Anrufbeantworter abzuhören.

Inzwischen hatte sie eine Geheimnummer, die nur einige wenige kannten. Dazu gehörten ihre Eltern, Philip Matthews und Jenna. Jenna hatte zweimal angerufen. »Moll, ganz egal, was du sagst, ich komme heute abend um acht zu dir«, lautete ihre Nachricht. »Ich bringe etwas zu essen mit.«

Wenn sie erst mal da ist, freue ich mich sicher, dachte Molly. Oben im Schlafzimmer trank sie ihren Tee aus, legte sich aufs Bett und kuschelte sich in die Überdecke. Kurz darauf war sie eingeschlafen.

Molly hatte wirre Träume. Sie war im Haus und versuchte, mit Gary zu sprechen. Aber er nahm sie überhaupt nicht wahr. Im nächsten Moment hörte sie ein Geräusch –

was mochte es bloß sein? Wenn sie es nur hätte erkennen können. Denn dann wäre die Ungewißheit endlich vorbei gewesen. Das Geräusch. Was war das für ein Geräusch?

Als sie um halb sieben aufwachte, flossen ihr Tränen über die Wangen. Vielleicht ein gutes Zeichen, überlegte sie. Bei ihrem Gespräch mit Fran am Vormittag hatte sie zum erstenmal seit der traurigen Woche in Cape Cod vor fast sechs Jahren wieder geweint. Als sie von Garys Tod erfahren hatte, hatte sie sich gefühlt, als wäre etwas in ihr vertrocknet und unwiederbringlich verdorrt. Und bis zum heutigen Tag hatte sie nicht mehr weinen können.

Widerstrebend stand sie auf, wusch sich das Gesicht, kämmte sich und vertauschte Jeans und Baumwollhemd mit einem beigen Pullover und Hosen. Sie beschloß, Ohrringe zu tragen und sich ein wenig zu schminken. Bei ihren Besuchen im Gefängnis hatte Jenna sie gedrängt, Make-up zu benutzen. »Nicht unterkriegen lassen, Moll. Vergiß unser Motto nicht.«

Molly ging nach unten und machte in dem zweiten Wohnzimmer, das hinter der Küche lag, den Gasofen an. An ihren gemeinsamen Abenden zu Hause hatten Gary und sie sich gerne alte Filme angesehen. Seine Klassikersammlung stand noch immer im Regal.

Sie dachte an die Leute, die sie anrufen und bitten mußte, mit Fran Simmons zusammenzuarbeiten. Einer würde ganz sicher Schwierigkeiten machen. Es war ihr unangenehm, Peter Black im Büro zu stören. Doch da sie unbedingt erreichen wollte, daß er mit Fran sprach, entschied sie sich dafür, ihn zu Hause anzurufen. Und zwar noch heute abend. Sie durfte es nicht vor sich herschieben.

Pedro hatte sie in den vergangenen sechs Jahren fast vergessen gehabt, doch als sie nun seine Stimme hörte, kehrten die Erinnerungen an Peters kleine Dinnerpartys schlagartig zurück. Oft waren sie nur zu sechst gewesen – Jenna und Cal, Peter und seine jeweilige Frau oder Freundin, sie selbst und Gary.

Sie konnte es Peter nicht zum Vorwurf machen, daß er ihr die kalte Schulter zeigte. Wahrscheinlich hätte sie genauso gehandelt, wenn jemand Jenna etwas angetan hätte. Gary und Peter waren die ältesten und besten Freunde gewesen, zumindest hatten die beiden das ständig beteuert.

Sie hatte eigentlich damit gerechnet, daß Peter nicht zu sprechen sei, und war deshalb überrascht, als er sich persönlich meldete. Mit stockender Stimme sagte Molly ihr Sprüchlein auf: »Morgen wird Fran Simmons von NAF-TV dich anrufen, um einen Termin mit dir zu vereinbaren. Sie arbeitet an einem Beitrag über Garys Tod für die Sendereihe *Wahre Verbrechen*. Mir ist es gleichgültig, was du ihr über mich erzählst, aber bitte sprich mit ihr. Außerdem meinte Fran, sie wäre über deine Mitarbeit sehr froh. Aber natürlich gibt es auch Wege, dich zu umgehen, falls du dich weigerst.«

Sie wartete ab. Nach einer langen Pause erwiderte Peter Black ruhig: »Ich hätte von dir eigentlich den Anstand erwartet, daß du die Angelegenheit auf sich beruhen läßt, Molly.« Obwohl er leicht schleppend sprach, waren seine Worte deutlich zu verstehen. »Oder möchtest du Garys Ruf schaden, indem du seine Affäre mit Annamarie Scalli noch einmal an die Öffentlichkeit zerrst? Du bist ziemlich gut davongekommen. Und ich warne dich. Wenn du dein Verbrechen in einer billigen Fernsehshow vor einem Massenpublikum breittrittst, wirst du letztendlich die Verliererin sein …«

Das Klicken, als er den Hörer auflegte, wurde fast vom Läuten der Türglocke übertönt.

In den nächsten beiden Stunden fühlte sich Molly, als sei endlich wieder Normalität in ihr Leben eingekehrt.

Jenna hatte nicht nur etwas zu essen, sondern auch eine Flasche von Cals bestem Montrachet mitgebracht. Sie tranken den Wein im Wohnzimmer und widmeten sich ihrem Mahl gleich dort am Couchtisch. Jenna bestritt den Großteil der Unterhaltung und erzählte ihrer Freundin, welche Pläne sie für sie hatte. Zuerst sollte Molly nach New York kommen, einige Tage in Jennas Wohnung verbringen, sich neue Kleider kaufen und sich in dem neuen Schönheitssalon, den Jenna entdeckt hatte, von Kopf bis Fuß aufmöbeln lassen. »Haare, Gesicht, Nägel, Körper, na, alles eben«, verkündete Jenna triumphierend. »Ich habe bereits Urlaub genommen, damit ich mehr Zeit für dich habe.« Sie grinste Molly an. »Sei ehrlich, ich sehe doch spitze aus.«

»Dein Schönheitssalon sollte dich als Model unter Vertrag nehmen«, stimmte Molly zu. »Ich komme bestimmt bald auf dein Angebot zurück. Aber im Augenblick lieber nicht.«

Sie stellte ihre Espressotasse ab. »Jen, Fran Simmons war heute bei mir. Sicher erinnerst du dich noch an sie. Sie war mit uns an der Schule.«

»Ihr Vater hat sich doch erschossen, oder? Er hatte Geld aus dem Bibliotheksfonds unterschlagen.«

»Genau. Inzwischen ist sie Reporterin und arbeitet bei NAF-TV. Sie möchte für *Wahre Verbrechen* eine Sendung über Garys Tod machen.«

Jenna Whitehall verhehlte ihre Mißbilligung nicht. »Oh, nein, Molly!«

Molly zuckte die Achseln. »Ich habe nicht damit gerechnet, daß du das gutheißt. Und für das, was ich dir jetzt sage, wirst du sicher auch kein Verständnis haben, Jenna. Ich muß mit Annamarie Scalli sprechen. Weißt du, wo sie ist?«

»Du bist ja vollkommen übergeschnappt, Molly! Was in Gottes Namen willst du von dieser Frau? Beim bloßen Gedanken…« Jennas Stimme erstarb.

»Beim bloßen Gedanken, daß mein Mann vielleicht heute noch am Leben wäre, wenn sie sich nicht an ihn rangemacht hätte? Meinst du das? Eigentlich hast du recht, aber ich muß mit ihr reden. Wohnt sie noch in Greenwich?«

»Ich habe nicht die geringste Ahnung, wo sie steckt. Soweit ich weiß, hat sie von Gary eine Abfindung kassiert und die Stadt verlassen. Seitdem hat niemand mehr von ihr gehört. Sie wurde beim Prozeß nicht als Zeugin aufgerufen, aber das war nach deiner Abmachung mit der Staatsanwaltschaft ja auch überflüssig.«

»Jen, ich möchte, daß du Cal bittest, seine Leute auf sie anzusetzen. Wir beide wissen, daß Cal immer eine Lösung findet und die richtigen Kontakte hat.«

Obwohl die beiden Freundinnen sonst immer über Cals angebliche Allmacht ihre Witze machten, blieb Jenna diesmal ernst.

»Lieber nicht«, sagte sie. Ihre Stimme klang plötzlich gepreßt.

Molly glaubte, den Grund für Jennas Zögern zu kennen. »Weißt du, Jenna, ich habe für Garys Tod gebüßt, ohne daß meine Schuld je eindeutig geklärt wurde. Deshalb habe ich auch das Recht zu erfahren, was in jener Nacht wirklich geschehen ist. Ich muß wissen, warum ich so gehandelt und reagiert habe. Vielleicht gelingt es mir dann, mich wieder zu fangen und ein einigermaßen normales Leben zu führen.«

Molly stand auf und ging in die Küche, um die Morgenzeitung zu holen. »Möglicherweise hast du sie schon gelesen. Und solche Berichte werden mich für den Rest meiner Tage verfolgen.«

»Ja, ich habe sie gelesen.« Jenna schob die Zeitung beiseite und nahm Mollys Hand. »Molly, eine Klinik kann ebenso wie ein Mensch wegen eines Skandals ihren guten Ruf verlieren. Die Geschichten über Garys Tod und seine Affäre mit einer jungen Krankenschwester haben der

Lasch-Klinik bereits schwer geschadet. Doch das Krankenhaus leistet viel für die Gemeinschaft, und der Remington-Gesundheitsdienst floriert, obwohl die meisten anderen Gesundheitsdienste in großen Schwierigkeiten stecken. Du würdest dir selbst und der Klinik einen großen Gefallen tun, wenn du Fran Simmons zurückpfeifst und deinen Plan, mit Annamarie Scalli zu sprechen, aufgibst.«

Molly schüttelte den Kopf.

»Überleg doch mal, Molly«, drängte Jenna. »Du weißt, daß ich immer zu dir halten würde. Warum nimmst du nicht den Vorschlag an, den ich dir vorhin gemacht habe?«

»Wir fahren in die Stadt, und ich lasse mich ordentlich verwöhnen. Richtig?«

Jenna lächelte. »Da kannst du Gift drauf nehmen.« Sie stand auf. »Ich muß jetzt los. Cal sucht mich sicher schon.«

Arm in Arm gingen sie zur Tür. Jenna, die schon die Hand auf der Klinke hatte, sagte: »Manchmal wünschte ich, wir könnten wieder zurück zur Schule und noch einmal von vorne anfangen, Moll. Damals war das Leben so einfach. Cal ist anders als du und ich. Er spielt nicht nach denselben Regeln. Und jeden, der ihn finanziell schädigt, betrachtet er als Feind.«

»Auch mich?« fragte Molly.

»Ich fürchte schon.« Jenna öffnete die Tür. »Ich hab' dich lieb, Molly. Schließ ab und schalte die Alarmanlage ein.«

14

Der sechsunddreißigjährige Sportreporter Tim Mason war im Urlaub gewesen, als Fran bei NAF-TV anfing. Er war in Greenwich aufgewachsen und hatte nach dem College eine Weile als Volontär bei der *Greenwich Time* gearbeitet. In dieser Zeit hatte er seine Liebe zum Sport entdeckt und eine Stelle in der Sportredaktion eines Provinzblatts angenommen.

Ein Jahr später arbeitete er schon bei einem Lokalsender in derselben Kleinstadt. Und nachdem er in den nächsten zwölf Jahren mehrmals die Stelle gewechselt hatte und stetig aufgestiegen war, hatte er endlich den Durchbruch geschafft und leitete nun die Sportredaktion von NAF. Da drei Bundesstaaten im Einzugsbereich des Senders lagen, lief NAF dort den drei größten Konkurrenten allmählich den Rang ab. Bald war Tim Mason als einer der besten Sportkommentatoren der jüngeren Generation bekannt.

Tim, der ein wenig unbeholfen und jungenhaft wirkte, war ein freundlicher Mensch, der sich nicht so leicht aus der Ruhe bringen ließ. Vor der Kamera strahlte er Kompetenz aus, und er erfreute sich bei Sportfans von nah und fern großer Beliebtheit.

Als er sich an diesem Nachmittag bei Gus Brandt aus dem Urlaub zurückmeldete, begegnete er Fran Simmons zum erstenmal. Sie war immer noch im Mantel und berichtete Gus gerade von ihrem Besuch bei Molly Lasch.

Ich kenne sie, dachte Tim. Aber woher?

Und sein ausgezeichnetes Gedächtnis ließ ihn auch diesmal nicht im Stich. Er hatte erst kurz vorher bei der *Greenwich Time* angefangen, als Fran Simmons Vater sich nach dem Unterschlagungsskandal erschoß. Böse Zungen in Greenwich hatten Mr. Simmons als Emporkömmling und Speichellecker bezeichnet, der das abgezweigte Geld an der Börse verspekulierte. Doch nachdem Simmons' Frau und Tochter die Stadt verlassen hatten, war die Gerüchteküche schlagartig verstummt.

Als Tim nun die gutaussehende Frau betrachtete, die vor ihm stand, war er sicher, daß sie ihn keines Blickes würdigen würde. Aber er war neugierig, wie sie sich entwickelt hatte. An ihrer Stelle hätte er sich nicht um die

Aufgabe gerissen, ausgerechnet in Greenwich Erkundigungen über den Fall Molly Lasch einzuziehen. Doch das war ihre Sache, und schließlich wußte er ja nicht, wie Fran Simmons den Selbstmord ihres Vaters verarbeitet hatte.

Dieser Mistkerl hat seine Frau und seine Tochter einfach im Stich gelassen, dachte Tim. Er hatte sich wie ein Feigling aus der Affäre gezogen. Tim war sich sicher, daß er so etwas nie tun würde. Er hätte in dieser Situation seine Familie aus der Stadt geschafft und dann die Konsequenzen auf sich genommen.

Tim hatte damals im Auftrag der *Time* über die Beerdigung berichtet, und er erinnerte sich gut daran, wie Fran und ihre Mutter nach der Messe aus der Kirche gekommen waren. Fran war jung und zerbrechlich gewesen und hatte den Kopf gesenkt gehalten, so daß das lange Haar ihr ins Gesicht fiel. Inzwischen war Fran Simmons eine schöne Frau, und Tim stellte fest, daß sie einen kräftigen Händedruck und ein warmes Lächeln hatte. Außerdem sah sie ihm direkt in die Augen. Obwohl sie nicht ahnen konnte, daß er gerade an den Skandal um ihren Vater gedacht hatte, bekam er ein schlechtes Gewissen und wurde verlegen.

Er entschuldigte sich für die Störung. »Normalerweise ist Gus um diese Zeit allein und grübelt darüber nach, was bei der Nachrichtensendung alles schiefgehen könnte.« Als er gehen wollte, hielt Fran ihn zurück.

»Gus hat mir erzählt, Ihre Familie hat in Greenwich gewohnt, und Sie sind dort aufgewachsen«, meinte sie. »Kannten Sie das Ehepaar Lasch?«

Offenbar will sie mir sagen, ihr ist klar, daß ich weiß, wer sie ist, dachte Tim. Und, daß ich bloß nicht anfangen soll, über ihren Vater zu sprechen. »Dr. Lasch, Garys Vater also, war unser Hausarzt«, erwiderte er. »Ein sympathischer Mann und ein guter Mediziner.«

»Und Gary?« hakte Fran nach.

Tims Blick wurde argwöhnisch. »Er hat sich sehr engagiert«, entgegnete er widerwillig. »Und sich aufopferungsvoll um meine Großmutter gekümmert, bevor sie in der Lasch-Klinik starb. Das war nur wenige Wochen vor seinem eigenen Tod.«

Tim fügte nicht hinzu, daß es sich bei der Krankenschwester, die seine Großmutter hauptsächlich gepflegt hatte, um Annamarie Scalli handelte.

Annamarie war eine hübsche junge Frau, eine fähige Krankenschwester und ein nettes Mädchen, wenn auch nicht sehr gebildet, erinnerte er sich. Großmutter war in sie vernarrt gewesen. Annamarie hatte sogar an ihrem Bett gesessen, als sie starb. Bei meiner Ankunft war Großmutter tot, und Annamarie weinte bitterlich. Wie viele Krankenschwestern würden sich den Tod einer Patientin so zu Herzen nehmen?

»Ich muß nachsehen, was sich in meiner Redaktion so tut«, sagte er. »Wir unterhalten uns später, Gus. Schön, Sie kennenzulernen, Fran.« Er winkte den beiden zu, verließ das Büro und ging den Flur entlang. Daß er seine Meinung über Gary Lasch geändert hatte, nachdem er von seiner Affäre mit Annamarie Scalli erfuhr, hatte er Fran lieber verschwiegen.

Annamarie war damals fast noch ein Kind gewesen, überlegte er und wurde ärgerlich. Und wie Fran Simmons war sie von einem selbstsüchtigen Erwachsenen benutzt worden. Annamarie hatte ihre Stelle aufgeben und wegziehen müssen. Nach dem Mord interessierte sich die Öffentlichkeit für sie, und sie wurde eine Zeitlang durch sämtliche Klatschspalten gezerrt.

Er fragte sich, wo Annamarie Scalli jetzt steckte. Kurz befürchtete er, Fran Simmons Recherchen könnten vielleicht das neue Leben zerstören, das sie sich aufgebaut hatte.

15

Raschen Schritts ging Annamarie Scalli die Straße entlang zu dem bescheidenen Haus in Yonkers, das die erste Station auf ihrer täglichen Runde war. Seit fünf Jahren arbeitete sie als Altenpflegerin bei einem ambulanten Pflegedienst und vermißte das Krankenhaus inzwischen nur noch selten. Auch die Photos ihres Kindes sah sie sich nicht mehr jeden Tag an. Nach fünf Jahren war man übereingekommen, daß die Adoptiveltern ihr nicht mehr jährlich eine Aufnahme zu schicken brauchten. Es war schon viele Monate her, daß sie das letzte Photo von dem kleinen Jungen erhalten hatte, der das Ebenbild seines Vaters war.

Mittlerweile hatte sie den Mädchennamen ihrer Mutter angenommen und nannte sich nun Sangelo. Wie ihre Mutter und ihre Schwester war sie molliger geworden. Sie trug jetzt Größe vierundvierzig. Ihr früher schulterlanges, dunkles Haar hatte sie sich abschneiden lassen, so daß es sich um ihr herzförmiges Gesicht lockte. Inzwischen war sie neunundzwanzig und wirkte tüchtig, zupackend und freundlich – ein Eindruck, der auch der Wirklichkeit entsprach. Niemand hätte in ihr mehr die geheimnisvolle Geliebte im Mordfall Dr. Gary Lasch erkannt.

Vorgestern hatte Annamarie in den Abendnachrichten Molly Laschs Ansprache vor dem Gefängnistor gesehen. Der Anblick des Niantic-Gefängnisses im Hintergrund hatte ihr fast körperliche Übelkeit verursacht. Nun verfolgte sie die Erinnerung an den Tag vor drei Jahren, als sie in ihrer Verzweiflung im Auto an der Haftanstalt vorbeigefahren war und sich ein Leben hinter Gittern ausgemalt hatte.

Denn ich *gehöre* ins Gefängnis, flüsterte sie, während sie die rissigen Betonstufen von Mr. Olsens Haus hinaufstieg.

Doch nach der Fahrt an jenem Tag hatte sie der Mut verlassen. Sie war wieder in ihre kleine Wohnung in Yonkers zurückgekehrt. Nur dieses eine Mal war sie versucht gewesen, den väterlichen Anwalt anzurufen, der in der Lasch-Klinik ihr Patient gewesen war. Sie hatte ihn bitten wollen, ihr beizustehen, wenn sie sich dem Staatsanwalt stellte.

Sie läutete bei Mr. Olsen, sperrte mit ihrem eigenen Schlüssel auf und begrüßte den alten Mann mit einem fröhlichen »guten Morgen«. Aber sie hatte das unangenehme Gefühl, daß das neu erwachte Interesse am Mordfall Lasch wieder auf ihre Spur führen würde. Man durfte sie unter keinen Umständen finden.

Davor hatte Annamarie die größte Angst.

16

Ohne auf Dr. Blacks Sekretärin zu achten, marschierte Calvin Whitehall an ihrem Schreibtisch vorbei und riß die Tür zu Peters elegant möbliertem Büro auf.

Black blickte von den Berichten auf, die er gerade studierte. »Du bist zu früh dran.«

»Nein, bin ich nicht«, zischte Whitehall. »Jenna hat sich gestern abend mit Molly getroffen.«

»Molly hatte tatsächlich den Nerv, mich anzurufen und mich zu warnen: Ich müßte unbedingt mit Fran Simmons, der Reporterin von NAF zusammenarbeiten. Hat Jenna dir von der *Wahre-Verbrechen*-Reportage erzählt, die diese Simmons über Gary drehen will?«

Calvin Whitehall nickte. Die beiden Männer starrten einander über den Schreibtisch hinweg an. »Und es kommt noch schlimmer«, knurrte Whitehall. »Offenbar ist Molly fest entschlossen, Annamarie Scalli aufzustöbern.«

Black erbleichte. »Dann schlage ich vor, daß du dir etwas einfallen läßt, um sie auf eine falsche Fährte zu locken«, entgegnete er ruhig. »Du bist am Zug. Und ich rate dir, auf der Hut zu sein. Ich muß dich ja nicht daran erinnern, was uns beiden sonst blüht.«

Ärgerlich schleuderte er seine Akten auf den Schreibtisch. »Das hier sind alles Leute, die uns wegen eines Kunstfehlers verklagen wollen.«

»Mach sie fertig.«

»Das habe ich auch vor.«

Als Cal Whitehall seinen Geschäftspartner musterte, bemerkte er, daß dessen Hand leicht zitterte. Auf Peter Blacks Wangen und Kinn waren geplatzte Äderchen zu sehen. »Wir müssen diese Reporterin aufhalten und verhindern, daß Molly Annamarie ausfindig macht«, sagte er angewidert. »Du solltest dir mal wieder einen Drink gönnen.«

17

Fran wußte sofort, daß Tim Mason über ihre Vergangenheit im Bilde war. Ich sollte mich besser daran gewöhnen, dachte sie. Diese Reaktion werde ich in Greenwich wohl noch öfter erleben. Schließlich brauchen die Leute nur zwei und zwei zusammenzuzählen. *Fran Simmons? Moment mal. Simmons?* Dann ein fragender Blick. *Warum kommt mir der Name bloß so bekannt vor? Ach, natürlich. Ihr Vater war doch der Mann, der …*

Da sie in dieser Nacht unruhig geschlafen hatte, kam sie am nächsten Morgen ziemlich müde ins Büro. Auf ihrem Schreibtisch erwartete sie eine Nachricht, die sie sofort an ihre Alpträume erinnerte. Sie stammte von Molly Lasch. Molly nannte ihr da den Namen des Psychiaters, der sie während des Prozesses behandelt hatte: »Ich habe Dr. Daniels angerufen. Er arbeitet zwar nicht mehr täglich, aber er würde sich gern mit dir unterhalten. Seine Praxis ist in der Greenwich Avenue.«

Dr. Daniels, Mollys Anwalt Philip Matthews, Dr. Peter Black, Calvin und Jenna Whitehall und die Haushälterin Edna Barry, die Molly wieder eingestellt hatte. Das waren die Leute, mit denen Fran Mollys Ansicht nach zuerst sprechen sollte. Doch Fran hatte auch noch andere Kandidaten auf ihrer Liste. Zum Beispiel Annamarie Scalli.

Sie betrachtete den Zettel mit Mollys Nachricht. Ich fange bei Dr. Daniels an, beschloß sie.

Da Molly sich bereits mit Dr. Daniels in Verbindung gesetzt hatte, erwartete er Frans Anruf. Er war sofort mit einem Treffen noch am selben Nachmittag einverstanden. Obwohl er vor kurzem seinen fünfundsiebzigsten Geburtstag gefeiert hatte, brachte er es trotz aller Überredungsversuche seiner Frau einfach nicht über sich, seine Praxis endgültig zu schließen. Immerhin gab es noch viele Menschen, die ihn brauchten und denen er helfen konnte.

Molly Carpenter Lasch gehörte zu den wenigen Patienten, bei denen er das Gefühl hatte, versagt zu haben. Er kannte Molly seit ihrer Kindheit und hatte oft mit ihren Eltern im Club gegessen. Molly war ein hübsches kleines Mädchen gewesen, stets höflich und für ihr Alter ungewöhnlich reif. Nichts in ihrem Verhalten und in den Ergebnissen der unzähligen Tests, die er nach ihrer Verhaftung durchgeführt hatte, wies darauf hin, daß sie gewalttätig war und den Tod ihres Mannes verschuldet hatte.

Ruthie Roitenberg, seine Sprechstundenhilfe, war nun schon seit fünfundzwanzig Jahren bei ihm und scheute sich wie viele langjährige Mitarbeiter nicht, ihre Meinung offen zu äußern oder Klatsch weiterzuverbreiten. »Herr, Doktor, wissen Sie, wer ihr Vater war?« fragte sie, nachdem er ihr erzählt hatte, daß er um zwei Uhr Fran Simmons erwartete.

»Sollte ich das denn wissen?« entgegnete Daniels wohlwollend.

»Erinnern Sie sich noch an den Mann, der das Geld aus dem Bibliotheksfonds gestohlen und sich dann erschossen hat? Fran Simmons ist seine Tochter und war eine Mitschülerin von Molly Carpenter.«

John Daniels ließ sich sein Erstaunen nicht anmerken. Er erinnerte sich noch sehr gut an Frank Simmons, denn er hatte selbst zehntausend Dollar an die Bibliothek gespendet. Wie sich herausstellte, hätte er das Geld, dank Mr. Simmons, genausogut zum Fenster hinauswerfen können. »Molly hat es nicht erwähnt. Vermutlich hielt sie es für unwichtig.«

Mrs. Roitenberg ging nicht weiter auf den sanften Tadel ein. »Ich würde an Miss Simmons' Stelle meinen Namen ändern«, sagte sie. »Und wenn Molly schlau wäre, würde sie dasselbe tun, wegziehen und noch einmal von vorne anfangen. Wissen Sie, Herr Doktor, die meisten hier fänden es am besten, wenn sie den Mord an dem armen Mann bereuen würde, anstatt die ganze Angelegenheit noch einmal breitzutreten.«

»Und wenn es eine andere Erklärung für seinen Tod gibt?«

»Herr Doktor, Sie glauben wohl noch an den Weihnachtsmann.«

Da Fran erst am Abend wieder im Fernsehen auftreten mußte, hatte sie den ganzen Vormittag Zeit, in ihrem Büro die Interviews vorzubereiten. Danach kaufte sie sich ein Sandwich und eine Limonade, setzte sich ins Auto und machte sich um Viertel nach zwölf auf den Weg nach Greenwich. Sie war so früh losgefahren, da sie sich vor dem Termin mit Dr. Daniels noch ein wenig die Stadt anschauen und die Orte wiedersehen wollte, an die sie sich noch erinnerte.

Knapp eine Stunde später erreichte sie den Stadtrand von Greenwich. Über Nacht war ein wenig Schnee gefallen. Bäume, Sträucher und Rasenflächen schimmerten in der fahlen Wintersonne.

Wirklich ein hübsches Städtchen, dachte Fran. Ich kann es Dad nicht verdenken, daß er gerne hier leben wollte. Bridgeport, wo ihr Vater aufgewachsen war, lag nur eine halbe Autostunde von hier im Norden. Doch zwischen den beiden Ortschaften bestand ein himmelweiter Unterschied.

Die Cranden Academy lag in der Round Hill Road. Fran fuhr langsam am Schulgelände vorbei, bewunderte die schlichten Steingebäude und dachte an die hier verbrachten Jahre, die Mädchen, mit denen sie befreundet gewesen war, und diejenigen, die sie nur aus der Ferne hatte bewundern dürfen. Eine der Unerreichbaren war Jenna Graham, die heute Jenna Whitehall hieß. Sie und Molly waren ein Herz und eine Seele gewesen, obwohl Fran fand, daß sie nur wenig Gemeinsamkeiten hatten. Jenna war selbstbewußt und durchsetzungsfähig, während Molly eher zu Zurückhaltung und Schüchternheit neigte.

Ihr wurde ganz warm ums Herz, als ihr Bobbitt Williams einfiel, die mit ihr in der Basketballmannschaft gespielt hatte. War es möglich, daß sie noch hier wohnte? überlegte Fran. Bobbitt war auch sehr musikalisch gewesen und hatte versucht, ihr das Klavierspielen beizubringen. Doch Fran war ein hoffnungsloser Fall. Offenbar hatte der liebe Gott sie bei der Verteilung der Musikalität vergessen.

Als Fran in die Greenwich Avenue einbog, wurde ihr klar, daß sie sehr gerne einige ihrer alten Freundinnen, wie Bobbitt zum Beispiel, besucht hätte – und dabei wurde ihr ganz wehmütig ums Herz. Mutter und ich haben nie über die vier Jahre gesprochen, die wir hier gelebt haben, dachte sie. Aber sie haben stattgefunden, und vielleicht ist es endlich Zeit, daß ich mich damit auseinandersetze. Schließlich gab es hier viele Menschen, die mir wirklich etwas bedeutet haben. Möglicherweise hilft es mir weiter, wenn ich einige von ihnen wiedersehe.

Wer weiß? überlegte sie, während sie Dr. Daniels' Adresse in ihrem Notizbuch nachschlug. Eines Tages könnte ich es schaffen, in diese Stadt zu kommen und nicht die schreckliche Wut und Beklommenheit zu empfinden, unter der ich leide, seit sich mein Vater als Verbrecher entpuppt hat.

Dr. John Daniels führte Fran unter Ruthies wachsamen Blicken in sein Büro. Ihm gefiel die junge, dezent gekleidete Reporterin mit ihrer zurückhaltenden Art auf Anhieb.

Unter ihrem Trenchcoat trug Fran eine braune Tweedjacke und eine Hose aus Kamelhaar. Ihr hellbraunes Haar mit der leichten Naturwelle reichte ihr bis auf die Schulter. Während sie dem Arzt gegenüber Platz nahm, musterte Dr. Daniels sie eingehend. Sie war wirklich sehr hübsch, doch vor allem faszinierten ihn ihre Augen, die einen ungewöhnlichen Blaugrauton hatten. Sicher werden sie blauer, wenn sie glücklich ist und grauer, wenn sie sich verschließt, dachte er. Doch dann schalt er sich wegen seiner blühenden Fantasie und schüttelte den Kopf. Er mußte sich eingestehen, daß er Fran Simmons auch deshalb so neugierig ansah, weil Ruthie ihm etwas über ihren Vater erzählt hatte. Hoffentlich hatte sie es nicht bemerkt.

»Herr Doktor, wie Sie sicher wissen, möchte ich eine Reportage über Molly Lasch und den Tod ihres Mannes machen.« Fran kam sofort zur Sache. »Soweit ich informiert bin, hat Molly Ihnen die Erlaubnis gegeben, mit mir zu sprechen.«

»Richtig.«

»War sie vor dem Tod ihres Mannes Ihre Patientin?«

»Nein. Ich kannte ihre Eltern vom Country Club und bin auch Molly seit ihrer Kindheit immer wieder dort begegnet.«

»Ist Ihnen je aggressives Verhalten bei ihr aufgefallen?«

»Niemals.«

»Glauben Sie ihr, daß sie sich nicht an die Umstände erinnern kann, unter denen ihr Mann zu Tode gekommen ist? Lassen Sie mich es anders ausdrücken: Meinen Sie, daß Sie die Einzelheiten vergessen hat, zum Beispiel, ob er bei ihrem Eintreffen noch lebte oder schon tot war?«

»Ich bin überzeugt, daß Molly, so gut sie kann, die Wahrheit sagt.«

»Und das bedeutet?«

»Daß die Ereignisse jener Nacht so schmerzlich für sie gewesen sein müssen, daß sie sie tief in ihr Unbewußtes verdrängt hat. Ich weiß nicht, ob die Erinnerung jemals zurückkehren wird.«

»Wenn Sie sich doch an etwas erinnert – beispielsweise an ein Gefühl, daß vielleicht jemand im Haus gewesen ist, als sie zurückkam –, würde das Ihrer Ansicht nach der Realität entsprechen?«

John Daniels nahm die Brille ab und polierte sie. Als er sie wieder aufsetzte, wurde ihm klar, wie sehr er sie inzwischen brauchte. Ohne Brille auf der Nase fühlte er sich komischerweise auch beim Sprechen unsicher.

»Molly Lasch leidet an dissoziativer Amnesie. Das heißt, daß äußerst beängstigende und traumatische Erlebnisse bei ihr zu Gedächtnislücken geführt haben. Und der Tod ihres Mannes, ganz gleich, auf welche Weise er eingetreten ist, könnte ein Auslöser sein.

Manche Menschen in diesem Zustand sprechen gut auf Hypnose an und finden so wichtige und häufig zuverlässige Erinnerungen an das Ereignis wieder. Vor dem Prozeß war Molly sofort bereit, sich einer Hypnosebehandlung zu unterziehen, aber es klappte nicht. Aber das ist nur allzu verständlich. Sie war wegen des Todes ihres Mannes am Boden zerstört und hatte schreckliche Angst vor dem bevorstehenden Prozeß. In ihrem erschütterten Zustand war eine erfolgreiche Hypnose praktisch unmöglich.«

»Besteht die Chance, daß die Erinnerung allmählich zurückkehrt, Herr Doktor?«

»Ich wünschte, ich könnte bejahen, daß Molly gute Aussichten hat, ihr Gedächtnis wiederzufinden und ihren Namen reinzuwaschen. Doch offen gestanden denke ich, daß das, woran sie sich irgendwann zu erinnern glauben wird, nicht zwangsläufig den Tatsachen entsprechen muß. Es ist durchaus möglich, daß sie ihre Gedächtnislücken mit Wunschvorstellungen füllt, die nicht notwendigerweise mit den wirklichen Ereignissen übereinstimmen müssen. Das nennt man retrospektive Gedächtnisfalsifikation.«

Nach ihrem Besuch bei Dr. Daniels blieb Fran eine Weile im Auto sitzen und überlegte, was sie als nächstes tun sollte. Die Redaktion der *Greenwich Time* war nur ein paar Straßen weiter. Plötzlich fiel ihr Joe Hutnik ein. Er arbeitete dort und hatte über Mollys Haftentlassung berichtet. Außerdem war er felsenfest von ihrer Schuld überzeugt. Hatte er auch den Prozeß beobachtet?

Er schien ein aufrechter Mann zu sein und war außerdem schon lange im Geschäft.

Vielleicht schon zu lange, flüsterte eine innere Stimme. Möglicherweise hat er auch über deinen Vater geschrieben. Möchtest du das wirklich riskieren?

Draußen verblaßte die Wintersonne. Dicke, graue Wolken zogen auf. Schließlich beschloß sie, es darauf ankommen zu lassen, und griff nach ihrem Handy.

Eine Viertelstunde später schüttelte sie Joe Hutnik die Hand. Er hauste in einem winzigen Büroverschlag neben der Nachrichtenredaktion der *Greenwich Time*, in der es von Computern wimmelte. Hutnik war etwa fünfzig und hatte buschige, dunkle Brauen und aufgeweckt blitzende Augen. Er bot ihr einen Platz auf einem Zweisitzer an, dessen andere Hälfte mit Büchern vollgestapelt war.

»Was führt Sie in das ›Tor zu Neuengland‹, wie man unser hübsches Städtchen nennt?« fragte er und sprach weiter, ohne Frans Antwort abzuwarten. »Lassen Sie mich raten: Molly Lasch. Ich habe gehört, sie machen für *Wahre Verbrechen* eine Reportage über sie.«

»Es hat sich schneller herumgesprochen, als mir lieb ist«, entgegnete Fran. »Joe, können wir offen miteinander reden?«

»Natürlich. Solange es mich nicht meine Schlagzeile kostet.«

Fran zog die Augenbrauen hoch. »Dann bin ich bei Ihnen ja richtig. Frage: Haben Sie über Mollys Prozeß berichtet?«

»Wer hat das nicht? Da wir damals Sauregurkenzeit hatten, kam uns die Sache sehr gelegen.«

»Joe, ich könnte mir die Informationen auch aus dem Internet holen, aber ganz gleich, wie viele Zeugenaussagen man liest, man muß sich die Zeugen selbst ansehen, um festzustellen, ob sie lügen – vor allem im Kreuzverhör. Sie halten Molly offenbar für die Mörderin ihres Mannes.«

»Absolut.«

»Nächste Frage: Welche Meinung hatten Sie von Dr. Gary Lasch?«

Joe Hutnik lehnte sich zurück, drehte sich auf seinem Bürostuhl hin und her und überlegte. »Fran, ich habe mein ganzes Leben in Greenwich verbracht«, antwortete er zögernd. »Meine Mutter ist sechsundsiebzig. Sie erzählt immer noch davon, wie meine Schwester vor vierzig Jahren Lungenentzündung hatte. Damals war sie drei Monate alt, und die Ärzte kamen noch ins Haus. So was nannte man Hausbesuch. Niemand verlangte von einem, kranke Kinder ins Auto zu packen und mit ihnen in die Notaufnahme zu fahren.«

Er faltete die Hände auf dem Schreibtisch. »Wir wohnten oben auf einem ziemlich steilen Hügel. Dr. Lasch, Jonathan Lasch, Garys Vater, ist mit dem Auto liegengeblieben. Die Räder drehten einfach durch. Also stieg er aus und kämpfte sich durch den knietiefen Schnee bis zu unserem Haus. Das war um elf Uhr nachts. Ich weiß noch, wie er sich über meine Schwester beugte. Er hatte eine starke Lampe auf sie gerichtet und sie auf den Küchentisch gelegt. Drei Stunden lang blieb er bei ihr. Er verabreichte ihr zwei Penicillinspritzen und wartete, bis sie wieder richtig atmen konnte und das Fieber gesunken war, bevor er sich wieder auf den Heimweg machte. Am nächsten Morgen kam er zurück, um nach ihr zu sehen.«

»War Gary Lasch auch so ein Arzt?« fragte Fran.

Hutnik überlegte. »Es gibt in Greenwich noch immer jede Menge engagierter Ärzte – und vermutlich auch anderswo«, erwiderte er. »Ob Gary Lasch zu ihnen gehörte? Offen gestanden kann ich das nicht beantworten, Fran. Aber soweit ich im Bilde bin, interessierten er und sein Partner Dr. Peter Black sich eher für die geschäftliche Seite der Medizin als für die Krankenpflege.«

»Anscheinend sind sie damit sehr erfolgreich. Die Lasch-Klinik ist heute doppelt so groß wie bei meinem letzten Besuch«, meinte Fran. Sie hoffte, daß man ihr ihre Nervosität nicht anmerkte.

»Als Ihr Vater dort gestorben ist«, stellte Hutnik fest. »Hören Sie, Fran, ich bin schon lange in diesem Geschäft und kannte Ihren Vater. Er war ein sympathischer Mann. Ich brauche nicht hinzuzufügen, daß ich wie viele meiner Mitbürger nicht begeistert war, als die Spendengelder verschwanden. Mit dem Geld sollte in einem der weniger wohlhabenden Stadtviertel eine Bibliothek gebaut werden, damit die Kinder dort sie zu Fuß erreichen konnten.«

Verlegen wandte Fran den Blick ab.

»Tut mir leid«, sagte Hutnik. »Ich hätte es nicht erwähnen sollen. Bleiben wir beim Thema. Nach dem Tod seines Vaters hat sich Gary mit einem alten Kommilitonen zusammengetan, Dr. Peter Black aus Chicago. Die beiden haben aus Jonathan Laschs Krankenhaus die Lasch-Klinik gemacht und den Remington-Gesundheitsdienst gegründet, der zu den erfolgreichsten in dieser Branche gehört.«

»Was halten Sie eigentlich im allgemeinen von diesen Gesundheitsdiensten?« wollte Fran wissen.

»Dasselbe wie die meisten Leute. Ich finde sie zum Kotzen. Selbst die besten – und Remington ist meiner Ansicht nach einer davon – setzen die Ärzte mächtig unter Druck. Die meisten Ärzte müssen sich einem oder sogar mehreren dieser Gesundheitsdienste anschließen. Und das bedeutet, daß ihre Diagnosen von Bürokraten überprüft werden. Wenn ein Arzt nun denkt, daß ein Patient einen Spezialisten aufsuchen sollte, kann der Gesundheitsdienst das ablehnen. Außerdem müssen die Ärzte meistens ewig auf ihr Geld warten, häufig sogar so lange, daß sie in finanzielle Schwierigkeiten geraten. Patienten werden an weit entfernte Praxen verwiesen, nur damit sie nicht zu häufig wiederkommen. Und obwohl wir heutzutage über Medikamente verfügen, die Kranken das Leben erleichtern, wird die Entscheidung über deren Verschreibung von Menschen gefällt, die Geld verdienen, wenn die die Behandlung nicht genehmigen. Toller Fortschritt, meinen Sie nicht?«

Entrüstet schüttelte Joe den Kopf. »Zur Zeit verhandelt der Remington-Gesundheitdienst – das heißt Peter Black, der Geschäftsführer, und der Direktoriumsvorsitzende Cal Whitehall, gleichzeitig größter Geschäftsmann am Ort – mit dem Staat wegen der Genehmigung, vier kleinere Gesundheitsdienste zu schlucken. Wenn das passiert, schnellen die Aktien der Firma in schwindelerregende Höhen. Und wo liegt das Problem? Eigentlich gibt es keines. Nur, daß American National Insurance die kleinen Gesundheitsdienste ebenfalls haben will. Man munkelt, es sei auch eine feindliche Übernahme von Remington geplant.«

»Ist das wahrscheinlich?«

»Wer weiß? Vermutlich nicht. Der Remington-Gesundheitsdienst und die Lasch-Klinik genießen einen guten Ruf. Sie haben sich von dem Skandal um den Mord an Dr. Gary Lasch erholt, der noch dazu ein Verhältnis mit einer jungen Krankenschwester gehabt hat. Allerdings bin ich sicher, daß Peter Black und Cal Whitehall den Vertrag gern vor Molly Laschs Freilassung unter Dach und Fach gehabt hätten. Denn ihre Andeutungen, daß noch mehr hinter dem Mord an dem Doktor steckt, könnten den Herren schaden.«

»Wie könnte so etwas die Firmenübernahme beeinflussen?« fragte Fran.

Joe zuckte die Achseln. »Meine Liebe, auch wenn es Ihnen altmodisch erscheint, hat dieses Land dem lockeren Lebenswandel zur Zeit den Kampf angesagt. Der Vorsitzende von American National ist ein ehemaliger Gesundheitsminister, der geschworen hat, die Gesundheitsdienste zu reformieren. Remington liegt immer noch vorne, aber in dieser verrückten Welt kann ein einziger kalter Windhauch die Ernte verderben. Schon der Verdacht eines Skandals könnte dazu führen, daß der Vertrag platzt.«

18

Ich kann mich auf niemanden verlassen, war Mollys erster Gedanke beim Aufwachen. Sie sah auf die Uhr: zehn nach sechs. Nicht schlecht, sagte sie sich. Kurz nachdem Jenna sich verabschiedet hatte, war sie zu Bett gegangen und hatte sieben Stunden geschlafen.

Im Gefängnis hatte sie häufig die ganze Nacht kein Auge zugetan und trotz der bleiernen Müdigkeit vergeblich versucht, sich zu entspannen.

Als sie den linken Arm ausstreckte, berührte sie das Kissen neben sich. In dem schmalen Gefängnisbett hatte sie Gary nicht vermißt, doch nun war ihr seine Abwesenheit trotz all der Jahre, die seitdem vergangen waren, schmerzlich bewußt. Sie kam sich vor, als ob die Zeit dazwischen nur ein Traum gewesen wäre. Traum? Nein, Alptraum traf es besser.

Molly hatte sich ganz und gar eins mit Gary gefühlt. »Wir sind wie siamesische Zwillinge« war damals ihr Lieblingssatz gewesen. Hatte sie sich etwas vorgemacht?

Es hat sich selbstzufrieden und gönnerhaft angehört, dachte Molly, und vielleicht war es das auch. Und offenbar war ich ziemlich naiv. Inzwischen hellwach, setzte sie sich auf. Ich muß es wissen, überlegte sie. Wie lange hat die Affäre mit dieser Krankenschwester gedauert? Wie viele Jahre war mein Leben mit Gary eine Lüge?

Und nur Annamarie Scalli konnte ihr die Antworten darauf geben.

Um neun rief sie Fran Simmons im Büro an und hinterließ ihr die Nachricht, sie könne mit Dr. Daniels sprechen. Dann, um zehn, meldete sie sich bei Philip Matthews. Obwohl sie ihn nur selten in seiner Kanzlei aufgesucht hatte, sah sie sein Büro deutlich vor sich. Von seinem Fenster im World Trade Center hatte man einen Blick auf die Freiheitsstatue. Während sie ihm damals zugehört hatte, wie er ihre Verteidigung plante, war es ihr immer als Widerspruch erschienen, daß Mandanten, denen eine Gefängnisstrafe drohte, hier ständig das Symbol der Freiheit vor Augen hatten.

Molly hatte das Philip gesagt und er hatte ihr geantwortet, daß die Statue für ihn ein gutes Omen war: Wenn er einen Mandanten vertrat, wollte er ihm zur Freiheit verhelfen.

Es war durchaus möglich, daß Philip Annamarie Scallis letzte Adresse kannte. Schließlich hätte sie ursprünglich beim Prozeß aussagen sollen. Sie brauchte unbedingt einen Anhaltspunkt.

Philip Matthews hatte gerade überlegt, ob er Molly anrufen sollte, als ihm seine Sekretärin meldete, daß sie am Apparat sei. Rasch griff er nach dem Hörer. Seit sie aus der Haft entlassen worden war, konnte er nur noch an sie denken. Ein Erlebnis auf einer Dinnerparty vor zwei Tagen hatte seine Besorgnis noch verstärkt. Zur Unterhaltung der Gäste war eine Wahrsagerin engagiert gewesen. Da Philip nicht unhöflich sein wollte, hatte er gute Miene zum bösen Spiel gemacht, obwohl er Wahrsagerei, Handlesen, Astrologie und Tarotkarten normalerweise als albernen Hokuspokus abtat.

Allerdings hatte die Wahrsagerin ihm einen ordentlichen Schrecken eingejagt. Nachdem sie die von ihm gezogenen Karten studiert hatte, hatte sie die Stirn gerunzelt, das Blatt noch einmal gemischt und ihn erneut Karten auswählen lassen. »Jemand, der ihnen nahesteht, vermutlich eine Frau, schwebt in großer Gefahr«, hatte sie dann verkündet. »Wissen Sie, um wen es sich handeln könnte?«

Philip versuchte sich einzureden, daß die Wahrsagerin von einer Mandantin sprach, die wegen eines Verkehrsunfalls mit Todesfolge vor Gericht stand und wahrscheinlich ins Gefängnis mußte. Doch im Grunde seines Herzens war ihm klar, daß sie Molly meinte.

Und nun bestätigte Molly seine schlimmsten Befürchtungen. Sie hatte keineswegs vor, ihre Eltern nach Greenwich einzuladen.

»Irgendwann später vielleicht«, erklärte sie mit Nachdruck. »Philip, ich will Annamarie Scalli finden. Haben Sie Ihre letzte Adresse?«

»Lassen Sie bitte die Finger davon, Molly. Es ist vorbei. Sie müssen wieder ein normales Leben führen.«

»Genau das versuche ich ja. Und deshalb muß ich mit ihr sprechen.«

Philip seufzte. »Als letzte Adresse ist die Wohnung angegeben, in der sie auch zur Zeit von Garys Tod lebte. Wo sie jetzt wohnt, weiß ich nicht.«

Er ahnte, daß sie gleich auflegen würde, wollte das Gespräch jedoch noch nicht beenden. »Molly, ich komme bei Ihnen vorbei. Wenn Sie sich weigern, mit mir essen zu gehen, hämmere ich so lange an Ihre Tür, bis die Nachbarn die Polizei rufen.«

Das traute Molly ihm durchaus zu, denn er hatte dieselbe Entschlossenheit in der Stimme wie damals vor Gericht im Kreuzverhör. Offenbar war er ziemlich dickköpfig und daran gewöhnt, seinen Willen durchzusetzen. Aber sie wollte ihn noch nicht wiedersehen. »Philip, ich möchte noch ein wenig länger allein sein. Heute ist Donnerstag. Warum kommen Sie nicht am Samstag zum Abendessen? Ich habe keine Lust auszugehen. Ich koche uns lieber etwas.«

Nach kurzem Zögern nahm er die Einladung an und beschloß, sich bis auf weiteres damit zufriedenzugeben.

19

Edna Barry war gerade dabei, ein Brathuhn zu glasieren, eins von Wallys Leibgerichten, vor allem wenn sie die Füllung selbst machte. In Wahrheit bestand die Füllung aus einer Fertigmischung, doch Edna verfeinerte sie stets mit gedünsteten Zwiebeln, Stangensellerie und einer zusätzlichen Prise Brathuhn-Gewürzmischung.

Ein köstlicher Duft zog durchs Haus, und Ednas Nerven beruhigten sich beim Kochen. Sie erinnerte sich an die Zeit, als ihr Mann Martin noch lebte. Damals war Wally ein aufgeweckter, gesunder kleiner Junge gewesen. Nach Ansicht der Ärzte war die Veränderung in ihrem Sohn nicht durch Martins Tod ausgelöst worden. Sie sagten, Schizophrenie sei eine psychische Krankheit, die häufig erst bei Halbwüchsigen und jungen Erwachsenen ausbrach.

Doch Edna glaubte nicht daran. »Wally vermißt eben seinen Vater«, pflegte sie den Leuten zu erklären.

Hin und wieder sprach Wally davon, daß er einmal heiraten und eine Familie gründen wollte. Aber Edna wußte inzwischen, daß das wahrscheinlich nie geschehen würde. Die Menschen fühlten sich in seiner Gegenwart unwohl, weil er so leicht gekränkt war und rasch die Beherrschung verlor.

Ständig machte sich Edna Sorgen, was einmal nach ihrem Tod aus Wally werden sollte. Solange sie lebte, würde sie sich um ihn kümmern und ihn dazu bringen, seine Medikamente zu nehmen, obwohl sie wußte, daß er sie manchmal wieder ausspuckte.

Mit Dr. Morrow hatte sich Wally sehr gut verstanden – ein Jammer, daß er tot war.

Während sie den Backofen schloß, dachte sie an Jack Morrow, den energischen jungen Arzt, der mit Patienten wie Wally so gut zurechtgekommen war. Morrow war Allgemeinmediziner gewesen und hatte seine Praxis im Erdgeschoß seines kleinen Häuschens drei Straßen weiter. Nur zwei Wochen vor Dr. Laschs Tod war er erschossen aufgefunden worden.

Selbstverständlich hatten sich die Umstände völlig von denen im Fall Lasch unterschieden. Da Dr. Morrows Medikamentenschrank aufgebrochen und geplündert worden war, ging die Polizei von einem Drogendelikt aus. Alle Patienten waren vernommen worden. Zum Glück, wie Edna sich sagte, hatte sich ihr Sohn kurz zuvor den Knöchel gebrochen, und sie hatte ihn angewiesen, die Schiene noch einmal anzulegen, ehe die Polizei kam.

Nach nur einem Tag war ihr klargeworden, daß sie nicht wieder als Haushälterin bei Molly Lasch hätte anfangen dürfen. Es war zu gefährlich. Schließlich bestand immer die Möglichkeit, daß Wally – wie damals, ein paar Tage vor Dr. Laschs Tod – den Weg zu ihrem Haus fand. Obwohl sie ihm befohlen hatte, in der Küche zu warten, war er in Dr. Laschs Arbeitszimmer gegangen und hatte die Remington-Skulptur hochgehoben.

Würden die Sorgen denn niemals aufhören? fragte sich Edna. Wahrscheinlich nicht. Seufzend begann sie, den Tisch zu decken.

»Mom, Molly ist doch wieder zu Hause?«

Edna blickte auf. Wally stand in der Tür. Er hatte die Hände in den Taschen, das dunkle Haar fiel ihm in die Stirn. »Warum interessiert dich das, Wally?« fragte sie streng.

»Weil ich sie sehen will.«

»Du darfst auf keinen Fall zu ihrem Haus gehen.«

»Ich mag sie, Mom.« Wally kniff die Augen zusammen, als versuche er, sich an etwas zu erinnern. Er blickte an Edna vorbei und sagte: »Sie würde mich nie so anbrüllen wie Dr. Lasch.«

Ein Schauder überlief Edna. Seit Jahren hatte Wally das Ereignis nicht mehr angesprochen. Nicht, seit sie ihm verboten hatte, über Dr. Lasch und den Hausschlüssel, den sie am Tag nach dem Mord in seiner Hosentasche gefunden hatte, zu reden.

»Molly ist zu allen Leuten nett«, entgegnete sie. »Und jetzt lassen wir dieses Thema, einverstanden?«

»Gut, Mom. Aber ich bin froh, daß Dr. Lasch tot ist. Jetzt kann er mich nicht mehr anbrüllen.« Wallys Stimme klang tonlos.

Das Telefon läutete. Erschrocken nahm Edna ab und meldete sich mit ängstlich zitternder Stimme.

»Mrs. Barry, entschuldigen Sie die Störung. Hier spricht Fran Simmons. Wir haben uns gestern bei Molly Lasch kennengelernt.«

»Ja, ich erinnere mich.« Edna Barry bemerkte, wie barsch sie sich anhörte. »Aber natürlich«, fügte sie, ein wenig freundlicher, hinzu.

»Ich wollte fragen, ob ich am Samstag zu Ihnen kommen könnte, um ein wenig zu plaudern.«

»Samstag?« Edna Barry zermarterte sich das Hirn, womit sie Fran abwimmeln könnte.

»Außer Sonntag oder Montag paßt Ihnen besser.«

Warum sich die Mühe machen, die Verabredung hinauszuzögern? Die Frau würde ohnehin nicht lockerlassen. »Samstag geht schon in Ordnung«, stieß Edna hervor.

»Ist Ihnen elf zu früh?«

»Nein.«

»Gut. Wären Sie so freundlich, mir Ihre genaue Adresse zu geben?«

Diese Frau hat Todesangst, dachte Fran, nachdem sie aufgelegt hatte. Ich habe ihr die Anspannung deutlich angemerkt. Auch gestern, als ich bei Molly war, wirkte sie nervös. Welchen Grund hat sie bloß, sich zu fürchten?

Edna Barry hatte Gary Laschs Leiche gefunden. Konnte es sein, daß Molly Edna deshalb wieder eingestellt hatte, weil sie an ihrer Version der Ereignisse zweifelte?

Interessante Idee, überlegte Fran. Nach einem Blick in den Kühlschrank zog sie ihren Mantel an – sie hatte beschlossen, zu P. J. Clarke zu gehen, um einen Hamburger zu essen.

Als sie die 56. Straße entlangeilte, kam ihr in den Sinn, daß Molly vielleicht nicht die einzige war, die an Gedächtnisstörungen litt.

20

Jenna, ich weiß, daß du eine kluge Frau bist. Also müßtest du mir eigentlich folgen können, wenn ich dir sage, daß Annamarie Scalli sich einfach in Luft aufgelöst hat. Und selbst wenn ich eine Möglichkeit wüßte, sie aufzuspüren, werde ich das gewiß nicht ausgerechnet Molly Lasch auf die Nase binden!«

Die roten Flecken auf Calvin Whitehalls Wangen verrieten seiner Frau, daß er kurz davor stand, die Geduld zu verlieren. Doch Jenna beschloß, nicht weiter darauf zu achten. »Cal, was stört es dich, wenn Molly versucht, Verbindung mit dieser Frau aufzunehmen? Vielleicht hilft es ihr, die Sache endlich für sich abzuschließen.«

Sie tranken Kaffee und Saft in dem kleinen Wohnzimmer, das vom Schlafzimmer abging. Jenna mußte gleich zur Arbeit. Mantel und Handtasche lagen bereits neben ihr auf einem Sessel. Calvin stellte unsanft die Kaffeetasse ab. »Molly kann mir mal den Buckel runterrutschen. Ich muß die Verhandlungen zu einem Abschluß bringen. Seit drei Jahren arbeite ich schon daran, und zwar zu unserer beider Vorteil.«

Jenna stand auf. »Ich glaube, ich übernachte heute in der Stadtwohnung.«

»Wie du willst.«

Sie starrten einander an. Dann breitete sich ein Lächeln auf Calvin Whitehalls Gesicht aus. »Mein liebes Kind, du solltest dich mal sehen. Wenn du jetzt eine Bronzeskulptur zur Hand hättest, würdest du mit mir wahrscheinlich dasselbe machen wie Molly mit Gary. Ihr Mädchen von der Cranden Academy habt wirklich Temperament.«

Jenna erbleichte. »Offenbar hast du tatsächlich Sorgen wegen der Verhandlungen, Cal. So gemein bist du nämlich sonst nie.«

»Normalerweise besteht auch nicht die Gefahr, daß mir ein Milliardengeschäft durch die Lappen geht. Jen, anscheinend bist du die einzige, auf die Molly hört. Überrede sie, so bald wie möglich mit dir nach New York zu fahren. Rück ihr den Kopf zurecht. Erinnere sie daran, daß sie Garys Andenken nur noch mehr in den Schmutz zieht und sich außerdem selbst schadet, wenn sie weiter versucht, sich und der Welt einzureden, sie wäre nicht die Mörderin.«

Wortlos zog Jenna den Mantel an und griff nach ihrer Tasche. Als sie die Treppe hinuntereilte, rief ihr Mann ihr nach: »Ein Milliardengeschäft, Jen. Gib zu, du willst auch nicht, daß es platzt.«

Lou Knox, Cals langjähriger Chauffeur und Mädchen für alles, sprang aus dem Wagen, als er Jenna aus dem Haus kommen sah. Er hielt ihr die Autotür auf, schloß sie hinter ihr und nahm auf dem Fahrersitz Platz.

»Guten Morgen, Mrs. Whitehall. Offenbar sind wir spät dran. Wenn wir den Zug verpassen, kann ich Sie ja in die Stadt fahren.«

»Nein, Cal braucht das Auto, und ich habe keine Lust auf den Stau«, entgegnete Jenna barsch. Manchmal ging ihr Lous aufgesetzter Frohsinn ziemlich auf die Nerven. Cal hatte ihn mit in die Ehe gebracht. Lou und er waren zusammen in irgendeinem Nest zur Schule gegangen, und als Cal vor fünfzehn Jahren nach Greenwich zog, hatte er seinem alten Freund diese Stelle angeboten.

Jenna war die einzige, die wußte, daß Cal und Lou sich von früher kannten. »Lou ist schlau genug, um für sich zu behalten, daß wir mal im selben Schulchor waren«, pflegte Cal zu sagen.

Sie mußte Lou zugutehalten, daß er ein gutes Gespür hatte. Er merkte sofort, daß sie sich nicht unterhalten wollte, und stellte leise den Klassiksender ein, den sie am liebsten hatte. Jenna hörte immer diesen Sender, wenn sie sich nicht gerade für die Nachrichten interessierte.

Lou war wie Cal sechsundvierzig Jahre alt. Er war zwar gut in Form, hatte aber nach Jennas Ansicht etwas Weichliches an sich. Außerdem war er für ihren Geschmack zu servil und zu sehr darum bemüht zu gefallen. Sie traute ihm nicht über den Weg. Selbst auf der kurzen Fahrt zum Bahnhof hatte sie den Eindruck, daß er sie im Rückspiegel neugierig beobachtete.

Ich habe mein Bestes getan, dachte Jenna, als sie das Gespräch mit ihrem Mann nochmals Revue passieren ließ. Aber Cal wird Molly auf keinen Fall bei der Suche nach Annamarie Scalli helfen. Obwohl sie ärgerlich auf ihn war und ihm wegen seines herablassenden Tons grollte, mußte sie zugeben, daß sie ihn insgeheim bewunderte.

Cal hatte Macht und Charisma. Vom Angestellten bei einer kleinen Computerfirma, die er als Tante-Emma-Laden bezeichnete, hatte er es zum allseits geachteten Geschäftsmann gebracht. Im Gegensatz zu anderen Unternehmern, die Schlagzeilen machten, wenn sie Vermögen erwirtschafteten und wieder verloren, hielt Cal sich lieber im Hintergrund. Dennoch genoß er in der Finanzwelt einen guten Ruf, und wer sich ihm in den Weg stellte, mußte sich warm anziehen.

Die Macht war es, die Jenna ursprünglich an ihm angezogen hatte und die sie auch weiterhin faszinierte. Sie hatte Freude an ihrem Beruf als Teilhaberin einer angesehenen Anwaltskanzlei, eine Position, die sie einzig und allein ihrer eigenen Leistung verdankte. Auch wenn sie Cal nie begegnet wäre, hätte sie Karriere gemacht, und dieses Wissen verlieh ihr das Gefühl, auch etwas für sich selbst erreicht zu haben. Cal bezeichnete die Kanzlei zwar als ›Jennas kleines Hobby‹, doch sie wußte, daß er sie deshalb respektierte.

Gleichzeitig jedoch war sie gerne Mrs. Calvin Whitehall und genoß die gesellschaftliche Stellung, die ihr dieser Name verlieh. Anders als Molly hatte sie sich nie Kinder oder das Leben einer gutsituierten Vorstadthausfrau nach dem Beispiel ihrer Mütter gewünscht.

Sie näherten sich dem Bahnhof. Der Zug pfiff. »Gerade noch rechtzeitig«, verkündete Lou freundlich, hielt an, stieg aus und öffnete ihr die Tür. »Soll ich Sie heute abend abholen, Mrs. Whitehall?«

Jenna zögerte. »Ja, ich bin zur gewohnten Zeit hier. Richten Sie meinem Mann aus, daß ich nach Hause komme.«

21

Guten Morgen, Herr Doktor.«

Peter Black sah von seinem Schreibtisch auf. Die verstörte Miene seiner Sekretärin verriet ihm, daß sie keine guten Nachrichten hatte. Louise Unger war zwar recht schüchtern, aber eine äußerst tüchtige Bürokraft. Ersteres ging Peter Black zuweilen auf die Nerven, doch ihre Fähigkeiten machten diesen Fehler wieder wett. Ein Blick auf die Wanduhr verriet ihm, daß es erst halb neun war. Wie so häufig war Louise schon vor Dienstbeginn im Büro.

Er murmelte eine Begrüßung und schwieg dann.

»Mr. Whitehall hat angerufen, Herr Doktor. Er mußte ein weiteres Telefonat entgegennehmen, aber er bittet Sie, auf seinen Anruf zu warten.« Louise Unger zögerte. »Ich glaube, er ist ziemlich aufgebracht.«

Peter Black hatte sich schon vor langer Zeit angewöhnt, seine Mimik so zu beherrschen, daß man ihm Gefühlsregungen nicht anmerkte. »Danke für die Warnung, Louise«, meinte er mit einem gekünstelten Lächeln. »Mr. Whitehall regt sich öfter auf. Das wissen wir beide doch.«

Louise nickte diensteifrig. Ihre Vogelaugen funkelten. »Ich wollte Ihnen nur Bescheid geben, Herr Doktor.«

Für Louises Verhältnisse war das eine kühne Bemerkung gewesen, auf die Peter Black allerdings nicht weiter einging. »Vielen Dank, Louise«, erwiderte er nur gleichmütig.

Als das Telefon auf seinem Schreibtisch läutete, forderte er sie mit einer Kopfbewegung auf abzunehmen.

Eigentlich hatte sie sich mit ›Apparat Dr. Black‹ melden wollen, erhielt aber nicht die Gelegenheit dazu. »Es ist Mr. Whitehall, Herr Doktor«, erklärte sie und schaltete den Anrufer in die Warteschleife. Dann eilte sie gehorsam aus dem Büro und schloß die Tür hinter sich.

Peter Black war klar, daß es einem Todesurteil gleichkam, wenn man gegenüber Calvin Whitehall Schwäche zeigte. Inzwischen achtete er nicht mehr auf Calvins Seitenhiebe wegen seines Alkoholkonsums, denn er war überzeugt, daß Whitehall sich nur deshalb auf ein Glas Wein täglich beschränkte, um sich überlegen zu fühlen.

Er hob ab. »Na, wie steht's mit dem Imperium, Cal?« fragte er wie immer, weil er wußte, daß diese Bemerkung Whitehall ärgerte.

»Großartig. Das Problem ist nur, daß Molly Lasch für Unruhe sorgt.«

Peter Black hatte das Gefühl, als würde Calvin Whitehalls dröhnende Stimme den Hörer zum Vibrieren bringen.

Black hielt das Telefon in der linken Hand und lockerte die Finger seiner rechten, um Spannung abzubauen. »Das ist doch nichts Neues«, antwortete er.

»Jenna war vorgestern abend bei ihr. Molly möchte, daß ich Annamarie Scalli finde. Sie besteht darauf, mit ihr zu sprechen, und läßt es sich einfach nicht ausreden. Heute morgen hat Jenna mich wieder damit gelöchert. Ich habe gesagt, ich hätte keine Ahnung, wo die Scalli steckt.«

»Ich auch nicht«, erklärte Black betont ruhig. Er erinnerte sich an die Panik in Gary Laschs Stimme: »*Annamarie, der Klinik zuliebe. Du mußt mir helfen.*«

Damals ahnte ich nicht, daß sie ein Verhältnis mit Gary hat, dachte Peter Black. Was war, wenn Molly sie jetzt aufspürte? Und wenn Annamarie ihr verriet, was sie wußte. Was würde dann geschehen?

Er bemerkte, daß Cal weitersprach, aber er hatte den ersten Teil der Frage nicht verstanden.

»... gibt es jemandem in der Klinik, der noch Kontakt zu ihr hat?«

»Ich weiß nicht.«

Eine Minute später legte Dr. Peter Black den Hörer auf. »Keine Anrufe mehr, Louise«, sagte er in die Gegensprechanlage. Er stützte die Ellenbogen auf den Schreibtisch und preßte die Handflächen gegen die Stirn.

Es war ein Drahtseilakt, und das Seil wurde allmählich brüchig. Wie konnte er verhindern, daß es riß und er in die Tiefe stürzte?

22

Sie wollte nicht, daß du dir Sorgen machst, Billy.« Billy Gallo blickte seinen Vater über das Bett seiner Mutter hinweg an. Sie waren in der Intensivstation der Lasch-Klinik. Tony Gallo hatte Tränen in den Augen. Sein schütteres graues Haar war zerzaust, und er tätschelte den Arm seiner Frau mit zitternder Hand.

Daß die beiden Männer Vater und Sohn waren, war unverkennbar, denn mit ihren dunkelbraunen Augen, den vollen Lippen und dem markanten Kinn sahen sie einander erstaunlich ähnlich.

Tony Gallo war sechsundsechzig und hatte früher beim Sicherheitsdienst eines großen Konzerns gearbeitet. Inzwischen war er Rentner, verdiente sich als Schülerlotse in dem Städtchen Cos Cob etwas dazu und war an der Kreuzung Willow und Pine nicht mehr wegzudenken. Sein fünfunddreißigjähriger Sohn Billy spielte im Ensemble eines Broadway-Musicals die Posaune, befand sich eigentlich gerade auf Tournee und war eigens aus Detroit hergeflogen.

»Es war sicher nicht Moms Idee, mich zu schonen«, meinte Billy ärgerlich. »Ich würde wetten, daß du ihr verboten hast, mich anzurufen.«

»Billy, du hattest sechs Monate lang kein Engagement. Wir wollten nicht, daß du die Stelle verlierst.«

»Zum Teufel mit der Stelle. Ihr hättet mich anrufen sollen. Ich hätte mich schon durchgesetzt. Als sie ihr die Genehmigung verweigert haben, zum Spezialisten zu gehen, hätte ich es denen gezeigt.«

»Du irrst dich, Billy. Dr. Kirkwood hat alles getan, um sie an einen Facharzt zu überweisen. Jetzt ist die Kostenübernahme für die Operation durch. Sie wird wieder gesund.«

»Aber er hat sie trotzdem zu spät zu einem Spezialisten geschickt.«

Josephine Gallo wachte auf. Sie hörte, wie ihr Mann und ihr Sohn sich anschrien, und sie ahnte, daß es dabei um sie ging. Sie fühlte sich schläfrig und schwerelos. Eigentlich war es recht angenehm, dazuliegen, sich treiben zu lassen und sich nicht an dem Streit beteiligen zu müssen. Sie hatte es satt, Tony anzuflehen, Billy zu unterstützen, wenn er gerade kein Engagement hatte. Billy war ein guter Musiker und eignete sich einfach nicht zum Büroangestellten. Warum konnte Tony das nicht begreifen?

Sie hörte zornige Stimmen und wollte, daß die beiden sich nicht mehr stritten. Josephine dachte an die Schmerzen, die sie heute morgen aus dem Schlaf gerissen hatten. Es waren dieselben Schmerzen, die sie schon ihrem Hausarzt Dr. Kirkwood geschildert hatte.

Tony und Billy zankten immer noch, ihre Stimmen schienen lauter zu werden. Bitte, seid still, wollte sie sagen. Dann läuteten irgendwo in der Ferne Glocken. Schritte eilten herbei. Wieder durchfuhr sie derselbe Schmerz wie heute morgen. Eine Welle des Schmerzes. »Tony … Billy …«, stieß sie hervor.

Als sie ihren letzten Atemzug tat, hörte sie ihre Stimmen wie einen Chor, flehend und voller Trauer: »Mooommm. Josieeee.« Dann war alles still.

23

Um Viertel vor zwölf betrat Fran die Eingangshalle der Lasch-Klinik. Sie versuchte, die Erinnerungen an dieses Gebäude zu unterdrücken, daran, wie sie gestolpert und in die Arme ihrer Mutter gesunken war. Statt dessen zwang sie sich, stehenzubleiben und sich gründlich umzusehen.

Gegenüber dem Eingang befand sich der Empfang. Sehr gut, dachte sie. Schließlich wollte sie verhindern, daß ein freundlicher freiwilliger Helfer oder Wachmann ihr anbot, ihr den Weg zu einer Station zu zeigen. Allerdings hatte sie sich für diesen Fall eine Geschichte zurechtgelegt: Sie wollte eine Freundin abholen, die hier einen Krankenbesuch bei einem Patienten machte, dessen Namen Fran nicht kannte.

Sie blickte sich um. Die Sofas und Sessel waren mit grünem Kunstleder bezogen, Beine und Armlehnen der Möbel waren mit Ahornfurnier überzogen. Nur die Hälfte der Plätze war besetzt. Links vom Empfang zeigte ein Pfeil mit der Aufschrift ZU DEN AUFZÜGEN in einen Flur. Schließlich entdeckte Fran das, was sie gesucht hatte. Auf dem Schild auf der anderen Seite der Vorhalle stand CAFETERIA. Als sie darauf zuging, passierte sie den Zeitungskiosk. Auf der ersten Seite der lokalen Wochenzeitung prangte ein Foto von Molly vor dem Gefängnistor.

Fran angelte ein paar Münzen aus ihrer Jackentasche.

Sie hatte den Zeitpunkt absichtlich gewählt, denn zur Mittagszeit würde es hier von Menschen wimmeln. Einen Augenblick blieb sie in der Tür der Cafeteria stehen und sah sich nach dem besten Platz um. Es gab etwa zwanzig Tische und einen Tresen mit zwölf Barhockern. Die beiden Frauen hinter der Theke trugen buntgestreifte Schürzen und waren freiwillige Helferinnen.

Am Tresen saßen vier Leute. Ungefähr zehn weitere hatten sich an den Tischen verteilt. Am Fenster waren drei Männer in weißen Kitteln, offenbar Ärzte, in ein Gespräch vertieft. Neben ihnen war ein kleiner Tisch frei. Während Fran überlegte, ob sie um diesen Tisch bitten sollte, kam schon eine Kellnerin, ebenfalls in buntgestreifter Schürze, auf sie zu, um ihr einen Platz anzuweisen.

»Ich setze mich an den Tresen«, sagte Fran rasch. Vielleicht würde es ihr gelingen, beim Kaffee ein Gespräch mit einer der freiwilligen Helferinnen anzuknüpfen. Die beiden Frauen durften so Mitte Sechzig sein. Vielleicht hatte eine von ihnen auch vor sechs Jahren zu Gary Laschs Lebzeiten hier gearbeitet.

Die Frau, die ihr Kaffee und einen Bagel brachte, trug ein Smiley-Namensschild, auf dem ›Hallo, ich heiße Susan Branagan‹ stand. Sie hatte ein freundliches Gesicht und weißes Haar und wirkte sehr energisch. Offenbar hielt sie es für ihre Aufgabe, die Gäste zu unterhalten. »Kaum zu fassen, daß in zwei Wochen Frühlingsanfang ist«, meinte sie.

Damit hatte sie Fran das richtige Stichwort gegeben. »Ich habe lange in Kalifornien gelebt. Es fällt mir ein wenig schwer, mich an das Wetter an der Ostküste zu gewöhnen.«

»Besuchen Sie jemanden im Krankenhaus?«

»Ich warte nur auf eine Freundin, die jemanden besucht. Arbeiten Sie schon lange hier?«

Susan Branagan strahlte übers ganze Gesicht. »Ich habe gerade eine Auszeichnung zum zehnjährigen Jubiläum bekommen.«

»Ich finde es toll, daß Sie sich ehrenamtlich engagieren«, sagte Fran.

»Wenn ich nicht dreimal in der Woche im Krankenhaus arbeiten würde, würde ich mich ganz verloren fühlen. Ich bin Witwe, meine Kinder sind verheiratet und führen ihr eigenes Leben. Was soll ich den ganzen Tag mit mir anfangen?«

Offenbar eine rhetorische Frage.

»Die Aufgabe füllt Sie sicher aus«, meinte Fran. Bemüht beiläufig legte sie die Lokalzeitung auf den Tresen, und zwar so, daß Susan Branagan Mollys Foto und die Schlagzeile auch sicher sah: DR. LASCHS WITWE BETEUERT IHRE UNSCHULD.

Mrs. Branagan schüttelte den Kopf. »Da Sie aus Kalifornien sind, wissen Sie es vermutlich nicht. Dr. Lasch war früher Leiter dieser Klinik. Sein Tod hat zu einem schrecklichen Skandal geführt. Er war erst sechsunddreißig und so ein gutaussehender Mann.«

»Was ist denn geschehen?« fragte Fran.

»Ach, er hat sich mit einer jungen Krankenschwester eingelassen, und seine Frau ... vermutlich hat die Arme einfach die Beherrschung verloren. Sie behauptet, sie könne sich nicht erinnern, ihn getötet zu haben, aber das glaubt ihr natürlich niemand. Es war eine furchtbare Tragödie und ein großer Verlust. Das Traurige daran ist, daß Schwester Annamarie so ein nettes Mädchen war. Niemand hätte ihr eine Affäre mit einem verheirateten Mann zugetraut.«

»So was passiert öfter«, konstatierte Fran.

»Da haben Sie leider recht. Dennoch kam es ziemlich überraschend, denn es gab hier einen jungen Arzt, übrigens ein sehr sympathischer Mann, der sie wirklich gern hatte. Wir alle glaubten, daß die beiden ein Paar werden würden, aber wahrscheinlich hat Dr. Lasch ihr den Kopf verdreht. Und der arme Dr. Morrow hatte das Nachsehen. Möge er in Frieden ruhen.«

Dr. Morrow. In Frieden ruhen.

»Sie meinen doch nicht etwa Dr. Jack Morrow?«

»Ach, kannten Sie ihn?«

»Ich bin ihm vor vielen Jahren begegnet, als ich eine Weile in der Stadt war.« Fran dachte an das freundliche Gesicht des jungen Arztes, der sie an jenem entsetzlichen Abend vor vierzehn Jahren hatte trösten wollen, als sie und ihre Mutter ihren sterbenden Vater ins Krankenhaus begleitet hatten.

»Nur zwei Wochen vor dem Mord an Dr. Lasch wurde er in seiner Praxis erschossen. Sein Medizinschrank war aufgebrochen worden.« Seufzend erinnerte Susan Branagan sich an das Ereignis. »Zwei junge Ärzte, und beide sterben sie eines gewaltsamen Todes. Ich weiß, daß die

Morde nichts miteinander zu tun haben, aber es war dennoch ein tragischer Zufall.«

Zufall? schoß es Fran durch den Kopf. Und beide Männer hatten Kontakt zu Annamarie Scalli. Gab es überhaupt Zufälle, wenn es um Mord ging?

24

Drei Nächte zu Hause, dachte Molly. Dreimal morgens im eigenen Bett und in meinem eigenen Zimmer aufgewacht.

Heute war sie kurz vor sieben aufgestanden, hatte sich Kaffee gekocht, ihn in ihre Lieblingstasse gegossen, und war mit dem aromatisch duftenden Getränk ins Schlafzimmer zurückgekehrt. Nachdem sie die Kissen aufgeschüttelt hatte, schlüpfte sie wieder ins Bett und trank langsam ihren Kaffee. Als sie sich im Schlafzimmer umsah, wurde ihr klar, daß sie diesen Raum in den fünf Jahren ihrer Ehe kaum bewußt wahrgenommen hatte.

In den ruhelosen Nächten im Gefängnis hatte sie sich ihr Schlafzimmer vorgestellt: Ihre Füße berührten den dicken, elfenbeinfarbenen Teppich; die Satindecke glitt über ihre Haut; ihr Kopf sank in die weichen Kissen; die Fensterläden waren geöffnet, damit sie den nächtlichen Himmel betrachten konnte, was sie oft tat, wenn ihr Mann schlafend neben ihr lag.

Molly nippte an ihrem Kaffee und erinnerte sich an die unendlich langen Nächte im Gefängnis. Als sie allmählich wieder in der Lage gewesen war, klar zu denken, kamen auch die Fragen, die sie inzwischen unablässig beschäftigten: Wenn Gary es wirklich geschafft hatte, ihr jahrelang eine glückliche Ehe vorzuspielen, in welcher Hinsicht hatte er sie sonst noch getäuscht?

Auf dem Weg ins Bad blieb sie stehen, um aus dem Fenster zu sehen. Eigentlich eine Alltäglichkeit, die ihr jedoch fünfeinhalb Jahre lang verwehrt war und die sie noch immer als Befreiung empfand. Es war wieder bewölkt, und sie konnte auf der Einfahrt Eispfützen erkennen. Dennoch beschloß sie spontan, ihren Trainingsanzug anzuziehen und zum Joggen zu gehen.

Mich frei bewegen, dachte sie, während sie rasch in ihre Trainingshose schlüpfte. Ich darf das Haus verlassen, wann immer ich will, ohne erst warten zu müssen, bis aufgeschlossen wird. Ein Hochgefühl ergriff sie. Zehn Minuten später joggte sie durch die vertrauten Straßen, die ihr mit einem Mal fremd erschienen.

Hoffentlich begegne ich niemandem, den ich kenne, flehte sie. Und hoffentlich bemerkt mich niemand aus einem vorbeifahrenden Auto. Sie kam an Kathryn Buschs Haus vorbei, einem hübschen Gebäude im Kolonialstil an der Ecke der Lake Avenue. Kathryn hatte dem Vorstand der Philharmonischen Gesellschaft angehört und sich sehr für die Gründung eines Kammermusikensembles eingesetzt.

Bobbitt Williams ebenfalls, dachte Molly und sah das Gesicht ihrer Mitschülerin vor sich, das sie schon fast vergessen zu haben glaubte. Bobbitt war mit Jenna, Fran und mir in einer Klasse, doch wir waren nie sehr eng befreundet, und später ist sie nach Darien gezogen.

Beim Laufen bekam Molly wieder einen klaren Kopf und nahm die Häuser ihrer Nachbarn und die Straßen bewußter wahr. Die Browns hatten angebaut, die Cateses hatten ihr Haus gestrichen. Plötzlich fiel ihr auf, daß sie seit jenem Tag vor mehr als fünfeinhalb Jahren, als man sie in Ketten und Handschellen zum Niantic-Gefängnis gebracht hatte, zum erstenmal wieder allein auf der Straße war.

Der kalte Wind wirkte auf Molly erfrischend. Die saubere Luft zerzauste ihr Haar, füllte ihre Lungen und gab ihr das Gefühl, daß ihr ganzer Körper Zentimeter für Zentimeter wieder zum Leben erwachte.

Als sie drei Kilometer zurückgelegt hatte und wieder zu ihrem Haus zurückkehrte, atmete sie schwer und hatte Seitenstechen. Sie wollte schon zur Küchentür gehen, doch ein plötzlicher Impuls ließ sie den mit Rauhreif bedeckten Rasen überqueren und auf das Fenster von Garys früherem Arbeitszimmer zusteuern. Sie schob die Büsche beiseite und spähte hinein.

Im ersten Moment erwartete sie fast, den eleganten, antiken Schreibtisch, die Mahagonitäfelung an den Wänden, die medizinischen Fachbücher in den Regalen und die Skulpturen und Bilder aus Garys wertvoller Sammlung zu sehen. Doch statt dessen erblickte sie nur ein ganz gewöhnliches Zimmer in einem Haus, das für eine Person viel zu groß war. Das neutrale Chintzsofa und die hellen Eichentische gefielen ihr auf einmal gar nicht mehr.

Ich stand auf der Schwelle und sah nach draußen.

So rasch wie ihr der Gedanke durch den Kopf geschossen war, war er auch schon wieder verschwunden.

Da es Molly peinlich gewesen wäre, wenn man sie beobachtet hätte, wie sie durch das Fenster ihres eigenen Hauses lugte, drehte sie sich um und ging durch die Küchentür hinein. Während sie ihre Turnschuhe auszog, überlegte sie, daß die Zeit gerade noch für einen Kaffee und ein Brötchen reichte, bevor Mrs. Barry kam.

Mrs. Barry.

Wally.

Warum ist ausgerechnet *er* mir jetzt eingefallen? fragte sich Molly. Sie ging nach oben, um endlich zu duschen.

Am späten Nachmittag rief Fran an, die sich gerade in ihrem Büro auf die Abendnachrichten vorbereitete. »Nur eine kurze Frage, Molly«, sagte sie. »Kennst du Dr. Jack Morrow?«

Molly erinnerte sich an einen Vormittag vor vielen, längst vergessenen Jahren, als ein Anruf sie und Gary beim Frühstück gestört hatte. Sie hatte sofort gewußt, daß es sich um eine schlechte Nachricht handelte, denn Garys Gesicht wurde aschfahl, während er schweigend lauschte. »Jack Morrow wurde erschossen in seiner Praxis aufgefunden«, flüsterte er, nachdem er eingehängt hatte. »Es ist irgendwann gestern abend passiert.«

»Nur flüchtig«, antwortete Molly Fran. »Er war ein Mitarbeiter der Klinik, und ich bin ihm ein paarmal bei Weihnachtsfeiern oder ähnlichen Gelegenheiten begegnet. Er und Gary wurden in einem Abstand von zwei Wochen ermordet.«

Sie wurde sich ihrer eigenen Worte bewußt und konnte sich ausmalen, wie sie auf Fran wirken mußten. »Sie wurden ermordet.« Ein Schicksal, das zwei Männern widerfahren war, aber nichts mit ihr zu tun hatte. Wenigstens den Mord an Jack Morrow kann mir niemand in die Schuhe schieben, dachte sie. Am besagten Abend waren Gary und ich bei einer Dinnerparty. Sie erklärte das Fran.

»Molly, ich wollte doch nicht andeuten, daß du Dr. Morrow auf dem Gewissen hast«, entgegnete Fran. »Ich habe ihn nur erwähnt, weil ich etwas Interessantes herausgefunden habe. Wußtest du, daß er in Annamarie Scalli verliebt war?«

»Nein.«

»Es kristallisiert sich immer mehr heraus, daß ich mit Annamarie sprechen muß. Hast du eine Ahnung, wo sie steckt?«

»Ich habe Jenna bereits gebeten, Cals Leute auf sie anzusetzen. Aber Jen sagt, Cal wolle sich nicht in die Angelegenheit einmischen.«

»Du hast mir verschwiegen, daß du Annamarie ebenfalls finden willst, Molly«, meinte Fran nach einer langen Pause.

Molly entging Frans erstaunter Ton nicht. »Fran«, begann sie. »Mein Wunsch, Annamarie persönlich zu treffen, steht nicht in Zusammenhang mit deinen Recherchen. Daß ich fünfeinhalb Jahre im Gefängnis verbringen mußte, hat unmittelbar mit der Tatsache zu tun, daß mein Mann mit ihr eine Affäre hatte. Mir erscheint es so merkwürdig, daß ein Mensch, den ich nicht einmal kenne, mein Leben derart einschneidend verändern konnte. Was hältst du von einer Abmachung? Wenn ich sie aufspüre oder wenigstens einen Hinweis bekomme, gebe ich dir Bescheid. Umgekehrt halten wir es genauso. Einverstanden?«

»Das muß ich mir noch überlegen«, erwiderte Fran. »Ich wollte dir nur sagen, daß ich deinen Anwalt anrufen und ihn nach ihr fragen werde. Annamarie stand in dem Prozeß gegen dich auf der Zeugenliste, und deshalb müßte er ihre letzte Adresse in seinen Akten haben.«

»Ich habe mich schon bei Philip danach erkundigt. Er schwört, er hat die Adresse nicht.«

»Ich versuche es trotzdem, nur für alle Fälle. Jetzt muß ich mich aber beeilen.« Fran hielt inne. »Sei auf der Hut, Molly.«

»Komisch, Jenna hat vorgestern abend dasselbe zu mir gesagt.«

Molly legte auf und dachte an ihre Worte an Philip Matthews – wenn ihr etwas zustieß, würde das wenigstens ein Beweis dafür sein, daß jemand Grund hatte, Frans Nachforschungen über Garys zu Tod verhindern.

Wieder läutete das Telefon, und Molly wußte instinktiv, daß es ihre Mutter und ihr Vater aus Florida waren. Sie redeten über dieses und jenes, bis sich ihre Eltern schließlich an das Thema heranwagten, wie sie allein im leeren Haus zurechtkäme. Molly versicherte ihnen, alles sei in bester Ordnung. »Was ist denn eigentlich mit den Sachen aus Garys Schreibtisch geschehen?« erkundigte sie sich schließlich.

»Die Staatsanwaltschaft hat das ganze Arbeitszimmer bis auf die Möbel ausgeräumt«, erwiderte ihre Mutter. »Als der Prozeß vorbei war, habe ich alles, was zurückgegeben wurde, in Kisten verpackt und auf den Speicher gestellt.«

Daraufhin beendete Molly das Gespräch so schnell wie möglich, denn sie wollte den Speicher in Augenschein nehmen. Dort entdeckte sie tatsächlich in einem Regal eine Reihe ordentlich gepackter Kisten. Sie schob die Kartons mit den Büchern, Skulpturen, Bildern und Zeitschriften beiseite und holte die beiden mit der Aufschrift ›Schreibtisch‹ hervor. Sie wußte genau, was sie suchte: den Taschenkalender, den Gary immer bei sich getragen, und den Terminkalender, den er in der obersten Schublade aufbewahrt hatte.

Vielleicht finde ich darin Aufzeichnungen, die mir verraten, was Gary sonst noch getrieben hat, dachte sie.

Zögernd öffnete sie den ersten Karton. Sie hatte Angst, womöglich auf etwas Unangenehmes zu stoßen, war aber dennoch fest entschlossen, soviel zu erfahren, wie sie konnte.

25

Wie hat sich unser Leben in den letzten sieben Jahren verändert, dachte Barbara Colbert, als sie die vertraute Landschaft an sich vorüberziehen sah. Wie jede Woche fuhr Dan, ihr Chauffeur, sie von ihrer Wohnung in der Fifth Avenue zum Natasha-Colbert-Pflegeheim, das auf dem Gelände der Lasch-Klinik in Greenwich stand. Vor dem Heim angekommen, blieb Barbara noch eine Weile im Auto sitzen, um sich innerlich auf den Besuch vorzubereiten. Denn sie wußte, daß es ihr wieder das Herz brechen würde, wenn sie Tashas Hand hielt und Worte sagte, die diese vermutlich nicht hören und ganz sicher nicht verstehen konnte.

Barbara Colbert war eine weißhaarige Frau von Mitte Siebzig mit einer tadellosen Haltung. Seit dem Unfall fühlte sie sich um zwanzig Jahre gealtert. In der Bibel hat ein Zeitzyklus immer sieben Jahre, überlegte sie. Sieben fette Jahre, sieben Hungerjahre. Sie schloß den obersten Knopf ihrer Nerzjacke. Doch das Wort Zeitzyklus beinhaltete auch die Möglichkeit einer Entwicklung, und die würde bei Tasha, die nun schon seit sieben Jahren dahindämmerte, nie mehr stattfinden.

Tasha hat uns soviel Freude gemacht, sagte sich Barbara Colbert bedrückt. Sie war ein wunderschönes und unerwartetes Geschenk. Barbara war fünfundvierzig gewesen, Charles, ihr Mann, fünfzig, als sie feststellte, daß sie schwanger war. Die Söhne der Colberts besuchten bereits das College, und sie hatten sich damit abgefunden, daß ihre Kinder nun endgültig aus dem Haus waren.

Wie immer, wenn Barbara sich überwinden mußte, aus dem Auto auszusteigen, kamen ihr dieselben Gedanken in den Sinn. Damals hatten sie in Greenwich gewohnt. Tasha, die Jura studierte und Semesterferien hatte, kam ins Eßzimmer gelaufen. Sie trug eine Trainingshose und hatte das rote Haar zu einem Pferdeschwanz gebunden. Ihre klugen, dunkelblauen Augen funkelten lebhaft. In einer Woche würde sie ihren vierundzwanzigsten Geburtstag feiern. »Bis später«, rief sie, und dann war sie fort.

Das waren ihre letzten Worte gewesen.

Eine Stunde später war der Anruf gekommen. Barbara und Charles waren auf schnellstem Wege in die Lasch-Klinik gefahren. Man hatte ihnen mitgeteilt, es habe einen Unfall gegeben. Tasha sei ins Krankenhaus eingeliefert worden. Barbara erinnerte sich an die kurze Fahrt in die Klinik und die Angst, die sie empfunden hatte. »Bitte, lieber Gott, bitte«, hatte sie ein ums andere Mal zum Himmel gefleht.

Jonathan Lasch war der Hausarzt von Barbaras Familie gewesen, als die Kinder noch klein waren. Deshalb war es ein Trost für sie, daß sein Sohn Gary Tasha behandeln würde. Doch als sie Gary in der Notaufnahme traf, erkannte sie an seiner Miene, daß etwas Schreckliches geschehen war.

Er berichtete, Tasha sei beim Joggen gestürzt und mit dem Kopf auf die Bordsteinkante geschlagen. Die Verletzung selbst sei nicht schwer, doch sie habe vor ihrer Einlieferung ins Krankenhaus einen Herzstillstand erlitten. »Wir tun alles, was wir können«, versprach er. Aber bald hatte sich herausgestellt, daß jede Hilfe zu spät kam. Der Anfall hatte die Sauerstoffzufuhr zum Gehirn unterbrochen und nicht wieder gutzumachende Schäden verursacht. Tasha konnte zwar noch atmen, war aber eigentlich tot.

Wir sind die mächtigste Zeitungsverlegerfamilie des Landes und konnten trotz unseres Vermögens nichts für unsere einzige Tochter tun, dachte Barbara. Sie nickte Dan zu, ein Zeichen, daß sie bereit zum Aussteigen war.

Da er bemerkte, wie schwer ihr heute das Gehen fiel, bot er ihr den Arm. »Der Weg könnte ein wenig vereist sein, Mrs. Colbert«, meinte er. »Ich bringe Sie zur Tür.«

Nachdem sie und ihr Mann sich damit abgefunden hatten, daß Tasha nie wieder gesund werden würde, hatte Gary Lasch sie gedrängt, sie in dem Pflegeheim unterzubringen, das neben der Klinik gebaut werden sollte.

Er hatte ihnen die Pläne für das schlichte Gebäude gezeigt. Für die Colberts war es eine willkommene Ablenkung gewesen, einen Architekten zu beauftragen und eine hohe Summe zu spenden, die eine großzügigere Gestaltung der Einrichtung ermöglichte. Nun waren die Zimmer hell und geräumig, verfügten über ein eigenes Bad und gemütliche, heimelig wirkende Möbel. Die medizinische Ausrüstung war auf dem neuesten Stand. Die Patienten, deren Leben wie das von Tasha jäh und sinnlos zerstört worden war, erhielten nun alle Pflege, die man für Geld bekommen konnte.

Für Tasha hatte man eine eigene Drei-Zimmer-Wohnung reserviert, die ihren Räumen zu Hause glich wie ein Ei dem anderen. Rund um die Uhr wurde sie von einer Schwester und einer Schwesternhelferin versorgt. Tag und Nacht spielte klassische Musik, die Tasha so geliebt hatte. Und jeden Tag brachte man sie vom Schlafzimmer ins Wohnzimmer, das auf einen privaten Garten hinausging.

Dank der Krankengymnastik, Gesichtspflege, Massagen, Pediküren und Maniküren hatte ihre Schönheit kaum gelitten. Ihr immer noch flammend rotes Haar wurde täglich gewaschen und gebürstet und fiel ihr offen über die Schultern. Sie trug Pyjamas und Morgenmäntel aus Seide, und die Schwestern hatten strenge Anweisung, mit ihr zu sprechen, als ob sie sie verstehen könnte.

Barbara erinnerte sich an die Zeit, in der Charles und sie Tasha fast täglich besucht hatten. Aber bald wurden aus den Monaten Jahre, und sie hatten die Besuche wegen psychischer und körperlicher Erschöpfung auf zweimal pro Woche verringert. Nach Charles' Tod hatte Barbara widerwillig den Rat ihrer Söhne angenommen, das Haus in Greenwich zu verkaufen und in die New Yorker Stadtwohnung zu ziehen. Inzwischen kam sie nur noch einmal wöchentlich hierher.

Wie immer durchquerte Barbara den Empfangsbereich und ging den Flur entlang zur Wohnung ihrer Tochter. Die Schwestern hatten Tasha auf das Wohnzimmersofa gesetzt. Barbara wußte, daß sich unter der Decke Riemen befanden, die Tasha fest auf die Polster schnallten, damit sie nicht umfiel oder sich durch unwillkürliche Muskelzuckungen selbst verletzte.

Der Anblick von Tashas ruhiger, entspannter Miene tat Barbara weh. Manchmal glaubte sie, eine Bewegung der Augen zu bemerken oder vielleicht ein Seufzen zu hören, und faßte dann wieder entgegen aller Wahrscheinlichkeit die Hoffnung, daß doch noch Aussicht auf Besserung bestand.

Sie setzte sich neben das Sofa und nahm die Hand ihrer Tochter. In der nächsten Stunde erzählte sie ihr von der Familie. »Amy geht jetzt aufs College, Tasha, kannst du das fassen? Als du den Unfall hattest, war sie erst zehn. Sie sieht dir so ähnlich, daß sie deine Tochter sein könnte, nicht deine Nichte. George junior hat ein bißchen Heimweh, fühlt sich sonst aber im Internat recht wohl.«

Als die Stunde vorbei war, küßte Barbara ihre Tochter müde, aber beruhigt, auf die Stirn und winkte die Krankenschwester ins Zimmer.

Im Empfangsbereich wurde sie von Dr. Peter Black erwartet. Nach dem Mord an Gary Lasch hatten die Colberts erwogen, Tasha in einem anderen Heim unterzubringen, doch Dr. Black hatte sie überredet, ihre Tochter hier zu lassen.

»Wie geht es Tasha heute, Mrs. Colbert?«

»Unverändert, Herr Doktor. Aber mehr können wir auch nicht erhoffen.« Obwohl Barbara Colbert es merkwürdig fand, war ihr Peter Black nicht ganz geheuer. Gary Lasch hatte ihn zu seinem Partner gemacht, und sie hatte keinen Anlaß zur Klage über die Pflege, die Tasha erhielt. Dennoch wurde sie mit dem Mann nicht warm. Vielleicht lag es an seiner engen Verbindung zu Calvin Whitehall, den Charles immer abfällig als Möchtegern-Räuberbaron bezeichnet hatte. Wenn sie bei ihren Besuchen in Greenwich mit alten Freundinnen im Club aß, sah sie Black und Whitehall häufig zusammen.

Als Barbara sich von Peter Black verabschiedete und zur Tür ging, ahnte sie nicht, daß der Arzt ihr nachblickte. Und sie wußte auch nicht, daß er sich an den schrecklichen Moment erinnerte, als klar wurde, daß das Gehirn ihrer Tochter unwiederbringlich geschädigt worden war. Er dachte an die Worte, die eine völlig erschütterte Annamarie Scalli Gary entgegengeschrien hatte: »Als das Mädchen eingeliefert wurde, hatte es nur eine leichte Gehirnerschütterung. Ihr beide habt sie zerstört!«

26

Fast sechs Jahre lang hatte Philip Matthews sich in dem Glauben gewiegt, daß er als Verteidiger sein Bestes getan hatte, damit Molly Lasch mit einer möglichst geringen Strafe davon gekommen war. Fünfeinhalb Jahre für den Mord an einem Arzt, der noch eine statistische Lebenserwartung von weiteren fünfunddreißig Jahren gehabt hätte, kam praktisch einem Freibrief gleich.

»Wenn Sie entlassen werden, müssen Sie das alles vergessen«, hatte er Molly bei seinen Besuchen im Gefängnis gesagt.

Doch nun war Molly auf freiem Fuß und scherte sich den Teufel um seine guten Ratschläge. Offenbar war sie nicht der Ansicht, daß sie großes Glück gehabt hatte.

Philip hatte vor allem das Ziel, Molly vor den Leuten zu schützen, die ganz sicher versuchen würden, sie auszunützen.

Vor Leuten wie Fran Simmons zum Beispiel.

Als er am Freitag nachmittag die Kanzlei verlassen wollte, um ins Wochenende zu fahren, meldete seine Sekretärin, daß Fran Simmons am Telefon war.

Philip überlegte, ob er den Anruf lieber nicht entgegennehmen sollte, beschloß aber dann, daß es besser war, mit ihr zu reden. Seine Begrüßung fiel allerdings recht kühl aus.

Fran kam sofort auf den Punkt. »Mr. Matthews, sicher besitzen Sie die Niederschrift von Molly Laschs Prozeß. Ich hätte gern sobald wie möglich eine Kopie davon.«

»Miss Simmons, ich weiß, daß Sie mit Molly zur Schule gegangen sind. Also sollten Sie sich als alte Freundin dazu durchringen, die Reportage lieber nicht zu machen. Uns beiden ist doch klar, daß Sie Molly damit nur schaden.«

»Könnten Sie mir die Kopie der Niederschrift bis Montag zukommen lassen, Mr. Matthews?« fragte Fran knapp. »Sicher hat Molly Ihnen gesagt, daß sie mir für diese Sendung in jeder Hinsicht Unterstützung zugesichert hat. Sie hat mich sogar darum gebeten zu recherchieren.«

Philip versuchte es anders. »Sie können die Niederschrift schon vor Montag haben. Ich werde sie kopieren und Ihnen morgen zustellen lassen. Aber ich möchte Sie um eines bitten. Molly ist nicht so stabil, wie sie scheint. Wenn Sie im Laufe Ihrer Nachforschungen zu dem Schluß kommen, daß sie schuldig ist, lassen Sie sie in Ruhe und streichen Sie die Sendung. Molly wird die öffentliche Entlastung, die sie sich wünscht, nicht bekommen. Bitte zerstören Sie sie nicht mit einem Schuldspruch, nur damit sie bei den hirnlosen Fernsehglotzern, die sich am Unglück anderer Menschen weiden, höhere Einschaltquoten bekommen.«

»Ich gebe Ihnen meine Adresse, damit Sie mir einen Boten schicken können«, entgegnete Fran barsch. Sie hoffte, daß sie so wütend klang, wie sie sich fühlte.

»Ich verbinde Sie mit meiner Sekretärin. Auf Wiedersehen, Miss Simmons.«

Nach dem Telefonat stand Fran auf und ging zum Fenster. Eigentlich wurde sie in der Maske erwartet, aber sie brauchte zuerst Zeit, um sich wieder zu beruhigen. Sie verabscheute Philip Matthews von ganzem Herzen, ohne ihn zu kennen. Allerdings mußte sie auch zugeben, daß er aufrichtig bemüht war, Molly zu beschützen.

Fran ertappte sich bei der Frage, ob jemals versucht worden war, eine andere Erklärung für Gary Laschs Tod zu finden. Mollys Eltern und Freunde, Philip Matthews, die Polizei, der Staatsanwalt, der sie angeklagt hatte – sie alle waren von Anfang an von ihrer Schuld überzeugt gewesen.

Und ich ebenfalls, dachte Fran. Vielleicht sollte man mal von einer anderen Voraussetzung ausgehen.

Molly Carpenter Lasch hat ihren Mann Gary Lasch nicht getötet, sagte sie sich und ließ die Worte auf sich wirken. Sie überlegte, wohin das wohl führen mochte.

27

Nachdem Annamarie Scalli am Freitag nachmittag ihren letzten Patienten versorgt hatte, ging sie sofort nach Hause. Ihr graute schon vor dem endlos langen Wochenende, das vor ihr lag. Seit sämtliche Fernsehsender am Dienstag morgen über Molly Laschs Haftentlassung berichtet hatten, hatten die meisten von Annamaries Patienten mit ihr über den Fall sprechen wollen.

Ihr war klar, daß die alten Leute damit keine Absicht verfolgten und daß sie nichts von ihrer Verwicklung in die Angelegenheit ahnten. Ihre Patienten waren ans Haus gefesselt und hatten keinen anderen Zeitvertreib, als sich immer wieder dieselben Nachrichtensendungen und Seifenopern anzusehen. Ein Verbrechen, das in der näheren Umgebung passiert war, bedeutete einfach eine willkommene Abwechslung. Schließlich handelte es sich um eine wohlhabende junge Frau, die den Mord an ihrem Mann abstritt, obwohl sie sich des Totschlags schuldig bekannt und deshalb einige Jahre im Gefängnis verbracht hatte.

Die alte Mrs. O'Brien vertrat die radikale Ansicht, ein untreuer Ehemann habe nichts Besseres verdient. Mr. Kunzmann hingegen meinte, als mittellose Schwarze wäre Molly Lasch sicher zu zwanzig Jahren verurteilt worden.

Gary Lasch war es nicht wert, seinetwegen auch nur einen Tag im Gefängnis zu sitzen, dachte Annamarie, als sie die Tür zu ihrer Parterrewohnung aufschloß. Ein Jammer, daß ich damals nicht klug genug war, das zu merken.

Ihre Küche war so klein, daß die Kombüse eines Flugzeugs daneben geräumig gewirkt hätte. Da Annamarie wußte, daß es sie nur deprimieren würde, in alten Erinnerungen zu kramen, beschloß sie wegzufahren. Es fiel ihr nur ein Ort ein, an dem sie Trost finden konnte. Lucy, ihre ältere Schwester, wohnte noch in ihrem ehemaligen Elternhaus in Buffalo. Seit dem Tod ihrer Mutter besuchte Annamarie sie nur noch selten, doch an diesem Wochenende mußte es sein. Nachdem sie ihre Einkäufe weggeräumt hatte, griff sie zum Telefon.

Eine Dreiviertelstunde später warf sie die rasch gepackte Reisetasche auf den Rücksitz ihres Autos und ließ, inzwischen ein wenig besser gelaunt, den Motor an. Die Fahrt war zwar lang, aber das störte sie nicht, denn so hatte sie wenigstens Zeit zum Nachdenken. Sie empfand hauptsächlich Reue. Vor allem bedauerte sie es, daß sie nicht auf ihre Mutter gehört und daß sie so naiv gewesen war. Und sie verabscheute sich selbst, weil sie sich auf Gary Lasch eingelassen hatte. Wenn sie sich doch nur stärker bemüht hätte, tiefere Gefühle für Jack Morrow zu entwickeln.

Warum hatte sie nicht wahrhaben wollen, wie lieb sie ihn inzwischen gewonnen hatte?

Wieder schämte sie sich, als sie sich an sein Vertrauen und seine Zuneigung erinnerte. Sie hatte Jack Morrow wie alle anderen an der Nase herumgeführt. Niemand hatte vermutet, daß sie eine Affäre mit Gary Lasch hatte.

Obwohl sie erst nach Mitternacht ankam, hatte ihre Schwester Lucy den Wagen gehört und erwartete Annamarie an der Tür. Überglücklich griff Annamarie nach ihrer Tasche, und kurz darauf fiel sie ihrer Schwester in die Arme. Nun würde sie wenigstens ein Wochenende lang keine Gelegenheit haben, in Grübeleien zu versinken und sich auszumalen, daß alles auch ganz anders hätte kommen können.

28

Erschrocken fuhr Edna Barry am Samstag morgen aus dem Schlaf hoch. Heute wollte die Reporterin kommen, und sie mußte vorher unbedingt Wally aus dem Haus schaffen. Seit einigen Tagen war er ziemlich launisch, und da er Molly im Fernsehen gesehen hatte, redete er ständig davon, sie besuchen zu wollen. Gestern abend hatte er verkündet, er werde nicht in den Club gehen, wo er sonst den Samstag vormittag verbrachte. Normalerweise hatte er großen Spaß im Club, den die Gemeinde von Fairfield für ambulante Patienten wie ihn eingerichtet hatte.

Ich werde Marta bitten, ihn ein paar Stunden zu nehmen, dachte Edna. Marta Gustafson Jones wohnte seit dreißig Jahren nebenan. Die beiden Frauen hatten einander bei Krankheiten und nach dem Tod ihrer Ehemänner unterstützt, und außerdem hatte Marta Wally sehr gern.

Sie gehörte zu den wenigen Menschen, die mit ihm zurechtkamen und es schafften, ihn zu beruhigen, wenn er sich wieder einmal aufregte.

Als Fran um elf bei Edna klingelte, war von Wally weit und breit nichts zu sehen. Edna gelang es, die Besucherin einigermaßen unbefangen zu begrüßen, und sie bot ihr sogar Kaffee an. »Warum setzen wir uns nicht in die Küche?« schlug Fran vor, während sie ihren Mantel auszog.

»Wenn Sie möchten.« Edna war zu Recht stolz auf ihre blitzsaubere Küche und die nagelneue Eßecke aus Ahornholz, die sie im Sonderangebot gekauft hatte.

Fran nahm am Tisch Platz, holte den Kassettenrecorder aus der Umhängetasche und stellte ihn ohne viel Aufhebens auf. »Wie Sie sicher wissen, Mrs. Barry, möchte ich Molly helfen, und das wollen Sie bestimmt auch. Deshalb haben Sie gewiß nichts dagegen, wenn ich unser Gespräch aufzeichne. Vielleicht erwähnen Sie ja etwas, das Molly weiterbringt. Sie ist nämlich mehr und mehr davon überzeugt, daß sie ihren Mann nicht umgebracht hat. Und sie erinnert sich allmählich an die Vorfälle in jener Nacht. Unter anderem glaubt sie, daß noch jemand im Haus war, als sie aus Cape Cod zurückkam. Wenn man das beweisen könnte, würde das Urteil gegen sie möglicherweise aufgehoben, oder man beginnt wenigstens, wieder zu ermitteln. Wäre das nicht großartig?«

Edna Barry füllte Wasser in die Kaffeemaschine. »Ja, natürlich«, erwiderte sie. »Ach, du meine Güte.«

Frans Blick wurde argwöhnisch, als sie bemerkte, daß Mrs. Barry Wasser verschüttet hatte. Ihre Hand zittert, dachte Fran. Sie verheimlicht irgend etwas. Als ich ihr bei Molly begegnet bin, wirkte sie sehr nervös, und am Telefon machte sie auch einen angespannten Eindruck.

Als es in der Küche anfing, nach Kaffee zu duften, versuchte Fran, die Stimmung ein wenig aufzulockern, um

Edna Barrys Vertrauen zu gewinnen. »Ich war mit Molly an der Cranden Academy«, sagte sie. »Hat sie Ihnen das nicht erzählt?«

»Ja.« Edna holte Tassen und Untertassen aus dem Schrank und stellte sie auf den Tisch. Bevor sie sich setzte, spähte sie Fran über den Rand ihrer Brille hinweg an.

Sie erinnert sich an den Bibliotheksskandal, schoß es Fran durch den Kopf. Aber sie beschloß, sich nicht davon stören zu lassen, und fragte weiter. »Soweit ich weiß, kennen Sie sie sogar noch länger als ich.«

»Ja. Ich habe schon für ihre Eltern gearbeitet, als sie noch ein kleines Mädchen war. Nach dem Umzug der Carpenters und Mollys Hochzeit habe ich dann bei ihr angefangen.«

»Dann kannten Sie Dr. Lasch also auch ziemlich gut?«

Edna Barry überlegte. »Mehr oder weniger. Ich war drei Vormittage pro Woche dort. Wenn ich um neun eintraf, war der Doktor schon in der Klinik, und er kam selten zurück, bevor ich wieder ging. Aber wenn Molly eine Dinnerparty veranstaltete – was recht häufig war –, hatte ich die Aufgabe, die Gäste zu bedienen und hinterher saubermachen. Ich habe den Doktor und sie eigentlich nur bei diesen Gelegenheiten zusammen gesehen. Doch er war immer sehr nett.«

Fran fiel auf, daß Edna Barry die Lippen fest zusammenpreßte, als habe sie gerade an etwas Unangenehmes gedacht. »Hatten sie den Eindruck, daß Molly und ihr Mann glücklich waren, wenn Sie sie gemeinsam erlebten?«

»Bis zu jenem Tag, als ich Molly bei meiner Ankunft völlig verstört beim Packen antraf. Davor hatte ich nie das Gefühl, daß sie sich stritten. Allerdings schien mir, daß Molly sich ein wenig langweilte. Sie hat sich zwar ehrenamtlich engagiert und war eine gute Golfspielerin, aber manchmal beklagte sie sich, sie vermisse es, berufstätig zu sein. Außerdem hat sie ziemlich viel Pech gehabt. Sie wollte so gern eine Familie gründen. Nach der letzten Fehlgeburt hat sie sich verändert und ist stiller und zurückhaltender geworden.«

Edna Barrys Ausführungen sind für Molly nicht sehr hilfreich, dachte Fran, als sie eine halbe Stunde später ihre zweite Tasse Kaffee austrank. Sie hatte zwar noch einige Fragen, doch Mrs. Barry war bis jetzt nicht sehr entgegenkommend gewesen. »Mrs. Barry, als Sie an jenem Montag zur Arbeit kamen, war die Alarmanlage nicht eingeschaltet, richtig?«

»Richtig.«

»Haben Sie sich vergewissert, ob vielleicht jemand durch eine unverschlossene Tür eingedrungen sein könnte?«

»Die Türen waren alle verschlossen.« Auf einmal klang Edna Barrys Stimme feindselig, ihre Pupillen weiteten sich.

Ich habe einen wunden Punkt getroffen, überlegte Fran. Sie verschweigt mir etwas. »Wie viele Türen gibt es im Haus?«

»Vier«, entgegnete Edna wie aus der Pistole geschossen. »Die Eingangstür und die Küchentür, die sich mit demselben Schlüssel öffnen lassen. Dann noch eine Tür, die vom Wohnzimmer auf die Terrasse führt und die nur von innen aufzumachen ist. Die Kellertür ist stets verschlossen und verriegelt.«

»Und Sie haben alle Türen selbst überprüft?«

»Nein, aber die Polizei, Miss Simmons. Warum reden Sie nicht mit denen?«

»Mrs. Barry, ich zweifle doch nicht an Ihren Worten«, meinte Fran beschwichtigend.

Scheinbar beruhigt sagte Edna Barry: »Bevor ich am Freitag nachmittag ging, sah ich nach, ob alle Türen verschlossen waren. Dr. Lasch benutzte immer die Eingangstür. Der Bodenriegel war am Montag morgen nicht heruntergedrückt. Also ist jemand übers Wochenende durch diese Tür hereingekommen.«

»Der Riegel im Boden?«

»Molly legte ihn nachts immer vor. Die Küchentür war abgeschlossen, das weiß ich noch genau.«

Edna Barrys Wangen hatten sich gerötet. Fran merkte, daß sie den Tränen nah war. Hat sie Angst, man könnte ihr Unachtsamkeit vorwerfen, weil sie nicht richtig abgeschlossen hat? fragte sie sich.

»Danke für Ihre Hilfe und Gastfreundschaft, Mrs. Barry«, sagte sie. »Ich habe Ihre Zeit jetzt genug in Anspruch genommen. Aber vielleicht habe ich später noch ein paar Fragen an Sie. Möglicherweise laden wir Sie auch in unsere Sendung ein.«

»Ich möchte nicht in Ihrer Sendung auftreten.«

»Wie Sie wollen.« Fran schaltete den Kassettenrecorder ab und schickte sich zum Gehen an. An der Tür fiel ihr noch etwas ein: »Mrs. Barry, nehmen wir einmal an, daß in der Nacht, als Dr. Lasch starb, wirklich ein Fremder im Haus war. Wissen Sie, ob danach die Türschlösser ausgewechselt wurden?«

»Ich glaube nicht.«

»Dann werde ich Molly vorschlagen, das sofort zu erledigen. Ansonsten könnte der Eindringling wiederkommen und sie bedrohen. Meinen Sie nicht auch?«

Edna Barry erbleichte. »Miss Simmons«, sagte sie, »wenn Sie dasselbe gesehen hätten wie ich, als ich nach oben kam – Molly, die blutverschmiert im Bett lag –, wäre Ihnen klar, daß in dieser Nacht kein Einbrecher im Haus war. Also hören Sie auf, unschuldige Menschen in Schwierigkeiten zu bringen.«

»Welche unschuldigen Menschen bringe ich denn in Schwierigkeiten, Mrs. Barry?« fragte Fran. »Eigentlich hatte ich vor, einer jungen Frau zu helfen, die Sie schon seit Jahren kennen und angeblich gern haben. Ich wollte versuchen zu beweisen, daß sie dieses Verbrechen nicht begangen hat.«

Schweigend preßte Mrs. Barry die Lippen zusammen

und öffnete Fran die Tür. »Das war nicht unser letztes Gespräch, Mrs. Barry«, meinte Fran kühl. »Ich habe das Gefühl, daß Sie mir noch eine Menge Fragen beantworten könnten.«

29

Wie Molly erwartet hatte, rief Jenna sie am Samstag nachmittag an.

»Ich habe gerade mit Phil Matthews geredet«, sagte Jenna. »Er erzählt, du hast ihn zu dir zum Essen eingeladen. Eine ausgezeichnete Idee.«

»Ach, du meine Güte, jetzt macht er sich womöglich falsche Hoffnungen«, stöhnte Molly. »Ich wollte nur verhindern, daß er hier aufkreuzt und an meine Tür hämmert. Und da ich mich noch nicht fähig fühle, in ein Restaurant zu gehen, war das die beste Lösung.«

»Nun, wir haben uns gedacht, daß wir auf einen Drink vorbeischauen, auch wenn wir nicht eingeladen sind. Cal möchte dich unbedingt sehen.«

»Ihr seid zwar nicht eingeladen, aber ihr könnt trotzdem um sieben kommen.«

»Moll«, sagte Jenna zögernd.

»Raus mit der Sprache.«

»Ach, es ist nicht weiter wichtig, Liebste. Ich finde nur, daß du wieder so klingst wie früher, und das freut mich sehr.«

Was heißt ›wie früher‹? dachte Molly. »Fenster ohne Gitter und eine Satinsteppdecke sind eben die beste Medizin«, entgegnete sie. »Sie wirken wahre Wunder.«

»Warte, bis du in Manhattan im Schönheitssalon warst. Was hast du heute sonst noch vor?« Molly überlegte, kam aber zu dem Schluß, daß sie ihre Nachforschungen in

Garys Terminkalendern nicht einmal Jenna anvertrauen wollte. Statt dessen wich sie lieber aus. »Da ich heute nun mal nicht darum herumkomme, die Gastgeberin zu spielen, muß ich noch ein paar Dinge vorbereiten. Es ist schon eine Ewigkeit her, daß ich das letztemal Gäste zum Essen hatte.«

Das stimmte sogar. Aber außerdem lagen Garys Terminkalender der letzten Jahre vor seinem Tod aufgestapelt auf dem Küchentisch. Molly hatte an seinem Todestag angefangen und arbeitete sich nun Seite für Seite und Zeile für Zeile nach rückwärts durch.

Sie erinnerte sich, daß Gary immer ausgebucht gewesen war und sich deshalb viele Notizen gemacht hatte. Auf einige dieser Gedächtnisstützen war sie bereits gestoßen: ›Molly um fünf im Club anrufen‹, hieß es da zum Beispiel.

Es versetzte ihr einen Stich, als sie daran dachte, daß er sie häufig angerufen und gefragt hatte: ›Warum steht in meinem Kalender, daß ich mich bei dir melden soll?‹

Um halb sechs, kurz bevor sie mit dem Tischdecken anfangen wollte, fand sie die gesuchte Notiz. Es war eine Telefonnummer, die sie auch in Garys letztem Terminkalender einige Male gesehen hatte. Als sie die Auskunft anrief, erfuhr sie, daß es sich bei der Vorwahl um die von Buffalo handelte.

Sie wählte die Nummer, und als eine Frau abhob, erkundigte sich Molly, ob Annamarie zu sprechen sei.

»Am Apparat«, entgegnete Annamarie Scalli leise.

30

Nachdem Fran sich von Edna Barry verabschiedet hatte, beschloß sie, ein wenig durch Greenwich zu fahren und eine kleine Reise in die Vergangenheit zu machen. Diesmal war ihr Ziel der Stationhouse Pub, wo sie zu Mittag essen wollte. Früher haben wir uns hier vor dem Kino rasch mit einem Happen gestärkt, erinnerte sie sich wehmütig.

Fran bestellte Truthahn auf Roggenbrot, das Lieblingssandwich ihrer Mutter. Dann sah sie sich im Pub um. Ihre Mutter würde wahrscheinlich nie nach Greenwich zurückkehren, denn es war einfach zu schmerzlich. Im letzten Sommer, kurz nach dem Selbstmord ihres Vaters hatte die ganze Stadt Witze darüber gerissen, man solle den Bibliotheksfonds doch am besten gleich in Simmons-Fonds umbenennen. Ich fand das nicht sehr komisch, dachte Fran bedrückt.

Sie hatte überlegt, ob sie an dem Haus vorbeifahren sollte, in dem sie vier Jahre lang gewohnt hatten, war aber zu dem Schluß gekommen, daß es dafür noch zu früh war. Nicht heute, sagte sich Fran, während sie die Kellnerin heranwinkte, um zu zahlen.

Als Fran wieder zu Hause war, stellte sie fest, daß Philip Matthews Wort gehalten hatte. Beim Pförtner erwartete sie ein dickes Päckchen, das die vollständige Niederschrift des Prozesses gegen Molly Lasch enthielt.

Sehnsüchtig betrachtete sie das Paket und hätte sich am liebsten sofort an die Arbeit gemacht. Doch dafür war auch noch später Zeit. Zuvor hatte sie noch einiges zu erledigen: Lebensmittel einkaufen, Kleider von der Reinigung abholen und bei Bloomingdales Strumpfhosen und Make-up besorgen.

Um halb fünf hatte sie endlich ihre Einkäufe verstaut und sich eine Tasse Tee aufgebrüht. Sie ließ sich in ihren gemütlichen Lehnsessel nieder, legte die Füße hoch und schlug die Akte auf.

Der Inhalt eignete sich nicht gerade als Bettlektüre, denn der Staatsanwalt hatte nichts beschönigt: *Gibt es Hinweise auf einen Kampf? Nein ... eine klaffende Wunde an Dr. Gary Laschs Hinterkopf ... der Schädel wurde eingeschlagen ... Er wurde getötet, als er am Schreibtisch saß und dem Täter den Rücken zukehrte ... völlig wehrlos ... Die Beweisaufnahme wird zeigen, daß sich Molly Laschs Fingerabdrücke, deutlich erkennbar und blutig, auf der Skulptur befanden und daß sie Gary Laschs Blut an Händen und Kleidung hatte ... nichts deutete auf einen Einbruch hin ...*

Nichts deutete auf einen Einbruch hin, dachte Fran. Offenbar hat die Polizei die Türen also überprüft. Aber nirgendwo steht, daß sie nicht abgeschlossen waren. Hat Philip Matthews sich mit dieser Frage beschäftigt? Sie strich die entsprechende Passage mit gelbem Marker an.

Molly Lasch hat ihren Mann Gary Lasch nicht getötet. Allmählich glaube ich das auch, überlegte Fran. Gehen wir also einen Schritt weiter und nehmen wir an, daß eine dritte Person Gary auf dem Gewissen hat. Dieser Jemand hatte das Glück, daß Molly einen Schock erlitt, als sie ihren Mann fand und sich unabsichtlich so verhielt, daß sie sich verdächtig machte. Sie faßte die Mordwaffe an und auch seinen Kopf und sein Gesicht, wobei sie sich mit Blut beschmierte.

Mit Blut beschmierte. Hatte Gary vielleicht noch gelebt, als Molly nach Hause kam, und etwas zu ihr gesagt? Denn wenn der Mörder noch im Haus war, war Molly vermutlich nur kurz nach der Tat eingetroffen.

War Molly sofort ins Arbeitszimmer gegangen und hatte ihren Mann dort tödlich verletzt, aber noch lebend gefunden? fragte sich Fran. Das wäre eine Erklärung, warum sie ihn berührt und sich Mund und Gesicht mit Blut besudelt hatte. Hatte sie womöglich versucht, ihn durch Mund-zu-Mund-Beatmung wiederzubeleben?

Oder hatte sie ihn retten wollen, nachdem ihr die Tragweite ihrer Tat klargeworden war?

Wenn ich von ihrer Unschuld ausgehe, gibt es momentan irgendwo jemanden, der große Angst hat, schoß es Fran durch den Kopf.

Und ganz sicher schwebte Molly Lasch dann in Lebensgefahr. Schließlich hatte sich Gary Lasch allein in einem offenbar abgeschlossenen Haus aufgehalten und den Mörder nicht bemerkt, als dieser sich ins Arbeitszimmer schlich. Also konnte Molly genausogut dasselbe zustoßen.

Sie griff zum Telefon. Auch wenn Molly mich für verrückt hält, ich muß sie warnen, dachte sie.

Molly klang gehetzt. »Fran, ich habe hier gleich großes Familientreffen«, erklärte sie. »Philip Matthews kommt zum Essen, und Jenna und Cal wollten unbedingt einen Cocktail mit mir trinken. Außerdem hat Peter Black gerade angerufen. Als ich ihm vor ein paar Tagen sagte, daß du ihn gerne sprechen möchtest, war er nicht sehr begeistert. Aber heute war er ganz höflich. Er kommt auch vorbei.«

»Dann will ich dich nicht länger aufhalten«, meinte Fran. »Doch mir ist gerade etwas eingefallen. Mrs. Barry hat mir erzählt, daß die Türschlösser nicht ausgewechselt wurden, seit du das Haus gekauft hast.«

»Stimmt.«

»Ich finde, das solltest du dringend tun.«

»Daran hatte ich noch gar nicht gedacht.«

»Wie viele Leute haben die Schlüssel?«

»Es sind nicht mehrere, sondern nur ein einzelner. Eingangstür und Küchentür haben das gleiche Schloß. Terrassentür und Kellertür sind von innen verriegelt. Es existieren insgesamt nur vier Schlüssel. Garys, meiner, Mrs. Barrys und der Ersatzschlüssel, den wir im Garten verstecken.«

»Wer weiß von dem Schlüssel im Garten?«

»Ich glaube, niemand. Er war nur für Notfälle gedacht und wurde nie benützt. Gary und ich haben nie unseren

Schlüssel vergessen, und Mrs. Barry hat sowieso ein Gedächtnis wie ein Elefant. Entschuldige Fran, aber ich muß jetzt weitermachen.«

»Molly, bitte ruf am Montag einen Schlüsseldienst an.«

»Fran, mir wird nichts passieren, wenn …«

»Wenn du nicht gerade das Pech gehabt hast, einem Mörder in die Quere zu kommen und einen Schock zu erleiden, so daß der Täter jetzt befürchten muß, du könntest dich wieder erinnern.«

Molly schnappte nach Luft. Dann sagte sie mit gepreßter Stimme: »Zum erstenmal seit sechs Jahren höre ich von jemandem, daß ich vielleicht unschuldig bin.«

»Verstehst du jetzt, warum du die Schlösser auswechseln lassen solltest? Wollen wir uns am Montag treffen?«

»Ja, gerne. Vielleicht habe ich dann interessante Neuigkeiten für dich«, erwiderte Molly.

Was mag sie bloß damit gemeint haben? fragte sich Fran, als sie auflegte.

31

Tim Mason hatte eigentlich vorgehabt, übers Wochenende das letztemal in dieser Saison zum Skifahren nach Stowe in Vermont zu fahren. Doch nachdem er einen Anruf von seinem Cousin Michael erhalten hatte, der in Greenwich wohnte, änderte er seine Pläne. Die Mutter von Billy Gallo, einem alten Schulfreund der beiden, war an einem Herzinfarkt gestorben. Nun fragte Michael, ob Tim nicht zur Totenwache kommen wolle.

Deshalb fuhr Tim am Samstag abend auf dem Merrit Parkway ins südliche Connecticut und erinnerte sich dabei an seine Highschoolzeit, als er und Billy Gallo zusammen im Schulorchester gespielt hatten. Schon damals war Billy ein begabter Musiker gewesen. In der Abschlußklasse hatten sie ihre eigene Band gegründet und immer bei den Gallos geprobt.

Mrs. Gallo, die sehr sympathisch und gastfreundlich war, drängte sie immer, doch zum Essen zu bleiben, obwohl es dazu eigentlich keiner großen Überredungskünste bedurfte. In ihrer Küche duftete es köstlich nach selbstgebackenem Brot, Knoblauch und Tomatensauce. Wenn Mr. Gallo aus der Arbeit kam, führte ihn sein erster Weg in die Küche, und beim Anblick seiner Frau breitete sich stets ein Lächeln auf seinem Gesicht aus, als sei er erleichtert, sie wirklich dort vorzufinden. »Na, Josie, gibt's heute wieder Dosenfutter?« zog er sie dann auf.

Ein wenig wehmütig dachte Tim an seine eigenen Eltern. Schon in den Jahren vor ihrer Scheidung hatte er jede Gelegenheit genützt, der eisigen Stimmung zu Hause zu entrinnen.

Obwohl Mr. Gallo seine Frau jeden Tag mit diesem Spruch begrüßte, lachte sie immer, als höre sie ihn das erste Mal. Die beiden liebten einander offenbar sehr. Allerdings hatte Mr. Gallo seine Schwierigkeiten mit Billy, denn er fand, daß sein Sohn Flausen im Kopf hatte, weil er Musiker werden wollte.

Als Tim nun auf der Fahrt seinen Erinnerungen nachhing, fiel ihm ein weiteres Begräbnis ein, das er in Greenwich besucht hatte. Damals war er bereits mit der Schule fertig gewesen und hatte als Reporter gearbeitet.

Er dachte an Fran Simmons und daran, wie erschüttert sie gewesen war. Während der Messe hatte er die ganze Zeit ihr ersticktes Schluchzen gehört. Als der Sarg in den Leichenwagen gehoben wurde, Tim seine Notizen machte und sein Fotograf die Bilder schoß, hatte er sich gefühlt wie ein Voyeur.

Fran Simmons hatte sich in den letzten vierzehn Jahren verändert. Sie war nicht nur erwachsen geworden, sondern legte eine kühle Professionalität an den Tag, die sie vor sich hertrug wie einen unsichtbaren Schutzschild. Das war ihm schon bei ihrer Begegnung in Gus' Büro aufgefallen. Es war Tim peinlich gewesen, daß er an die Unterschlagung ihres Vaters hatte denken müssen. Und nun ließ ihn das Gefühl nicht mehr los, daß er sich dafür bei ihr entschuldigen mußte.

So tief war er in Gedanken versunken, daß er beinahe die Ausfahrt North Street verpaßt hätte. Drei Minuten später hielt er vor dem Beerdigungsinstitut.

Viele Freunde der Familie Gallo waren gekommen. Tim erkannte einige vertraute Gesichter, Menschen, die er inzwischen aus den Augen verloren hatte. Manche Anwesende begrüßten ihn, während er auf eine Gelegenheit wartete, ein paar Worte mit Mr. Gallo und Billy zu wechseln. Die meisten lobten ihn für seine Berichte, doch häufig wurde er auch auf Fran Simmons angesprochen, die schließlich beim selben Sender arbeitete.

»Das ist doch die Fran, deren Vater den Bibliotheksfonds geplündert hat?« fragte Mrs. Gallos Schwester.

»Meine Tante glaubt, sie hätte sie in der Cafeteria der Lasch-Klinik gesehen«, meinte ein anderer. »Was wollte sie denn bloß dort?«

Diese Bemerkung fiel, als Tim gerade vor Billy Gallo stand. Auch dieser hatte sie gehört. Seine Augen waren vom vielen Weinen geschwollen. Er schüttelte Tim die Hand. »Wenn Fran Simmons im Krankenhaus recherchiert, soll sie am besten gleich herausfinden, warum Patienten dort sterben müssen, obwohl es gar nicht nötig ist.«

Tony Gallo berührte seinen Sohn am Ärmel. »Billy, Billy, es war Gottes Wille.«

»Nein, Dad, war es nicht. Man kann Menschen retten, denen ein Herzinfarkt droht.« Aufgeregt erhob Billy die Stimme. Er zeigte auf den Sarg seiner Mutter. »Mom bräuchte nicht dort zu liegen, sie hätte noch zwanzig Jahre leben können. Aber den Ärzten in der Lasch-Klinik war das ganz egal. Sie haben sie einfach sterben lassen.« Er weinte. »Tim, du, Fran Simmons und die anderen Reporter eures Senders müßt euch dort mal umsehen. Ihr müßt herausfinden, warum man so lange gewartet und sie nicht rechtzeitig zu einem Spezialisten geschickt hat.«

Mit einem erstickten Schluchzer schlug Billy Gallo die Hände vors Gesicht. Tim umarmte ihn, bis er sich wieder beruhigt hatte und mit leiser, trauriger Stimme fragte: »Sag die Wahrheit, Tim. Hast du jemals eine bessere Spaghettisauce gegessen als die von meiner Mutter?«

32

Warum habe ich mich nur darauf eingelassen, dachte Molly, als sie Käse und Cracker auf den Wohnzimmertisch stellte. Die Begegnung mit Cal und Peter verstörte sie mehr, als sie erwartet hatte. Die Ruhe und Entspannung, die sie hier in ihrem Haus empfand, waren auf einmal wie weggeblasen. Sie fühlte sich wie auf dem Präsentierteller. Der Anblick der beiden erinnerte sie an die vielen Besprechungen, die sie mit Gary in dessen Arbeitszimmer geführt hatten. Die drei hatten sich oft stundenlang dorthin zurückgezogen. Die übrigen Direktoriumsmitglieder des Remington-Gesundheitsdienstes hatten nicht viel zu melden.

In den letzten Tagen hatte sie das Haus anders wahrgenommen als früher. Es war, als hätte sich in den fünfeinhalb Jahren Haft ihre Einstellung zu ihrem vorherigen Leben verändert.

Bis Gary starb, hielt ich mich für glücklich, überlegte Molly. Ich dachte, meine ständige Unruhe käme daher, daß ich unter meiner Kinderlosigkeit litt.

Nun spürte sie, wie sich wieder Niedergeschlagenheit in ihr breitmachte. Offenbar ahnte Jenna diesen Stimmungswechsel, denn sie schien besorgt. Sie folgte Molly in die Küche und bestand darauf, die Käsewürfel zu schneiden, die Cracker hübsch auf einem Teller anzuordnen und die Servietten ordentlich zu falten.

Peter Black, der am Telefon so barsch gewesen war, gab sich heute abend besondere Mühe, nett zu ihr zu sein. Er hatte sie mit einem Kuß auf die Wange begrüßt und ihr die Hand gedrückt. »Diese schreckliche Tragödie liegt hinter uns«, wollte er anscheinend damit sagen.

Wirklich? fragte sich Molly. Können wir so tun, als hätte es den Mord und die Jahre im Gefängnis nie gegeben? Unmöglich, dachte sie, als sie ihre alten Freunde betrachtete – *waren sie das tatsächlich*? –, die sich in ihrem Wohnzimmer versammelt hatten.

Peter Black machte den Eindruck, als fühle er sich nicht sehr wohl in seiner Haut. Warum hatte er unbedingt kommen wollen?

Nur Philip Matthews wirkte ganz locker. Er war pünktlich um sieben als erster erschienen und hatte Molly eine Amaryllis überreicht. »Ich weiß, wie sehr Sie sich auf Ihren Garten freuen«, sagte er. »Vielleicht finden Sie ja noch ein Plätzchen für die Blume.«

Die riesigen, hellroten Blüten waren wunderschön. »Vorsicht«, warnte sie ihn. »Die Amaryllis heißt auch Belladonnalilie, und Belladonna ist giftig.«

Jetzt schien die ganze Atmosphäre gespannt. Cal Whitehall und Peter Black waren eindeutig nicht hier, um sie in der Freiheit willkommen zu heißen. Sie hatten ihre eigenen Pläne. Wahrscheinlich war das auch die Erklärung für Jennas Nervosität. Schließlich hatte sie diese kleine Zusammenkunft arrangiert.

Wie gerne hätte Molly Jenna gesagt, daß sie sich keine Sorgen zu machen brauchte. Sie wußte, daß Cal das Feingefühl einer Dampfwalze hatte. Und wenn er sich in den

Kopf gesetzt hatte, sie zu besuchen, hatte Jenna keine Möglichkeit, ihn daran zu hindern.

Bald wurde ihr klar, warum Cal sie sprechen wollte. »Molly, gestern hat Fran Simmons, die Fernsehreporterin, in der Klinik-Cafeteria herumgeschnüffelt. Hast du sie hingeschickt?« Er kam jedenfalls sofort auf den Punkt.

»Nein, ich wußte nicht, was sie vorhat«, entgegnete Molly achselzuckend. »Aber ich habe nichts dagegen.«

»Bitte, Molly«, murmelte Jenna. »Begreifst du denn nicht, was du dir selbst damit antust?«

»Doch, das begreife ich sehr wohl«, erwiderte Molly leise, aber mit Nachdruck.

Cal stellte sein Glas so heftig auf den Tisch, daß ein paar Tropfen überschwappten.

Molly widerstand der Versuchung, den verschütteten Wein wegzuwischen, obwohl das eine willkommene Gelegenheit gewesen wäre, diesem Alptraum zu entfliehen. Statt dessen musterte sie die beiden ehemaligen Geschäftspartner ihres Mannes.

Cal hingegen sprang sofort auf, um einen Lappen zu holen, und eilte in die Küche. Während er sich dort nach einem Handtuch umsah, fiel sein Blick auf die einzige Eintragung im Wandkalender, die er aufmerksam las.

Peter Blacks Wangen waren gerötet. Offenbar hatte er an diesem Abend schon ein paar Drinks intus. »Molly, du weißt, daß wir zur Zeit in Verhandlungen stehen, um einige andere Gesundheitsdienste zu übernehmen. Wenn du schon zuläßt, daß diese Sendung ausgestrahlt wird, und sogar daran mitarbeitest, könntest du Fran Simmons wenigstens bitten zu warten, bis der Vertrag unter Dach und Fach ist.«

Ach, darum geht es also, dachte Molly. Sie haben Angst, daß ich alte Wunden aufreißen und sie in Mitleidenschaft ziehen könnte.

»Natürlich haben wir nichts zu verbergen«, fügte Black mit Nachdruck hinzu. »Doch es sind schon viele wichtige Verhandlungen an Gerüchten und Tratsch gescheitert.«

Er trank Scotch. Molly sah zu, wie er sein Glas leerte, und erinnerte sich, daß er schon damals dem Alkohol nicht abgeneigt gewesen war. Offenbar hatte sich daran nichts geändert.

»Und gib bitte deinen Plan auf, Annamarie Scalli zu finden, Molly«, flehte Jenna. »Wenn sie von der Fernsehsendung erfährt, verkauft sie ihre Geschichte vielleicht an eines dieser Revolverblätter.«

Molly saß da und starrte die drei wortlos an. Sie spürte, wie sich alte Ängste und Zweifel wieder in ihr regten, doch es gelang ihr, die Ruhe zu bewahren.

»Ich glaube, Sie haben Ihr Anliegen klar genug dargestellt«, brach Philip Matthews das beklommene Schweigen. »Warum lassen wir es nicht dabei bewenden?«

Peter Black, Jenna und Cal verabschiedeten sich kurz darauf. »Molly, sollen wir das Abendessen verschieben, damit Sie allein sein können?« fragte Philip, nachdem sich die Tür hinter ihnen geschlossen hatte.

Molly, die den Tränen nah war, nickte. »Wenn Sie möchten, holen wir es ein andermal nach«, stieß sie hervor.

»Sehr gerne.«

Molly hatte Huhn in Weinsauce und Wildreis zubereitet. Als Philip fort war, deckte sie die Schüsseln ab, stellte sie in den Kühlschrank, überprüfte alle Türschlösser und ging ins Arbeitszimmer. Vielleicht lag es an Cals und Peter Blacks Besuch, daß sie das Gefühl hatte, kurz davor zu sein, sich an etwas zu erinnern.

Was mochte es nur sein? fragte sie sich. Alte Ängste, die ihre Niedergeschlagenheit nur verstärken würden? Oder handelte es sich um Antworten, mit deren Hilfe sie endlich dem Dunkel entfliehen konnte, das von ihr Besitz zu ergreifen drohte? Sie würde abwarten müssen.

Ohne Licht zu machen, kuschelte sie sich aufs Sofa.

Was würden Cal und Peter dazu sagen, wenn sie auch nur ahnten, daß sie morgen abend um acht in einem Lokal in Rowayton mit Annamarie Scalli verabredet war?

33

Es gibt nichts Schöneres als einen Sonntag morgen in Manhatten, dachte Fran, als sie um halb acht ihre Wohnungstür öffnete. Auf der Fußmatte lag, dick und einladend, die *Sunday Times*. Sie machte sich ein Frühstück mit Saft, Kaffee und einem Muffin, ließ sich in ihrem Sessel nieder, legte die Beine hoch und griff nach dem ersten Teil der Zeitung. Als sie sie wenige Minuten später wieder weglegte, wurde ihr klar, daß sie nur wenig von dem verstanden hatte, was sie gerade gelesen hatte.

»Ich mache mir Sorgen«, stellte sie laut fest. Sie hatte unruhig geschlafen und war sich sicher, daß das etwas mit Mollys geheimnisvoller Andeutung zu tun hatte, sie hätte vielleicht interessante Neuigkeiten für sie. Was mochte sie damit gemeint haben?

Wenn Molly auf eigene Faust Nachforschungen anstellt, könnte sie sich ziemlichen Ärger einhandeln, dachte Fran. Sie legte die Zeitung beiseite und stand auf, um sich noch eine Tasse Kaffee einzuschenken. Dann setzte sie sich wieder in den Sessel und studierte die Prozeßmitschrift.

In der nächsten Stunde las sie die Zeugenaussagen Zeile für Zeile durch. Die Polizisten, die zuerst am Tatort eingetroffen waren, und auch der Gerichtsmediziner hatten ausgesagt. Danach waren Peter Black und die Whitehalls in den Zeugenstand getreten und hatten ihre letzte Begegnung mit Gary Lasch, nur wenige Stunden vor seinem Tod, geschildert.

Offenbar hatte man Jenna alles, was ihre Freundin belasten konnte, förmlich aus der Nase ziehen müssen, dachte Fran beim Lesen.

STAATSANWALT: Haben Sie in der Woche vor dem Tod Ihres Mannes mit der Angeklagten gesprochen, entweder zu Hause oder in Cape Cod?

JENNA WHITEHALL: Ja.

STAATSANWALT: Wie würden Sie Mrs. Laschs Gemütszustand beschreiben?

JENNA WHITEHALL: Als traurig. Sie war sehr bedrückt.

STAATSANWALT: War Sie wütend auf ihren Mann, Mrs. Whitehall?

JENNA WHITEHALL: Sie war verstört.

STAATSANWALT: Sie haben meine Frage nicht beantwortet. War Molly Carpenter Lasch wütend auf ihren Mann?

JENNA WHITEHALL: Ja, das könnte man sagen.

STAATSANWALT: Hat sie ihren Zorn auf ihren Mann zum Ausdruck gebracht?

JENNA WHITEHALL: Könnten Sie die Frage bitte wiederholen?

STAATSANWALT: Selbstverständlich. Und könnten Euer Ehren die Zeugin bitte anweisen, ohne Umschweife zu antworten?

RICHTER: Ich muß die Zeugin dringend bitten, ohne Umschweife zu antworten.

STAATSANWALT: Mrs. Whitehall, hat Molly Carpenter Lasch während Ihrer Telefonate in der Woche vor dem Tod ihres Mannes zum Ausdruck gebracht, daß Sie sehr zornig auf ihn war?

JENNA WHITEHALL: Ja.

STAATSANWALT: Kannten Sie den Grund für ihre Erbitterung?

JENNA WHITEHALL: Nein, ursprünglich nicht. Als ich sie fragte, wollte sie es mir zunächst nicht sagen. Am Sonntag nachmittag hat sie es mir dann verraten.

Als Fran danach Calvin Whitehalls Aussage las, kam sie zu dem Schluß, daß dieser Zeuge – ob mit oder ohne Absicht – Molly sehr geschadet hatte. Der Staatsanwalt hat sich sicher ins Fäustchen gelacht, dachte sie.

STAATSANWALT: Mr. Whitehall, Sie und Dr. Peter Black haben Dr. Lasch am Sonntag nachmittag des 8. April besucht. Ist das richtig?

CALVIN WHITEHALL: Ja.

STAATSANWALT: Was war der Zweck dieses Besuchs?

CALVIN WHITEHALL: Dr. Black erzählte mir, er mache sich große Sorgen um Gary. Seiner Ansicht nach sei Gary schon die ganze Woche sehr niedergeschlagen. Deshalb beschlossen wir, mit ihm zu sprechen.

STAATSANWALT: Wen meinen Sie mit ›wir‹?

CALVIN WHITEHALL: Dr. Peter Black und mich selbst.

STAATSANWALT: Was geschah bei Ihrer Ankunft?

CALVIN WHITEHALL: Es war gegen fünf. Gary setzte sich mit uns ins Wohnzimmer. Er hatte einen Teller mit Käse und Crackern bereitgestellt und eine Flasche Wein geöffnet. Er schenkte drei Gläser ein und sagte: »Tut mir leid, aber ich glaube, ich muß euch etwas beichten.« Er gestand uns, er habe mit einer unserer Krankenschwestern namens Annamarie Scalli eine Affäre gehabt. Das Mädchen sei schwanger.

STAATSANWALT: Fürchtete sich Dr. Lasch vor Ihrer Reaktion?

CALVIN WHITEHALL: Selbstverständlich. Die Krankenschwester war erst Anfang Zwanzig. Wir mußten damit rechnen, daß die Sache Folgen haben könnte – eine Anzeige wegen sexueller Belästigung vielleicht. Schließlich war Gary der Leiter der Klinik. Dank des Vermächtnisses seines Vaters genießt der Name Lasch einen ausgezeichneten Ruf, was für das Krankenhaus und den Remington-Gesundheitsdienst von großem Nutzen ist. Wir waren in großer Sorge, daß unser Ansehen durch einen Skandal gefährdet werden könnte.

Fran las noch eine Stunde weiter. Dann legte sie die Akte weg und massierte sich die Stirn, um die aufkommenden Kopfschmerzen zu vertreiben.

Offenbar war es Gary Lasch und Annamarie Scalli ausgesprochen gut gelungen, ihre Affäre geheimzuhalten, dachte sie. Aus dem, was hier geschrieben steht, schließe ich, daß Molly, Peter Black und die Whitehalls – also die Menschen, die Gary Lasch am nächsten standen – absolut schockiert waren, als sie es erfuhren.

Sie erinnerte sich an die erstaunt aufgerissenen Augen von Susan Branagan aus der Klinik-Cafeteria. Sie war wie alle anderen überzeugt gewesen, daß Annamarie Scalli für den netten Dr. Morrow schwärmte.

Dr. Jack Morrow, der kurz vor Gary Lasch ermordet worden war, sagte sich Fran.

Inzwischen war es zehn. Fran überlegte, ob sie joggen gehen sollte, hatte aber eigentlich keine Lust dazu. Ich sehe lieber mal, was im Kino läuft, beschloß sie.

Als sie nach dem Kinoprogramm griff, um einen interessanten Film zu suchen, läutete das Telefon.

Es war Tim Mason. »Überraschung«, sagte er. »Hoffentlich störe ich Sie nicht. Ich habe Gus gebeten, mir Ihre Nummer zu geben.«

»Kein Problem. Wenn es sich um eine Sportumfrage handelt: Ich bin ein Fan der Yankees, obwohl ich vierzehn Jahre lang in Kalifornien gelebt habe. Außerdem befürworte ich einen Wiederaufbau der Ebbets-Arena und denke, daß es zwischen den Giants und den Jets ein Kopf-an-Kopf-Rennen geben wird. Doch wenn ich mich entscheiden müßte, würde ich auf die Giants tippen.«

Mason lachte. »Ich stehe auf entschlußfreudige Frauen. Eigentlich rufe ich an, um zu fragen, ob Sie Zeit und Lust auf einen Brunch im Neary's hätten.«

Neary's Restaurant war gleich um die Ecke in der 57. Straße.

Fran freute sich über die spontane Einladung. Auch wenn sie Mason angemerkt hatte, daß er ihre Vergangenheit kannte, konnte sie ihm keinen Vorwurf daraus machen. Schließlich war es nicht seine Schuld, daß er von der Unterschlagung ihres Vaters wußte.

»Danke, sehr gerne«, erwiderte sie.

»Um zwölf?«

»Gut.«

»Sie brauchen sich nicht feinzumachen.«

»Das hatte ich auch nicht vor. Schließlich ist heute mein freier Tag.«

Fran legte auf und ertappte sich zum zweiten Mal an diesem Vormittag bei einem Selbstgespräch: »Was hat das zu bedeuten?« fragte sie sich. »Ich bin sicher, daß er mich nicht anbaggern will.«

Als Fran im Neary's ankam, unterhielt Tim Mason sich gerade mit dem Barkeeper. Er trug ein Polohemd, eine dunkelgrüne Cordjacke und eine braune Hose. Sein Haar war zerzaust, und der Stoff seiner Jacke fühlte sich kalt an, als sie ihn am Arm berührte.

»Anscheinend sind Sie nicht mit dem Taxi gefahren«, stellte sie fest, als er sich umdrehte.

»Mich nerven die ständigen Ermahnungen, daß ich mich anschnallen soll. Also bin ich zu Fuß gegangen. Schön, Sie zu sehen, Fran.« Er lächelte sie an.

Fran, die Stiefeletten mit flachem Absatz trug, fühlte sich so winzig wie damals in der ersten Klasse.

Der freundliche Jimmy Neary gab ihnen einen seiner vier Ecktische, für Fran ein eindeutiger Hinweis darauf, daß Tim Mason ein beliebter Stammgast sein mußte. Sie war erst einmal hiergewesen, und zwar mit einem Ehepaar, das in ihrem Mietshaus wohnte. Sie hatten ebenfalls einen Ecktisch bekommen, und die beiden hatten ihr erklärt, daß es sich um eine große Ehre handelte.

Sie bestellten Bloody Marys, und Tim erzählte von sich. »Meine Eltern sind nach ihrer Scheidung aus Greenwich weggezogen«, sagte er. »Ich hatte gerade das College abgeschlossen und arbeitete bei der *Greenwich Time*. Ich hatte zwar den Titel Volontär, war aber eigentlich Mädchen für alles. Danach habe ich nie wieder dort gewohnt.«

»Wie lange ist das her?« fragte Fran.

»Vierzehn Jahre.«

Fran rechnete nach. »Deshalb kannten Sie meinen Namen. Sie wissen, wer mein Vater war.«

Er zuckte die Achseln. »Ja.« Er lächelte entschuldigend.

Als die Kellnerin die Speisekarten brachte, bestellten beide Omeletts Benediktinerart, ohne die übrigen Angebote überhaupt eines Blickes zu würdigen. Dann trank Tim einen Schluck von seiner Bloody Mary und sagte: »Sie haben mich zwar nicht danach gefragt, aber ich erzähle Ihnen jetzt meine Lebensgeschichte, die Sie sicher interessieren wird, da Sie sich offenbar mit Sport auskennen.«

Eigentlich sind wir gar nicht so verschieden, dachte Fran, während sie zuhörte, was Tim von seinem ersten Job berichtete. Er hatte in einer Stadt im Bundesstaat New York, deren Namen sie noch nie gehört hatte, über Highschool-Turniere berichtet. Dann schilderte sie ihm ihre Stelle als Praktikantin bei einem lokalen Kabelsender in einem Städtchen unweit von San Diego, wo Stadtratssitzungen zu den aufregenderen Ereignissen zählten.

»Am Anfang nimmt man alles, was man kriegen kann«, meinte sie, und er nickte zustimmend.

Auch er war ein Einzelkind, hatte aber anders als sie keine Stiefgeschwister.

»Nach der Scheidung ist meine Mutter nach Bronxville gezogen«, fuhr er fort. »Dort sind meine Eltern beide aufgewachsen. Sie hat sich dort ein Haus gekauft, und raten Sie mal, was dann passiert ist. Mein Vater kaufte sich ein Haus in derselben Siedlung. Als sie noch verheiratet waren, haben sie sich nie verstanden. Doch jetzt gehen sie zusammen aus, fahren in den Urlaub und laden sich gegenseitig zu Cocktails und zum Abendessen ein. Zu Beginn hat es mich ein wenig irritiert, aber offenbar gefällt es ihnen so.«

»Ich bin froh, daß meine Mutter allen Grund hat, glücklich zu sein«, sagte Fran. »Sie ist seit acht Jahren wieder verheiratet. Da sie davon ausging, daß ich irgendwann nach New York zurückkehren würde, hat sie mir vorgeschlagen, den Namen meines Stiefvaters anzunehmen. Sicher wissen Sie noch, welchen Skandal es damals wegen meines Vaters gegeben hat.«

Er nickte. »Ja. Und hatten Sie jemals vor, Ihren Namen zu ändern?«

Fran spielte mit ihrer Cocktailserviette herum. »Nein, nie.«

»Sind Sie sicher, daß es klug ist, wenn ausgerechnet Sie in Greenwich für die Sendung recherchieren?«

»Klug wahrscheinlich nicht. Warum fragen Sie?«

»Fran, ich war gestern abend in Greenwich bei einer Totenfeier. Ich kannte die Frau seit meiner Kindheit. Sie ist in der Lasch-Klinik an einem Herzinfarkt gestorben. Ihr Sohn ist mein Freund, und er ist ziemlich aufgebracht. Offenbar glaubt er, daß man mehr für seine Mutter hätte tun müssen, und meint, Sie könnten, da Sie nun schon mal dabei sind, herausfinden, ob die Patienten dort wirklich gut behandelt werden.«

»Er findet, seine Mutter sei nicht richtig versorgt worden?«

»Ich weiß nicht. Vielleicht lag es nur an seiner Trauer. Allerdings kann es sein, daß er sich bei Ihnen meldet. Er heißt Billy Gallo.«

»Warum sollte er mich anrufen?«

»Weil er gehört hat, daß Sie am Freitag in der Klinik-Cafeteria waren. Inzwischen weiß es wahrscheinlich die ganze Stadt.«

Ungläubig schüttelte Fran den Kopf. »Ich hätte nicht gedacht, daß die Leute mich nach so kurzer Zeit beim Sender wiedererkennen. Wie ärgerlich.« Sie zuckte die Achseln. »Ich habe ein bißchen mit einer freiwilligen Helferin in der Cafeteria geplaudert und dabei etwas Interessantes herausgekriegt. Wenn sie gewußt hätte, daß ich Reporterin bin, wäre sie sicher nicht so redselig gewesen.«

»Hatte Ihr Besuch dort etwas mit der Reportage über Molly Lasch zu tun?« wollte er wissen.

»Ja, ich brauche Hintergrundinformationen«, erwiderte sie. Sie hatte keine große Lust, über den Fall Molly Lasch zu sprechen. »Tim, kennen Sie Joe Hutnik von der *Greenwich Time*?«

»Ja, er gehörte damals auch schon zur Redaktion. Ein guter Mann. Warum fragen Sie?«

»Joe hält zwar nicht viel von Gesundheitsdiensten, findet aber, daß Remington auch nicht schlimmer ist als die anderen.«

»Nun, Billy Gallo ist da anderer Ansicht.« Er bemerkte ihre besorgte Miene. »Aber keine Angst. Er ist wirklich ein netter Kerl, nur im Augenblick ein bißchen durcheinander.«

Als der Tisch abgeräumt und der Kaffee gebracht wurde, sah Fran sich um. Inzwischen waren fast alle Tische besetzt, und auch am Tresen wimmelte es von gutgelaunten Gästen. Tim Mason ist ein sympathischer Mann, dachte sie. Vielleicht ruft sein Freund mich ja an. Doch eigentlich wollte Tim mir sagen, daß ich in Greenwich aufgefallen bin und daß man wieder anfängt, über die alten Geschichten und den Tod meines Vaters zu tratschen.

Sie bemerkte Tims mitfühlenden Blick nicht und sie ahnte auch nicht, wie sehr der Ausdruck in ihren Augen ihn an das junge Mädchen erinnerte, das um seinen Vater getrauert hatte.

34

Annamarie Scalli hatte sich mit Molly um acht in einem Restaurant in Rowayton, einer Stadt etwa fünfzehn Kilometer nordöstlich von Greenwich, verabredet.

Das Lokal und die Uhrzeit waren Annamaries Vorschlag gewesen. »Es ist nicht so vornehm dort und am Sonntag ziemlich ruhig, vor allem, wenn es schon so spät ist«, hatte sie gesagt. »Außerdem laufen wir beide dann nicht Gefahr, Bekannte zu treffen.«

Um sechs Uhr – viel zu früh, wie sie wußte – war Molly abfahrbereit. Sie hatte sich zweimal umgezogen. In dem schwarzen Kostüm hatte sie sich zu elegant gefühlt, in Jeans wiederum zu leger. Schließlich hatte sie sich für eine dunkelblaue Wollhose und einen weißen Rollkragenpullover entschieden. Das Haar steckte sie zu einem Knoten auf. Gary hatte diese Frisur immer sehr gut gefallen, vor allem wenn kleine Strähnchen herausrutschten und sich um Nacken und Ohren schlängelten. Er fand, daß sie damit am natürlichsten aussah.

»Du bist immer so vollkommen, Molly«, meinte er stets. »Wie aus dem Ei gepellt und vornehm. An dir wirken sogar Jeans und Sweatshirt wie Abendgarderobe.«

Damals hatte sie geglaubt, er wolle sie auf den Arm nehmen. Inzwischen war sie jedoch nicht mehr so sicher. Sie mußte unbedingt dahinterkommen, was er wirklich für sie empfunden hatte. Männer reden mit ihren Geliebten über ihre Ehefrauen, dachte sie. Ich will wissen, was Gary Annamarie Scalli über mich erzählt hat. Und wenn ich schon einmal dabei bin, sie zu befragen, soll sie mir noch etwas verraten – nämlich wo sie in der Nacht war, als Gary ermordet wurde. Schließlich hatte auch sie gute Gründe, wütend auf ihn zu sein. Ich habe gehört, wie sie ihn am Telefon heruntergeputzt hat.

Um sieben beschloß Molly, daß es nun an der Zeit war, um nach Rowayton zu fahren. Sie nahm ihren Trenchcoat aus dem Schrank und wollte schon zur Tür gehen, lief dann aber noch einmal rasch nach oben, um ihren blauen Schal aus der Schublade zu holen. Sie nahm auch ihre riesige Sonnenbrille von Cartier mit, die vor sechs Jahren sehr modern gewesen war. Inzwischen war sie wahrscheinlich völlig out, doch wenigstens gab sie ihr ein Gefühl von Tarnung.

Früher hatten in der Garage ihr BMW-Cabriolet, Garys Mercedeslimousine und der schwarze Kleinbus gestanden, den er zwei Jahre vor seinem Tod angeschafft hatte. Molly war erstaunt gewesen, als er den Wagen eines Tages mit nach Hause brachte. »Du gehst weder zum Angeln noch zur Jagd und würdest nur über deine Leiche Campingurlaub machen. Und deine Golfschläger passen bequem in den Kofferraum des Mercedes. Wozu brauchst du also einen Kleinbus?«

Damals war ihr nicht in den Sinn gekommen, daß Gary möglicherweise ein Auto haben wollte, das in der Gegend nicht so auffiel.

Nach Garys Tod hatte sie seine Autos abholen lassen. Und als sie ins Gefängnis mußte, hatte sie ihre Eltern gebeten, den BMW zu verkaufen. Nachdem die Bewährung genehmigt worden war, hatten ihre Eltern ihr zur Feier des Tages ein neues Auto geschenkt, eine dunkelblaue Limousine, die Molly sich aus einem Prospekt ausgesucht hatte.

Sie hatte sich das Auto zwar bereits angesehen, aber heute saß sie zum ersten Mal darin und atmete genüßlich den Geruch des neuen Leders ein. Seit sechs Jahren war sie nicht mehr Auto gefahren, und sie fühlte sich unbeschreiblich frei, als sie nun den Zündschlüssel in der Hand hielt.

Zum letztenmal hatte sie bei ihrer Rückkehr aus Cape Cod am Steuer gesessen. Molly legte die Hände aufs Lenkrad und erinnerte sich an diese Fahrt. Damals habe ich das Steuer so fest umklammert, daß mir die Hände weh taten, dachte sie, als sie zurücksetzte und dann das Garagentor mit der Fernbedienung hinter sich schloß. Langsam rollte sie die lange Auffahrt entlang bis zur Straße. Normalerweise habe ich den Wagen immer in die Garage gestellt, doch an jenem Abend parkte ich einfach vor dem Haus und ließ ihn dort stehen. Warum habe ich das getan? fragte sie sich. Lag es daran, daß ich mein Gepäck nicht so weit tragen wollte?

Nein, ich brannte darauf, Gary endlich zur Rede zu stellen. Ich hatte dieselben Fragen an ihn wie heute an Annamarie Scalli. Ich wollte wissen, was er für mich empfand, warum er so oft nicht zu Hause war und warum er sich in unserer Ehe unglücklich fühlte. Aus welchem Grund war er nicht ehrlich zu mir und sah seelenruhig zu, wie ich mich abmühte, ihm eine gute Frau zu sein?

Molly preßte die Lippen zusammen und spürte, wie wieder Wut und Haß in ihr aufstiegen. Schluß damit! schalt sie sich. Wenn du nicht sofort aufhörst, kannst du gleich umkehren und nach Hause fahren.

Um zwanzig nach sieben traf Annamarie Scalli im Sea Lamp Diner ein. Sie wußte, daß sie viel zu früh dran war, doch sie hatte unbedingt vor Molly Lasch ankommen wollen. Erst nachdem sie sich mit dem Treffen einverstanden erklärt hatte, war ihr bewußt geworden, daß sie tatsächlich mit Molly sprach und daß diese sie aufgespürt hatte.

Ihre Schwester Lucy hatte alles getan, um sie zu überreden, zu Hause zu bleiben. »Annamarie, diese Frau hat sich so über dich geärgert, daß sie ihren Mann erschlagen hat. Vielleicht wird sie dich angreifen. Wenn es stimmt, was sie behauptet, nämlich daß sie sich nicht daran erinnern kann, ihn ermordet zu haben, ist sie sicher geisteskrank. Außerdem lebst du seit Jahren in Angst, weil du zuviel über das weißt, was im Krankenhaus vor sich gegangen ist. Fahr nicht hin!«

Die beiden Schwestern hatten sich den ganzen Abend lang gestritten, aber Annamarie war fest entschlossen, Molly zu treffen. Sie wandte ein, daß es besser sein würde, die Sache hinter sich zu bringen und sich mit ihr in einem Restaurant zu unterhalten. Schließlich hatte Molly sie ausfindig gemacht, und es war durchaus möglich, daß sie plötzlich vor ihrer Tür in Yonkers stand oder ihr nachging, wenn sie ihre Patienten besuchte.

Annamarie suchte sich einen Platz in der hintersten Ecke des langen, schmalen Raums. Am Tresen saßen ein paar mürrische Gäste. Auch die Kellnerin war übellaunig und schien verärgert, als Annamarie den angebotenen Tisch vorne im Lokal ablehnte.

Die düstere Stimmung im Restaurant trug nur zu der bösen Vorahnung bei, die Annamarie auf der langen Fahrt von Buffalo überkommen hatte. Sie fühlte sich völlig erschöpft. Wahrscheinlich bin ich deshalb so deprimiert und niedergeschlagen, versuchte sie sich einzureden. Sie trank den lauwarmen Kaffee, den die Kellnerin vor ihr auf den Tisch knallte.

Annamarie wußte, daß sie einen Teil ihrer Mißstimmung dem Streit mit ihrer Schwester verdankte. Obwohl Lucy sie sehr liebte, hatte sie keine Hemmungen, immer in dieselbe Kerbe zu hauen, und ihre ständige Kritik hatte Annamarie schließlich zermürbt.

»Annamarie, warum hast du nicht Jack Morrow geheiratet? Wie unsere Mutter immer sagte, war er der netteste Mann, unter der Sonne. Außerdem war er verrückt nach dir. Und er war Arzt und noch dazu ein guter. Weißt du noch, wie Mrs. Monahan zu Besuch kam, als du ihn übers Wochenende mitgebracht hattest? Er meinte, ihre Gesichtsfarbe gefiele ihm gar nicht. Wenn er sie nicht überredet hätte, sich untersuchen zu lassen, hätte man den Tumor nie entdeckt, und sie wäre heute nicht mehr am Leben.«

Annamarie hatte dasselbe geantwortet wie in den vergangenen sechs Jahren. »Laß es gut sein, Lucy. Jack wußte, daß ich ihn nicht liebte. Vielleicht hätte ich mich unter anderen Umständen in ihn verlieben können. Vielleicht hätte es geklappt, wenn alles anders gewesen wäre. Doch es sollte eben nicht sein. Ich war erst Anfang Zwanzig und hatte meine erste Stelle. Mein Leben fing gerade richtig an. Ich war noch nicht bereit für eine Ehe, und Jack hatte Verständnis dafür.«

Annamarie erinnerte sich, daß Jack in der Woche vor seiner Ermordung eine Auseinandersetzung mit Gary gehabt hatte. Sie war gerade auf dem Weg in Garys Büro gewesen, war aber im Vorzimmer stehengeblieben, als sie von drinnen zornige Stimmen hörten. »Dr. Morrow ist bei Dr. Lasch«, flüsterte die Sekretärin. »Er ist sehr aufgebracht. Ich habe nicht verstanden, worum es geht, aber wahrscheinlich um das übliche – die Behandlung eines seiner Patienten ist nicht genehmigt worden.«

Damals hatte ich schreckliche Angst, sie könnten sich meinetwegen streiten, dachte Annamarie. Und da ich nicht mit Jack darüber sprechen wollte, habe ich die Flucht ergriffen. Ich war sicher, daß Jack dahintergekommen war.

Doch als sie Jack später auf dem Flur traf, schien er nicht böse auf sie zu sein. Statt dessen fragte er sie, ob sie bald ihre Mutter besuchen würde. Annamarie antwortete, sie wolle am übernächsten Wochenende hinfahren. Daraufhin sagte er, er werde eine sehr wichtige Akte kopieren, und bat sie, diese auf dem Dachboden ihrer Mutter aufzubewahren. Er werde sie später dort abholen.

Ich war so erleichtert, weil er nichts von mir und Gary ahnte, und so beunruhigt wegen der Vorgänge in der Klinik, daß ich ihn nicht einmal fragte, was das für Unterlagen waren, erinnerte sich Annamarie. Er meinte, er werde mir die Akte bald geben, und nahm mir das Versprechen ab, Stillschweigen zu bewahren. Doch ich bekam die Papiere nie, und eine Woche später war er tot.

»Annamarie?«

Erschrocken blickte Annamarie auf. Sie war so in Gedanken versunken gewesen, daß sie Molly Lasch nicht bemerkt hatte. Nach einem Blick auf die Frau fühlte sie sich dick und häßlich. Auch die große Sonnenbrille konnte Mollys ebenmäßiges Gesicht nicht verbergen. Die Hände, mit denen sie den Gürtel ihres Mantels öffnete, waren lang und schmal. Und als sie den Schal vom Kopf nahm, war ihr Haar zwar dunkler, als Annamarie es im Gedächtnis hatte, aber dennoch weich und seidig.

Während Molly Platz nahm, musterte sie Annamarie. Sie hat sich sehr verändert, dachte sie. Molly war Annamarie ein paarmal in der Klinik begegnet. Damals war die Krankenschwester eine Schönheit gewesen, mit einer kurvenreichen Figur und langem, dunklem Haar.

Die schlicht gekleidete Frau, die ihr nun gegenübersaß, hatte nichts Aufreizendes an sich. Sie trug ihr Haar nun kurzgeschnitten. Ihr Gesicht war zwar noch hübsch, aber ein wenig aufgeschwemmt. Außerdem hatte sie zugenommen. Doch ihre dunkelbraunen Augen mit den langen Wimpern waren wunderschön. Allerdings merkte Molly auch, wie unglücklich und verängstigt Annamarie war.

Sie fürchtet sich vor mir, ging es Molly durch den Kopf, und sie war erstaunt, daß sie diese Wirkung auf einen anderen Menschen haben konnte.

Als die Kellnerin an den Tisch kam, war sie um einiges freundlicher als zuvor. Offenbar war sie von Molly beeindruckt.

»Tee mit Zitrone bitte«, sagte Molly.

»Und noch einen Kaffee für mich, wenn es nicht zuviel Umstände macht«, fügte Annamarie hinzu, als die Kellnerin sich schon abwenden wollte.

Als sie wieder allein waren, meinte Molly: »Ich bin Ihnen dankbar, daß Sie mit diesem Treffen einverstanden gewesen sind. Ich weiß, daß es Ihnen sicher ebenso unangenehm ist wie mir, und ich verspreche, Sie nicht zu lange aufzuhalten. Aber wenn Sie offen mit mir reden, könnten Sie mir sehr helfen.«

Annamarie nickte.

»Wann fing Ihr Verhältnis mit Gary an?«

»Ein Jahr vor seinem Tod. Eines Tages ist mein Auto nicht angesprungen, und er hat mich nach Hause gefahren. Er ist auf einen Kaffee mit hereingekommen.« Annamarie sah Molly direkt in die Augen. »Ich wußte, daß er mehr von mir wollte. Eine Frau ahnt so etwas.« Sie hielt inne und betrachtete ihre Hände. »Um ehrlich zu sein, habe ich ihn angehimmelt. Ich habe es ihm ziemlich leicht gemacht.«

Er wollte mehr von ihr? überlegte Molly. War sie die erste? Wahrscheinlich nicht. Die zehnte vielleicht? Das würde sie nun nie erfahren. »Hatte er auch Affären mit anderen Schwestern?«

»Nicht, soweit ich weiß, aber ich arbeitete damals erst ein paar Monate in der Klinik. Er betonte, daß ich absolut diskret sein müsse, was mir sehr gut paßte. Ich komme aus einer italienischen, streng katholischen Familie, und es hätte meiner Mutter das Herz gebrochen, wenn sie gehört hätte, daß ich etwas mit einem verheirateten Mann habe. Mrs. Lasch, ich möchte Ihnen noch sagen ...« Annamarie verstummte, denn die Kellnerin brachte den Tee und den Kaffee. Annamarie fiel auf, daß sie Mollys Tasse um einiges sanfter auf den Tisch stellte als zuvor ihre.

Als die Kellnerin außer Hörweite war, fuhr Annamarie fort. »Mrs. Lasch, ich möchte Ihnen noch sagen, daß ich sehr bedaure, was geschehen ist. Ihr Leben wurde zerstört, Dr. Lasch mußte sterben. Ich habe mein Baby weggegeben, weil ich wollte, daß es in einer intakten

Familie mit Mutter und Vater aufwächst. Vielleicht wird mein Sohn mich später einmal sehen wollen, wenn er erwachsen ist. Falls ja, hoffe ich, daß er mich versteht und mir verzeiht. Auch wenn Sie seinen Vater getötet haben, habe ich diese Tragödie durch mein Verhalten verschuldet.«

»Ihr Verhalten?«

»Wenn ich mich nicht mit Dr. Lasch eingelassen hätte, wäre all das nie geschehen. Und hätte ich ihn nicht zu Hause angerufen, hätten Sie es nie erfahren.«

»Warum haben Sie ihn überhaupt zu Hause angerufen?«

»Nun, zuerst einmal hatte er mir gesagt, Sie beide hätten über eine Scheidung gesprochen. Allerdings sollten Sie nicht wissen, daß eine andere Frau im Spiel ist. Er meinte, das würde die Scheidung für ihn nur verkomplizieren, da Sie aus Eifersucht versuchen würden, sich an ihm zu rächen.«

So hat er also mit seiner Geliebten über mich gesprochen, dachte Molly. Er hat behauptet, wir wollten uns scheiden lassen, und er hat mich als rachsüchtig hingestellt. Und wegen dieses Mannes habe ich eine Gefängnisstrafe abgesessen!

»Er sagte, es sei nur von Vorteil, daß Sie eine Fehlgeburt gehabt hätten. Mit einem Baby wäre die Trennung schwieriger geworden.«

Wie betäubt saß Molly da. Mein Gott, hatte Gary wirklich so etwas behauptet? fragte sie sich. *Er sagte, es sei von Vorteil, daß ich mein Baby verloren habe*?

»Doch als ich ihm gestand, daß ich schwanger war, hat er einen Tobsuchtsanfall bekommen. Er hat mir befohlen, das Kind abtreiben zu lassen, besuchte mich nicht mehr und ging mir auch im Krankenhaus aus dem Weg. Dann setzte sich sein Anwalt mit mir in Verbindung. Er bot mir eine Abfindung an, und zwar unter der Bedingung, daß ich mich schriftlich zu Stillschweigen verpflichtete. Ich rief Gary zu Hause an, weil er sich in der Klinik weigerte, mit mir zu sprechen. Ich war verzweifelt, und ich wollte mit ihm darüber reden, ob er die Vaterschaft anerkennen würde. Damals plante ich noch nicht, das Kind zur Adoption freizugeben.«

»Und ich hob zufällig das Telefon ab und hörte das Gespräch mit.«

»Ja.«

»Hat mein Mann Ihnen je von mir erzählt, Annamarie? Ich meine, nicht nur im Zusammenhang mit der Scheidung?«

»Ja.«

»Bitte verraten Sie mir, was er gesagt hat. Ich muß es erfahren.«

»Inzwischen ist mir klar, daß es nur das war, was ich seiner Ansicht nach hören wollte.«

»Ich möchte trotzdem Einzelheiten wissen.«

Verlegen hielt Annamarie inne und sah dann ihr Gegenüber an. Damals hatte sie Molly nicht ernst genommen, dann gehaßt, doch nun empfand sie Mitleid mit ihr. »Er nannte Sie eine langweilige Vorstadthausfrau.«

Langweilige Vorstadthausfrau, dachte Molly. Auf einmal fühlte sie sich, als wäre sie wieder im Gefängnis, äße die fade schmeckenden Mahlzeiten, höre das Ticken der Uhren und läge jede Nacht schlaflos wach.

»Als Mann und auch als Arzt war er den Preis nicht wert, den Sie für den Mord an ihm bezahlt haben, Mrs. Lasch«, meinte Annamarie leise.

»Annamarie, offenbar sind Sie überzeugt davon, daß ich meinen Mann getötet habe. Aber ich bin mir da nicht mehr so sicher. Offen gestanden weiß ich nicht, was passiert ist. Ich kann nicht sagen, ob die Erinnerung an jene Nacht irgendwann zurückkehren wird. Jedenfalls arbeite ich daran. Wo waren Sie an diesem Sonntag abend?«

»Ich habe in meiner Wohnung meine Koffer gepackt.«

»War jemand bei Ihnen?«

Annamarie sah sie entgeistert an. »Mrs. Lasch, wenn Sie damit andeuten wollen, ich hätte Ihren Mann auf dem Gewissen, irren Sie sich.«

»Kennen Sie sonst jemanden, der Grund gehabt hätte, ihn umzubringen?« Molly spürte, daß Annamarie Angst hatte. »Sie fürchten sich vor etwas. Wovor?«

»Nein, das stimmt nicht. Mehr weiß ich nicht. Und jetzt muß ich gehen.« Annamarie wollte aufstehen.

Molly hielt sie am Handgelenk fest. »Annamarie, Sie waren damals erst Anfang Zwanzig, und Gary war ein weltgewandter Mann. Er hat uns beide zum Narren gehalten und uns genügend Anlaß gegeben, wütend auf ihn zu sein. Doch ich glaube nicht, daß ich ihn getötet habe. Und wenn Sie vermuten, jemand anders habe einen Groll gegen ihn gehegt, sagen Sie mir bitte, wer es ist. Dann hätte ich wenigstens einen Anhaltspunkt. Hatte er Streit mit jemandem?«

»Ich weiß nur von *einem* Streit. Mit Dr. Jack Morrow.«

»Dr. Morrow? Aber er ist vor Gary gestorben.«

»Ja, und vor seinem Tod hat er sich merkwürdig verhalten. Er hat mich gebeten, für ihn die Kopie einer Akte aufzubewahren. Doch ehe er sie mir geben konnte, wurde er ermordet.« Annamarie befreite sich aus Mollys Griff. »Mrs. Lasch, ich habe keine Ahnung, ob Sie die Mörderin Ihres Mannes sind. Wenn nicht, sollten Sie vorsichtig sein und nicht herumlaufen und Leute ausfragen.«

Annamarie stieß beim Hinauslaufen fast mit der Kellnerin zusammen, die ihre Tassen nachfüllen wollte. Molly bat rasch um die Rechnung und bezahlte. Die neugierigen Blicke der Frau waren ihr äußerst unangenehm. Schnell griff sie nach ihrem Mantel und eilte Annamarie nach. Langweilige Vorstadthausfrau, dachte sie erbost, als sie aus dem Lokal stürmte.

Auf der Heimfahrt nach Greenwich ließ Molly das Gespräch mit Annamarie Scalli noch einmal Revue passieren. Sie verschweigt mir etwas, überlegte sie. Es ist, als hätte sie Angst. Aber wovor?

Noch am selben Abend sah Molly entsetzt die erste Meldung der Elf-Uhr-Nachrichten in CBS. Eine bisher unbekannte Frau war erstochen in ihrem Auto auf dem Parkplatz des Sea Lamp Diner in Rowayton aufgefunden worden.

35

Der stellvertretende Staatsanwalt Tom Serrazzano hatte damals nicht die Anklage gegen Molly Carpenter Lasch vertreten und es immer bedauert, daß ihm diese Gelegenheit entgangen war. Für ihn stand fest, daß sie eine Mörderin war, die das vergleichsweise milde Urteil nur ihrer gehobenen gesellschaftlichen Stellung zu verdanken hatte. Man hatte sie mit Samthandschuhen angefaßt, und sie war letzten Endes mit nur fünfeinhalb Jahren für den Mord an ihrem Mann davongekommen.

Tom war entsetzt gewesen, als der zuständige Kollege sich auf eine Abmachung eingelassen und auf Totschlag erkannt hatte. Seiner Ansicht nach hätte ein fähiger Ankläger sicher den Prozeß weitergeführt und einen Schuldspruch wegen Mordes erreicht.

Derartige Kungeleien wurmten ihn besonders, wenn der Angeklagte Geld und gute Beziehungen hatte wie Molly Carpenter Lasch.

Tom war Ende Vierzig und hatte seine gesamte berufliche Laufbahn im Justizapparat verbracht. Nach ein paar Jahren als Assistent eines Richters war er zur Staatsanwaltschaft gegangen und hatte sich dort bald einen Ruf als unnachgiebiger Ankläger erworben.

Die junge Frau, die erstochen worden war, wurde als Annamarie Sangelo, wohnhaft in Yonkers, identifiziert.

Doch als die Ermittlungen am Montag ergaben, daß es sich in Wirklichkeit um Annamarie Scalli, die Geliebte des ermordeten Dr. Gary Lasch, handelte, gewann der Fall eine völlig neue Bedeutung.

Nachdem die Kellnerin des Sea Lamp Diner die Frau beschrieben hatte, mit der das Opfer dort verabredet gewesen war, stand die Sache für Serrazzano fest. Für ihn war der Mord so gut wie aufgeklärt.

»Nur, daß es diesmal keine Abmachung mit der Staatsanwaltschaft geben wird«, sagte er entschlossen zu dem zuständigen Detective.

36

Es ist wichtig, daß mir bei meiner Aussage kein Fehler unterläuft, nahm sich Molly in der Nacht fest vor.

Annamarie hat das Lokal vor mir verlassen. Ich habe bezahlt. Als ich zur Tür ging, war mir schwindelig. Annamaries Worte, Gary sei erleichtert gewesen, als ich mein Baby verlor, und er habe mich für eine langweilige Vorstadthausfrau gehalten, gellten mir noch in den Ohren. Auf einmal fühlte ich mich, als würde ich keine Luft mehr bekommen.

Bei meiner Ankunft war der Parkplatz fast leer. Einer der wenigen Wagen war ein Jeep. Mir fiel auf, daß er noch dastand, als ich hinausging. Ein Auto fuhr gerade ab, und ich dachte, es sei Annamarie. Ich rief ihr nach, und ich erinnere mich, daß ich sie etwas fragen wollte, aber was? Was hätte ich sie denn noch fragen sollen?

Die Kellnerin wird mich beschreiben. Sie werden mich sofort erkennen und mich vernehmen wollen. Ich muß Philip anrufen und ihm erklären, was passiert ist.

Philip glaubt, ich hätte Gary getötet.

Habe ich es vielleicht wirklich getan?

Mein Gott, ich weiß genau, daß ich Annamarie Scalli nicht angerührt habe, überlegte Molly. Werden sie mich verdächtigen? Nein! Nicht schon wieder! Das stehe ich nicht noch einmal durch.

Fran. Fran wird mir helfen. Allmählich zweifelt sie daran, daß ich Gary umgebracht hatte. Ganz sicher hilft sie mir.

In den Sieben-Uhr-Nachrichten hieß es, das Opfer sei eine gewisse Annamarie Sangelo, die bei einem ambulanten Pflegedienst in Yonkers gearbeitet habe. Sie sind noch nicht dahintergekommen, wer sie ist, sagte sich Molly. Aber es kann nicht mehr lange dauern.

Sie zwang sich, bis acht zu warten, ehe sie Fran anrief. »Molly, willst du allen Ernstes behaupten, du hättest dich gestern abend mit Annamarie Scalli getroffen, und jetzt hat sie jemand ermordet?« fragte Fran so entsetzt und ungläubig, daß Molly innerlich zusammenzuckte.

»Ja.«

»Weiß es Philip Matthews schon?«

»Noch nicht. Mein Gott, er hat mir abgeraten, sie zu sehen.«

Fran dachte an die Prozeßmitschrift, die sie gelesen hatte, vor allem an Calvin Whitehalls vernichtende Aussage. »Molly, ich werde Matthews sofort anrufen.« Sie hielt inne und sprach dann in drängendem Ton weiter. »Hör zu. Geh nicht ans Telefon. Mach die Tür nicht auf. Rede mit niemandem, nicht einmal mit Jenna, bis Philip Matthews bei dir ist. Schwöre.«

»Fran, glaubst du, ich hätte Annamarie umgebracht?«

»Nein, Molly, aber andere könnten dich verdächtigen. Jetzt rühr dich nicht von der Stelle. Ich komme, so schnell ich kann.«

Eine Stunde später bog Fran in Mollys Auffahrt ein. Molly, die schon nach ihr Ausschau gehalten hatte, öffnete die Tür, bevor sie anklopfen konnte.

Sie sieht aus, als stünde sie unter Schock, dachte Fran. Mein Gott, kann es sein, daß sie zwei Morde begangen hat? Molly war aschfahl, der weiße Chenillemorgenmantel schlotterte um ihre schlanke Gestalt.

»Fran, ich stehe das nicht noch einmal durch«, flüsterte sie. »Lieber bringe ich mich um.«

»Daran darfst du nicht einmal denken«, erwiderte Fran und nahm Mollys zitternde, kalte Hände. »Ich habe Philip Matthews in seiner Kanzlei erreicht. Er ist unterwegs hierher. Molly, geh nach oben, dusche heiß und zieh dich an. Ich habe im Autoradio gehört, daß Annamarie identifiziert worden ist. Bestimmt wird die Polizei dich befragen wollen. Und ich möchte nicht, daß sie dich so sieht.«

Molly nickte, drehte sich um und stieg wie ein gehorsames Kind die Treppe hinauf.

Nachdem Fran den Mantel ausgezogen hatte, spähte sie vorsichtig aus dem Fenster. Sie wußte, daß eine Reportermeute das Haus stürmen würde, sobald sich herumsprach, daß Molly mit Annamarie Scalli verabredet gewesen war.

Da kommt schon der erste, dachte sie, als ein kleines, rotes Auto um die Ecke bog. Doch zu ihrer Erleichterung erkannte sie Edna Barry hinter dem Steuer. Sie eilte ihr durch die Küche entgegen und stellte fest, daß Molly noch keinen Kaffee gemacht hatte. Ohne auf Mrs. Barrys feindselige Miene zu achten, sagte sie: »Mrs. Barry, könnten Sie bitte Kaffee kochen und für Molly Frühstück machen?«

»Ist etwas nicht in Ordnung …?«

Das Läuten der Türglocke unterbrach sie.

»Ich gehe schon«, meinte Fran. Bitte, lieber Gott, laß es Philip Matthews sein, schickte sie ein Stoßgebet zum Himmel.

Er war es. Doch seine besorgte Miene bestätigte ihre schlimmsten Befürchtungen.

Philip nahm kein Blatt vor dem Mund: »Miss Simmons, danke, daß Sie mich verständigt und Molly davon abgehalten haben, mit jemandem zu reden. Dennoch, diese Situation ist sicher auch Stoff für Ihre Sendung. Deshalb werde ich Ihnen nicht erlauben, Molly auszufragen, geschweige denn bei unseren Gesprächen dabei zu sein.«

Jetzt sieht er aus wie letzte Woche, als er Molly vor dem Gefängnis gegen die Reporter abschirmen wollte, dachte Fran. Auch wenn er glaubt, daß sie Gary Lasch ermordet hat, ist er trotzdem ein guter Anwalt, und den braucht Molly jetzt. Wenn nötig, würde er für sie einen Drachen töten.

Eine tröstliche Vorstellung. Doch schon im nächsten Moment hielt Fran sich vor Augen, daß jetzt nicht der richtige Moment für Sentimentalität war. »Mr. Matthews«, sagte sie. »Ich bin mit dem Gesetz ausreichend vertraut, um zu wissen, daß Ihre Gespräche mit Molly im Gegensatz zu meinen unter das Anwaltsgeheimnis fallen. Vermutlich glauben Sie immer noch, daß Molly die Mörderin von Dr. Lasch ist. Ich dachte das anfangs auch, aber inzwischen zweifle ich ernsthaft daran. Und ich habe einige Fragen, auf die ich gerne eine Antwort hätte.«

Philip Matthews Blick blieb kühl.

»Wahrscheinlich halten Sie das nur für einen Journalisten-Trick«, zischte Fran. »Aber da liegen Sie falsch. Da ich Molly sehr gern habe und ihr helfen möchte, will ich die Wahrheit erfahren, so schmerzlich sie auch sein mag. Von Ihnen würde ich erwarten, daß Sie Ihre vorgefaßte Meinung von Molly über Bord werfen. Ansonsten sollten Sie sie besser in Ruhe lassen.«

Sie drehte sich um. Ich brauche jetzt genauso dringend einen Kaffee wie Molly, beschloß sie.

Matthews folgte ihr in die Küche. »Hören Sie, Fran … Ich kann Sie doch Fran nennen?«

»Meinetwegen.«

»Ich finde, wir sollten uns besser mit Vornamen ansprechen. Selbstverständlich können Sie bei meiner Unterhaltung mit Molly nicht dabeisein, doch es wäre sehr hilfreich, wenn Sie mir alles sagen, was Sie wissen.«

Seine Miene war freundlicher geworden. Fran fiel auf, wie sich sein Tonfall veränderte, wenn er Mollys Namen aussprach. Sie bedeutet ihm viel mehr als eine gewöhnliche Mandantin, überlegte sie und war unglaublich erleichtert. »Ich hätte einiges mit Ihnen zu bereden«, erwiderte sie.

Mrs. Barry war mit Mollys Frühstück fertig. »Sie möchte morgens nur Kaffee, Saft und Toast oder ein Muffin«, erklärte sie.

Fran und Matthews schenkten sich Kaffee ein. Nachdem Mrs. Barry mit dem Tablett nach oben gegangen war, sagte Fran: »Wußten Sie, daß alle in der Klinik erstaunt waren, als sie von Annamaries Affäre mit Dr. Lasch erfuhren. Man dachte, sie wäre die Freundin von Dr. Jack Morrow, der ebenfalls in der Lasch-Klinik arbeitete. Und dieser Jack Morrow ist zwei Wochen vor Dr. Laschs Tod in seiner Praxis ermordet worden.«

»Nein, davon hatte ich keine Ahnung.«

»Haben Sie Annamarie Scalli je kennengelernt?«

»Nein, der Prozeß war abgeschlossen, bevor sie hätte aussagen müssen.«

»Erinnern Sie sich, ob über einen Hausschlüssel gesprochen wurde, der in einem Versteck im Garten aufbewahrt wurde?«

Matthews runzelte die Stirn. »Kann sein, aber es wurde nicht weiterverfolgt. Offen gestanden hatte ich den Eindruck, daß man gar nicht nach einem anderen Tatverdächtigen gesucht hat, da sämtliche Indizien auf Molly hinwiesen – Fran, gehen Sie bitte nach oben und richten Sie Molly aus, daß ich sofort mit ihr reden will«, meinte Matthews dann. »Soweit ich weiß, befindet sich neben ihrem Schlafzimmer ein weiteres Wohnzimmer. Ich spreche dort mit ihr, bevor die Polizei kommt. Mrs. Barry soll die Beamten unten warten lassen.«

In diesem Augenblick eilte eine entsetzte Mrs. Barry in die Küche. »Als ich eben mit dem Frühstück in ihr Zimmer kam, lag Molly voll bekleidet und mit geschlossenen Augen im Bett.« Sie hielt inne. »Mein Gott, es ist genau wie beim letztenmal!«

37

Wie immer begann Dr. Peter Blacks Tag mit einem Blick auf die internationalen Börsenkurse im Fernsehen. Danach verzehrte er ein karges Frühstück, bei dem er auf absolutem Schweigen bestand. Auf der Fahrt zur Arbeit hörte er klassische Musik.

Nach seiner Ankunft auf dem Klinikgelände unternahm er manchmal einen kurzen Spaziergang, bevor er sich an seinen Schreibtisch setzte.

So auch an diesem Montag morgen, die Sonne schien, und über Nacht waren die Temperaturen kräftig gestiegen. Zehn Minuten frische Luft würden ihm helfen, einen klaren Kopf zu bekommen.

Das Wochenende war nicht sehr erfreulich verlaufen. Auch der Besuch bei Molly Lasch am Samstag abend hatte sich als Fehlschlag erwiesen. Cal, dieser Idiot, war einfach mit der Tür ins Haus gefallen, anstatt Molly durch Diplomatie zur Mitarbeit zu bewegen.

Am Rand des Parkplatzes bemerkte Peter Black ein herumliegendes Kaugummipapier und runzelte die Stirn. Seine Sekretärin mußte unbedingt den Hausmeister anrufen und ihn und seine Mitarbeiter wegen ihrer Schlamperei zurechtweisen.

Es machte ihn wütend, daß Molly starrsinnig darauf beharrte, den Mord an Gary nicht begangen zu haben. *Ich war es nicht, der Mörder ist in diese Richtung gelaufen ...* Für wie dumm hielt sie ihre Mitmenschen eigentlich? Diese Strategie war eben typisch Molly. Wenn man eine Lüge nur oft und laut genug wiederholte, fand sich irgendwann immer jemand, der sie einem abkaufte.

Alles wird gut, versuchte er, sich zu beruhigen. Die Übernahme wird klappen. Schließlich standen sie kurz vor dem Vertragsabschluß und würden es schaffen, die anderen Gesundheitsdienste zu schlucken. Gary fehlt uns wirklich, dachte er. Ich habe einfach nicht die Geduld für die ewigen Partys und den Small talk, die nötig sind, um wichtige Geschäftskontakte zu pflegen. Cal benützt seine Macht, um andere unter Druck zu setzen. Doch diese brachiale Methode wirkt eben nicht bei jedem.

Mit finsterer Miene steckte Peter Black die Hände in die Taschen und setzte seinen Spaziergang rund um den neuen Kliniktrakt fort. Er erinnerte sich an seine erste Zeit hier. Wie sehr hatte er Gary um seine ungezwungene Art anderen gegenüber beneidet. Er konnte je nach Bedarf seinen Charme versprühen oder eine besorgte Miene aufsetzen – den betroffenen Blick beherrschte er perfekt.

Auch Garys Hochzeit mit Molly war ein schlauer Schachzug gewesen, überlegte Black. Molly war eine höhere Tochter und eine repräsentative Ehegattin wie aus dem Bilderbuch, die über gutes Aussehen, Geld und die richtigen Beziehungen verfügte. Auch wichtige Persönlichkeiten fühlten sich geschmeichelt, wenn sie zu einer ihrer Dinnerpartys eingeladen wurden.

Alles hatte wie am Schnürchen geklappt, bis Gary so dumm gewesen war, sich mit Annamarie Scalli einzulassen. Von all den attraktiven, jungen Frauen auf der Welt mußte er sich ausgerechnet eine Krankenschwester aussuchen, die nicht auf den Kopf gefallen war.

Doch ihre Klugheit war ihr zum Verhängnis geworden.

Peter Black hatte den Eingang des eindrucksvollen Backsteingebäudes erreicht, in dem der Remington-Gesundheitsdienst untergebracht war. Kurz überlegte er, ob er noch ein wenig spazierengehen sollte, trat dann aber ein. Ihm stand ein langer Arbeitstag bevor, und es war zwecklos, die anstehenden Aufgaben noch weiter hinauszuschieben.

Um zehn Uhr rief Jenna an. Sie war völlig außer sich. »Peter, hast du schon die Nachrichten gehört? Eine Frau wurde letzte Nacht auf dem Parkplatz eines Restaurants in Rowayton ermordet. Es ist Annamarie Scalli, und nun will die Polizei Molly verhören. Im Radio haben sie mehr oder weniger durchblicken lassen, daß Sie sie verdächtigen.«

»Annamarie Scalli ist tot, und Molly wird verdächtigt?« Peter überhäufte Jenna mit Fragen.

»Offenbar hat sich Molly in diesem Restaurant mit Annamarie getroffen«, erklärte Jenna. »Sicher erinnerst du dich, daß sie am Samstag sagte, sie würde sie gerne sehen. Die Kellnerin erklärte, Annamarie sei zuerst gegangen, doch Molly sei ihr eine knappe Minute später gefolgt. Als das Restaurant kurz darauf schloß, fiel jemandem das Auto auf. Sie haben nachgesehen, weil es in letzter Zeit dort Probleme mit Jugendlichen gab, die auf dem Parkplatz Alkohol tranken. Doch sie fanden Annamaries Leiche. Sie ist erstochen worden.«

Nachdem Peter Black aufgelegt hatte, lehnte er sich nachdenklich zurück. Kurz darauf huschte ein Lächeln über sein Gesicht. Wie von einer Zentnerlast befreit seufzte er auf. Dann nahm er einen Flachmann aus der Schreibtischschublade, füllte einen kleinen Becher und prostete sich selbst zu. »Danke, Molly«, sagte er und trank genüßlich.

38

Als Edna Barry am Montag nachmittag von Molly nach Hause kam, hatte sie kaum Gelegenheit, aus dem Auto auszusteigen, denn Marta, ihre Nachbarin und gute Freundin, lief ihr bereits entgegen.

»Es ist schon in den Nachrichten«, keuchte Marta. »Es heißt, Molly Lasch werde von der Polizei vernommen. Sie soll die Krankenschwester umgebracht haben.«

»Komm rein und trink ein Täßchen Tee mit mir«, schlug Edna vor. »Du wirst nicht glauben, was heute alles passiert ist.«

Bei Tee und selbstgebackenem Kuchen erzählte Edna am Küchentisch, wie sie Molly zu ihrem Entsetzen voll bekleidet auf dem Bett gefunden hatte. »Ich dachte, mir bleibt das Herz stehen. Sie schlief tief und fest, genau wie beim letztenmal. Und als sie die Augen aufschlug, war sie ganz durcheinander, und dann hat sie gelächelt. Ich kann dir gar nicht sagen, wie ich erschrocken bin. Es war wirklich so wie vor sechs Jahren. Fast habe ich erwartet, daß sie voller Blut ist.«

Sie erklärte, sie sei sofort nach unten gerannt, um Fran Simmons und Mollys Anwalt zu rufen. Gemeinsam hatten sie Molly aus dem Bett geholt, sie im Zimmer auf und ab gehen lassen und ihr einige Tassen Kaffee eingeflößt.

»Nach einer Weile hat Molly wieder ein bißchen Farbe gekriegt, doch sie hatte immer noch so einen seltsamen, leeren Blick. Und dann flüsterte sie:« – Edna Barry beugte sich mit verschwörerischer Miene vor – »›Philip, ich habe Annamarie Scalli nicht getötet, oder?‹«

»Das gibt's doch nicht!« stöhnte Marta fassungslos. Ihre Augen hinter der dicken Brille waren weit aufgerissen.

»Als sie das sagte, hat Fran Simmons mich am Arm gepackt und mich so schnell die Treppe runtergeschoben, daß ich fast gestürzt wäre. Offenbar wollte sie nicht, daß ich etwas mithöre, was ich später bei der Polizei aussagen könnte.«

Edna Barry verschwieg, daß Molly sie mit ihrer Frage von einer großen Last befreit hatte. Molly war ganz offensichtlich geistesgestört, denn ein normaler Mensch würde niemals zwei Morde begehen, ohne sich daran zu erinnern. Sie hatte also umsonst Angst um Wally gehabt.

Nun saß Edna wohlbehalten in ihrer Küche, war ihrer Befürchtungen ledig und erzählte ihrer Freundin ausführlich von den Ereignissen des Vormittags. »Wir waren kaum unten, als schon zwei Detectives vor der Tür standen. Sie kamen von der Staatsanwaltschaft. Fran Simmons brachte sie ins Wohnzimmer und sagte, Molly beriete sich gerade mit ihrem Anwalt. Mir war klar, daß er ihr nur den Kopf zurechtrücken wollte. In ihrem Zustand hätte sie nicht mit den Polizisten reden können.«

Mit mißbilligend zusammengepreßten Lippen nahm Edna sich ein zweites Stück Kuchen. »Erst eine halbe Stunde später kam Mollys Anwalt herunter. Es ist derselbe, der sie auch damals beim Prozeß verteidigt hat.«

»Und was geschah dann?« fragte Marta neugierig.

»Mr. Matthews – so heißt der Anwalt – meinte, er werde im Auftrag seiner Mandantin ein paar Worte sprechen. Er erklärte, Molly habe sich am Vorabend mit Annamarie Scalli getroffen, weil sie mehr über den tragischen Tod ihres Mannes erfahren wollte. Die beiden hätten sich fünfzehn oder zwanzig Minuten miteinander unterhalten. Dann sei Annamarie Scalli gegangen, während Molly die Rechnung bezahlte. Molly sei sofort in ihr Auto gestiegen und nach Hause gefahren. Sie wisse aus den Nachrichten von Mrs. Scallis Tod und wolle ihren Angehörigen ihr tiefstes Beileid aussprechen. Darüber hinaus habe sie keine Ahnung, was passiert sei.«

»Edna, hast du Molly später noch mal gesehen?«

»Kurz nachdem die Polizei fort war, kam sie herunter. Offenbar hatte sie oben gelauscht.«

»Wie benahm sie sich?«

Zum erstenmal zeigte Edna ein wenig Mitleid mit ihrer Arbeitgeberin. »Nun, Molly war schon immer ziemlich schüchtern, doch nicht so wie heute morgen. Sie machte fast den Eindruck, als bekäme sie gar nicht mit, was um sie herum vorgeht. Sie lief herum wie ferngesteuert – so wie damals nach Dr. Laschs Tod.

›Alle glauben, ich hätte sie umgebracht‹, das waren ihre ersten Worte zu Mr. Matthews. Dann meinte Fran Simmons zu mir, sie würde sich gern in der Küche mit mir unterhalten. Anscheinend sollte ich nicht hören, was die beiden redeten.«

»Also hast du keine Ahnung, worum es ging?« erkundigte sich Marta.

»Mom, ist jemand gemein zu Molly?«

Erschrocken blickten Edna und Marta auf und sahen Wally in der Tür stehen.

»Nein, Wally, überhaupt nicht«, beruhigte ihn Edna. »Mach dir keine Sorgen. Sie wollen ihr nur ein paar Fragen stellen.«

»Ich möchte zu ihr. Sie war immer so nett zu mir. Dr. Lasch war böse.«

»Aber, Wally, darüber wollten wir doch nicht sprechen«, unterbrach Edna ihn ängstlich. Hoffentlich hatte Marta Wallys ärgerlichen Ton und seinen düsteren Gesichtsausdruck nicht bemerkt.

Wally ging zur Anrichte und drehte ihnen so den Rücken zu. »Er war gestern bei mir«, flüsterte Marta. »Und er wollte unbedingt Molly Lasch besuchen. Vielleicht solltest du ihn zu ihr mitnehmen, damit er mal hallo sagen kann. Dann gibt er möglicherweise Ruhe.«

Doch Edna hörte gar nicht hin. Ihre ganze Aufmerksamkeit galt ihrem Sohn, denn sie hatte mitbekommen, daß dieser in ihrer Handtasche wühlte. »Was tust du da, Wally?« fragte sie ihn streng.

Er wandte sich um und hielt einen Schlüsselbund hoch. »Ich nehme mir nur Mollys Schlüssel, Mom. Diesmal lege ich ihn wieder zurück, Ehrenwort.«

39

Am Montag nachmittag war die Kellnerin Gladys Fluegel gerne bereit, Detective Ed Green ins Gerichtsgebäude von Stamford zu begleiten und ihm alles zu berichten, was sie während des Treffens zwischen Annamarie Scalli und Molly Carpenter Lasch beobachtet hatte.

Bemüht, sich ihre Freude über die äußerst zuvorkommende Behandlung nicht anmerken zu lassen, gestattete Gladys Detective Green, sie ins Gebäude zu eskortieren. Dort wurden sie von einem anderen jungen Mann erwartet, der sich als stellvertretender Staatsanwalt Victor Packwell vorstellte. Die beiden brachten Gladys in ein Zimmer, in dem ein Konferenztisch stand, und boten ihr etwas zu trinken an.

»Sie brauchen keine Angst zu haben, Miss Fluegel. Sicher können Sie uns eine große Hilfe sein«, versicherte ihr Packwell.

»Deshalb bin ich schließlich hier«, entgegnete Gladys mit einem Lächeln. »Eine Cola light bitte.«

Die achtundfünfzigjährige Gladys war seit vierzig Jahren Kettenraucherin und hatte deshalb tiefe Falten im Gesicht. Ihr flammend rotes Haar war am Ansatz grau. Und da sie ausgiebig dem Einkauf per Internet frönte, war sie hoch verschuldet. Sie war weder verheiratet gewesen, noch hatte sie je eine feste Beziehung gehabt, und sie wohnte bei ihren zänkischen alten Eltern.

So war Gladys dreißig, vierzig und schließlich fünfzig Jahre alt geworden und hatte allmählich festgestellt, daß ihre Zukunftsaussichten schwanden. Ihr Leben schleppte sich ereignislos dahin, und nach einer Weile glaubte sie selbst nicht mehr daran, daß sich eines Tages etwas zum Positiven ändern würde. Und dabei hatte sie so lange geduldig auf ein Wunder gewartet – bis jetzt leider vergeblich.

Eigentlich war sie anfangs gerne Kellnerin gewesen, doch im Laufe der Jahre wurde ihr Verhalten gegenüber den Gästen immer unwirscher und mürrischer. Es tat ihr weh, mit ansehen zu müssen, wie Paare sich am Tisch an den Händen hielten oder wie Eltern mit ihren Kindern einen festlichen Abend verbrachten. Denn sie wußte, daß dieser Zug für sie endgültig abgefahren war.

Ihre unfreundliche Art hatte sie bereits einige Stellen gekostet. Inzwischen war sie schon seit einigen Jahren im Sea Lamp Diner beschäftigt, wo das Essen miserabel und die Kundschaft spärlich war, so daß sie mit ihrer Übellaunigkeit nicht weiter auffiel.

Am Sonntag abend war sie besonders schlecht aufgelegt gewesen, denn ihre Kollegin hatte sich krank gemeldet, weshalb Gladys sie vertreten mußte.

»Etwa um halb acht kam eine Frau herein«, erklärte sie den beiden Beamten. Sie genoß das Gefühl der Wichtigkeit, denn Green und Packwell hingen förmlich an ihren Lippen. Außerdem schrieb eine Sekretärin jedes Wort mit.

»Bitte, beschreiben Sie die Frau, Miss Fluegel«, forderte sie der junge Detective, der sie nach Stamford gefahren hatte, höflich auf.

Ob seine Eltern wohl geschieden sind? dachte Gladys. Wenn ja, hätte ich nichts dagegen, seinen Vater kennenzulernen. »Warum nennen Sie mich nicht Gladys? Das tun alle.«

»Wenn Sie möchten, Gladys.«

Gladys lächelte und legte dann die Hand an den Mund als müsse sie überlegen. »Die Frau, die zuerst kam... Moment...« Sie schürzte die Lippen. Daß sie verärgert gewesen war, weil die Frau auf einen Platz hinten im Lokal bestanden hatte, wollte sie den beiden lieber verschweigen. »Sie war schätzungsweise um die Dreißig, hatte kurzes Haar und trug etwa Größe vierundvierzig. Aber das ist nur eine Vermutung, weil sie Hosen und einen Parka anhatte.«

Gladys war klar, daß die beiden genau wußten, wie die Frau ausgesehen hatte und daß sie Annamarie Scalli hieß. Allerdings hatte sie Verständnis dafür, daß sie die Tatsachen Schritt für Schritt nachvollziehen mußten, und außerdem machte es ihr Spaß, im Mittelpunkt zu stehen.

Sie berichtete, daß Miss Scalli nur Kaffee bestellt hatte, nicht einmal ein Brötchen oder ein Stück Kuchen. Und das wiederum bedeutete, daß sie, Gladys, mit keinem großen Trinkgeld hatte rechnen können.

Bei diesen Worten lächelten die Beamten wohlwollend, was Gladys als Aufmunterung empfand.

»Dann kam eine sehr elegante Dame herein, und man merkte gleich, daß die beiden sich nicht grün waren.«

Detective Green hielt ihr ein Foto hin. »Ist das die Frau, die sich zu Annamarie Scalli gesetzt hat?«

»Ja, das ist sie.«

»Wie gingen die zwei miteinander um, Gladys? Denken Sie gut nach, es könnte wichtig sein.«

»Sie waren nervös«, entgegnete Gladys mit Nachdruck. »Als ich der zweiten Dame den Tee brachte, hörte ich, wie die andere sie Mrs. Lasch nannte. Ich konnte das Gespräch nicht verstehen, nur Bruchstücke beim Servieren und als ich den Nebentisch saubermachte.«

Gladys merkte den beiden die Enttäuschung an und fügte deshalb rasch hinzu: »Aber es war nicht viel los, und da ich nur so herumstand, fiel mir auf, daß die Frauen sich merkwürdig benahmen. Ich setzte mich an den Tresen und beobachtete sie. Natürlich wurde mir später klar, daß ich Molly Laschs Foto vergangene Woche in der Zeitung gesehen hatte.«

»Und was taten Molly Lasch und Annamarie Scalli?«

»Nun, die Dunkelhaarige, ich meine Annamarie Scalli, wurde immer ängstlicher. Offen gestanden hatte ich den Eindruck, daß sie sich vor Molly Lasch fürchtete.«

»Fürchtete, Gladys?«

»Ja, genau. Sie konnte ihr nicht in die Augen sehen, aber das war ja auch nicht weiter verwunderlich. Während Annamarie Scalli redete, machte die Blonde, Mrs. Lasch also, ein Gesicht, daß einem das Blut in den Adern gefror. Kalt wie ein Eisberg. Offenbar gefiel ihr nicht, was sie zu hören bekam.

Dann sah ich, wie Miss Scalli aufstand. Man merkte ihr an, daß sie so schnell wie möglich weg wollte. Also ging ich hinüber und erkundigte mich, ob ich noch etwas für sie tun könnte.«

»Und was hat sie geantwortet?« fragten Detective Green und Staatsanwalt Victor Packwell im Chor.

»Es passierte folgendes«, erwiderte Gladys. »Annamarie Scalli stand auf, aber Mrs. Lasch packte sie am Handgelenk und hielt sie fest. Daraufhin riß Miss Scalli sich los und lief aus dem Lokal. Sie hat mich fast umgerannt, so eilig hatte sie es.«

»Was tat Mrs. Lasch?« wollte Packwell wissen.

»Auch sie war plötzlich mächtig in Eile«, entgegnete Gladys entschlossen. »Ich gab ihr die Rechnung. Es machte einen Dollar dreißig. Sie warf fünf Dollar auf den Tisch und stürzte Miss Scalli nach.«

»Wirkte sie aufgebracht?« hakte Packwell nach.

Gladys kniff die Augen zusammen und tat, als überlegte sie angestrengt, welchen Eindruck Molly Lasch in diesem Moment auf sie gemacht hatte. »Ich würde sagen, sie hatte einen verdatterten Gesichtsausdruck. Wie nach einem Magenschwinger.«

»Haben Sie gesehen, wie Mrs. Lasch in ihr Auto einstieg?«

Heftig schüttelte Gladys den Kopf. »Nein. Als sie die Tür öffnete, die zum Parkplatz führt, schien sie mit sich selbst zu sprechen. Dann hörte ich, wie sie ›Annamarie‹ rief, und ich vermutete, daß sie noch etwas von der anderen Frau wollte.«

»Wissen Sie, ob Annamarie Scalli das bemerkt hat?«

Gladys ahnte, daß die beiden schrecklich enttäuscht sein würden, wenn sie jetzt antwortete, sie sei sich nicht sicher. Deshalb zögerte sie. »Nun, ich denke, sie hat es mitbekommen, denn Mrs. Lasch rief noch einmal ihren Namen und schrie dann: ›Warten Sie!‹.«

»Sie bat Annamarie, auf sie zu warten?«

So war es doch, sagte sich Gladys. Ich rechnete schon fast damit, daß Mrs. Lasch wegen des Wechselgeldes zurückkommen würde, aber sie hatte es so eilig, die andere Frau einzuholen.

Warten Sie.

Hatte Molly Lasch das tatsächlich geschrien, oder hatte das Paar, das sich gerade an einen Tisch gesetzt hatte, nach der Kellnerin gerufen?

Gladys sah die angespannten Mienen der beiden Beamten und sehnte sich so sehr danach, weiter im Mittelpunkt zu stehen. Ihr ganzes Leben lang hatte sie sich so eine Situation ausgemalt, und jetzt hörten ihr endlich alle zu. Wieder betrachtete sie die erwartungsvollen Gesichter. »Ich will damit nur sagen, daß ich den Eindruck hatte, Annamarie Scalli habe sie bemerkt, denn sie rief zweimal ihren Namen und bat sie zu warten. Ich dachte mir, daß Annamarie vielleicht wirklich auf dem Parkplatz stehengeblieben ist, um noch einmal mit Mrs. Lasch zu sprechen.«

So konnte man es schließlich auch auslegen, sagte sich Gladys, als die beiden Männer sie erfreut anlächelten.

»Gladys, Sie sind eine sehr wichtige Zeugin«, verkündete Victor Packwell dankbar. »Es tut mir leid, aber wir werden Sie wohl noch öfter vernehmen müssen.«

»Ich helfe Ihnen doch gern«, versicherte Gladys.

Nachdem Gladys eine Stunde später das Protokoll ihrer Aussage gelesen und unterschrieben hatte, saß sie wieder in Detective Greens Auto und ließ sich nach Rowayton zurückfahren. Nur Greens Antwort, was ihre bohrenden Fragen nach der Ehe seiner Eltern anging, trübte ihre Freude ein wenig.

Sie hatten gerade ihren vierzigsten Hochzeitstag gefeiert.

Zur gleichen Zeit trat Staatsanwalt Tom Serrazzano im Gerichtsgebäude von Stamford vor einen Richter und beantragte einen Durchsuchungsbefehl für Molly Laschs Haus und Wagen.

»Herr Richter«, meinte Serrazzano. »Wir haben allen Grund anzunehmen, daß Molly Lasch Annamarie Scalli ermordet hat. Und wir gehen davon aus, daß sich in ihrem Haus und ihrem Wagen Hinweise auf dieses Verbrechen finden lassen. Falls die Möglichkeit besteht, dort Blutflecken, Haare, Fasern oder eine Waffe sicherzustellen, möchten wir das tun, bevor die Verdächtige Gelegenheit hat, die betreffenden Gegenstände von Spuren zu befreien oder sie zu beseitigen.«

40

Auf der Heimfahrt nach New York ließ Fran die Ereignisse des Vormittags noch einmal vor ihrem geistigen Auge ablaufen.

Die Reporter waren rechtzeitig vor Mollys Haus eingetroffen, um die Detectives von der Staatsanwaltschaft beim

Herauskommen abzufangen. Gus Brandt hatte eine Archivaufnahme von Mollys Entlassung aus dem Gefängnis abgespielt, während Fran per Telefon live aus dem Inneren des Hauses berichtete.

Während Fran vom Merrit Parkway auf den Hutchinson River Parkway fuhr, dachte sie noch einmal an ihre Meldung: »Zur allgemeinen Überraschung wurde bestätigt, daß es sich bei der Frau, die letzte Nacht tot auf dem Parkplatz des Sea Lamp Diner in Rowayton, Connecticut, aufgefunden wurde, um Annamarie Scalli handelt. Miss Scalli war die Geliebte des ermordeten Dr. Gary Lasch, der vor sechs Jahren und dann wieder vor einer Woche Schlagzeilen machte. Grund für das erneute Interesse an diesem Fall war die Haftentlassung von Dr. Laschs Frau Molly Carpenter Lasch, die wegen Tötung ihres Mannes eine Freiheitsstrafe verbüßt hat.

Die Informationen sind zwar noch recht dürftig, doch die Polizei deutet an, daß Mrs. Lasch am vergangenen Abend in dem besagten Restaurant beobachtet wurde, und zwar in Begleitung des Mordopfers.

In der Verlautbarung von Philip Matthews, Mrs. Laschs Anwalt, heißt es, Molly Lasch habe um ein Treffen mit Miss Scalli gebeten, um ein schmerzliches Kapitel in ihrem Leben abzuschließen. Sie und Miss Scalli hätten ein offenes Gespräch miteinander geführt. Dann habe Annamarie Scalli das Restaurant als erste verlassen. Molly Lasch habe sie nie wiedergesehen. Sie spricht den Angehörigen von Miss Scalli ihr Beileid aus.«

Nach der Sendung war Fran ins Auto gestiegen, um sofort in die Stadt zu fahren. Doch Mrs. Barry lief ihr nach und holte sie zurück. Mit finsterer Miene bat Philip Matthews sie ins Arbeitszimmer, wo Molly händeringend und mit hängenden Schultern auf dem Sofa saß. Frans erster Eindruck war, daß Mollys Jeans und der blaue Baumwollpullover plötzlich eine Nummer zu groß waren. Molly verschwand buchstäblich darin.

»Molly sagt, sie werde Ihnen alles erzählen, was sie auch mir anvertraut hat, sobald ich fort bin«, begann Matthews. »Als ihr Anwalt kann ich ihr nur raten, sie aber leider nicht zwingen, meinen Rat auch anzunehmen. Ich bin mir dessen bewußt, daß Molly in Ihnen eine Freundin sieht, Fran. Und ich glaube Ihnen, daß Sie sie gern haben. Tatsache ist jedoch, daß Sie jederzeit vorgeladen und gezwungen werden können, Dinge auszusagen, die Sie lieber für sich behalten würden. Aus diesem Grund habe ich Molly gebeten, Ihnen die Ereignisse von letzter Nacht zu verschweigen. Allerdings hört sie nicht auf mich.«

Obwohl Fran Molly bestätigte, daß Philip recht hatte, beharrte diese darauf, der jungen Reporterin ihr Herz auszuschütten.

»Gestern abend war ich mit Annamarie verabredet. Wir haben uns fünfzehn oder zwanzig Minuten lang unterhalten«, erklärte Molly. »Sie ist vor mir gegangen, und ich fuhr nach Hause. Auf dem Parkplatz habe ich sie nicht mehr gesehen. Als ich aus dem Lokal kam, fuhr gerade ein Auto davon. Ich rief dem Wagen nach, weil ich glaubte, Annamarie säße darin. Doch wer auch immer am Steuer war, hörte mich entweder nicht oder wollte nicht reagieren.«

Fran fragte, ob es wirklich Annamarie gewesen sein könnte und ob diese vielleicht später zum Parkplatz zurückgekehrt sei. Aber Philip erwiderte, Annamaries Leiche sei in einem Jeep gefunden worden. Das Auto, dem Molly nachgerufen hatte, war jedoch eine Limousine gewesen.

Da Fran wußte, wie sich die beiden Frauen voneinander verabschiedet hatten, wollte sie von Molly mehr über ihr Gespräch mit Annamarie erfahren. Allerdings hatte sie den Eindruck, daß Molly, was den Inhalt der Unterhaltung anging, nicht sehr mitteilungsfreudig war. Will sie mir etwas verschweigen? überlegte sie. Wenn ja, was mag es nur sein? Warum tut Molly so geheimnisvoll? Versucht sie vielleicht, mich zu benützen?

Auf der Fahrt über den Cross County Parkway, der zum West Side Highway in Manhattan führte, machte Fran sich bewußt, daß Molly ihr einige Erklärungen schuldig geblieben war. Warum hatte sie sich zum Beispiel nach dem Duschen und Anziehen wieder ins Bett gelegt?

Fran fing an zu zweifeln. War meine anfängliche Vermutung möglicherweise doch richtig? dachte sie. Hat Molly ihren Mann wirklich umgebracht?

Aber vor allem brauchte sie eine Antwort auf ihre wichtigste Frage: Was für ein Mensch war Molly eigentlich? Was ging in ihr vor?

Genau das wollte Gus Brandt von Fran wissen, als diese ins Büro kam. »Fran, es sieht aus, als würde es wieder einen Prozeß geben wie den gegen O. J. Simpson vor ein paar Jahren. Und Sie sind eine persönliche Bekannte von Molly Lasch. Wenn es bei ihr zur Gewohnheit wird, Leute umzubringen, brauchen wir wahrscheinlich zwei Folgen, um ihre Geschichte zu erzählen.«

»Sie glauben also, Molly hat Annamarie Scalli erstochen?«

»Fran, wir haben uns die Aufnahmen vom Tatort angesehen. Das Fenster auf der Fahrerseite stand offen. Was denken Sie, ist wohl passiert? Bestimmt hat die Scalli gehört, wie die Lasch nach ihr rief, und ihr Fenster heruntergekurbelt.«

»Das bedeutet, daß Molly die Tat geplant und ein Messer ins Restaurant mitgebracht haben muß«, wandte Fran ein.

»Vielleicht hatte sie keine Skulptur zur Hand, die in ihre Tasche paßte«, entgegnete Gus achselzuckend.

Die Hände in den Hosentaschen, ging Fran hinüber in ihr Büro. Plötzlich fiel ihr ein, wie ihre Stiefbrüder sie immer wegen dieser Angewohnheit aufgezogen hatten. »Wenn Franny die Hände ruhig hält, macht ihr Gehirn Überstunden«, pflegten sie zu witzeln.

Es wird genauso sein wie beim letztenmal, überlegte sie. Selbst wenn sie kein einziges Indiz finden, das auf Molly als Mörderin hinweist, wird man sie noch vor dem Prozeß schuldig sprechen. Erst gestern habe ich daran gedacht, daß sich vor sechs Jahren niemand die Mühe gemacht hat, einen anderen Tatverdächtigen zu suchen. Und nun wird wieder dasselbe passieren.

»Edna Barry!« rief sie plötzlich, als sie ihr Büro betrat.

»Was ist mit Edna Barry?«

Erschrocken drehte Fran sich um und bemerkte, daß Tim Mason hinter ihr stand. »Tim, mir ist eben etwas eingefallen. Heute morgen kam Edna Barry, Molly Laschs Haushälterin, nach unten gelaufen und berichtete Philip Matthews und mir, Molly sei wieder zu Bett gegangen. ›*Mein Gott, es ist genau wie beim letztenmal*‹, sagte sie.«

»Worauf wollen Sie hinaus, Fran?«

»Da ist etwas, das mich einfach nicht losläßt. Es liegt weniger an Mrs. Barrys Worten als an ihrem Tonfall, Tim. Sie klang, als freute sie sich über Mollys Zustand. Warum um alles in der Welt sollte sie froh darüber sein, daß Molly genauso reagiert hat wie bei Gary Laschs Tod?«

41

Molly geht nicht ans Telefon. Fahren Sie mich bitte sofort zu ihr, Lou.«

Jenna war gereizt und ungeduldig. Eine lange geplante Sitzung um die Mittagszeit hatte sich ewig hingezogen, so daß sie gerade noch den Zug um zehn nach zwei erreicht hatte. Lou erwartete sie wie angewiesen vor dem Bahnhof in Greenwich.

Lou beobachtete sie im Rückspiegel. Er wußte, daß sie schlechte Laune hatte, ein denkbar ungünstiger Moment, um ihr zu widersprechen. Doch ihm blieb nichts anderes übrig. »Mrs. Whitehall, Ihr Mann möchte, daß Sie sofort nach Hause kommen.«

»Das ist sein Problem, Lou. Er kann warten. Fahren Sie mich zu Molly und setzen Sie mich dort ab. Wenn er das Auto später braucht, kann ich mir ja ein Taxi nehmen.«

Sie standen an einer Kreuzung. Zu Molly hätten sie rechts abbiegen müssen, aber Lou setzte den Blinker links. Mit Jennas Reaktion hatte er allerdings gerechnet.

»Lou, sind Sie taub?«

»Mrs. Whitehall«, erwiderte Lou bemüht respektvoll. »Sie wissen, daß ich Mr. Whitehall gehorchen muß.« Nur du kommst mit deinen Mätzchen durch, fügte er in Gedanken hinzu.

Jenna ging ins Haus und knallte die Tür so heftig hinter sich zu, daß es durchs ganze Gebäude hallte. Ihr Mann saß am Schreibtisch in seinem Arbeitszimmer im ersten Stock. Jenna hatte Tränen der Wut in den Augen und zitterte am ganzen Leib. Wie konnte er es wagen, sie herumzukommandieren? Zornig marschierte sie zu seinem Schreibtisch und stützte sich mit beiden Händen darauf. »Seit wann bildest du dir ein, du könntest deinem katzbuckelnden Befehlsempfänger erlauben, mir Vorschriften zu machen?« herrschte sie ihren Mann an und sah ihm direkt in die Augen.

Calvin Whitehalls Blick war kühl. »Dieser katzbuckelnde Befehlsempfänger, wie du Lou Knox zu nennen beliebst, hatte keine andere Wahl, als meine Anweisungen zu befolgen. Also ärgere dich über mich, meine Liebe, nicht über ihn. Ich würde mich freuen, wenn unser ganzes Personal so dienstbeflissen wäre.«

Jenna, die spürte, daß sie zu weit gegangen war, machte einen Rückzieher. »Tut mir leid, Cal. Aber meine beste Freundin ist ganz allein. Mollys Mutter hat mich heute morgen angerufen. Sie hat vom Mord an Annamarie Scalli gehört und mich angefleht, zu Molly zu fahren. Molly soll es nicht wissen, doch ihr Vater hatte letzte Woche einen leichten Schlaganfall, und die Ärzte haben ihm das Reisen verboten. Sonst würden sie selbst kommen, um ihr beizustehen.«

Calvin Whitehalls Miene hellte sich auf, als er sich erhob und seine Frau umarmte. »Offenbar war es ein Mißverständnis, Jen«, flüsterte er ihr ins Ohr. »Ich wollte nicht, daß du Molly ausgerechnet jetzt besuchst, denn ich habe vor einer Stunde einen Tip bekommen. Die Staatsanwaltschaft plant, Mollys Haus zu durchsuchen und ihr Auto beschlagnahmen zu lassen. Sicher begreifst du, daß es ihr nichts nützen und dem Remington-Gesundheitsdienst schaden würde, wenn eine bekannte Persönlichkeit wie Mrs. Calvin Whitehall sich während dieser Hausdurchsuchung mit Molly sehen ließe. Natürlich kannst du danach sofort zu ihr. In Ordnung?«

»Eine Hausdurchsuchung, Cal? Aber warum denn?« Jenna befreite sich aus der Umarmung ihres Mannes und starrte ihn an.

»Aus dem einfachen Grund, daß die Beweislast gegen Molly, was den Tod dieser Krankenschwester betrifft, erdrückend ist. Mein Informant erzählt, daß immer neue Tatsachen ans Licht kommen. Offenbar hat die Kellnerin aus Rowayton bei der Staatsanwaltschaft ausgesagt und Molly schwer belastet. Und mein Informant weiß noch mehr. Beispielsweise, daß Annamarie Scallis Handtasche gut sichtbar neben ihr auf dem Beifahrersitz stand und einige hundert Dollar enthielt. Also kann Raub nicht das Motiv gewesen sein.« Er zog seine Frau wieder an sich. »Jen, deine Freundin ist immer noch das Mädchen, mit dem du zur Schule gegangen bist, und die Schwester, die du nie hattest. Hab' sie gern. Aber versteh, daß sie Probleme hat, die sie zur Mörderin gemacht haben.«

Das Telefon läutete. »Wahrscheinlich der Anruf, den ich erwartet habe«, meinte Cal, ließ Jenna los und tätschelte ihr noch einmal die Schulter.

Wenn Cal erklärte, daß er einen Anruf erwartete, war das für Jenna das Stichwort, ihn allein zu lassen. Also ging sie hinaus und schloß die Tür hinter sich.

42

Es geschieht nicht wirklich, sagte sich Molly. Es ist nur ein böser Traum. Nur, ein böser Traum, nein ein böser Alptraum...

Seit dem Vormittag gelang es ihr nicht, ihre Gedanken zu ordnen, weshalb sie es als Ablenkung empfand, sich mit stilistischen Fragen zu beschäftigen. Beim Überlegen saß sie auf dem Sofa im Arbeitszimmer, umklammerte die hochgezogenen Knie mit den Händen und stützte das Kinn darauf.

Eine Haltung, die Hilflosigkeit ausdrückt, schoß es ihr durch den Kopf. Ich muß mich in meinem eigenen Haus verkriechen, während fremde Menschen hier alles durcheinanderwühlen. Schon als Teenager hatten Jen und sie immer gewitzelt, daß es das beste sei, in Deckung zu gehen, wenn die Ereignisse sich überstürzten.

Doch das war lange her, in einer Zeit, in der ein abgebrochener Fingernagel oder ein verlorenes Tennisspiel ein Drama gewesen war. Auf einmal gewannen die Worte ›sich überstürzende Ereignisse‹ eine völlig neue Bedeutung.

Man hat mich angewiesen, hier zu warten, dachte sie. Und dabei glaubte ich, ich müßte nach der Entlassung aus dem Gefängnis nie mehr Befehle entgegennehmen und Vorschriften beachten. Vor einer Woche saß ich noch hinter

Schloß und Riegel. Aber jetzt bin ich zu Hause. Und dennoch kann ich diese schrecklichen Leute nicht einfach wegschicken.

Bestimmt wache ich gleich auf, und alles ist vorbei, sagte sie sich und schloß die Augen. Doch das half natürlich nicht.

Also öffnete sie sie wieder und sah sich um. Die Polizei hatte dieses Zimmer bereits durchsucht, alle Sofakissen angehoben, die Schubladen der Beistelltische aufgezogen und die Vorhänge nach versteckten Gegenständen abgetastet.

Ihr fiel auf, daß sie eine Menge Zeit in der Küche verbrachten. Offenbar durchkämmten sie sämtliche Schubladen und Schränke. Sie hatte gehört, wie einer zum anderen sagte, er solle alle Küchenmesser mitnehmen.

Außerdem hatten sie vor, die Kleider und Schuhe zu beschlagnahmen, die sie laut Auskunft der Kellnerin getragen hatte.

Ihr blieb nichts anderes übrig als zu warten, bis die Polizei endlich wieder ging.

Aber ich kann doch nicht tatenlos herumsitzen, überlegte Molly. Ich muß weg hier. Doch wo gibt es einen Ort, an dem die Leute nicht mit den Fingern auf mich zeigen und die Reporter mich in Ruhe lassen?

Dr. Daniels. Ich muß mit Dr. Daniels sprechen, beschloß Molly. Er wird mir helfen.

Es war fünf Uhr. War er noch in seiner Praxis? fragte sie sich. Seltsam, daß ich seine Nummer nach sechs Jahren noch auswendig weiß.

Als das Telefon läutete, schloß Ruthie Roitenberg gerade ihren Schreibtisch ab und Dr. Daniels holte seinen Mantel aus dem Schrank. Die beiden sahen sich an.

»Soll der Telefondienst den Anruf entgegennehmen?« erkundigte sich Ruthie. »Außerdem hat Dr. MacLean jetzt Bereitschaft.«

John Daniels war müde. Er hatte eine Sitzung mit einem seiner schwierigsten Patienten hinter sich und spürte jeden Tag seiner fünfundsiebzig Jahre. Nun freute er sich auf zu Hause und war froh, daß die Dinnerparty, zu der er eigentlich mit seiner Frau eingeladen war, abgesagt worden war.

Doch eine innere Stimme riet ihm, den Anruf entgegenzunehmen. »Finden Sie heraus, wer es ist, Ruthie«, meinte er.

Verdattert blickte Ruthie vom Apparat auf. »Molly Lasch«, flüsterte sie. Den Mantel in der Hand, stand Dr. Daniels da und überlegte, wie er sich verhalten sollte, während Ruthie sagte: »Tut mir leid, aber der Herr Doktor ist schon weg, Mrs. Lasch. Er ist gerade zum Aufzug gegangen. Aber vielleicht erwische ich ihn ja noch.«

Molly Lasch. Nach kurzem Zögern nahm Dr. Daniels Ruthie den Hörer aus der Hand. »Ich weiß vom Mord an Annamarie Scalli, Molly. Wie kann ich Ihnen helfen?«

Er hörte eine Weile zu. Dreißig Minuten später traf Molly in seiner Praxis ein.

»Entschuldigen Sie, daß es so lange gedauert hat, Herr Doktor. Die Polizei hat mein Auto nicht herausgerückt, und ich mußte mir ein Taxi rufen.«

Molly klang so erstaunt, als glaube sie ihre eigenen Worte nicht. Ihre Augen erinnerten Daniels an die eines Rehs im Scheinwerferlicht eines Wagens, obwohl erschrocken noch ein wenig zu milde ausgedrückt war. Sie wirkte völlig verängstigt, und er bemerkte sofort, daß sie wie damals nach Gary Laschs Tod wieder in Apathie zu versinken drohte.

»Warum legen Sie sich nicht auf die Couch, während wir uns unterhalten, Molly?« schlug er vor. Sie saß auf einem Stuhl vor seinem Schreibtisch. Als sie nicht reagierte, ging er zu ihr, schob die Hand unter ihren Ellenbogen, wobei er spürte, wie erstarrt sie war. »Kommen Sie, Molly«, forderte er sie auf und half ihr beim Aufstehen.

Sie ließ es geschehen. »Ich weiß, es ist schon spät. Es ist sehr nett, daß Sie Zeit für mich haben, Herr Doktor.«

Daniels erinnerte sich an das hübsche, wohlerzogene Mädchen, das er damals im Club kennengelernt hatte. Ein kleiner Sonnenschein aus gutem Hause und mit ausgezeichneten Manieren. Niemand hätte auch nur im Traum daran gedacht, daß ihr Leben eine solche Wendung nehmen würde. Nun wurde sie eines zweiten Verbrechens verdächtigt, und die Polizei durchsuchte ihr Haus nach Beweisen gegen sie. Wehmütig schüttelte er den Kopf.

In der nächsten Stunde schilderte sie ihm – wohl auch, um es sich selbst klarzumachen –, warum sie unbedingt mit Annamarie hatte sprechen müssen.

»Was ist, Molly? Sagen Sie mir, was Sie denken.«

»Inzwischen weiß ich, daß ich mich damals für eine Woche nach Cape Cod geflüchtet habe, weil ich so wütend war. Doch das lag nicht daran, daß ich von Garys Verhältnis mit Annamarie erfahren hatte. Eigentlich war ich nicht zornig, weil Gary mit einer anderen Frau schlief, sondern weil ich mein Baby verloren hatte, während sie schwanger war. Es hätte mein Kind werden sollen.«

Erschüttert hörte John Daniels zu.

»Doktor, ich wollte Annamarie sehen, da für mich nur sie als Mörderin in Frage kam, wenn ich es nicht war. Schließlich hatte sie für jene Nacht kein Alibi. Und weil ich das Telefonat zwischen den beiden belauscht hatte, wußte ich, wie böse sie auf ihn war.«

»Haben Sie sie gestern abend danach gefragt?«

»Ja, und ich glaubte ihr, als sie es abstritt. Aber sie hat mir gesagt, Gary sei froh gewesen, daß ich eine Fehlgeburt hatte. Er habe sich von mir scheiden lassen wollen, und ein Kind hätte das nur verkompliziert.«

»Männer erzählen ihren Geliebten oft etwas von einer Scheidung. Meistens stimmt es nicht.«

»Es ist mir klar, daß er sie vielleicht belogen hat. Doch als er sagte, er sei erleichtert über die Fehlgeburt, war es die Wahrheit.«

»Das hat Annamarie Ihnen gesagt?«

»Ja.«

»Und wie haben Sie sich dabei gefühlt?«

»Es macht mir solche angst, Herr Doktor, doch in diesem Augenblick haßte ich sie mit jeder Faser meines Körpers, weil sie diese Worte ausgesprochen hatte.«

Mit jeder Faser meines Körpers, dachte Dr. Daniels.

Molly redete wie ein Wasserfall. »Wissen Sie, was mir in diesem Moment eingefallen ist, Herr Doktor? Ein Satz aus der Bibel: *Rachel betrauerte ihre verlorenen Kinder und war untröstlich.* Ich erinnerte mich daran, wie ich um mein Baby getrauert habe. Ich hatte es schon in mir gespürt, und dann habe ich es verloren. Und dann fühlte ich mich wie Rachel. Die Wut verrauchte, und ich war nur noch traurig.«

Molly seufzte, und als sie fortfuhr, klang ihre Stimme monoton. »Herr Doktor, Annamarie hat das Lokal vor mir verlassen. Als ich auf den Parkplatz kam, war sie fort. Ich erinnere mich ganz deutlich daran, daß ich nach Hause fuhr und früh zu Bett ging.«

»Wirklich ganz deutlich, Molly?«

»Herr Doktor, die Polizei durchsucht mein Haus. Heute morgen haben zwei Detectives versucht, mich zu vernehmen. Philip hat mich angewiesen, niemandem, auch nicht Jen, zu erzählen, was Annamarie Scalli mir gesagt hat.«

Ihr Tonfall wurde wieder aufgeregt. »Herr Doktor, ist es wie beim letztenmal? Habe ich etwas Schreckliches getan und es verdrängt? Wenn das so ist und man mir etwas nachweisen kann, werde ich nicht zulassen, daß man mich wieder ins Gefängnis steckt. Lieber sterbe ich.«

Wieder, dachte Daniels. »Molly, hatten Sie seit Ihrer Entlassung noch einmal das Gefühl, jemand könnte in der Nacht, als Gary starb, im Haus gewesen sein?«

Er bemerkte, daß sie sich entspannte. Hoffnung leuchtete in ihren Augen auf. »Allmählich bin ich mir ganz sicher.«

Und ich bin zunehmend davon überzeugt, daß da niemand war, dachte Daniels bedrückt.

Er fuhr Molly nach Hause. Das Haus war dunkel. Keine fremden Autos und Polizisten in Sicht. »Nehmen Sie die Tablette, die ich Ihnen gegeben habe«, sagte er. »Wir reden morgen weiter.« Daniels wartete, bis Molly hineingegangen war, und die Lichter im Flur angingen.

Er glaubte nicht, daß sie sich etwas antun würde. Doch wenn die Beweise für eine Anklage wegen Mordes an Annamarie Scalli reichten, würde Molly einen anderen Weg suchen, vor der Wirklichkeit zu fliehen – diesmal nicht in die Verdrängung, sondern in den Tod.

Traurig fuhr er nach Hause, wo ihn ein sehr verspätetes Abendessen erwartete.

43

Als Fran am Dienstag morgen ins Büro kam, lag eine dringende Nachricht von Billy Gallo auf ihrem Schreibtisch. Darauf stand, er sei Tim Masons Freund und würde sich freuen, wenn sie ihn wegen einer äußerst wichtigen Angelegenheit zurückriefe.

Gallo hob nach dem ersten Läuten ab und kam sofort auf den Punkt. »Miss Simmons, meine Mutter wurde gestern beerdigt. Sie starb an einem schweren Herzinfarkt, der hätte verhindert werden können. Ich habe gehört, Sie arbeiten an einer Reportage über den Mord an Dr. Gary Lasch.

Deshalb möchte ich Sie bitten, Ihre Recherchen auszuweiten und auch etwas über seinen sogenannten Gesundheitsdienst zu bringen.«

»Tim hat mir von Ihrer Mutter erzählt, und ich spreche Ihnen mein tiefstes Beileid aus«, erwiderte Fran. »Warum reichen Sie eigentlich keine offizielle Beschwerde ein, wenn Sie eine Fehldiagnose vermuten?«

»Sie wissen doch selbst, daß das außer Papierkrieg nichts bringt, Miss Simmons«, meinte Billy Gallo. »Ich bin Musiker und kann es mir nicht leisten, mein Engagement zu verlieren. Leider trete ich zur Zeit in Detroit auf und muß so bald wie möglich dorthin zurück. Ich habe mit Roy Kirkwood, dem Hausarzt meiner Mutter, gesprochen. Er sagte, er hätte dringend weitere Untersuchungen empfohlen. Und jetzt raten Sie mal, was passiert ist. Der Antrag wurde abgelehnt. Kirkwood ist überzeugt, daß mehr für meine Mutter hätte getan werden können, doch man hat ihn nicht gelassen. Bitte reden Sie mit ihm, Miss Simmons. Als ich zu ihm in die Praxis ging, hätte ich ihm am liebsten den Schädel eingeschlagen, doch danach hat er mir leid getan. Obwohl Dr. Kirkwood erst Anfang Sechzig ist, will er seine Praxis schließen. So sehr hat er die Nase voll vom Remington-Gesundheitsdienst.«

Den Schädel einschlagen, dachte Fran. Ihr schoß durch den Kopf, daß ein Angehöriger eines Patienten vielleicht ähnliche Rachegelüste gegen Gary Lasch gehabt haben könnte.

»Geben Sie mir Dr. Kirkwoods Telefonnummer und Adresse«, sagte sie. »Ich spreche mit ihm.«

Um elf Uhr morgens fuhr sie wieder auf dem Merrit Parkway Richtung Greenwich.

Molly war zwar mit einem Mittagessen um eins einverstanden gewesen, hatte sich aber trotz Frans Drängen geweigert, das Haus zu verlassen. »Ich kann nicht«, entgegnete sie. »Ich würde mich wie nackt fühlen. Alle würden mich anstarren. Das halte ich nicht aus.«

Also hatte Fran ihr angeboten, aus einer Bäckerei in der Stadt eine Quiche mitzubringen. »Mrs. Barry kommt dienstags nicht«, erklärte Molly. »Und weil die Polizei mein Auto beschlagnahmt hat, kann ich nicht einkaufen.«

Wenigstens wird sich dann Mrs. Barry während unseres Mittagessens nicht im Haus herumdrücken, dachte Fran. Eine willkommene Abwechslung, sich mit Molly zu unterhalten, ohne daß diese Frau ständig hereinplatzt.

Allerdings wollte Fran Mrs. Barry sehr wohl sehen, und sie hatte vor, ihr unangemeldet einen Besuch abzustatten.

Ich werde offen mit ihr sein, überlegte Fran, während sie den richtigen Weg zu Mrs. Barrys Haus suchte. Aus irgendeinem Grund verhält sich Edna Barry Molly gegenüber feindselig, und sie hat Angst vor mir. Vielleicht finde ich heraus, was dahintersteckt.

Der Mensch denkt, Gott lenkt, schoß es ihr durch den Kopf, als sie auf Edna Barrys schmaler Vortreppe stand und läutete. Denn niemand machte auf. Edna Barrys roter Subaru stand nicht in der Auffahrt.

Fran spielte mit dem Gedanken, einen Zettel unter der Tür durchzuschieben, auf dem sie Mrs. Barry dringend um ein Gespräch bat. Wie sie wußte, würde eine solche Nachricht Mrs. Barry aus dem Konzept bringen, was auch die gewünschte Absicht war. Sie wollte die Frau aus der Reserve locken.

Aber werde ich sie damit nicht nur warnen und erreichen, daß sie noch mehr auf der Hut ist? fragte sich Fran dann. Offensichtlich verschweigt sie mir etwas, und diese Information könnte äußerst wichtig sein. Ich will nicht riskieren, daß sie sich noch mehr zurückzieht.

Während Fran noch überlegte, hörte sie plötzlich jemanden rufen.

»Haaallo!«

Sie drehte sich um und sah eine Frau Mitte Fünfzig über den Rasen vor dem Nachbarhaus laufen. Die Frau hatte eine Hochfrisur und trug eine dicke Brille.

»Edna ist sicher gleich zurück«, sagte sie außer Atem, als sie vor Fran stand. »Ihr Sohn Wally war heute ziemlich nervös, und deshalb hat sie ihn zum Arzt gebracht. Wenn Wally seine Medikamente nicht nimmt, ist er ausgesprochen schwierig. Warum kommen Sie nicht mit zu mir und warten auf Edna? Ich heiße Marta Jones und bin Ednas Nachbarin.«

»Das ist sehr nett von Ihnen«, erwiderte Fran. »Mrs. Barry rechnet nicht mit meinem Besuch, aber ich würde sie wirklich gern sprechen.« Mit Ihnen auch, fügte sie im Geiste hinzu. »Darf ich mich vorstellen: Fran Simmons.«

Marta Jones schlug vor, sich ins Fernsehzimmer zu setzen, einer Art Wintergarten, der früher zur Veranda gehört hatte. »Hier ist es hell und gemütlich, und wir sehen sofort, wenn Edna nach Hause kommt«, verkündete Marta, als sie zwei dampfende Tassen mit frisch aufgebrühtem Kaffee brachte.

»Ich braue meinen Kaffee am liebsten auf die gute alte Art«, erklärte sie. »Mit diesen neumodischen Maschinen schmeckt er einfach nicht.« Sie ließ sich Fran gegenüber in einem Lehnsessel nieder. »Schade, daß Edna heute mit Wally zum Arzt mußte. Aber wenigstens brauchte sie nicht extra freizunehmen. Drei Tage in der Woche arbeitet sie nämlich bei Molly Lasch – immer montags, mittwochs und freitags.«

Fran nickte und merkte sich diese Information.

»Vielleicht haben Sie ja von Molly Lasch gehört«, fuhr Marta Jones fort. »Das ist die Frau, die wegen Mordes an ihrem Mann im Gefängnis war und letzte Woche freigelassen wurde. Jetzt heißt es, man will sie wieder verhaften, diesmal, weil sie die Geliebte ihres Mannes umgebracht haben soll. Sicher kennen Sie die Geschichte, Miss ... Tut mir leid, ich habe Ihren Namen vorhin nicht richtig verstanden.«

»Simmons, Fran Simmons.«

Als sie Marta Jones Blick bemerkte, wußte sie, was in der Frau vorging. *Fran Simmons, die Fernsehreporterin, deren Vater das Geld aus dem Bibliotheksfonds gestohlen und sich dann erschossen hat.* Fran machte sich schon auf eine Bemerkung gefaßt, aber Marta Jones' Miene wurde mitfühlend. »Ich werde nicht so tun, als wüßte ich nicht über Ihren Vater Bescheid«, sagte sie ruhig. »Damals hatte ich großes Mitleid mit Ihnen und Ihrer Mutter.«

»Danke.«

»Und jetzt arbeiten Sie also beim Fernsehen und machen eine Reportage über Molly. Sicher sind Sie bestens im Bilde.«

»Stimmt.«

»Vielleicht hört Edna ja auf Sie. Darf ich Sie Fran nennen?«

»Selbstverständlich.«

»Die ganze Nacht bin ich wachgelegen und habe darüber nachgedacht, ob es nicht gefährlich für Edna ist, wenn sie weiter bei Molly Lasch den Haushalt führt. Daß sie ihren Mann umgebracht hat, ist ja noch verständlich. Bestimmt hat sie damals die Beherrschung verloren, denn schließlich hat er sie ja betrogen. Aber nun hat sie eine knappe Woche nach ihrer Entlassung aus dem Gefängnis die Geliebte ihres Mannes erstochen. Ich glaube, sie ist nicht mehr zurechnungsfähig.«

Fran dachte an das, was Gus Brandt über Molly gesagt hatte. Die Einschätzung, daß Molly eine wahnsinnige Mörderin ist, breitet sich anscheinend epidemisch aus, überlegte sie.

»Eins können Sie mir glauben«, fuhr Marta fort, »ich möchte mit einer solchen Frau nicht stundenlang allein sein. Als ich heute morgen mit Edna redete – sie wollte gerade mit Wally zum Arzt –, meinte ich zu ihr: ›Edna, was soll denn aus Wally werden, wenn Molly Lasch durchdreht und dich erschlägt oder ersticht? Wer wird sich um ihn kümmern?‹«

»Braucht Wally denn viel Pflege?«

»Solange er seine Medikamente nimmt, ist er recht folgsam. Wenn nicht, wird er störrisch und ist nicht wiederzuerkennen. Dann ist er kaum noch zu bremsen. Gestern zu Beispiel hat er versucht, Molly Laschs Hausschlüssel von Ednas Schlüsselbund zu nehmen. Natürlich hat Edna ihm befohlen, ihn sofort zurückzulegen.«

»Er hat Molly Laschs Hausschlüssel genommen?« Fran bemühte sich, sich ihr Erstaunen nicht anmerken zu lassen. »Hat er so was schon öfter gemacht?«

»Ach, ich glaube nicht. Edna erlaubt ihm nicht, hinzugehen. Dr. Lasch war so heikel mit seiner Kunstsammlung. Manche Stücke waren offenbar sehr wertvoll. Aber ich weiß, daß Wally einmal dort war und etwas angefaßt hat. Edna war am Boden zerstört. Er hat zwar nichts kaputtgemacht, aber Dr. Lasch hat getobt und ihn aus dem Haus geworfen. Wally hat das gar nicht gefallen ... Oh, da ist Edna ja.«

Sie holten Edna Barry ein, als diese gerade ihre Tür aufschloß. Bei Frans und Marta Jones' Anblick machte sie ein erschrockenes Gesicht – für Fran eine weitere Bestätigung, daß sie etwas zu verbergen hatte.

»Geh rein, Wally«, fauchte sie ihren Sohn an.

Fran konnte gerade noch einen Blick auf den hochgewachsenen, gutaussehenden, etwa dreißigjährigen Mann erhaschen. Dann schob Mrs. Barry ihn ins Haus und schloß die Tür hinter ihm.

Als sie sich zu Fran umwandte, waren ihre Wangen hochrot, und ihre Stimme zitterte vor Wut. »Miss Simmons«, sagte sie, »ich weiß nicht, was Sie von mir wollen, aber ich habe einen sehr anstrengenden Vormittag hinter mir und kann jetzt nicht mit Ihnen sprechen.«

»Ach, Edna«, sagte Marta Jones. »Hat Wally sich wieder beruhigt?«

»Wally geht es ausgezeichnet«, zischte Edna Barry. Zorn und Angst mischten sich in ihrer Stimme. »Hoffentlich hast du Miss Simmons gegenüber nicht über ihn gelästert.«

»Wie kannst du mir so etwas unterstellen, Edna? Niemand hat ihn so gern wie ich.«

Tränen traten Edna Barry in die Augen. »Ich weiß, ich weiß. Es ist nur so schwierig ... Entschuldige mich, Marta. Ich rufe dich später an.«

Fran und Marta Jones standen auf der Vortreppe und starrten auf die Tür, die Edna ihnen soeben vor der Nase zugeschlagen hatte. »Eigentlich ist Edna nicht so unhöflich«, sagte Marta leise. »Sie hatte es nur sehr schwer. Zuerst ist Wallys Vater gestorben, dann Dr. Morrow, und kurz darauf wurde Dr. Lasch ermordet, und ...«

»Was hatte Dr. Morrow mit Edna Barry zu tun?« unterbrach Fran sie.

»Er war Wallys Hausarzt und konnte sehr gut mit ihm umgehen. Außerdem war er ein sympathischer Mann. Wenn Wally seine Medikamente nicht nehmen wollte oder Schwierigkeiten machte, brauchte Edna nur Dr. Morrow anzurufen.«

»Meinen Sie Dr. Jack Morrow?« hakte Fran nach.

»Genau. Kannten Sie ihn?«

»Ja.« Fran erinnerte sich an den netten, jungen Arzt, der ihr vor vierzehn Jahren die Nachricht vom Tod ihres Vaters überbracht und sie in den Arm genommen hatte.

»Er kam nur zwei Wochen vor dem Mord an Dr. Lasch bei einem Raubüberfall ums Leben«, meinte Marta bedrückt.

»Wally hat das sicher sehr zu schaffen gemacht?«

»Das können Sie laut sagen. Es war schrecklich. Und es passierte kurz nachdem Dr. Lasch ihn angeschrien hatte. Der arme Wally. Die Leute verstehen einfach nicht, daß seine Krankheit nicht seine Schuld ist.«

Nein, dachte Fran, nachdem sie sich bei Marta Jones für ihre Gastfreundschaft bedankt hatte und wieder im Auto saß. Aber vielleicht ist das Problem nicht nur mangelndes Verständnis. Möglicherweise weiß niemand, wie krank Wally wirklich ist. Kann es sein, daß Edna Barry etwas vertuscht? Hat sie etwa untätig mitangesehen, wie Molly für ein Verbrechen verurteilt wurde, das in Wirklichkeit ihr Sohn begangen hat?

War es vielleicht so gewesen?

44

Dr. Daniels Schlaftablette hatte gut gewirkt. Molly hatte sie um zehn Uhr abends genommen und bis acht durchgeschlafen. Als sie aufwachte, fühlte sie sich zwar etwas benommen, aber ausgeruht.

Sie zog ihren Morgenmantel an und wollte nach unten gehen, um Kaffee und Saft für ein Frühstück im Bett vorzubereiten. Sie brauchte dringend Zeit zum Nachdenken, doch als sie in die Küche kam, wurde ihr klar, daß zuerst einmal Aufräumen angesagt war.

Obwohl die Polizisten sich Mühe gegeben hatten, keine allzu große Unordnung zu hinterlassen, war die Atmosphäre im ganzen Haus nicht mehr dieselbe. Molly bemerkte kleine Veränderungen. Alles, was die Beamten berührt oder verschoben hatten, stand nun nicht mehr am richtigen Platz.

Die Vertrautheit ihres Zuhauses, an die sie sich während all der Tage und Nächte im Gefängnis geklammert hatte, war dahin und mußte wiederhergestellt werden.

Molly duschte rasch, schlüpfte in Jeans, Turnschuhe und ein altes Sweatshirt und machte sich an die Arbeit. Kurz spielte sie mit dem Gedanken, Mrs. Barry anzurufen und sie um Hilfe zu bitten. Doch sie verwarf diesen Einfall sofort wieder. Das ist mein Haus, sagte sie sich. Und ich bin immer noch in der Lage, es selbst in Ordnung zu bringen.

In meinem Leben geht es drunter und drüber, dachte sie verzweifelt, als sie heißes Wasser in die Spüle laufen ließ und Flüssigseife dazugab. Aber ich kann mich immer noch zusammenreißen und mein Haus wieder in Besitz nehmen.

Sorgfältig rückte sie die Teller zurecht, stellte Töpfe und Pfannen in Reih und Glied auf und wischte Fingerabdrücke und Schmierstreifen weg.

Das alles erinnert mich an die überraschenden Zellenkontrollen im Gefängnis, ging es ihr durch den Kopf. Sie hörte noch die entschlossenen Schritte auf dem Korridor und den Befehl, an die Wand zurückzutreten. Dann mußte sie zusehen, wie ihr Bett auseinandergenommen und nach Drogen durchsucht wurde.

Erst als sie sich mit dem Handrücken über die Wange fuhr und dabei Seifenschaum ins Auge bekam, merkte sie, daß sie weinte.

Und es gibt noch einen Grund, warum ich mich freue, daß Mrs. Barry heute ihren freien Tag hat, dachte sie. Ich muß meine Gefühle nicht verstecken, sondern kann ihnen freien Lauf lassen. Dr. Daniels wäre stolz auf mich.

Als Fran Simmons um halb zehn anrief, wachste Molly gerade den Tisch in der Vorhalle ein.

Warum war ich bloß einverstanden, mit ihr zu Mittag zu essen? fragte sie sich, nachdem sie aufgelegt hatte.

Aber sie kannte den Grund. Trotz Philip Matthews Warnung wollte sie Fran sagen, daß Annamarie Scalli sich vor irgend etwas gefürchtet hatte.

Und zwar nicht vor mir, überlegte sie. Sie hatte keine Angst vor mir, obwohl sie überzeugt war, daß ich Gary umgebracht habe.

Oh, Gott, was tust du mir an? fragte sie sich und sank weinend auf die unterste Treppenstufe.

Sie hörte ihre eigenen Schluchzer. Ich bin so einsam, so schrecklich einsam, dachte sie. Sie erinnerte sich an das gestrige Telefonat mit ihrer Mutter. »Schatz, du hast recht, es ist besser, wenn wir dich noch nicht besuchen.«

Wie sehr habe ich mir gewünscht, Mom würde sagen, daß sie bald bei mir sein würden, dachte Molly. Ich brauche sie jetzt. Ich brauche jemanden, der mir hilft.

Um halb elf läutete es an der Tür. Molly schlich hin und wartete. Ich werde nicht öffnen, überlegte sie. Ich werde einfach so tun, als wäre ich nicht zu Hause.

Dann aber hörte sie eine Stimme. »Molly, mach auf, ich bin es.«

Molly schluchzte erleichtert auf, entriegelte die Tür, und kurz darauf lag sie Jenna bitterlich weinend in den Armen.

»Mein Liebes«, sagte Jenna, der Tränen des Mitleids in den Augen standen. »Was kann ich nur für dich tun?«

Immer noch weinend lachte Molly auf. »Du kannst die Uhr zwölf Jahre zurückdrehen und darauf verzichten, mir Gary Lasch vorzustellen«, erwiderte sie. »Oder du kannst einfach für mich da sein.«

»Ist Philip noch nicht hier?«

»Er hat versprochen, später vorbeizukommen. Er hat einen Termin bei Gericht.«

»Molly, du mußt ihn anrufen. Cal hat einen Tip gekriegt. Sie haben an den Stiefeletten, die du am Sonntag abend anhattest, Spuren von Annamarie Scallis Blut gefunden, und auch in deinem Auto. Es tut mir so leid. Cal hat gehört, der Staatsanwalt will dich verhaften lassen.«

45

Nachdem Calvin Whitehall durch einen Anruf von den Blutspuren an Molly Laschs Schuhen und in ihrem Auto erfahren hatte, ging er sofort hinüber ins Büro von Dr. Peter Black.

»Bald ist hier die Hölle los«, prophezeite er und musterte Black dann mit prüfendem Blick. »Dich scheint das wohl gar nicht zu stören.«

»Warum sollte es mich stören, daß Annamarie Scalli uns keinen Ärger mehr machen kann? Ganz im Gegenteil«, entgegnete Peter mit einem selbstzufriedenen Grinsen.

»Du hast behauptet, es gäbe keine Beweise. Und außerdem würde sie sich nur selbst belasten, wenn sie redet.«

»Ja, das habe ich tatsächlich gesagt, und es stimmt immer noch. Trotzdem bin ich Molly sehr dankbar. Es wird zwar einen unschönen öffentlichen Auftritt geben, doch die ganze Sache hat weder etwas mit uns noch mit der Klinik oder dem Remington-Gesundheitsdienst zu tun.«

Whitehall dachte über die Worte seines Geschäftspartners nach.

Es hatte Peter Black schon immer fasziniert, wie Cal so still dasitzen konnte, wenn er sich auf etwas konzentrierte. Seine hünenhafte Gestalt wirkte dann reglos wie ein Fels.

Schließlich nickte Cal Whitehall zustimmend. »Ein absolut berechtigter Einwand, Peter.«

»Und wie nimmt Jenna das alles auf?«

»Jenna ist gerade bei Molly.«

»Ist das klug?«

»Jenna weiß, daß ich Pressefotos, die sie Arm in Arm mit Molly zeigen, nicht dulden werde. Nach dem Zusammenschluß, kann sie Molly meinetwegen bemuttern, doch bis dahin muß sie auf Distanz gehen.«

»Wie könnte sie Molly helfen, Cal? Wenn Molly wieder vor Gericht muß, wird es der beste Strafverteidiger der Welt nicht schaffen, noch einmal eine Abmachung mit der Staatsanwaltschaft zu treffen.«

»Dessen bin ich mir bewußt. Allerdings mußt du verstehen, daß Jenna und Molly wie Schwestern sind. Ich finde es bewundernswert, wie Jenna ihr die Treue hält, auch wenn ich sie im Moment ein wenig bremsen muß.«

Ungeduldig sah Black auf die Uhr. »Wann wollte er anrufen?«

»Er müßte sich gleich melden.«

»Das würde ich ihm auch geraten haben. Ich erwarte nämlich Roy Kirkwood. Er hat vor ein paar Tagen eine Patientin verloren und gibt dem Gesundheitsdienst die Schuld. Außerdem ist der Sohn der Patientin auf dem Kriegspfad.«

»Kirkwood ist juristisch gesehen aus dem Schneider. Schließlich hat er zusätzliche Untersuchungen gefordert. Und mit dem Sohn der Patientin werden wir schon fertig.«

»Ihm geht es nicht um Geld.«

»Es geht immer um Geld, Peter.«

Peter Blacks privates Telefon läutete. Er hob ab, hörte eine Weile zu und stellte dann auf Raumlautsprecher um. »Cal ist hier. Wir sind bereit, Herr Doktor«, sagte er.

»Guten Morgen, Herr Doktor.« Auf einmal war Cals Tonfall nicht mehr so herrisch und herablassend wie sonst.

»Glückwunsch, meine Herren. Ich glaube, wir sind wieder einen Schritt weitergekommen«, meinte der Anrufer. »Und wenn ich mich nicht irre, wird dieser Durchbruch alle unsere bisherigen Entdeckungen in den Schatten stellen.«

46

Als Fran um ein Uhr bei Molly eintraf, fiel ihr sofort auf, daß ihre Freundin geweint hatte. Ihre Augen waren geschwollen, und auch das leichte Make-up konnte die Tränenspuren auf ihren Wangen nicht verdecken.

»Komm rein, Fran. Philip ist schon seit einer Weile hier. Er sitzt in der Küche und schaut mir beim Salatputzen zu.«

Also ist Philip bei ihr, dachte Fran. Ich frage mich, warum er sich so beeilt hat? Jedenfalls wird er sicher nicht erfreut sein, mich zu sehen.

Auf dem Weg den Flur entlang in die Küche sagte Molly: »Jenna hat mich heute morgen besucht. Sie ist gerade gegangen, weil sie mit Cal zum Mittagessen verabredet ist. Weißt du, was sie getan hat? Sie hat mir geholfen, das Haus aufzuräumen. Ich finde, jeder Polizist sollte einen Kurs machen, in dem er lernt, wie man ein Haus durchsucht, ohne ein Chaos zu hinterlassen.«

Mollys Stimme zitterte. Sie klingt, als stünde sie kurz vor einem Nervenzusammenbruch, schoß es Fran durch den Kopf.

Offenbar war Philip Matthews zu demselben Schluß gekommen. Während Molly in der Küche herumging, die Quiche aus der Verpackung nahm und sie in den Ofen stellte, ließ er sie keinen Moment aus den Augen. Molly redete ununterbrochen. »Offenbar hat man an den Stiefeln, die ich Sonntag abend anhatte, Annamaries Blut gefunden, Fran. In meinem Auto ebenfalls.«

Fran warf Philip Matthews einen entsetzten Blick zu. Auch er sah ziemlich verstört aus.

»Wer weiß, vielleicht wird das hier für viele Jahre die letzte Mahlzeit in meinem Haus, habe ich recht, Philip?« fragte Molly.

»Aber nein«, entgegnete er mit gepreßter Stimme.

»Das heißt wohl, daß ich nach meiner Verhaftung wieder auf Kaution entlassen werde. Das ist eben der Vorteil, wenn man Geld hat. Glückspilze wie ich können einfach einen Scheck ausstellen.«

»Schluß damit, Molly«, zischte Fran. Sie packte ihre Freundin an den Schultern. »Als ich mit meinen Recherchen anfing, war ich noch überzeugt davon, daß du deinen Mann umgebracht hast. Doch dann sind mir Zweifel gekommen. Ich glaube, die Polizei hätte wegen des Mordes an Gary gründlicher ermitteln und vielleicht auch andere Möglichkeiten in Betracht ziehen sollen. Allerdings muß ich zugeben, daß mich deine Absicht, Annamarie Scalli aufzuspüren, ein wenig beunruhigt hat. Dann hast du sie entdeckt, und nun ist sie tot. Ich bin zwar noch immer nicht sicher, ob du nicht doch eine pathologische Mörderin bist, aber ich kann es mir eigentlich auch weiterhin nicht vorstellen. Meiner Ansicht nach bist du in einem Netz von Intrigen gefangen wie in einem Labyrinth und findest nicht mehr heraus. Natürlich kann ich mich genausogut irren. Vielleicht bist du wirklich das, wofür neunundneunzig Prozent der Leute dich halten, aber ich schwöre dir, daß ich zu dem restlichen einen Prozent gehöre. Ich werde alles tun, um zu beweisen, daß du Gary Lasch und Annamarie Scalli nicht getötet hast.«

»Und wenn du dich wirklich irrst?« fragte Molly.

»Dann werde ich dafür sorgen, daß du in einer Einrichtung untergebracht wirst, wo du Ruhe findest und psychotherapeutische Behandlung bekommst.«

Molly standen die Tränen in den Augen. »Ich will nicht mehr weinen«, sagte sie. »Fran, du bist die erste, die überhaupt die Möglichkeit in Betracht zieht, daß ich unschuldig sein könnte.« Sie sah Philip an. »Diesen Vorwurf mache ich auch Ihnen, mein lieber Philip, obwohl Sie mich bis zum letzten Blutstropfen verteidigen würden. Jenna ebenfalls, die behauptet, sie lege für mich die Hand ins Feuer. Außerdem meinen Eltern, denn wenn sie wirklich an meine Unschuld glaubten, wären sie jetzt hier und würden Himmel und Hölle in Bewegung setzen. Ich denke und hoffe, daß ich diese beiden Morde nicht begangen habe. Ansonsten verspreche ich euch, daß ich nicht mehr lange hiersein werde, um anderen Menschen Schwierigkeiten zu machen.«

Fran und Matthews wechselten Blicke. Wie auf Absprache sagte keiner von ihnen etwas zu dieser letzten Bemerkung, die offenbar eine verhüllte Selbstmorddrohung gewesen war.

Auch wenn Molly unter Druck steht, legt sie Wert auf Stil, dachte Fran, als ihre Freundin die Quiche auf einer ausgesuchten Limoges-Platte servierte, die auf einem schlanken Stiel ruhte und einen Goldrand hatte. Die Platzdeckchen mit dem zarten Blumenmuster paßten zu den Tapeten im Frühstücksraum.

Ein großes Panoramafenster ging auf den Garten hinaus, wo die ersten Knospen das nahende Ende des Winters ankündigten. Als Fran den Steingarten am Ende des langgezogenen Hanggrundstücks bemerkte, fiel ihr etwas ein, das sie Molly hatte fragen wollen.

»Molly, wir haben doch letztens über deine Hausschlüssel gesprochen? Sagtest du nicht, du hättest noch einen Ersatzschlüssel?«

»Wir haben ihn immer dort hinten versteckt.« Molly zeigte hinüber zum Steingarten. »Einer der Felsen ist falsch. Eine gute Idee, findest du nicht? Wenigstens besser als ein Keramikhase mit abnehmbarem Ohr, der auf der Veranda den Schlüssel für Notfälle bewacht.«

»Notfälle?« fragte Philip.

»Wenn man mal den Schlüssel vergißt.«

»Hast du je den Schlüssel vergessen, Molly?« wollte Fran beiläufig wissen.

»Fran, du weißt doch, daß ich ein braves Mädchen bin«, entgegnete Molly mit gespielter Entrüstung. »Ich bin immer ordentlich und zuverlässig, das haben sie schon damals in der Schule von mir gesagt.«

»Ja, das stimmt«, sagte Fran.

»Oft habe ich überlegt, was wohl aus mir geworden wäre, wenn man mir nicht sämtliche Wege geebnet hätte. Doch so war es nun mal. Ich wußte, wie leicht ich es hatte und wie privilegiert ich war. In unserer Schulzeit habe ich dich so bewundert, weil du dich für deine Ziele engagiert hast. Als du mit dem Basketball anfingst, hattest du noch keine Ahnung von dem Spiel, doch du hast dich so lange bemüht, bis du in die Mannschaft aufgenommen wurdest.«

Molly Carpenter hat mich bewundert! dachte Fran. Und ich glaubte, sie hätte mich nicht einmal wahrgenommen.

»Nach dem Tod deines Vaters hast du mir so leid getan. Mir war klar, daß die Leute großen Respekt vor meinem Dad hatten, und zwar berechtigtermaßen, denn er ist ein großartiger Mensch und ein wundervoller Vater. Aber deinem Vater hat man immer angemerkt, wie stolz er auf dich war, und du hast ihm – im Gegensatz zu mir – immer allen Grund dazu gegeben. Mein Gott, ich erinnere mich noch gut an seinen Gesichtsausdruck, als du im letzten Turnier im Abschlußjahr den entscheidenden Korb geworfen hast. Es war großartig!«

Bitte, Molly, hätte Fran am liebsten gefleht. Bitte, laß das.

»Ich finde es traurig, daß in seinem Leben soviel schiefgegangen ist, Fran. Vielleicht war es so ähnlich wie bei mir heute – eine Verkettung von Umständen, gegen die wir machtlos sind.« Molly legte die Gabel weg. »Fran, die Quiche schmeckt prima, aber ich habe einfach keinen Appetit.«

»Molly, hat Gary jemals den Schlüssel vergessen?« erkundigte sich Fran. Sie spürte Philip Matthews Blick auf sich, der sie wortlos aufforderte, Molly nicht mit Fragen zu quälen.

»Gary und etwas vergessen? Um Himmels willen, nein. Gary selbst war der Inbegriff der Vollkommenheit. Und von mir pflegte er zu sagen, daß meine Zuverlässigkeit zu meinen besten Eigenschaften gehörte. Ich kam nie zu spät, ließ nie den Autoschlüssel stecken, hatte immer meinen Hausschlüssel dabei. Er gab mir dafür eine Eins plus.« Sie hielt inne und lächelte wehmütig. »Komisch, wie ich heute in Schulnoten denke. Bewertungen. Plus oder minus.«

Am ganzen Leibe zitternd schob Molly ihren Stuhl zurück. Als Fran erschrocken auf sie zustürzte, läutete das Telefon.

»Das sind sicher meine Eltern. Oder Jenna«, flüsterte Molly kaum hörbar.

Philip Matthews hob ab. »Es ist Dr. Daniels, Molly. Er möchte wissen, wie es Ihnen geht.«

Fran antwortete an Mollys statt. »Sie braucht Hilfe. Bitten Sie ihn, herzukommen und mit ihr zu sprechen.«

Nachdem Matthews und Dr. Daniels leise ein paar Sätze gewechselt hatten, hängte der Anwalt ein und drehte sich zu den beiden Frauen um. »Er ist gleich hier«, sagte er. »Warum ruhen Sie sich nicht ein bißchen aus, Molly? Offenbar fühlen Sie sich nicht wohl.«

»Ich bin wirklich ein bißchen wackelig auf den Beinen.«

»Kommen Sie.« Philip Matthews legte den Arm um Molly und führte sie aus dem Frühstücksraum.

Ich räume am besten den Tisch ab, dachte Fran, als sie die fast unberührte Mahlzeit betrachtete. Wahrscheinlich hat niemand mehr Appetit.

Matthews kam wieder ins Zimmer. »Was passiert jetzt?« wollte Fran wissen.

»Wenn die Ergebnisse der Laboruntersuchungen Molly belasten, wird man sie verhaften. Sicher erfahren wir es bald.«

»Ach, mein Gott.«

»Fran, ich habe Molly mehr oder weniger gezwungen, den Großteil ihres Gespräches mit Annamarie Scalli für sich zu behalten. Anscheinend hat sie das, was sie erfahren hat, furchtbar gekränkt und könnte ihr als Mordmotiv ausgelegt werden. Jetzt werde ich das Risiko eingehen, Ihnen alles zu erzählen. Vielleicht können Sie ihr helfen. Ich glaube Ihnen, daß Sie ihre Unschuld beweisen wollen.«

»Obwohl Sie selbst nicht davon überzeugt sind?« entgegnete Fran ruhig.

»Ich bin sicher, daß sie keine zwei vorsätzlichen Morde begangen hat.«

»Das ist nicht dasselbe.«

»Fran, Annamarie hat Molly gestanden, Gary sei über die Fehlgeburt erleichtert gewesen, da ein Kind die Dinge nur verkompliziert hätte. Dann berichtete sie, sie habe einige Tage vor Dr. Morrows Ermordung einen heftigen Streit zwischen ihm und Gary Lasch belauscht. Später habe Dr. Morrow Annamarie gebeten, eine sehr wichtige Akte für ihn aufzubewahren. Aber er starb, bevor er ihr die Unterlagen übergeben konnte. Molly meint, sie hätte eindeutig das Gefühl gehabt, daß Annamarie ihr etwas verschwieg und daß sie große Angst hatte.«

»Um ihr eigenes Leben?«

»Das war Mollys Vermutung.«

»Das wäre doch schon mal ein Anhaltspunkt. Außerdem habe ich noch einen Verdacht, dem ich gerne nachgehen würde. Mrs. Barrys Sohn Wally ist ein psychisch schwer gestörter junger Mann. Dr. Morrows Tod hat ihn ziemlich aus der Bahn geworfen, und außerdem hegte er aus Gründen, die ich noch nicht kenne, einen starken Groll gegen Gary Lasch. Darüber hinaus scheint er sich sehr für Molly zu interessieren. Erst gestern hat er versucht, ihren Hausschlüssel vom Schlüsselbund seiner Mutter zu nehmen.«

Es läutete an der Tür. »Ich mache auf«, sagte Fran. »Das ist bestimmt Dr. Daniels.«

Doch statt dessen standen zwei Männer auf der Schwelle, die Fran ihre Polizeiausweise unter die Nase hielten. »Wir haben einen Haftbefehl gegen Molly Carpenter Lasch«, erklärte der ältere der beiden. »Bringen Sie uns bitte zu ihr.«

Eine Viertelstunde später waren die ersten Kameraleute zur Stelle, um zu filmen, wie Molly Lasch in Handschellen aus dem Haus geführt wurde. Sie hatte einen Mantel über die Schultern geworfen und hielt den Kopf gesenkt, so daß ihr das Haar ins Gesicht fiel, als man sie zum Wagen der Staatsanwaltschaft brachte. Sie wurde ins Gerichtsgebäude von Stamford gefahren und wie schon vor fast sechs Jahren unter Mordanklage in Haft genommen.

47

Edna Barry spürte die fünfundsechzig Jahre, die sie auf dem Buckel hatte, als sie auf den Beginn der Abendnachrichten wartete und dabei die dritte Tasse Tee innerhalb der letzten Stunde trank. Wally hatte sich in seinem Zimmer schlafen gelegt, und sie hoffte, daß die Medikamente zu wirken angefangen hatten, damit er sich besser fühlte, wenn er wieder aufwachte. Auf der Heimfahrt vom Arzt hatte er mit der Faust aufs Autoradio eingeschlagen, weil er dachte, der Ansager spräche über ihn.

Wenigstens hatte sie es geschafft, ihn ins Haus zu bugsieren, bevor Fran Simmons seinen aufgebrachten Zustand bemerken konnte. Nun war nur noch die Frage offen, wieviel Marta Fran Simmons über Wally erzählt hatte.

Edna wußte, daß Marta Wally niemals bewußt schaden würde. Doch Fran Simmons war schlau – und sie hatte sich bereits nach dem Ersatzschlüssel zu Mollys Haus erkundigt.

Erst gestern hatte Marta gesehen, wie Wally Mollys Schlüssel aus Ednas Handtasche nahm, und ihn sagen hören, er werde ihn diesmal bestimmt wieder zurücklegen. Hoffentlich hat Marta das nicht Fran Simmons auf die Nase gebunden.

Sie erinnerte sich an den schrecklichen Augenblick, als sie Dr. Laschs Leiche gefunden hatte. Seitdem bekam sie entsetzliche Angst, wenn jemand den Schlüssel erwähnte. Der Polizei habe ich damals den Ersatzschlüssel aus dem Versteck im Garten ausgehändigt, überlegte sie. Meinen Schlüssel konnte ich an jenem Morgen nicht finden, und ich befürchtete, Wally könnte ihn genommen haben, eine Sorge, die sich später als begründet herausstellte. Zum Glück hatte die Polizei nichts weiter über den Schlüssel wissen wollen.

Die Nachrichten fingen an, und Edna wandte sich dem Fernseher zu. Zu ihrem Entsetzen wurde berichtet, daß Molly wegen Mordes festgenommen und dem Haftrichter vorgeführt worden war. Für eine Kaution von einer Million Dollar hatte man sie vor wenigen Minuten wieder freigelassen, sie allerdings unter Hausarrest gestellt. Die Kamera schwenkte zu Fran Simmons, die vor dem Parkplatz des Sea Lamp Diner in Rowayton stand. Der Tatort war noch mit einem gelben Band abgesperrt.

»Hier wurde Annamarie Scalli erstochen«, sagte Fran. »Heute nachmittag hat man Molly Carpenter Lasch wegen dieses Verbrechens verhaftet. Es heißt, daß Spuren von Annamarie Scallis Blut an einer ihrer Schuhsohlen und in ihrem Wagen gefunden wurden.«

»Mom, ist Molly wieder voller Blut?«

Als Edna sich umdrehte, stand Wally hinter ihr. Sein Haar war zerzaust, und seine Augen funkelten zornig.

»Von so etwas darfst du nicht reden«, wies sie ihn ängstlich zurecht.

»Weißt du noch, wie ich die Statue mit dem Cowboy und dem Pferd angefaßt habe?«

»Bitte, laß das, Wally.«

»Ich will es dir aber erzählen«, entgegnete er trotzig.

»Wally, wir sprechen nicht über solche Dinge.«

»Aber alle sprechen darüber, Mom. Als ich eben in meinem Zimmer war, haben in meinem Kopf die Stimmen durcheinandergeschrien. Sie haben von der Statue geredet. Für mich war sie nicht zu schwer, weil ich stark bin. Aber Molly konnte sie ganz bestimmt nicht hochheben.«

Er hörte wieder Stimmen, dachte Edna erschrocken. Die Medikamente wirken nicht.

Edna stand auf und legte ihrem Sohn die Hände auf die Schläfen. »Pssst«, sagte sie beruhigend. »Rede nicht mehr über Molly und die Statue. Du weißt ja, daß deine Stimmen oft etwas durcheinanderbringen. Versprich mir, daß du kein Wort mehr über Dr. Lasch oder Molly verlierst. Einverstanden? Und jetzt nimmst du am besten noch eine Tablette.«

48

Fran war am Ende ihres Berichts angelangt und schaltete das Mikrophon ab. Heute hatte Pat Lyons, ein junger Kameramann aus New York, sie zum Sea Lamp Diner begleitet. »Mir gefällt dieses Städtchen«, sagte er. »Es liegt am Meer und erinnert mich an ein Fischerdorf.«

»Es ist wirklich hübsch hier«, stimmte Fran ihm zu und dachte an früher, als sie hin und wieder eine Freundin in Rowayton besucht hatte. Allerdings ist das Sea Lamp Diner sicher kein Restaurant der gehobenen Klasse, überlegte sie nach einem Blick auf das leicht heruntergekommene Lokal. Dennoch beschloß sie, dort etwas zu essen. Das Restaurant war trotz der Ereignisse der letzten Tage, der Absperrungen und der gelben Kreidemarkierungen an der Stelle, wo Annamarie Scallis Wagen gestanden hatte, geöffnet.

Fran hatte sich bereits vergewissert, daß Gladys Fluegel, die Molly und Annamarie Scalli bedient hatte, heute Dienst hatte. Nun mußte sie nur noch dafür sorgen, daß sie einen von Gladys' Tischen bekam.

Zu ihrer Überraschung war das Lokal zur Hälfte besetzt, was wahrscheinlich an der Neugier und Sensationslust der Gäste lag. Eine Weile blieb sie auf der Schwelle stehen und überlegte, ob die Chancen auf ein Gespräch mit Miss Fluegel vielleicht größer waren, wenn sie sich an den Tresen setzte. Doch ihre Frage beantwortete sich, als die Kellnerin auf sie zustürmte. »Sie sind sicher Fran Simmons. Wir haben Ihnen gerade bei den Aufnahmen für die Sendung zugesehen. Ich bin Gladys Fluegel und habe vorgestern abend Molly Lasch und Annamarie Scalli bedient. Genau hier haben sie gesessen.« Sie wies auf eine unbesetzte Nische im hinteren Teil des Lokals.

Fran war auf Anhieb klar, daß Gladys darauf brannte, ihre Geschichte zu erzählen. »Ich möchte mich gern ein wenig mit Ihnen unterhalten«, sagte sie. »Vielleicht haben Sie Zeit, sich ein wenig zu mir zu setzen. Wann haben Sie denn Pause?«

»In zehn Minuten«, entgegnete Gladys Fluegel. »Ich muß erst den beiden da drüben ein bißchen Dampf machen.« Sie wies mit dem Kopf auf ein älteres Ehepaar, das an einem Tisch am Fenster saß. »Sie ist sauer, weil er Kalbfleisch mit Parmesan essen will, obwohl er davon Blähungen bekommt. Ich werde sie bitten, sich endlich zu entscheiden. Nachdem ich die Bestellung an die Küche weitergegeben habe, komme ich zu Ihnen.«

Auf dem Weg zu der Nische schätzte Fran die Entfernung ab. Etwa zwölf Meter, dachte sie. Während sie auf Gladys wartete, sah sie sich im Lokal um. Der Raum war schlecht beleuchtet, und da der Tisch in einer dunklen

Ecke stand, eignete er sich großartig für ein unbeobachtetes Treffen. Molly hatte Philip erzählt, Annamarie habe sich offenbar gefürchtet, allerdings nicht vor ihr. Aber wovor dann? fragte sich Fran.

Und warum hatte Annamarie ihren Namen geändert? Weil sie verhindern wollte, daß man sie immer wieder mit dem Fall Gary Lasch in Verbindung brachte? Oder hatte sie einen anderen Grund gehabt unterzutauchen?

Laut Molly hatte Annamarie das Restaurant zuerst verlassen. Molly hatte die Rechnung bezahlt und war ihr gefolgt. Wie viele Minuten waren dazwischen verstrichen? Sicher hatte es nicht lange gedauert, da Molly sonst angenommen hätte, daß Annamarie bereits abgefahren war. Hatte Annamarie Zeit gehabt, den Parkplatz zu überqueren und in ihren Jeep zu steigen?

Molly hat ihr von der Tür aus nachgerufen, überlegte Fran. Hat sie sie eingeholt?

»Raten Sie mal, was die beiden jetzt bestellt haben«, meinte Gladys und zeigte mit dem Daumen nach hinten auf das ältere Ehepaar. »Gedünstete Flunder mit Spinat. Sie hat die Sache in die Hand genommen, und der arme Mann kocht jetzt vor Wut.«

Sie legte eine Speisekarte vor Fran auf den Tisch. »Heute sind das Hühnerfrikassee und das ungarische Gulasch besonders zu empfehlen.«

Ich werde mir bei P. J. Clarke's einen Hamburger genehmigen, wenn ich wieder in New York bin, dachte Fran und murmelte etwas von einer späteren Verabredung zum Abendessen. Dann bestellte sie ein Brötchen und Kaffee.

Gladys servierte und setzte sich dann Fran gegenüber. »Ich habe zwei Minuten Zeit«, sagte sie. »Hier hat Molly Lasch gesessen. Annamarie Scalli hatte Ihren Platz. Wie ich den beiden Detectives gestern schon erzählt habe, wirkte die Scalli nervös. Ich schwöre, sie fürchtete sich vor Molly Lasch. Als die Scalli gehen wollte, hielt Molly Lasch sie am Handgelenk fest. Die Scalli mußte sich richtig losreißen.

Dann ist sie ganz schnell rausgelaufen, so als ob sie Angst hätte, daß Molly Lasch sie verfolgen könnte. Und das hat sie dann auch schließlich getan. Wer wirft einem schon einen Fünf-Dollar-Schein hin, wenn der Tee und der Kaffee nur eins dreißig kosten? Ich habe immer noch Alpträume, wenn ich mir vorstelle, daß Annamarie Scalli kurz darauf ermordet worden ist.« Sie seufzte. »Ich werde wohl nicht darum herumkommen, beim Prozeß auszusagen.«

Du brennst regelrecht darauf, dachte Fran. »Waren die anderen Kellnerinnen am Sonntag abend auch hier?«

»An einem Sonntag abend braucht man in diesem Laden keine zwei Kellnerinnen, meine Liebe. Eigentlich habe ich am Sonntag frei, aber meine Kollegin hatte sich krank gemeldet. Dreimal dürfen Sie raten, an wem es wieder hängengeblieben ist. Andererseits habe ich so wenigstens mal etwas Interessantes erlebt.«

»Was ist mit dem Koch oder dem Barkeeper? Sie waren doch sicher nicht allein im Lokal.«

»Der Koch war selbstverständlich hier, obwohl die Bezeichnung ›Koch‹ für diesen Kerl geschmeichelt ist. Allerdings war er nicht vorne. Er bleibt immer in der Küche. So muß er sich wenigstens nicht drum kümmern, was sich hier draußen tut.«

»Und wer arbeitete hinter dem Tresen?«

»Bobby Burke, ein Collegestudent. Er kommt nur am Wochenende.«

»Ich würde gern mit ihm reden.«

»Er wohnt in der Yarmouth Street in Belle Island. Das ist gleich hinter der kleinen Brücke, nur zwei Blocks von hier. Sein richtiger Name ist Robert Burke junior, die Nummer steht im Telefonbuch. Wollen Sie mich etwa fürs Fernsehen interviewen?«

»Wenn ich die Reportage über Molly Lasch mache, brauche ich sicher noch ein paar Auskünfte von Ihnen.«

»Natürlich helfe ich Ihnen gerne.«

Das glaube ich dir aufs Wort, dachte Fran.

Mit dem Autotelefon rief Fran bei den Burkes an. Zuerst weigerte sich Bobby Burkes Vater, Fran mit seinem Sohn sprechen zu lassen. »Bobby hat der Polizei bereits alles, was er weiß, gesagt. Er hat die beiden Frauen kaum bemerkt und konnte vom Tresen aus den Parkplatz nicht sehen.«

»Mr. Burke«, flehte Fran. »Ich werde offen mit Ihnen sein. Ich bin nur fünf Minuten von Ihrem Haus entfernt und habe gerade mit Gladys Fluegel geredet. Jetzt habe ich den Verdacht, daß sie in ihrer Darstellung des Treffens zwischen Molly Lasch und Annamarie Scalli die Wahrheit ein wenig überstrapaziert. Ich bin Reporterin und außerdem eine Freundin von Molly Lasch. Wir waren zusammen auf der Schule. Ich bitte Sie im Namen der Gerechtigkeit um Ihre Mitarbeit. Molly Lasch braucht Hilfe.«

»Einen Moment.«

»Gut, Miss Simmons«, sagte er, als er wieder am Apparat war. »Sie können herkommen und mit Bobby reden. Aber ich bestehe darauf, während des Gesprächs im Zimmer zu bleiben. Ich beschreibe Ihnen den Weg.«

Ein Junge, auf den alle Eltern stolz wären, dachte Fran, als sie Bobby Burke im Wohnzimmer des schlichten Hauses gegenübersaß. Bobby war ein magerer Achtzehnjähriger mit einem hellbraunen Haarschopf und klugen braunen Augen. Er war zwar ziemlich zurückhaltend und blickte immer wieder ratsuchend zu seinem Vater hinüber, doch er sah belustigt drein, als er Frans Fragen beantwortete – vor allem, wenn es um Gladys ging.

»Da ich nicht viel zu tun hatte, bemerkte ich, wie die beiden Damen hereinkamen«, erklärte er. »Sie trafen nicht gemeinsam ein, sondern ein paar Minuten nacheinander. Ich habe fast laut gelacht, als Gladys wie immer versuchte, der ersten Dame einen Tisch in der Nähe des Tresens zu geben, damit sie nicht so weit laufen muß. Aber die Dame ließ das nicht mit sich machen und verlangte die Nische ganz hinten im Restaurant.«

»Wirkte sie nervös?«

»Das ist mir nicht aufgefallen.«

»Sie sagten doch, Sie seien nicht sehr beschäftigt gewesen.«

»Stimmt. Es saßen nur ein paar Leute am Tresen. Kurz bevor die Frauen gingen, kam noch ein Paar herein und setzte sich einfach, ohne sich einen Tisch anweisen zu lassen, weil Gladys gerade mit den beiden Frauen beschäftigt war.«

»Bediente sie sie?«

»Nein, sie kassierte. Aber sie ließ sich Zeit. Sie ist nun mal furchtbar neugierig und muß überall ihre Nase hineinstecken. Die neuen Gäste wurden schon ungeduldig und riefen nach ihr. Das war, als die zweite Dame das Lokal verließ.«

»Bobby, machte die Frau, die zuerst ging und die später auf dem Parkplatz ermordet wurde, den Eindruck, als würde sie voller Angst aus dem Restaurant fliehen?«

»Sie hatte es ziemlich eilig, aber gerannt ist sie nicht.«

»Was ist mit der zweiten Frau? Sicher wissen Sie, daß sie Molly Lasch heißt.«

»Ja.«

»Sahen Sie, wie sie hinausging?«

»Ja.«

»Ist sie vielleicht gerannt?«

»Sie ist recht schnell gelaufen und machte den Eindruck, als würde sie gleich zu weinen anfangen. Wahrscheinlich wollte sie nicht, daß jemand das mitkriegt. Sie tat mir leid.«

Sie machte den Eindruck, als würde sie gleich zu weinen anfangen, dachte Fran. Das klang nicht nach einer Frau mit Mordgelüsten.

»Bobby, haben Sie gehört, wie sie einen Namen rief?«

»Ja, sie hat etwas gerufen. Aber einen Namen habe ich nicht verstanden.«

»Hat sie vielleicht noch einmal gerufen? Könnte es ›Annamarie, warten Sie!‹ gewesen sein?«

»Ein zweites Mal habe ich nicht mitbekommen. Doch das kann auch daran gelegen haben, daß ich gerade Kaffee einschenkte.«

»Ich war eben im Restaurant, Bobby. Der Tresen befindet sich neben der Tür. Glauben Sie nicht, daß Sie es hätten hören müssen, wenn Molly Lasch laut genug gerufen hat, um sich draußen auf dem Parkplatz bemerkbar zu machen?«

Er überlegte.

»Eigentlich schon.«

»Hat die Polizei Ihnen diese Frage gestellt?«

»Nein. Sie wollten nur wissen, ob Mrs. Lasch von der Tür aus der anderen Dame noch etwas nachgerufen hat, und ich sagte, es könnte sein.«

»Wer waren die Gäste am Tresen, Bobby?«

»Zwei Typen, die ab und zu mal bei uns vorbeischauen. Sie waren beim Bowling gewesen. Aber sie unterhielten sich und kümmerten sich nicht um die anderen.«

»Und wer waren die Leute, die hereinkamen, sich setzten und nach Gladys riefen?«

»Ich weiß nicht, wie sie heißen. Sie sind etwa im Alter meiner Eltern und essen hin und wieder bei uns. Ich vermute, daß sie im Kino gewesen sind.«

»Bobby, könnten Sie sie nach ihren Namen und ihrer Telefonnummer fragen, wenn sie wiederkommen. Falls sie nicht antworten wollen, geben Sie ihnen meine Karte und bitten Sie sie, mich anzurufen.«

»Mit Vergnügen, Miss Simmons«, erwiderte Bobby und lächelte. »Mir gefallen Ihre Nachrichtensendungen, und ich sehe mir immer *Wahre Verbrechen* an. Tolle Serie.«

»Ich habe zwar gerade erst bei *Wahre Verbrechen* angefangen, aber trotzdem vielen Dank«, sagte Fran. »Meine erste Folge wird sich mit dem Fall Lasch beschäftigen.« Sie stand auf und wandte sich an Robert Burke senior. »Es war sehr freundlich von Ihnen, daß ich mit Bobby sprechen durfte.«

»Nun, offen gestanden habe ich in letzter Zeit auch die Nachrichten verfolgt«, entgegnete er. »Und ich habe das Gefühl, daß in diesem Fall vorschnell geurteilt wird. Offenbar geht es Ihnen genauso.« Er schmunzelte. »Kann sein, daß ich nicht unvoreingenommen bin, denn ich arbeite als Pflichtverteidiger.«

Er begleitete Fran zur Tür. »Miss Simmons, wenn Sie eine Freundin von Molly Lasch sind, sollten Sie noch etwas wissen. Als die Polizei heute Bobby befragte, hatte ich den Eindruck, daß es ihnen nur auf eine Bestätigung von Gladys Fluegels Aussage ankam. Und diese Frau will sich eindeutig wichtig machen. Es würde mich nicht wundern, wenn sie sich plötzlich an alles Mögliche erinnert. Ich kenne diese Sorte. Sie wird der Polizei alles erzählen, was die hören wollen, und Sie können Gift drauf nehmen, daß sie Molly Lasch damit schaden wird.«

49

Molly war dem Haftrichter vorgeführt und erkennungsdienstlich behandelt worden. »Meine Mandantin plädiert auf nicht schuldig, Euer Ehren«, hörte sie Philip Matthews sagen. Der Staatsanwalt wandte ein, daß Fluchtgefahr bestand, und beantragte deshalb Hausarrest. Daraufhin setzte der Richter die Kaution auf eine Million Dollar fest und schickte Molly nach Hause.

Während Molly zitternd in einer Arrestzelle wartete, wurde die Kaution hinterlegt. Wie ein folgsames Kind gehorchte sie roboterhaft allen Anweisungen, bis sie endlich bei Philip im Auto saß.

Er mußte sie fast ins Haus tragen. Nachdem er sie ins Wohnzimmer gebracht hatte, bat er sie, sich aufs Sofa zu legen, schob ihr ein Kissen unter den Kopf, suchte eine Decke und wickelte sie darin ein.

»Sie zittern ja«, sagte er. »Wo ist der Kaminanzünder?«

»Auf dem Sims.« Erst als sie ihre eigene Stimme hörte, wurde ihr klar, daß sie seine Frage beantwortet hatte.

Kurz darauf flackerte im Kamin ein warmes, gemütliches Feuer.

»Ich bleibe bei Ihnen«, erklärte Philip. »Da ich meinen Aktenkoffer dabei habe, kann ich am Küchentisch arbeiten. Sie schlafen am besten ein wenig.«

Als Molly um sieben erschrocken die Augen aufschlug, saß Dr. Daniels neben ihr. »Wie fühlen Sie sich, Molly?« erkundigte er sich.

»Annamarie«, sagte sie und atmete schwer. »Ich habe von Annamarie geträumt.«

»Möchten Sie darüber sprechen?«

»Annamarie wußte, daß ihr etwas Schreckliches zustoßen würde. Deswegen ist sie so schnell aus dem Restaurant gerannt. Sie wollte ihrem Schicksal entrinnen. Doch statt dessen ist sie ihm genau in die Arme gelaufen.«

»Glauben Sie, daß Annamarie ihren Tod vorausahnte, Molly?«

»Ja.«

»Und wie kommen Sie darauf?«

»Es war in meinem Traum, Herr Doktor. Sie kennen doch das Märchen von dem Mann, dem geweissagt wird, er werde noch in dieser Nacht in Damaskus dem Tod begegnen. Deshalb reist er sofort nach Samara, um sich zu verstecken. Doch dort trifft er auf der Straße einen Fremden, der sagt: ›Ich bin der Tod, ich dachte, wir wären in Damaskus verabredet gewesen.‹« Sie griff nach Dr. Daniels Hand. »Es kam mir so wirklich vor.«

»Meinen Sie, daß Annamarie keine Möglichkeit hatte, sich zu retten?«

»Überhaupt keine. Für mich gibt es auch keinen Ausweg mehr.«

»Erklären Sie mir das, Molly.«

»Ich weiß es nicht genau«, flüsterte sie. »Als ich heute in der Zelle saß und die Tür verschlossen wurde, hörte ich, wie jemand eine andere Tür immer wieder auf- und zumachte. Ist das nicht seltsam?«

»War es eine Gefängnistür?«

»Nein. Aber ich habe keine Ahnung, was für eine Tür sonst. Das Geräusch erinnerte mich an die Nacht, in der Gary gestorben ist.« Sie seufzte, schob die Decke weg und setzte sich auf. »Oh, Gott, warum kann ich mich nicht erinnern? Dann hätte ich vielleicht noch eine Chance.«

»Molly, daß Ihnen bestimmte Ereignisse und Geräusche wieder ins Gedächtnis kommen, ist ein gutes Zeichen.«

»Wirklich?« fragte sie zweifelnd.

Dr. Daniels musterte Molly mit prüfendem Blick. Er merkte ihr den Druck an, unter dem sie stand. Sie wirkte apathisch, niedergeschlagen, in sich zurückgezogen und überzeugt, daß ihr Schicksal besiegelt war. Offenbar war sie völlig erschöpft.

»Molly, ich würde Sie in nächster Zeit gerne täglich sehen. Einverstanden?«

Er hatte mit Widerspruch gerechnet, aber sie nickte nur gleichgültig.

»Ich verabschiede mich noch von Philip«, sagte er.

»Er sollte auch nach Hause gehen«, entgegnete Molly. »Ich bin Ihnen beiden so dankbar. In den letzten Tagen kümmern sich nicht mehr viele Menschen um mich. Meine Eltern zum Beispiel lassen mich ziemlich im Stich.«

Als es an der Tür läutete, bemerkte Dr. Daniels die Todesangst in Mollys Augen. Bitte nicht die Polizei, dachte er erschrocken.

»Ich mache auf«, rief Philip.

Dr. Daniels sah, wie Molly erleichtert aufatmete, als das Klappern von Absätzen und eine Frauenstimme zu hören waren. Jenna Whitehall kam, gefolgt von ihrem Mann und Philip, ins Wohnzimmer.

Erfreut beobachtete Dr. Daniels, wie Jenna Molly kurz umarmte und sagte: »Ihr Butler-Mietservice ist da, gnädige Frau. Anstelle Ihrer Haushälterin wird der allmächtige Calvin Whitehall persönlich mit freundlicher Unterstützung von Rechtsanwalt Philip Matthews das Servieren und Putzen übernehmen.«

»Dann gehe ich jetzt«, verkündete Dr. Daniels mit einem Lächeln. Da Mollys Freunde nun gekommen waren, um ihr beizustehen, konnte er endlich nach Hause fahren. Allerdings war ihm Calvin Whitehall, den er flüchtig kannte, von Herzen unsympathisch. Er hielt ihn für einen rücksichtslosen Menschen, der über Leichen ging, um seine Ziele durchzusetzen. Sicher hatte er nicht die geringsten Skrupel, andere Menschen zu benutzen und sie dann fallenzulassen wie heiße Kartoffeln.

Deshalb war er nicht eben freudig überrascht, als Whitehall ihn zur Tür begleitete.

»Herr Doktor«, sagte Whitehall leise, als befürchtete er, belauscht zu werden. »Ich bin so froh, daß Sie sich um Molly kümmern. Sie bedeutet uns sehr viel. Glauben Sie, es besteht die Möglichkeit, sie für unzurechnungsfähig erklären zu lassen, damit sie nicht vor Gericht muß? Oder könnte man vielleicht einen Freispruch wegen geistiger Verwirrung erreichen?«

»Ich schließe aus Ihren Fragen, daß Sie Molly für schuldig halten«, entgegnete Dr. Daniels kühl.

Der indirekt formulierte Tadel schien Whitehall zu erstaunen.

»Eigentlich wollte ich damit sagen, wie sehr meine Frau und ich Molly schätzen«, erwiderte er gekränkt. »Eine lange Haftstrafe käme für sie einem Todesurteil gleich.«

Gott sei denen gnädig, die es mit dir zu tun bekommen, dachte Daniels, dem Whitehalls entrüstet gerötete Wangen und das eiskalte Funkeln in seinen Augen nicht entgangen waren. »Ich freue mich über Ihre Besorgtheit, Mr. Whitehall. Ich werde Molly täglich besuchen. Uns bleibt nichts anderes übrig, als jeden Tag so zu nehmen, wie er kommt.« Er nickte und wandte sich zur Tür.

Jenna Whitehall mag Mollys beste Freundin sein, überlegte Dr. Daniels auf der Heimfahrt. Allerdings ist sie mit einem Mann verheiratet, der keinen Widerspruch duldet und sich von niemandem aufhalten läßt. Das erneute Interesse an dem Skandal um Gary Laschs Ermordung kam dem Direktoriumsvorsitzenden des Remington-Gesundheitsdienstes sicher ziemlich ungelegen.

Ist Whitehall als Ehemann von Mollys bester Freundin hier, oder weil er den Schaden nach Möglichkeit begrenzen will? fragte sich Daniels.

Jenna hatte Spargelauflauf, Lammrücken, neue Kartoffeln, Brokkoli und Gebäck mitgebracht – alles war servierfertig vorbereitet. Rasch deckte sie den Tisch, während Cal eine Flasche Wein entkorkte. Wie er Molly wissen ließ, handelte es sich um einen Château Lafite, ›das Beste, was mein Keller zu bieten hat‹.

Molly fing Philips amüsierten Blick auf. Auch Jenna verzog angesichts von Cals prahlerischem Ton das Gesicht.

Sie meinen es gut, dachte Molly erschöpft. Aber mir wäre es lieber, sie wären nicht gekommen. Sie geben sich solche Mühe, so zu tun, als ob heute ein ganz normaler Abend in Greenwich wäre, eine spontane Einladung zu einem improvisierten Abendessen in der Küche. Sie erinnerte sich an die Zeit, als sie ihre Ehe mit Gary noch für glücklich gehalten hatte. Damals waren Jenna und Cal häufig unangemeldet hereingeschneit und meistens zum Abendessen geblieben.

Hausfrauenidylle – so sah mein Leben aus. Ich habe gern gekocht, und es machte mir nichts aus, in letzter Minute ein Menü zusammenzustellen. Wie gerne habe ich mich damit gebrüstet, daß ich keine Köchin oder ständige Haushaltshilfe nötig hatte. Und Gary schien so stolz auf mich zu sein: »Sie ist nicht nur sehr hübsch und intelligent, sie kann sogar kochen. Womit habe ich eine solche Frau verdient?« fragte er immer und strahlte mich an, wenn wir Gäste hatten.

Doch das war alles nur Theater gewesen.

Molly massierte sich mit den Fingerspitzen die Schläfen, um ihre Kopfschmerzen zu vertreiben.

»Möchten Sie lieber Ihre Ruhe haben, Molly?« erkundigte sich Philip leise. Sie saßen sich am Tisch gegenüber auf den Plätzen, die Jenna ihnen angewiesen hatte.

»Als Mann und auch als Arzt war er den Preis nicht wert, den Sie für den Mord an ihm bezahlt haben, Mrs. Lasch.«

Als Molly aufblickte, bemerkte sie, daß Philip sie anstarrte.

»Was meinen Sie damit, Molly?« fragte er.

Molly sah sich verwirrt um und stellte fest, daß Jenna und Cal sie ebenfalls erstaunt musterten. »Tut mir leid«, stammelte sie. »Offenbar fange ich schon an, laut zu denken. Mir ist nur gerade etwas eingefallen, das Annamarie Scalli am Sonntag abend im Restaurant zu mir gesagt hat. Mir erschien es merkwürdig, wie sicher sie war, daß ich Gary umgebracht habe. Ich hingegen hatte die Hoffnung, sie würde mir gestehen, sie sei wütend genug auf ihn gewesen, um ihn zu töten.«

»Molly, grüble nicht mehr darüber nach. Trink einen Schluck Wein und entspanne dich«, drängte Jenna.

»Hör mir zu, Jenna«, widersetzte sich Molly aufgeregt. »Annamarie sagte, Gary sei als Arzt den Preis nicht wert gewesen, den ich für den Mord an ihm bezahlt hätte. Warum hat sie diese Bemerkung gemacht? Er war doch ein sehr guter Arzt, oder etwa nicht?«

Schweigen herrschte, während Jenna sich weiter am Eßtisch zu schaffen machte. Cal sah Molly wortlos an. »Begreift ihr, worauf ich hinauswill«, fuhr Molly in fast flehendem Ton fort. »Vielleicht ist Gary ein beruflicher Fehler unterlaufen, von dem wir nichts wissen.«

»Das müßte man überprüfen«, meinte Philip ruhig. »Warum sprechen wir nicht mit Fran darüber?« Er warf einen Blick auf Cal und Jenna. »Anfangs war ich dagegen, daß Molly mit Fran Simmons zusammenarbeitet«, erklärte er. »Doch inzwischen kenne ich sie gut genug, um ihr zu glauben, daß sie auf Mollys Seite steht.«

Er wandte sich an Molly. »Übrigens hat sie angerufen, während Sie geschlafen haben. Sie hat sich mit dem Jungen unterhalten, der am Sonntag abend im Restaurant am Tresen gearbeitet hat. Er sagt, er hätte Sie kein zweites Mal nach Annamarie rufen hören, obwohl die Kellnerin das behauptet. Es ist zwar nur eine Kleinigkeit, aber sie könnte uns nützen, um die Frau als unglaubwürdig hinzustellen.«

»Sehr gut. Ich konnte mich nicht mehr daran erinnern«, erwiderte Molly. »Manchmal weiß ich nicht mehr, was Wirklichkeit und was Einbildung ist. Ich habe Dr. Daniels vorhin erzählt, daß ich ständig an etwas denken muß, das in Garys Todesnacht geschehen ist. Es hat mit einer Tür zu tun. Er hält es für ein gutes Zeichen, daß mir wieder Einzelheiten einfallen. Vielleicht gibt es für die beiden Todesfälle eine andere Erklärung. Das hoffe ich wenigstens, denn ich weiß, daß ich eine zweite Haftstrafe nicht überstehen würde.« Sie hielt inne und flüsterte dann, mehr zu sich selbst: »Das werde ich nicht zulassen.«

»Hey, wollt ihr, daß dieses wunderbare Essen kalt wird?« brach Jenna in gezwungen fröhlichem Ton das betretene Schweigen und setzte sich an den Tisch.

Eine Stunde später saßen Jenna und Cal im Auto und ließen sich von Lou Knox nach Hause fahren. »Cal, glaubst du, Fran Simmons findet etwas heraus, das Molly helfen könnte?« fragte Jenna nach einer Weile. »Schließlich ist sie Reporterin und vielleicht sogar eine gute.«

»Dazu müßte sie zuerst etwas haben, das sich zu recherchieren lohnt«, entgegnete Cal Whitehall barsch. »Und das hat sie nicht. Je länger Fran Simmons in dieser Angelegenheit herumstochert, desto mehr wächst die Chance, daß sie auf die offensichtliche Antwort stößt.«

»Was könnte Annamarie Scalli gemeint haben, als sie sagte, Gary sei ein schlechter Arzt gewesen?«

»Ich vermute, daß Mollys kleine Erinnerungsblitze nichts mit der Wirklichkeit zu tun haben, meine Liebe. Also nimm sie nicht weiter ernst, denn die Geschworenen werden das auch nicht tun. Du hast sie ja gehört. Sie droht mit Selbstmord.«

»Ich halte es für einen Fehler, ihr falsche Hoffnungen zu machen. Warum muß Fran Simmons sich da unbedingt einmischen?«

»Ja, diese Fran Simmons ist eine richtige Landplage«, stimmte Cal zu.

Er brauchte nicht in den Rückspiegel zu sehen, um zu wissen, daß Lou Knox ihn beobachtete. Mit einem kaum merklichen Nicken beantwortete er Lous unausgesprochene Frage.

50

Habe ich bei meinem Besuch letzte Woche eine Veränderung an Tasha bemerkt? überlegte Barbara Colbert, als sie auf der Fahrt nach Greenwich hinaus in die Dunkelheit blickte. Nervös spielte sie mit ihren Fingern.

Als Dr. Black anrief, hatte sie gerade in die Metropolitan Opera gehen wollen, denn sie besaß ein Abonnement für die Dienstagabendvorstellung.

»Mrs. Colbert«, hatte der Arzt ernst erklärt. »Ich fürchte, Tashas Zustand hat sich verschlechtert. Ihre Organe scheinen zu versagen.«

Bitte laß mich rechtzeitig dasein, flehte Barbara. Ich möchte ihr beistehen, wenn sie stirbt. Man beteuert mir zwar immer, daß sie nichts mehr wahrnimmt, aber ich habe das nie geglaubt. Wenn der Tag gekommen ist, soll sie wissen, daß ich für sie da bin. Und ich möchte sie bei ihrem letzten Atemzug in den Armen halten.

Mit einem Stöhnen sank sie in den Sitz. Der Gedanke allein, ihr Kind zu verlieren, traf sie mitten ins Herz. »Tasha… Tasha«, dachte sie. »Wie konnte das nur geschehen?«

Als Barbara Colbert ins Krankenzimmer trat, saß Peter Black neben Tashas Bett. Seine Miene wirkte den Umständen entsprechend besorgt. »Wir können nur abwarten«, meinte er mit tröstender Stimme.

Barbara achtete nicht auf ihn. Eine Krankenschwester rückte ihr einen Stuhl zurecht, so daß sie sich setzen und den Arm um Tashas Schultern legen konnte. Sie betrachtete das hübsche Gesicht ihrer Tochter, das so friedlich wirkte, als würde sie nur schlafen und als könnte sie schon im nächsten Moment die Augen aufschlagen und ihre Mutter begrüßen.

Die ganze Nacht blieb Barbara bei ihrer Tochter, ohne die Krankenschwestern oder Peter Black zu bemerken, der Tasha eine Infusion legte.

Um sechs berührte Black Barbara am Arm. »Mrs. Colbert, Tashas Zustand hat sich inzwischen einigermaßen stabilisiert. Warum gehen Sie nicht einen Kaffee trinken und überlassen sie eine Weile den Schwestern?«

Sie blickte auf. »Ja. Ich muß mit meinem Chauffeur sprechen. Sind Sie sicher…«

Er wußte, was sie meinte, und nickte. »Hundertprozentige Gewißheit gibt es nie, aber ich glaube, Tasha wird uns noch nicht so schnell verlassen.«

Mrs. Colbert ging in den Empfangsbereich, wo sie Dan wie erwartet schlafend in einem Clubsessel vorfand. Als sie ihm auf die Schulter tippte, wachte er sofort auf.

Dan war schon vor Tashas Geburt für die Familie tätig gewesen und stand seiner Arbeitgeberin sehr nah. Barbara beantwortete seine unausgesprochene Frage. »Noch nicht. Sie sagen, es ginge ihr ein wenig besser. Aber es kann jederzeit passieren.«

Sie hatten abgesprochen, was in dieser Situation zu tun war. »Ich rufe die Jungen an, Mrs. Colbert.«

Obwohl sie fünfzig und achtundvierzig Jahre alt sind, bezeichnet er sie immer noch als Jungen, dachte Barbara. Es tröstete sie, daß Dan offenbar ihre Trauer teilte. »Einer von ihnen soll meine Reisetasche aus meiner Wohnung mitbringen. Bitten Sie Netty, mir ein paar Sachen zusammenzupacken.«

Barbara zwang sich, in die kleine Cafeteria zu gehen. Sie spürte die durchwachte Nacht zwar noch nicht, ihr war aber klar, daß die Müdigkeit nicht lange auf sich warten lassen würde.

Offenbar wußte die Kellnerin, wie es um Tasha stand. »Wir beten alle für sie«, sagte sie und »Es war eine traurige Woche. Erst am Sonntag morgen ist Mr. Magim gestorben.«

»Ach, das tut mir leid.«

»Auch wenn man damit rechnen mußte, haben wir alle gehofft, daß er seinen achtzigsten Geburtstag noch erlebt. Das einzig Gute war, daß er vor seinem Tod noch einmal die Augen aufgeschlagen hat. Mrs. Magim schwört, er hätte sie angesehen.«

Wenn Natasha sich nur von mir verabschieden könnte, dachte Barbara. Wir waren zwar eine glückliche Familie, neigten aber nicht zu großen Gefühlsbekundungen. Heute bedauere ich das. So viele Eltern beteuern ihren Kindern ständig, wie sehr sie sie lieben, doch ich fand das immer übertrieben und albern. Inzwischen wünschte ich, ich hätte es Tasha öfter gesagt.

Als Barbara ins Krankenzimmer zurückkehrte, war Tashas Zustand unverändert. Dr. Black stand am Fenster, wandte ihr den Rücken zu und telefonierte. Bevor Barbara sich bemerkbar machen konnte, hörte sie ihn sagen:

»Ich billige es zwar nicht, aber wenn Sie darauf bestehen, bleibt mir wohl nichts anderes übrig.« Sein Tonfall war ärgerlich – oder war es Angst?

Ich frage mich, von wem er Befehle bekommt? überlegte sie.

51

Am Mittwoch vormittag war Fran in Greenwich mit Dr. Roy Kirkwood, dem Hausarzt von Josephine Gallo, verabredet. Zu ihrem Erstaunen war das Wartezimmer leer, was bei Ärzten heutzutage selten vorkam.

Die Sprechstundenhilfe öffnete das Schiebefenster, das ihren Schreibtisch vom Wartezimmer trennte. »Miss Simmons«, sagte sie, ohne Fran nach ihrem Namen zu fragen. »Der Herr Doktor erwartet Sie.«

Roy Kirkwood war schätzungsweise Anfang Sechzig. Mit seinem schütteren, grauen Haar, den grauen Brauen, der Brille mit Metallgestell, der zerfurchten Stirn und den freundlich dreinblickenden klugen Augen wirkte er auf Fran wie ein Arzt aus dem Bilderbuch. Wenn ich krank wäre, hätte ich Vertrauen zu ihm, dachte sie.

Doch als sie auf dem höflich angebotenen Stuhl vor dem Schreibtisch Platz nahm, fiel ihr wieder ein, daß sie hier war, weil vor kurzem eine seiner Patientinnen gestorben war.

»Es ist nett von Ihnen, daß Sie Zeit für mich hatten, Herr Doktor«, begann sie.

»Es ist keine Frage der Nettigkeit, sondern der Notwendigkeit, daß ich mit Ihnen spreche, Miss Simmons«, entgegnete er. »Wie Sie sicher bemerkt haben, ist mein Wartezimmer leer. Es kommen nur noch langjährige Patienten, die ich noch so lange behandeln werde, bis ich sie an andere Kollegen überweisen kann. Ansonsten bin ich inzwischen im Ruhestand.«

»Hat das etwas mit Billy Gallos Mutter zu tun?«

»Ja selbstverständlich, Miss Simmons. Natürlich hätte Mrs. Gallo auch unter anderen Umständen einen tödlichen Herzinfarkt erleiden können. Doch mit einem vierfachen Bypass hätte sie gute Überlebenschancen gehabt. Ihr Kardiogramm bewegte sich im Rahmen des Normalen, doch es gibt noch weitere Hinweise darauf, daß ein Patient in Lebensgefahr schwebt. Ich vermutete verstopfte Arterien und wollte das gründlich untersuchen lassen. Aber mein Antrag wurde abgelehnt.«

»Von wem?«

»Von der Verwaltung des Remington-Gesundheitsdienstes.«

»Haben Sie widersprochen?«

»Miss Simmons, ich habe so lange widersprochen, bis es zu spät war. Genauso bin ich auch in anderen Fällen vorgegangen, in denen meine Überweisung an einen Spezialisten nicht genehmigt wurde.«

»Dann hat Billy Gallo also recht. Seine Mutter hätte noch nicht sterben müssen. Wollen Sie das damit sagen?«

Roy Kirkwood wirkte traurig und bedrückt. »Miss Simmons, nachdem Mrs. Gallo einen Verschluß der Koronararterie erlitten hatte, verlangte ich von Peter Black, die nötige Bypassoperation endlich zu gestatten.«

»Und was meinte Dr. Black dazu?«

»Er druckste zuerst herum, erklärte sich aber schließlich einverstanden. Doch dann starb Mrs. Gallo. Wenn die Operation früher durchgeführt worden wäre, hätten wir sie retten können. Aber für den Gesundheitsdienst war sie nur eine Nummer. Durch ihren Tod steigen die Gewinne für Remington, weshalb man sich fragen muß, ob das Wohl der Patienten diesen Leuten wirklich etwas bedeutet.«

»Sie haben Ihr Bestes getan, Herr Doktor«, sagte Fran leise.

»Mein Bestes? Ich stehe am Ende meiner beruflichen Laufbahn und kann mich gemütlich zur Ruhe setzen. Aber gnade Gott den jungen Kollegen. Die meisten fangen hochverschuldet an, weil sie ihre Ausbildungsdarlehen zurückzahlen müssen. Ob Sie es glauben oder nicht – es handelt sich im Durchschnitt um einen Betrag von hunderttausend Dollar. Zusätzlich müssen sie noch eine Praxis einrichten. Und heutzutage bleibt ihnen nichts anderes übrig, als entweder direkt bei einem Gesundheitsdienst zu arbeiten oder fast ausschließlich Patienten zu behandeln, die bei einer dieser Organisationen Mitglied sind.

Inzwischen schreibt man einem Arzt vor, wie viele Patienten er pro Tag sehen muß. Manche Gesundheitsdienste gehen sogar so weit, dem Arzt nur fünfzehn Minuten pro Patient zu gestatten und von ihm darüber Rechenschaft zu verlangen. Es ist nicht ungewöhnlich, daß ein Arzt wöchentlich fünfundfünfzig Stunden arbeitet und dabei weniger verdient als in der Zeit, bevor die Gesundheitsdienste das Gesundheitswesen an sich gerissen haben.«

»Wissen Sie eine bessere Lösung?« fragte Fran.

»Nicht profitorientierte Gesundheitsdienste, die von Ärzten geleitet werden. Außerdem sollten Ärzte ihre eigenen Gewerkschaften gründen. Es gibt gewaltige Fortschritte in der Medizin, neue Medikamente und Behandlungsmethoden, die es uns ermöglichen, das Leben zu verlängern und die Lebensqualität zu verbessern. Doch was nutzt das alles, wenn diese neuen Therapien den Patienten willkürlich vorenthalten werden, wie zum Beispiel in Mrs. Gallos Fall.«

»Wie zuverlässig ist Remington verglichen mit anderen Gesundheitsdiensten, Herr Doktor? Schließlich wurde das Unternehmen von zwei Ärzten gegründet.«

»Von zwei Ärzten, die den guten Ruf eines ausgezeichneten Arztes, Dr. Jonathan Lasch, geerbt haben. Gary Lasch konnte seinem Vater nicht das Wasser reichen, weder als Mensch noch als Mediziner. Remington ist genauso auf Sparkurs wie alle anderen. Beispielsweise wird in der

Lasch-Klinik ständig rationalisiert und Personal abgebaut, um die Kosten noch mehr zu drücken. Ich wünschte, Remington und die anderen Gesundheitsdienste, die aufgekauft werden sollen, würden von der Versicherung übernommen, die unter Leitung des ehemaligen Gesundheitsministers steht. So einen Mann braucht das Gesundheitswesen.«

Roy Kirkwood stand auf. »Tut mir leid, wenn ich Ihnen die Ohren vollgejammert habe, Miss Simmons. Aber ich habe allen Grund dazu. Ich denke, Sie würden der Menschheit einen großen Dienst erweisen, wenn Sie die Öffentlichkeit durch Ihre Sendung auf diese skrupellosen und besorgniserregenden Praktiken aufmerksam machen würden. Die meisten Menschen ahnen nicht, daß die Wahnsinnigen inzwischen die Anstalt übernommen haben.«

Auch Fran erhob sich. »Kannten Sie Dr. Morrow, Dr. Kirkwood?«

Der Anflug eines Lächelns spielte um Kirkwoods Lippen. »Einer der besten seines Faches, intelligent, ein hervorragender Diagnostiker und ehrlich um seine Patienten bemüht. Sein Tod war eine Tragödie.«

»Seltsam, daß der Mord an ihm nie aufgeklärt wurde.«

»Sie wissen ja, was ich vom Remington-Gesundheitsdienst halte, doch Sie hätten erst mal Jack Morrow hören sollen. Wie ich zugeben muß, ist er manchmal mit seinen Beschwerden ein wenig zu weit gegangen.«

»Zu weit?« hakte Fran nach.

»Jack konnte ganz schön wütend werden. Soweit ich weiß, hat er Peter Black und Gary Lasch einmal als Mörderbande bezeichnet. Das halte ich für übertrieben, obwohl ich gestehen muß, daß meine Gefühle für Black und Remington in etwa dieselben waren, als Mrs. Gallo starb. Aber ich habe es nicht laut ausgesprochen.«

»Wer war dabei, als Dr. Morrow diese Bemerkung machte, Dr. Kirkwood?«

»Mrs. Russo, meine Sprechstundenhilfe, die früher bei Jack gearbeitet hat. Ich weiß nicht, ob es sonst noch jemand gehört hat.«

»Ist das die Dame am Empfang?«

»Ja.«

»Dann bedanke ich mich dafür, daß Sie mir Ihre Zeit geopfert haben, Herr Doktor.«

Fran ging hinaus zum Empfangstisch. »Wie ich höre, waren Sie früher bei Dr. Morrow angestellt, Mrs. Russo«, sprach sie die zierliche, grauhaarige Frau an. »Er war so nett zu mir, als mein Vater starb.«

»Er war zu allen Menschen nett.«

»Mrs. Russo, mein Name war Ihnen offenbar ein Begriff, als ich vorhin hereinkam. Sie wissen, daß ich für die Sendung *Wahre Verbrechen* den Mord an Dr. Gary Lasch untersuche?«

»Ja.«

»Dr. Kirkwood hat mir eben erzählt, Sie wären dabeigewesen, als Dr. Morrow Dr. Lasch und Dr. Black als Mörderbande bezeichnete. Das ist ein ziemlich heftiger Vorwurf.«

»Er kam gerade aus der Klinik zurück und war schrecklich aufgebracht. Bestimmt hatte er sich wieder wie üblich wegen eines Patienten gestritten, dessen Behandlung abgelehnt worden war. Und ein paar Tage später wurde der Arme dann erschossen.«

»Wenn ich mich recht entsinne, ging die Polizei davon aus, ein Drogensüchtiger sei eingebrochen und habe ihn spätabends in der Praxis überrascht.«

»Genau. Sämtliche Schreibtischschubladen waren ausgeleert, und der Medikamentenschrank wurde geplündert. Mir ist klar, daß Drogensüchtige verzweifelte Menschen sind. Aber warum mußte er ihn gleich erschießen? Hätte es denn nicht genügt, ihn zu fesseln und auszurauben?« Die Frau hatte Tränen in den Augen.

Vielleicht hatte der Täter Angst, daß Morrow ihn später wiedererkennen könnte, dachte Fran. Das ist normalerweise der Grund, warum Einbrecher zu Mördern werden. Sie wollte sich schon verabschieden, als ihr eine letzte Frage einfiel.

»Mrs. Russo, war noch jemand dabei, als Dr. Morrow die Herren Lasch und Black eine Mörderbande nannte?«

»Zum Glück nur zwei Leute, Miss Simmons: Wally Barry, ein langjähriger Patient von Dr. Morrow und seine Mutter Edna.«

52

Lou Knox bewohnte ein Apartment über der Garage, die neben der Villa der Whitehalls stand. Er war mit der Drei-Zimmer-Wohnung zufrieden. Da er gerne schnitzt, hatte Calvin Whitehall ihm erlaubt, einen der Lagerräume in der gewaltigen Garage als Werkstatt zu benützen. Außerdem hatte er Knox gestattet, die Wohnung nach seinem Geschmack einzurichten.

Nun waren Wohnzimmer und Schlafzimmer mit hellem Eichenholz getäfelt. An den Wänden befanden sich Regale, in denen allerdings keine Bücher standen, denn Lou Knox war keine große Leseratte. Statt dessen hatte er darin seinen Fernseher, seine hochmoderne Stereoanlage und seine Videos und CDs untergebracht.

Außerdem konnte er dahinter ausgezeichnet die immer größer werdende Sammlung von Beweisen für Calvin Whitehalls kriminelle Machenschaften verstecken.

Allerdings war er ziemlich sicher, daß er sein Wissen nie gegen seinen Arbeitgeber verwenden würde. Schließlich bestand zwischen ihm und Cal Whitehall schon seit langem eine unausgesprochene Aufgabenteilung. Lou wußte, daß er sich mit diesen Beweisen nur selbst belasten würde. Und deshalb betrachtete er sie als einen Trumpf im Ärmel, den er nur ausspielen würde, wenn alle übrigen Möglichkeiten ausgereizt waren. Alles andere hätte bedeutet, den Ast abzusägen, auf dem er saß – eine Redewendung seiner Großmutter, wenn er wieder einmal über seine Stelle als Botenjunge bei einem Metzger geklagt hatte.

»Bezahlt er dich pünktlich?« hatte seine Großmutter, bei der er aufgewachsen war, gefragt.

»Ja, aber er fordert die Kunden auf, das Trinkgeld auf die Rechnung zu setzen und zieht es mir dann vom Stundenlohn ab.«

Noch nach all den Jahren erfüllte es Lou mit Genugtuung, wenn er daran dachte, wie er es dem Metzger heimgezahlt hatte. Auf dem Weg zu den Kunden öffnete er die Päckchen und nahm einen Teil des Inhalts heraus – ein Stück Huhn, eine Scheibe Filet Mignon oder genug Rinderhack für einen guten Hamburger.

Seine Großmutter, die von vier Uhr nachmittags bis Mitternacht in einem fünfzehn Kilometer entfernten Hotel als Telefonistin arbeitete, hinterließ ihm für gewöhnlich eine Dose Spaghetti mit Fleischbällchen oder eine andere Fertigmahlzeit, auf die er keinen Appetit hatte. Also zweigte er täglich einen Teil der Waren ab und tat sich an Rindfleisch und Huhn gütlich, wenn er von seinem Job nach Hause kam. Danach warf er die Fertigmahlzeiten seiner Großmutter weg, und niemand kam ihm je auf die Schliche.

Der einzige, der davon wußte, war Cal. In ihrem letzten Schuljahr hatte Cal ihn überraschend besucht, als er sich gerade ein Steak aus dem Fleischpäckchen eines Stammkunden briet.

»Du bist ein Idiot«, sagte Cal. »Steak darf man nicht so lange in der Pfanne lassen.«

An jenem Abend wurde aus den beiden jungen Männern ein aufeinander eingeschworenes Zwiegespann: Cal, Sohn der beiden schlimmsten Säufer der Stadt, und Lou, der Enkel von Bebe Clauss, deren einzige Tochter mit

Lenny Knox durchgebrannt war. Zwei Jahre später war sie in die Stadt zurückgekehrt, hatte das lästige kleine Kind ihrer Mutter überlassen und sich dann wieder aus dem Staub gemacht.

Trotz seiner Familienverhältnisse war Cal intelligent und ehrgeizig genug gewesen, um aufs College zu gehen. Lou hingegen hielt es an keinem Arbeitsplatz lange aus. Wegen Ladendiebstahls saß er dreißig Tage im Stadtgefängnis ab und verbüßte dann wegen schwerer Körperverletzung drei Jahre in einer staatlichen Haftanstalt. Vor fast sechzehn Jahren erhielt er schließlich einen Anruf von Cal, der inzwischen Mr. Calvin Whitehall aus Greenwich, Connecticut, war.

Jetzt muß ich meinem alten Kumpel die Füße küssen, war Lous erster Gedanke gewesen. Bei seinem Besuch in Greenwich hatte Cal ihm unmißverständlich klargemacht, daß es ihm nicht um Freundschaft ging, sondern daß er ein zuverlässiges Mädchen für alles brauchte.

Noch am selben Tag war Lou in das Haus eingezogen, das Cal damals in Greenwich gekauft hatte. Es war zwar um einiges kleiner als das Anwesen, das er heute besaß, befand sich aber eindeutig in der richtigen Gegend.

Daß Cal begann, Jenna Graham den Hof zu machen, hatte Lou endgültig die Augen geöffnet. Eine traumhafte Schönheit aus guter Familie ließ sich mit einem Mann ein, der aussah wie ein ehemaliger Preisboxer? Was um alles in der Welt fand sie nur an ihm?

Doch es dauerte nicht lange, bis Lou auf die Antwort stieß: Macht. Nackte, brutale Macht. Jenna war fasziniert davon, daß Cal sie besaß und auch einzusetzen verstand. Obwohl er nicht in ihren Kreisen verkehrte und aus einer anderen Welt stammte, wußte er sich zu benehmen und gewöhnte sich rasch ein. Auch wenn man in den alteingesessenen Familien nicht viel von Cal Whitehall hielt, wagte niemand, sich ihm in den Weg zu stellen.

Cals Eltern wurden niemals nach Greenwich eingeladen. Als sie kurz nacheinander starben, war es Lous Aufgabe, die Formalitäten zu erledigen und sie so schnell wie möglich beerdigen zu lassen. Cal neigte nicht zu Sentimentalitäten.

Im Lauf der Jahre wurde Lou für Cal zunehmend wichtiger, und das wußte er auch. Dennoch zweifelte er keinen Augenblick daran, daß Calvin Whitehall ihn ohne zu zögern den Löwen zum Fraß vorwerfen würde, wenn er ihn nicht mehr brauchte. Und deshalb erinnerte er sich mit einem finsteren Lächeln daran, wie alle Aufträge, die er für Cal erledigte, so geplant gewesen waren, daß dieser seine weiße Weste behielt. Also war es nicht schwer zu erraten, wer im Notfall als Sündenbock würde herhalten müssen.

Nun, da hat Cal die Rechnung ohne den Wirt gemacht, dachte Lou mit einem verschlagenen Grinsen.

Jetzt mußte er herausfinden, ob Fran Simmons nur lästig war, oder ob sie sich als gefährlich erweisen konnte. Das würde interessant werden. Ob sie wohl war wie ihr Vater?

Immer noch grinsend, dachte Lou an Frans Vater, einen vertrottelten Emporkömmling, den seine Mutter wohl nie vor Leuten wie Cal Whitehall gewarnt hatte. Er hatte seine Lektion gelernt – allerdings ein wenig zu spät.

53

Tagsüber fuhr Dr. Peter Black nur selten nach West Redding. Auch wenn wenig Verkehr herrschte, dauerte die Fahrt etwa vierzig Minuten. Doch was noch wichtiger war, er befürchtete aufzufallen, wenn er sich zu häufig in dieser Gegend blicken ließ. Sein Ziel war ein abgelegenes Farmhaus, in dessen oberem Stockwerk sich ein modern ausgestattetes Labor befand.

Laut Grundbucheintragung handelte es sich bei dem Gebäude um das Privathaus von Dr. Adrian Logue, Augenarzt im Ruhestand. Doch tatsächlich gehörten Anwesen und Labor dem Remington-Gesundheitsdienst. Die nötigen Ausrüstungsgegenstände wurden im Kofferraum von Peter Blacks Wagen dorthin geschafft.

Als Black das Farmhaus erreichte, waren seine Handflächen schweißnaß. Ihm graute vor dem unvermeidlichen Streit, der vor ihm lag, vor allem weil er wußte, daß er ihn nicht gewinnen konnte.

Eine halbe Stunde später kam er wieder aus dem Haus. Er hatte ein Päckchen bei sich, dessen Gewicht ganz sicher kein Grund für seine Erschöpfung war. Nachdem er es im Kofferraum verstaut hatte, machte er sich auf den Nachhauseweg.

54

Edna Barry sah auf den ersten Blick, daß Molly gestern abend Besuch gehabt hatte. Die Küche war zwar sauber und die Spülmaschine durchgelaufen, doch die kleinen Veränderungen entgingen Edna nicht. Salz- und Pfefferstreuer standen auf der Anrichte, nicht auf dem Küchentresen, die Obstschale befand sich auf dem Schneidebrett anstatt auf dem Tisch, und außerdem hatte niemand die Kaffeemaschine neben dem Herd weggeräumt.

Die Aufgabe, die Küche wieder in ihren ursprünglichen Zustand zurückzuversetzen, hatte eine beruhigende Wirkung auf Edna. Ich mag meinen Job, dachte sie, als sie ihren Mantel in den Schrank neben der Tür hängte. Es wird mir schwerfallen, ihn wieder aufzugeben.

Aber das war nicht zu vermeiden. Kurz bevor Molly aus dem Gefängnis entlassen worden war, hatte sie ihre Eltern gebeten, Edna wieder einzustellen. Edna hatte das Haus saubergemacht und einen Lebensmittelvorrat angelegt. Allerdings verhielt sich Wally zunehmend seltsam, seit sie wieder regelmäßig zu Molly putzen ging. Während ihres Gefängnisaufenthaltes hatte er sie kaum erwähnt, doch ihre Rückkehr hatte anscheinend etwas in ihm ausgelöst. Ständig redete er über sie und Dr. Lasch, und er wurde dabei jedesmal wütend.

Wenn ich nicht mehr dreimal pro Woche herkomme, beschäftigt es ihn vielleicht nicht mehr so sehr, überlegte Edna, während sie eine Schürze über ihr Polyesterensemble zog. Die Schürze trug sie freiwillig. Mollys Mutter hatte auf einer Hausmädchentracht bestanden, aber Molly fand das überflüssig.

Auch heute morgen wies nichts darauf hin, daß Molly sich Kaffee gemacht oder gar aufgestanden war. Ich gehe nach oben und sehe nach, beschloß Edna. Vielleicht hat sie verschlafen, denn schließlich hat sie soviel durchgemacht. Die arme Frau kann einem wirklich leid tun. Seit ich am Montag das letztemal hier war, ist sie wegen Mordes verhaftet und auf Kaution freigelassen worden. Es ist genauso wie vor sechs Jahren. Vielleicht ist es das beste für sie, wenn sie in einer Anstalt untergebracht wird.

Marta meint, ich sollte die Stelle hier aufgeben, weil Molly gefährlich ist, dachte Edna, während sie die Treppe hinaufstieg. Sie spürte die Arthritis in ihren Knien.

Du bist froh, daß Marta dieser Ansicht ist, flüsterte ihre innere Stimme. Soll die Polizei sich doch mit Molly befassen, solange sie nur nicht gegen Wally ermittelt.

Aber Molly war immer so gut zu dir, meldete sich ihr schlechtes Gewissen. Du könntest ihr helfen und tust es nicht. Du weißt genau, daß Wally in jener Nacht im Haus war. Vielleicht kann er ihr helfen, sich an alles zu erinnern.

Doch das darfst du nicht riskieren. Möglicherweise sagt er etwas, das ihm schadet.

Als Edna oben anlangte, kam Molly gerade aus der Dusche. Sie trug einen dicken Frotteebademantel und hatte sich ein Handtuch um den Kopf gewickelt, und sie erinnerte Edna an das kleine Mädchen, das sie einmal gewesen war. ›Guten Morgen, Mrs. Barry‹, hatte sie immer höflich und leise gesagt.

»Guten Morgen, Mrs. Barry.«

Edna fuhr zusammen, aber dann wurde ihr klar, daß es sich nicht um eine Stimme aus der Vergangenheit handelte. Molly war jetzt eine erwachsene Frau, die vor ihr stand und sie begrüßte.

»Ach, Molly, eine Moment lang glaubte ich, Sie wären wieder zehn. Offenbar drehe ich allmählich durch.«

»Sie doch nicht«, entgegnete Molly. »Wenn, dann höchstens ich. Tut mir leid, daß Sie nach mir suchen mußten. Ich bin nicht so faul, wie es den Anschein hat. Obwohl ich früh zu Bett gegangen bin, konnte ich erst kurz vor Morgengrauen einschlafen.«

»Das ist aber gar nicht gut, Molly. Können Sie sich nicht etwas zum Schlafen verschreiben lassen?«

»Ich habe vorgestern abend etwas genommen, und es hat mir sehr geholfen. Doch Dr. Daniels ist dagegen, daß ich zu viele Tabletten schlucke.«

»Ich habe noch ein paar Schlaftabletten, die der Arzt mir für Wally gegeben hat, falls er unruhig wird. Sie sind nicht sehr stark. Möchten Sie vielleicht welche davon?«

Molly setzte sich an den Frisiertisch und griff nach dem Fön. Dann drehte sie sich um und sah Edna Barry an. »Das wäre sehr nett von Ihnen, Mrs. Barry«, sagte sie langsam. »Haben Sie vielleicht eine Packung, die Sie entbehren können. Ich ersetze Ihnen das Geld.«

»Ach, eine ganze Packung ist viel zuviel. In der, die ich in meiner Hausapotheke habe, sind etwa vierzig Stück drin.«

»Geben Sie mir die Hälfte davon, einverstanden? Wahrscheinlich werde ich in den nächsten Wochen jeden Tag eine nehmen müssen.«

Edna hatte überlegt, ob sie sich anmerken lassen sollte, daß sie von Mollys erneuter Verhaftung wußte.

»Molly, das alles – es tut mir so leid für Sie. Bitte glauben Sie mir.«

»Natürlich glaube ich Ihnen. Danke, Mrs. Barry. Würden Sie mir wohl eine Tasse Kaffee bringen?« Sie nahm den Fön und schaltete ihn ein.

Nachdem Edna Barry gegangen war, stellte Molly den Fön wieder ab. Das feuchte Haar klebte ihr am Hals. Inzwischen war das warme Gefühl nach dem Duschen verflogen, so daß die Haarsträhnen naßkalt auf ihrer Haut lagen.

Du willst doch nicht allen Ernstes eine Überdosis Schlaftabletten schlucken? fragte sie sich. Sie betrachtete ihr Gesicht im Spiegel – es war, als blickte ihr eine Fremde entgegen. Ist es nicht eher, als befände ich mich an einem unbekannten Ort und suchte nach dem Ausgang, nur für den Fall, daß ich später schnell verschwinden muß? Sie beugte sich zum Spiegel vor und starrte hinein. Sie war absolut ratlos.

Eine Stunde später saß Molly im Arbeitszimmer und ging die Kartons durch, die sie vom Speicher heruntergeholt hatte. Die Staatsanwaltschaft hat diese Papiere zweimal gesichtet, dachte sie. Nach Garys Tod wurden sie beschlagnahmt, und gestern hat man sie noch einmal durchgearbeitet. Offenbar glaubt man nicht mehr, etwas Aufschlußreiches darin zu finden.

Wonach suche ich eigentlich? überlegte sie.

Nach einem Hinweis, der mir hilft zu verstehen, was Annamarie mit ihrer abfälligen Bemerkung über Garys Fähigkeiten als Arzt gemeint hat. Daß er ein untreuer Ehemann war, interessiert mich inzwischen nicht mehr.

In dem Karton lagen einige gerahmte Fotos. Molly griff nach einem und betrachtete es lange. Sie und Gary waren darauf zu sehen – beim Wohltätigkeitsball der Herz-Gesellschaft. Sie musterte es ohne Sentimentalität. Ihre Großmutter hatte immer gesagt, Gary erinnere sie an Tyrone Power, ein Kinoidol, für das sie vor sechzig Jahren geschwärmt hatte.

Offenbar habe ich ihn wegen seines guten Aussehens und seines Charmes nicht durchschaut, überlegte Molly. Annamarie war anscheinend klüger gewesen als sie. Doch was hatte sie herausgefunden? Und wie?

Um halb zwölf rief Fran an. »Molly, kann ich dich kurz besuchen? Ist Mrs. Barry da?«

»Ja.«

»Gut, dann sehen wir uns in zehn Minuten.«

Als Fran eintraf, umarmte sie Molly als erstes. »Vermutlich hattest du gestern einen reizenden Nachmittag.«

»Den schönsten meines Lebens.« Molly lächelte bemüht.

»Wo ist Mrs. Barry, Molly?«

»In der Küche. Sie läßt es sich nicht ausreden, mir ein Mittagessen zu kochen, obwohl ich keinen Hunger habe.«

»Komm mit. Ich muß mit ihr sprechen.«

Edna erschrak, als sie Fran Simmons Stimme hörte. Bitte, lieber Gott, hilf mir, flehte sie. Laß nicht zu, daß sie mich über Wally ausfragt. Er kann nichts dafür, daß er so ist.

Fran kam sofort zur Sache. »Mrs. Barry, Dr. Morrow war doch der Arzt Ihres Sohnes.«

»Ja, richtig. Er war auch in psychiatrischer Behandlung, aber Dr. Morrow war sein Hausarzt«, entgegnete Edna und versuchte, sich ihre wachsende Beklommenheit nicht anmerken zu lassen.

»Ihre Nachbarin, Mrs. Jones, hat mir letzthin erzählt, Wally sei über Dr. Morrows Tod sehr bestürzt gewesen.«

»Ja, das stimmt.«

»Soweit ich informiert bin, hatte Wally damals eine Gehschiene.«

Edna Barry zuckte zusammen und nickte dann steif. »Von den Zehenspitzen bis zum Knie«, erwiderte sie. »Nach dem Tod des armen Dr. Morrow mußte er die Schiene noch eine Woche tragen.«

Das hätte ich nicht sagen sollen, schoß es ihr durch den Kopf. Schließlich hat Miss Simmons Wally nicht beschuldigt.

»Ich wollte nur wissen, Mrs. Barry, ob Sie oder Wally je gehört haben, wie Dr. Morrow über Dr. Lasch und Dr. Peter Black sprach. Angeblich hat er die beiden als Mörderbande bezeichnet.«

Molly schnappte nach Luft.

»Ich kann mich an nichts dergleichen erinnern«, erwiderte Edna Barry leise und wischte sich nervös mit den Händen über die Schürze. »Was soll das Ganze überhaupt?«

»Ich glaube nicht, daß Sie eine solche Äußerung so leicht vergessen hätten, Mrs. Barry. Bei mir würde sie gewiß einen bleibenden Eindruck hinterlassen. Ich habe auf der Herfahrt vom Auto aus Mr. Matthews in seiner Kanzlei angerufen und ihn nach dem Ersatzschlüssel zu diesem Haus gefragt, der im Garten versteckt ist. Seinen Aufzeichnungen zufolge haben Sie ihn an dem Morgen, an dem Dr. Lasch ermordet in seinem Arbeitszimmer aufgefunden wurde, der Polizei ausgehändigt und gesagt, er befinde sich schon seit einiger Zeit in der Küchenschublade. Weiterhin erklärten Sie, Molly habe eines Tages ihren Hausschlüssel vergessen, deshalb den Ersatzschlüssel aus dem Versteck im Garten geholt und ihn nie zurückgelegt.«

»Aber das ist nicht wahr!« rief Molly empört. »Ich habe noch nie im Leben meinen Hausschlüssel vergessen, und ich bin sicher, daß der Ersatzschlüssel in der Woche, in der Gary starb, im Garten deponiert war. Ich habe nämlich einmal zufällig nachgesehen, als ich nach draußen ging. Warum behaupten Sie, der Schlüssel sei wegen eines Versäumnisses von mir schon lange im Haus gewesen, Mrs. Barry? Ich verstehe das nicht.«

55

In den Abendnachrichten meldete Fran das Neueste von den Ermittlungen im Mordfall Annamarie Scalli: »Laut Aussage von Bobby Burke, Barkeeper im Sea Lamp Diner, kam am Abend des Mordes ein Paar in das Lokal und setzte sich an einen Tisch in der Nähe der Tür, kurz bevor Annamarie Scalli aus dem Restaurant lief. Philip Matthews, Molly Laschs Anwalt, bittet dieses Paar dringend, sich zu melden und zu schildern, was sie vor Betreten des Sea Lamp Diners auf dem Parkplatz beobachtet oder möglicherweise im Lokal selbst mitgehört haben. Sie können Rechtsanwalt Matthews unter der Nummer 212-555-2800 erreichen oder mich hier im Sender unter 212-555-6850 anrufen.«

Die auf Fran gerichtete Kamera wurde abgeschaltet. »Danke für Ihren Bericht, Fran«, sagte Bert Davis, der Nachrichtensprecher. »Nach der Werbung kommen wir zum Sport mit Tim Mason und zum Wetter mit Scott Roberts.«

Fran nahm das Ansteckmikrophon ab. Auf dem Weg aus dem Studio blieb sie an Tim Masons Schreibtisch stehen. »Kann ich Sie nach der Sendung zu einem Hamburger einladen?« fragte sie.

Tim zog die Augenbrauen hoch. »Eigentlich hatte ich ein Steak eingeplant, aber wenn Sie so scharf auf einen Hamburger sind, soll es an mir nicht scheitern.«

»Kein Problem. Gegen ein Steak hätte ich auch nichts einzuwenden. Ich bin in meinem Büro.«

Während Fran auf Tim wartete, ließ sie die Ereignisse des Tages noch einmal Revue passieren. Zuerst hatte sie sich mit Dr. Roy Kirkwood getroffen und dann mit Philip Matthews telefoniert. Und zu guter Letzt hatte sie mit Edna Barry über den Ersatzschlüssel gesprochen und war über die nervöse Reaktion der Haushälterin verwundert gewesen. Mrs. Barry behauptete, der fragliche Schlüssel habe sich schon seit Monaten in der Schublade befunden. Als Molly das abstritt, hatte Mrs. Barry erwidert: »Sicher irrt sie sich. Schließlich war sie damals so durcheinander.«

Also hatte Fran auf der Rückfahrt in der Stadt noch einmal Philip angerufen. Sie erklärte ihm, sie sei sicher, daß Edna Barry etwas zu verbergen habe, das im Zusammenhang mit dem Ersatzschlüssel stand. Da Edna nicht sehr auskunftsbereit gewesen war, schlug Fran Philip vor, sie ein wenig unter Druck zu setzen, damit sie endlich mit der Wahrheit herausrückte.

Philip versprach, Ednas Aussagen bei der Polizei und vor Gericht noch einmal Zeile für Zeile durchzuarbeiten. Dann erkundigte er sich nach Mollys Reaktion auf Mrs. Barrys Äußerung.

Fran erwiderte, Molly sei offensichtlich erstaunt und vielleicht sogar bestürzt gewesen. »Wahrscheinlich war ich schon nicht mehr zurechnungsfähig, bevor ich von der Affäre meines Mannes mit Annamarie erfuhr«, hatte sie gemeint, nachdem Mrs. Barry fort war. »Ich hätte schwören können, daß der Schlüssel ein paar Tage, ehe ich ihr Telefonat mit Gary belauschte, noch im Garten war.«

Und ich wette, du hast recht Molly, sagte sich Fran ärgerlich. In diesem Moment klopfte es und Tim steckte den Kopf durch die Tür. Sie bat ihn herein. »Gehen wir«, sagte er. »Ich habe für uns einen Tisch im Cibo's in der Second Avenue reserviert.«

»Eine gute Idee. Ich mag das Lokal.«

Auf dem Weg die Fifth Avenue entlang zur 41. Straße zeigte Fran mit ausgebreiteten Armen auf die Gebäude und die wimmelnde Menschenmenge um sie herum. »Meine Stadt«, rief sie und seufzte. »Ich liebe sie. Es ist so schön, wieder hier zu sein.«

»Mir geht es genauso«, stimmte Tim zu. »Und außerdem freue ich mich auch, daß ich Sie kennengelernt habe.«

Im Restaurant entschieden sie sich für einen der hinteren Tische.

Nachdem der Kellner ihnen Wein eingeschenkt und die Bestellungen entgegengenommen hatte, begann Fran: »Tim, Sie sagten doch, Ihre Großmutter sei in der Lasch-Klinik gestorben. Wann war denn das?«

»Lassen Sie mich überlegen. Ich glaube, es war vor sechs Jahren ... Warum interessiert Sie das?«

»Wir haben uns doch bei unserer ersten Begegnung letzte Woche über Gary Lasch unterhalten. Meinten Sie nicht, Dr. Lasch habe sich ausgezeichnet um Ihre Großmutter gekümmert?«

»Ja, richtig. Weshalb?«

»Weil ich inzwischen gehört habe, daß Gary Lasch doch kein so guter Arzt gewesen sein soll. Ich habe mit dem behandelnden Arzt von Billy Gallos Mutter gesprochen, einem gewissen Dr. Kirkwood. Er berichtete mir, er habe alles getan, um sie an einen Spezialisten zu überweisen. Aber der Gesundheitsdienst hat keine weitere Therapie genehmigt. Dann erlitt die Patientin einen schweren Herzinfarkt und starb, bevor man ihr hätte helfen können. Natürlich ist Gary Lasch schon lange tot und hat nichts mit diesem Fall zu tun. Allerdings erklärte mir Dr. Kirkwood, der Sparkurs habe bei Remington schon ziemlich lange Tradition. Obwohl er erst Anfang Sechzig ist, will er seine Praxis aufgeben und nicht mehr als Arzt tätig sein. Den Großteil seiner beruflichen Laufbahn hat er mit der Lasch-Klinik zusammengearbeitet, und er sagte klipp und klar, Gary Lasch hätte seinem Vater nicht das Wasser reichen können. Seiner Ansicht nach war Mrs. Gallos Tod kein Ausnahmefall. In der Lasch-Klinik und beim Remington-Gesundheitsdienst stünde das Wohl des Patienten schon längst nicht mehr an erster Stelle.« Fran beugte sich vor und senkte die Stimme. »Er hat mir sogar anvertraut, Dr. Morrow, der junge Arzt, der zwei Wochen vor dem Mord an Gary Lasch bei einem Raubüberfall getötet wurde, habe

Lasch und seinen Partner Dr. Black als Mörderbande bezeichnet.«

»Das ist ziemlich hart«, bemerkte Tim und brach ein Stück von seinem Brötchen ab. »Dennoch kann ich nur wiederholen, daß ich sehr positive Erfahrungen mit der Klinik gemacht habe. Ich mochte Dr. Lasch und fand, daß meine Großmutter eine wunderbare Pflege erhielt. Aber mir ist etwas eingefallen, das ich vielleicht noch nicht erwähnt habe. Oder habe ich Ihnen schon erzählt, daß Annamarie Scalli zu den Krankenschwestern gehörte, die für meine Großmutter zuständig waren?«

Fran riß erstaunt die Augen auf. »Nein, haben Sie nicht.«

»Mir erschien es nicht wichtig. Die Schwestern waren alle ausgesprochen tüchtig. Ich erinnere mich, daß Annamarie eine sehr engagierte Kraft war und liebevoll auf die Patienten einging. Als wir den Anruf erhielten, Großmutter sei gestorben, fuhren wir selbstverständlich sofort ins Krankenhaus. Annamarie saß schluchzend neben ihrem Bett. Wie viele Schwestern weinen über den Tod einer Patientin, vor allem, wenn sie sie erst seit kurzer Zeit kennen?«

»Wahrscheinlich nur wenige«, meinte Fran. »Wenn Sie sich gefühlsmäßig auf die Kranken einlassen würden, könnten sie diesen Job nicht durchstehen.«

»Annamarie war sehr hübsch, doch sie kam mir auch ein wenig naiv vor«, sprach Tim weiter. »Aber sie war ja auch erst Anfang Zwanzig. Als ich später hörte, daß Gary Lasch etwas mit ihr hatte, war er als Mann bei mir unten durch. Was seine Fähigkeiten als Arzt anging, hatte ich allerdings keinerlei Grund, ihm etwas vorzuwerfen. Wir witzelten immer, daß meine Großmutter für Lasch schwärmte. Schließlich sah er gut aus und war sehr charmant. Außerdem vermittelte er den Eindruck, daß seine Patienten ihm sehr wichtig waren. Er war ein Mensch, dem man auf Anhieb vertraute. Ich weiß noch, daß meine Großmutter erzählte, er schaue manchmal noch um elf Uhr nachts nach ihr. Das kommt bei Ärzten selten vor.«

»Laut Molly Lasch hat Annamarie zu ihr gesagt, Gary Lasch sei den Preis nicht wert gewesen, den sie für den Mord an ihm bezahlt habe«, wandte Fran ein. »Mollys Ansicht nach war Annamarie absolut überzeugt davon.«

»Mit solchen Bemerkungen muß man bei einer Frau in Annamaries Lage doch rechnen, Fran.«

»Wenn sie nur eine enttäuschte Geliebte gewesen wäre, ja. Aber für mich klang es, als meinte sie das als Krankenschwester.« Fran hielt inne und schüttelte den Kopf. »Ich weiß nicht. Vielleicht ziehe ich voreilige Schlüsse, doch immerhin hat Dr. Jack Morrow Gary Lasch und Peter Black eine Mörderbande genannt. Und wenn ich diese beiden Äußerungen zusammen betrachte, drängt es sich mir förmlich auf, daß mehr dahintersteckt. Ich fühle, daß ich auf der richtigen Spur bin. Und ich habe die Vermutung, daß das nur die Spitze des Eisbergs ist.«

»Sie sind Enthüllungsjournalistin, Fran, und ich traue Ihnen durchaus zu, der Wahrheit auf den Grund zu kommen. Ich kannte Annamarie Scalli kaum, aber ich bin ihr sehr dankbar, weil sie meine Großmutter so aufopferungsvoll gepflegt hat. Deshalb will ich, daß ihr Mörder gefaßt wird. Und ich finde, es ist eine Schande, daß Molly Lasch unschuldig unter Anklage steht.«

Der Kellner servierte den Salat.

»Zum *zweitenmal* unschuldig unter Anklage steht«, betonte Fran.

»Kann sein. Und was wollen Sie nun unternehmen?«

»Ich habe es geschafft, morgen einen Termin bei Dr. Peter Black zu bekommen. Es wird sicher interessant. Außerdem versuche ich immer noch, eine Verabredung mit meiner ehemaligen Mitschülerin Jenna Whitehall und ihrem Mann, dem allmächtigen Calvin Whitehall, zu treffen.«

»Wichtige Leute.«

Fran nickte. »Ich weiß, aber ich brauche ihre Aussagen für meine Reportage, und ich bin fest entschlossen, nicht lockerzulassen.« Sie seufzte. »Lassen wir dieses Thema. Was denken Sie? Werden die Yankees in diesem Jahr die World Series gewinnen?«

Tim schmunzelte. »Aber klar doch.«

56

Diesmal komme ich allein«, verkündete Jenna vom Autotelefon. »Ich will dich auch nicht lange stören.«

»Jen, das ist sehr nett von dir. Aber ich habe bereits Dr. Daniels abgesagt, und das war ziemlich schwierig. Ich weiß, daß es erst neun ist, aber mir fallen schon die Augen zu. Ich will nur noch ins Bett.«

»Bloß ein Viertelstündchen.«

»Ach, Jen.« Molly seufzte. »Du hast gewonnen. Also komm rein. Aber paß auf. Heute nachmittag sind ein paar Reporter ums Haus herumgeschlichen. Und ich wette, Cal wäre nicht sehr erbaut, seine Frau zusammen mit der berühmt-berüchtigten Molly Lasch auf dem Titelfoto einer Boulevardzeitung zu sehen.«

Vorsichtig öffnete sie die Tür, und Jenna schlüpfte ins Haus. »Oh, Molly«, sagte sie und umarmte sie. »Es tut mir schrecklich leid, daß du soviel durchmachen mußt.«

»Du bist meine einzige Freundin«, erwiderte Molly und fügte dann rasch hinzu: »Nein, das stimmt nicht ganz. Fran Simmons steht auch auf meiner Seite.«

»Fran hat wegen eines Termins angerufen, aber wir haben uns noch nicht zurückgemeldet. Cal hat mir versprochen, sich mit ihr zu treffen, und soweit ich weiß, ist sie morgen bei Peter angemeldet.«

»Sie wollte mit euch allen reden. Du kannst ihr erzählen, was du willst, und brauchst kein Blatt vor den Mund zu nehmen. Ich vertraue ihr.«

Sie gingen ins Wohnzimmer, wo Molly das Kaminfeuer angezündet hatte. »Ich habe mir was überlegt«, sagte sie. »Ich habe so ein großes Haus und bewohne nur drei Räume: die Küche, das Schlafzimmer und dieses Zimmer hier. Wenn – falls – ich heil aus dieser Sache rauskomme, suche ich mir was Kleineres.«

»Eine gute Idee«, stimmte Jenna zu.

»Aber wie dir sicherlich klar ist, hat der Staat Connecticut andere Pläne mit mir, und wenn er sein Ziel erreicht, haben sich meine Umzugsprobleme bald von selbst erledigt.«

»Molly!« rief Jenna entsetzt.

»Tut mir leid.« Molly lehnte sich zurück und betrachtete ihre Freundin. »Du siehst großartig aus. Ein schlichtes schwarzes Kostüm – von Escada, oder? Pumps, unauffälligen, aber traumhaften Schmuck. Wo kommst du her? Oder hast du noch einen Termin?«

»Ich hatte ein Geschäftsessen mit Vertretern eines großen Konzerns. Danach bin ich mit dem Spätzug nach Hause gekommen. Mein Auto hatte ich schon heute morgen am Bahnhof stehengelassen, und ich bin sofort zu dir gefahren. Den ganzen Tag lang fühle ich mich schon elend, Molly. Ich mache mir große Sorgen um dich.«

Molly zwang sich zu einem Lächeln. »Da geht es mir nicht anders.«

Die beiden saßen nebeneinander auf dem Sofa. Molly beugte sich vor. »Jen, dein Mann ist überzeugt davon, daß ich Gary ermordet habe, stimmt's?«

»Ja«, entgegnete Jenna leise.

»Und außerdem hält er mich für die Mörderin von Annamarie Scalli.«

Jenna antwortete nicht.

»Ich weiß es«, fuhr Molly fort. »Du bedeutest mir sehr viel, Jen, aber bitte tu mir einen Gefallen und bring Cal nicht mehr mit. Dieses Haus ist mein einziger Zufluchtsort, und ich möchte wenigstens hier meine Gegner nicht sehen.«

Molly sah ihre Freundin an. »Oh, Jen, jetzt fang nicht an zu weinen. Es hat doch nichts mit uns zu tun. Wir sind immer noch die Mädchen von der Cranden Academy, oder etwa nicht?«

»Da kannst du drauf wetten.« Mit einer ungeduldigen Geste wischte Jenna sich die Tränen aus den Augen. »Doch Cal ist nicht dein Gegner, Molly. Er möchte andere Anwälte hinzuziehen, anerkannte Strafrechtsexperten, die mit Philip zusammen eine Verteidigung wegen Unzurechnungsfähigkeit vorbereiten können.«

»Unzurechnungsfähigkeit?«

»Molly«, sprach Jenna rasch weiter. »Ist dir nicht klar, daß du lebenslänglich kriegen kannst, wenn du wegen Mordes schuldig gesprochen wirst? Besonders, da es deine zweite Verurteilung wäre. Wir dürfen das nicht zulassen.«

»Ganz richtig«, entgegnete Molly und stand auf. »Jen, komm mit in Garys Arbeitszimmer.«

Im Arbeitszimmer brannte kein Licht. Molly knipste es an und dann sofort wieder aus. »Nachdem ihr gestern abend alle fort wart, bin ich nach oben ins Bett gegangen, aber ich konnte nicht schlafen. So gegen Mitternacht kam ich wieder herunter – und weißt du, was passiert ist? Als ich das Licht anmachte, so wie gerade eben, fiel mir ein, daß ich das an jenem Sonntag nach meiner Rückkehr aus Cape Cod auch getan habe. Inzwischen bin ich sicher, daß bei meiner Ankunft im Arbeitszimmer kein Licht brannte, Jenna. Darauf könnte ich schwören.«

»Was hat das zu bedeuten, Molly?«

»Überleg mal. Gary saß am Schreibtisch. Papiere lagen darauf, also hatte er offenbar gearbeitet. Es war Nacht. Also muß er Licht gemacht haben. Wenn ich mich richtig erinnere, daß ich nach Hause kam, diese Tür öffnete und dann das Licht anknipste, muß der Mörder es zuvor ausgeschaltet haben. Verstehst du, was ich meine?«

»Molly«, widersprach Jenna ruhig.

»Gestern erzählte ich Dr. Daniels, daß ich mich an eine Tür und ein Schloß erinnerte.«

Molly drehte sich zu ihrer Freundin um und bemerkte ihren ungläubigen Blick. Sie ließ die Schultern hängen. »Heute behauptete Mrs. Barry, der Schlüssel, den wir immer im Garten verstecken, hätte sich schon seit Wochen im Haus befunden. Sie sagte, der Grund sei, daß ich eines Tages meinen Schlüssel vergessen hätte. Aber ich kann mich nicht daran erinnern.«

»Molly, laß Cal seine Anwälte anrufen, damit sie Philip bei deiner Verteidigung helfen«, flehte Jenna. »Heute hat er mit zwei der besten gesprochen. Sie sind beide sehr erfahren, was unzurechnungsfähige Angeklagte betrifft, und wir denken wirklich, daß sie dir helfen könnten.« Sie sah die bedrückte Miene ihrer Freundin. »Überleg es dir wenigstens.«

»Vielleicht habe ich deshalb von einer Tür und einem Schloß geträumt«, erwiderte Molly finster, ohne auf Jennas Vorschlag einzugehen. »Offenbar habe ich die Wahl zwischen einer Gefängniszelle oder einer geschlossenen Anstalt.«

»Beruhige dich, Molly«, meinte Jenna. »Ich trinke noch eine Tasse Tee mit dir, und dann lasse ich dich zu Bett gehen. Du hast gesagt, daß du schlecht schläfst. Hat dir Dr. Daniels nichts verschrieben?«

»Vorgestern hat er mir eine Tablette gegeben. Heute nachmittag hat Mrs. Barry mir ein paar von Wallys Pillen gebracht.«

»Du solltest keine Medikamente nehmen, die dir nicht verordnet worden sind.«

»Das Etikett war dran, ich kenne die Dinger. Vergiß nicht, daß ich einmal Arztfrau war und im Lauf der Jahre einiges gelernt habe.«

Nachdem Jenna sich verabschiedet hatte, schloß Molly die Vordertür ab und trat den Bodenriegel herunter. Das Einrasten des Riegels ließ sie innehalten.

Sie öffnete und schloß den Riegel ein paarmal, hörte dabei gut hin und zermarterte sich das Hirn, warum das vertraute Geräusch auf einmal so beängstigend klang.

57

Am Donnerstag morgen wollte Dr. Black zuerst nach Tasha sehen. Sie dürfte nach allen Regeln der ärztlichen Kunst eigentlich nicht mehr leben, dachte er nervös, während er den Flur zu ihrem Zimmer entlangging.

Vielleicht war es ein Fehler gewesen, sie in das Experiment mitaufzunehmen, schoß es ihm durch den Kopf. Unter gewöhnlichen Umständen führte es zwar zu nützlichen und hin und wieder äußerst interessanten Ergebnissen, aber in diesem Fall erwies sich die Durchführung als schwierig. Das lag vor allem an Tashas Mutter, Barbara Colbert, die viel zu aufmerksam war und gute Beziehungen hatte. Außerdem gab es genug andere Patienten im Pflegeheim, die sich besser für Forschungszwecke eigneten, weil ihre Angehörigen nie Verdacht schöpfen würden. Außerdem betrachteten es die meisten von ihnen als Geschenk des Himmels, wenn das Ende des Kranken nahte.

Ich hätte gegenüber Dr. Logue nicht erwähnen dürfen, daß Harvey Magim seine Frau kurz vor seinem Tod anscheinend noch erkannt hat, überlegte Black ärgerlich. Doch nun war es zu spät. Er mußte weitermachen, die Anweisung war unmißverständlich. Zu diesem Zweck hatte er das Päckchen aus dem Labor in West Redding mitgebracht, das nun in seiner Westentasche sicher verstaut war.

Als er ins Zimmer kam, war die Krankenschwester neben Tashas Bett eingenickt. Sehr gut, überlegte er. Eine schläfrige

Krankenschwester war genau das, was er jetzt brauchte, denn so hatte er einen Vorwand, sie los zu werden.

»Ich würde vorschlagen, daß Sie sich einen Kaffee holen«, sagte er streng und riß sie damit aus dem Schlaf. »Sie können ihn dann hier trinken. Ich warte solange. Wo ist Mrs. Colbert?«

»Sie schläft drüben auf dem Sofa«, flüsterte die Schwester. »Die Arme, endlich kann sie sich ein bißchen ausruhen. Die Söhne sind gegangen. Sie kommen heute abend zurück.«

Black nickte und wandte sich der Patientin zu, während die Schwester hinauseilte. Tashas Zustand hatte sich seit dem Vorabend nicht verändert. Dank der Spritze, die er ihr gegeben hatte, als sie zu sterben drohte, hatte sich ihr Organismus wieder stabilisiert.

Er nahm das Päckchen aus der Tasche, das trotz seiner geringen Größe ziemlich schwer war. Die letzte Injektion hatte das erwartete Ergebnis gebracht, doch die, die er ihr jetzt verabreichen würde, konnte unabsehbare Folgen haben.

Logue ist nicht mehr zu bremsen, dachte Black.

Er nahm Tashas schlaffen Arm und suchte nach einer Vene. Dann setzte er die Spritze an, drückte langsam den Kolben herunter und sah zu, wie die Flüssigkeit in ihren Körper eindrang.

Er schaute auf die Uhr. Es war acht. In etwa zwölf Stunden würde es vorbei sein – so oder so. In der Zwischenzeit würde er sich mit dieser neugierigen Journalistin Fran Simmons treffen müssen, ein Gespräch, auf das er sich nicht im geringsten freute.

58

Fran hatte schlecht geschlafen und ging am Donnerstag schon früh ins Büro, um ihr Interview mit Dr. Peter Black vorzubereiten, das um zwölf Uhr stattfinden sollte. Sie hatte im Archiv sämtliche biographischen Informationen über Black angefordert, und sie war froh, die Unterlagen auf ihrem Schreibtisch vorzufinden.

Nachdem sie die Texte rasch überflogen hatte, stellte sie fest, daß Blacks Werdegang weder besonders aufschlußreich noch beeindruckend waren. Black war als Sohn einer Arbeiterfamilie in Denver geboren und dort zur Schule gegangen. Im Medizinstudium hatte er sich nicht durch herausragende Leistungen ausgezeichnet und anschließend sein Praktikum an einem drittklassigen Krankenhaus in Chicago abgeleistet. Danach hatte er dort als Assistenzarzt gearbeitet. Keine sehr glanzvolle Karriere, sagte sie sich.

Und das warf die Frage auf, warum Gary Lasch sich ausgerechnet ihn als Geschäftspartner ausgesucht hatte.

Um Punkt zwölf wurde Fran in Dr. Blacks Büro geführt. Zuerst fiel ihr auf, daß die prunkvolle Einrichtung eher zum Generaldirektor eines Großkonzerns als zu einem Arzt paßte – auch wenn dieser Arzt Geschäftsführer einer Klinik und eines Gesundheitsdienstes war.

Von Peter Black hatte sie sich kein Bild gemacht. Vielleicht habe ich mit einem Mann gerechnet, der Gary Lasch, wie er mir beschrieben wurde, ähnelt, dachte sie, als sie ihm die Hand schüttelte. Sie folgte ihm zu einer Sitzecke vor einem großen Panoramafenster. Ein elegantes Ledersofa, zwei dazu passende Sessel und ein Couchtisch schufen eine heimelige Wohnzimmeratmosphäre.

Gary Lasch war, wenn man den Berichten glauben konnte, ein gutaussehender, sympathischer Mann gewesen. Peter Blacks Haut hingegen wirkte fahl, und er machte zu Frans

Erstaunen einen nervösen Eindruck. Schweißperlen glänzten auf seiner Stirn und Oberlippe, und er hatte etwas Steifes an sich, als er sich auf der Kante seines Sessels niederließ. Es war, als befürchtete er einen Angriff. Und obwohl er sich um Höflichkeit bemühte, klang seine Stimme angespannt.

»Miss Simmons, ich bin heute ganz besonders beschäftigt«, sagte er, nachdem er Fran einen Kaffee angeboten hatte, den diese ablehnte. »Und da ich annehme, daß es Ihnen genauso geht, würde ich gerne gleich auf den Punkt kommen. Ich war mit einem Treffen einverstanden, weil ich mein äußerstes Mißfallen darüber zum Ausdruck bringen möchte, daß Sie Molly Lasch dazu benützen, Ihre Einschaltquoten zu erhöhen. Und dabei ist diese Frau eindeutig geisteskrank.«

Fran erwiderte seinen Blick, ohne mit der Wimper zu zucken. »Ich hatte eigentlich vor, Molly zu helfen, nicht sie zu benützen, Herr Doktor. Darf ich fragen, ob Ihre Diagnose einer Geisteskrankheit auf einer tatsächlichen ärztlichen Untersuchung beruht? Oder handelt es sich um dasselbe vorschnelle Urteil, zu dem offenbar alle ihre Freunde neigen?«

»Miss Simmons, offenbar haben wir einander nichts zu sagen.« Peter Black stand auf. »Wenn Sie mich jetzt bitte entschuldigen …«

Fran blieb sitzen. »Nein, ich fürchte, das genügt mir nicht, Dr. Black. Ich bin den weiten Weg aus Manhattan hierhergekommen, weil ich einige Fragen an Sie habe. Daß Sie mir einen Termin gegeben haben, kommt in meinen Augen einem Einverständnis zu einem Interview gleich. Ich denke, Sie schulden mir mindestens zehn Minuten Ihrer Zeit.«

Widerstrebend nahm Peter Black wieder Platz. »Zehn Minuten, Miss Simmons, keine Sekunde mehr.«

»Danke. Molly hat mir erzählt, Sie hätten ihr am Samstag abend gemeinsam mit den Whitehalls einen Besuch abgestattet. Sie hätten sie gebeten, mich aufzufordern, meine

Recherchen solange einzustellen, bis ihr bevorstehender Zusammenschluß mit anderen Gesundheitsdiensten unter Dach und Fach ist. Stimmt das?«

»Ja. Außerdem ging es mir um Mollys Wohl. Aber das habe ich Ihnen ja bereits erklärt.«

»Dr. Black, Sie kannten doch Dr. Morrow?«

»Gewiß. Er war einer unserer Ärzte.«

»Waren Sie befreundet?«

»Ich würde es eher als gut bekannt bezeichnen. Wir achteten einander. Aber wir hatten keinen privaten Umgang.«

»Hatten Sie kurz vor seinem Tod einen Streit mit ihm?«

»Keineswegs. Soweit ich informiert bin, gab es eine Auseinandersetzung mit meinem Kollegen Dr. Lasch. Ich glaube, es ging um den abgelehnten Antrag auf eine Behandlung, die Dr. Morrow für einen seiner Patienten empfohlen hatte.«

»Wußten Sie, daß Dr. Morrow Sie und Dr. Lasch eine Mörderbande genannt hat?«

»Nein, doch es überrascht mich nicht. Jack war sehr impulsiv und geriet leicht in Rage.«

Er hat Angst, dachte Fran, als sie Peter Black musterte. Er fürchtet sich, und er lügt wie gedruckt.

»Herr Doktor, wußten Sie, daß Gary Lasch damals eine Affäre mit Annamarie Scalli hatte?«

»Nein. Ich war schockiert, als Gary es mir beichtete.«

»Das war wenige Stunden vor seinem Tod«, sagte Fran. »Richtig?«

»Richtig. Die ganze Woche wirkte Gary schon seltsam, und deshalb statteten Cal Whitehall und ich ihm am Sonntag einen Besuch ab. Da erfuhren wir es.« Peter Black sah auf die Uhr und rutschte in seinem Sessel herum.

Gleich schmeißt er mich raus, dachte Fran. Aber ich muß ihn zuvor noch ein paar Dinge fragen.

»Herr Doktor, Gary Lasch war doch ein enger Freund von Ihnen.«

»Wir standen uns sehr nah und kannten uns schon seit dem Studium.«

»Hatten Sie nach dem Studium noch regelmäßig Kontakt?«

»Das würde ich nicht sagen. Ich habe sofort eine Stelle in Chicago angenommen. Gary ist hierher zurückgekehrt und in die Praxis seines Vaters eingetreten, als er sein Praktikum absolviert hatte.« Er stand auf. »Miss Simmons, ich muß wirklich wieder an die Arbeit.« Er ging zu seinem Schreibtisch hinüber.

Fran folgte ihm. »Noch eine letzte Frage, Herr Doktor. Haben Sie Gary Lasch gebeten, Sie in die Firma aufzunehmen?«

»Gary hat mir nach dem Tod seines Vaters eine Teilhaberschaft angeboten.«

»Bei allem Respekt, Herr Doktor: Er hat Ihnen eine gleichberechtigte Partnerschaft in einer Einrichtung angeboten, die sein Vater gegründet hatte. In der Umgegend von Greenwich gibt es jede Menge ausgezeichneter Ärzte, die sicherlich auch Interesse gehabt hätten. Aber er hat sich für Sie entschieden, obwohl Sie bis dahin nur als Assistenzarzt gearbeitet hatten, und zwar in einem nicht sehr angesehenen Krankenhaus in Chicago. Weshalb waren Sie so besonders?«

Peter Black wirbelte zu Fran herum. »Raus, Miss Simmons!« brüllte er. »Sie haben vielleicht Nerven, herzukommen und üble Verleumdungen auszustoßen. Und dabei ist die halbe Stadt den verbrecherischen Machenschaften Ihres Vaters zum Opfer gefallen.«

Fran zuckte zusammen. »Eins zu null für Sie«, entgegnete sie. »Dennoch, Dr. Black, werde ich nicht aufhören, die Antworten auf meine Fragen zu suchen. Von Ihnen kann ich wohl keine Hilfe erwarten.«

59

Am Donnerstag vormittag wurden in Buffalo, New York, die sterblichen Überreste von Annamarie Scalli nach einer Totenmesse im engsten Kreis im Grab der Familie beigesetzt. Uhrzeit und Ort des Gottesdienstes waren nicht veröffentlicht worden, und es hatte auch keine Totenwache gegeben. Nur ihre Schwester Lucille Scalli Bonaventure, ihr Mann und ihre beiden erwachsenen Kinder waren bei der schlichten Zeremonie anwesend.

Lucy war eine energische Frau und hatte Himmel und Hölle in Bewegung gesetzt, damit niemand von der Beerdigung erfuhr. Sie war sechzehn Jahre älter als Annamarie und hatte ihre kleine Schwester stets wie ein eigenes Kind behandelt. Da Lucy zwar ein hübsches Gesicht hatte, aber sonst recht hausbacken aussah, hatte sie sich besonders gefreut, als aus dem niedlichen kleinen Mädchen, eine sympathische und kluge junge Frau wurde.

Als Annamarie älter wurde, achteten Lucy und ihre Mutter sehr darauf, mit wem sie ausging, und überlegten sich, welchen Beruf sie einmal ergreifen sollte. Sie waren sehr zufrieden, als sie sich für die Krankenpflege entschied, ein anständiger Broterwerb – und vielleicht würde sie sogar einmal einen Arzt heiraten. Denn die beiden Frauen waren sich einig, daß Annamarie keine Schwierigkeiten haben würde, einen Mann zu finden.

Zunächst waren sie enttäuscht, daß Annamarie die Stelle in der Lasch-Klinik annahm, denn Greenwich, Connecticut, war sehr weit von Buffalo entfernt. Doch als sie zweimal Dr. Jack Morrow übers Wochenende mit nach Hause brachte, glaubten die Mutter und Lucy, daß all das in Erfüllung gehen würde, was sie sich für Annamarie wünschten.

Nun saß Lucy während des kurzen Gottesdienstes in der ersten Reihe der Kapelle und erinnerte sich an glücklichere Zeiten. Sie dachte daran, wie Jack Morrow Mama geneckt und gesagt hatte, er werde es schon mit Annamarie aushalten, auch wenn sie nicht kochen könne wie ihre Mutter. Besonders klar stand ihr der Abend vor Augen, an dem er geklagt hatte: »Mama, was soll ich nur machen, damit deine Tochter sich in mich verliebt?«

Und dabei war sie in ihn verliebt, überlegte Lucy, als ihr heiße Tränen über die Wangen liefen. Bis dieser widerliche Gary Lasch anfing, ihr nachzustellen. Sie sollte nicht in diesem Sarg liegen, sondern seit sieben Jahren mit Dr. Jack verheiratet sein. Sie hätte Kinder bekommen und trotzdem Krankenschwester bleiben können. Nie hätte er von ihr verlangt, ihren Beruf aufzugeben. Sie war mit Leib und Seele Krankenschwester, und auch ihm bedeutete es sehr viel, Arzt zu sein.

Lucy drehte sich um und betrachtete traurig den Sarg, der mit einem weißen Tuch bedeckt war, dem Symbol für Annamaries Taufe. Du hast so gelitten wegen dieses… Schweinehunds, Gary Lasch, dachte sie. Nachdem er dir den Kopf verdreht hatte, wolltest du mir weismachen, du seist noch nicht bereit, Jack zu heiraten. Doch das stimmte nicht. Du warst sehr wohl bereit. Du warst nur vom rechten Wege abgekommen, Annamarie. Du warst noch so jung. Er hingegen wußte genau, was er tat.

»Möge ihre Seele, und mögen die Seelen aller Gläubigen, die schon verstorben sind …«

Lucy hörte die Stimme des Monsignore kaum, als dieser den Sarg ihrer Schwester segnete, so groß waren ihre Trauer und ihre Wut. Annamarie, schau, was dieser Mann dir angetan hat, sagte sie sich. Er hat dein ganzes Leben ruiniert. Du hast sogar die Arbeit im Krankenhaus aufgegeben, die dir solche Freude gemacht hat. Obwohl du nie darüber reden wolltest, hast du dir etwas nie verziehen, was in der Klinik geschehen ist. Was war es?

Und Dr. Jack. Wie ist er wirklich umgekommen? Unsere arme Mama war so verrückt nach ihm und so beeindruckt. Sie nannte ihn nie Jack, sondern immer Dr. Jack. Und du hast selbst zugegeben, daß du nie an einen Überfall eines Drogensüchtigen geglaubt hast.

Annamarie, warum hattest du all die Jahre solche Angst, selbst als Molly Lasch im Gefängnis war?

Kleine Schwester ... kleine Schwester.

Lucy hörte rauhe, laute Schluchzer durch die Kapelle hallen und wußte, daß sie von ihr kamen. Als ihr Mann ihr die Hand tätschelte, zog sie sie weg. Im Augenblick gab es nur einen Menschen, dem sie sich verbunden fühlte: Annamarie. Der Sarg wurde den Mittelgang der Kapelle entlanggeschoben. Lucys einziger Trost war, daß es vielleicht ein Jenseits gab, in dem ihre Schwester und Jack Morrow noch eine zweite Chance haben würden, glücklich zu sein.

Nach der Beerdigung flüchteten sich Lucys Sohn und ihre Tochter zurück an ihren Arbeitsplatz. Auch ihr Mann mußte wieder in den Supermarkt, wo er Filialleiter war.

Lucy ging nach Hause und sortierte die Kommode aus, in der Annamarie als junges Mädchen ihre Sachen aufbewahrt hatte. Das Möbelstück stand in dem Zimmer, wo Annamarie bei ihren Besuchen in Buffalo immer schlief.

Die drei obersten Schubladen enthielten Unterwäsche, Strumpfhosen und Pullover, die Annamarie nur während der Wochenenden in Buffalo trug.

In der untersten Schublade lagen Fotos, manche davon gerahmt, Familienalben, Kuverts voller Schnappschüsse, einige Briefe und Postkarten.

Als Lucy gerade mit rotgeweinten Augen die Fotos betrachtete, die sie durch den Tränenschleier kaum erkennen konnte, rief Fran Simmons an.

»Ich weiß, wer Sie sind«, zischte Lucy zornig. »Sie sind die Reporterin, die diese schmutzige Geschichte wieder an die Öffentlichkeit zerren will. Hören Sie auf, mich zu belästigen, und lassen Sie Annamarie in Frieden ruhen.«

»Mein aufrichtiges Beileid«, sagte Fran, die in ihrem Büro in Manhattan saß. »Aber ich möchte Sie warnen. Wenn Molly Lasch wegen Mordes vor Gericht kommt, ist es um Annamaries Frieden schlecht bestellt. Mollys Anwalt wird nichts anderes übrigbleiben, als Annamarie in einem ziemlich ungünstigen Licht erscheinen zu lassen.«

»Das ist ungerecht!« schrie Lucy. »Annamarie hat die Ehe der Laschs nicht zerstört. Als sie Gary Lasch kennenlernte, war sie noch ein Kind.«

»Molly auch«, erwiderte Fran. »Und je mehr ich über die Hintergründe erfahre, desto stärker bedauere ich die beiden, Mrs. Bonaventure. Morgen vormittag fliege ich nach Buffalo, und ich möchte mich gern mit Ihnen treffen. Bitte vertrauen Sie mir. Ich will nur der Wahrheit auf den Grund kommen. Nicht nur, was Annamaries Tod angeht, sondern auch über die Vorgänge, die sich vor sechs Jahren in der Klinik ereigneten, wo sie arbeitete. Außerdem möchte ich wissen, wovor Annamarie solche Angst hatte. Sicher haben Sie auch bemerkt, daß sie sich fürchtete.«

»Ja. Etwas ist in der Klinik passiert, und zwar kurz vor Gary Laschs Tod«, erwiderte Lucy mit tonloser Stimme. »Ich komme morgen nach Yonkers, um Annamaries Wohnung auszuräumen. Sie brauchen also nicht nach Buffalo zu fliegen. Wir können uns dort sehen, Miss Simmons.«

60

Am Donnerstag nachmittag rief Edna Barry Molly an und fragte, ob sie mit einem kurzen Besuch einverstanden sei.

»Aber natürlich, Mrs. Barry«, erwiderte Molly absichtlich kühl. Schließlich hatte Edna Barry, was den Ersatzschlüssel anging, auf ihrem Standpunkt beharrt und in feindseligem Ton behauptet, Molly litte an Gedächtnislücken. Ob sie sich entschuldigen will? überlegte Molly, während sie weiter die Unterlagen durchsah, die sie vor sich auf dem Boden im Arbeitszimmer ausgebreitet hatte.

Gary war ein äußerst ordentlicher und penibler Mensch gewesen. Doch nun waren seine persönlichen Papiere und medizinischen Nachschlagewerke dank der polizeilichen Durchsuchung wild durcheinandergeworfen und willkürlich wieder zusammengeschichtet worden. Aber eigentlich spielte das keine Rolle. Molly hatte ja Zeit im Überfluß.

Sie hatte einen Stoß Fotos beiseitegelegt, die sie seiner Mutter schicken wollte. Natürlich keine, auf denen ich zu sehen bin, dachte sie bitter. Nur Gary mit verschiedenen Prominenten.

Mrs. Lasch und ich standen uns nie sehr nahe, sagte sie sich. Und ich habe Verständnis dafür, daß sie mich haßt. Ich würde der Frau, die ich für die Mörderin meines einzigen Kindes halte, gewiß auch keine freundschaftlichen Gefühle entgegenbringen. Wahrscheinlich haben die Berichte über Annamarie Scallis Tod sie wieder an ihren Verlust erinnert, und sicher wird sie von Reportern belästigt.

Sie erinnerte sich an ihr Gespräch mit Annamarie. Wer wohl Garys Sohn adoptiert hat? überlegte sie. Ich war so gekränkt, als ich erfuhr, daß Annamarie schwanger war. Ich verabscheute und beneidete sie. Aber selbst nun, da ich die Hintergründe besser kenne und weiß, daß Gary mich betrogen hat, sehne ich mich nach dem Kind, das ich verloren habe.

Vielleicht bekomme ich eines Tages ja eine neue Chance.

Molly saß im Schneidersitz auf dem Boden, als ihr dieser Gedanke in den Sinn kam. Die Vorstellung, daß sie irgendwann möglicherweise die Gelegenheit zu einem Neuanfang haben würde, erschreckte sie fast. Ich mache mir etwas vor, sagte sie sich kopfschüttelnd. Sogar Jenna, meine beste Freundin, ist überzeugt davon, daß ich nur die Wahl zwischen Gefängnis oder Anstalt habe. Deshalb darf ich mir nicht einreden, daß dieser Alptraum jemals ein Ende haben könnte.

Aber sie hatte noch Hoffnung und wußte auch, warum. Der Grund war, daß immer mehr Erinnerungen an die Oberfläche stiegen, längst vergangene Augenblicke, die tief in ihrem Unterbewußtsein vergraben gewesen waren, kamen nun allmählich ans Licht. Als ich gestern abend die Tür verriegelte, ist etwas geschehen. Sie dachte an das seltsame Gefühl, das sie in diesem Moment ergriffen hatte. Doch sie konnte es noch nicht deuten.

Also machte sie sich daran, die medizinischen und wissenschaftlichen Fachzeitschriften zu sortieren, die Gary, chronologisch geordnet, in den Regalen aufbewahrt hatte. Es waren verschiedene Publikationen, und offenbar hatte er einen Grund gehabt, sie aufzuheben. Beim Durchblättern stellte sie fest, daß er in nahezu jeder Zeitschrift mindestens einen Artikel im Inhaltsverzeichnis angekreuzt hatte. Wahrscheinlich kann ich sie wegwerfen, überlegte sie. Aber dann beschloß sie aus Neugier, die Artikel kurz zu überfliegen, nachdem sie mit dem Aufräumen fertig war. Sie wollte wissen, welche Bedeutung diese Zeitschriften für Gary gehabt hatten.

Es läutete an der Hintertür. »Molly, ich bin es«, hörte sie Mrs. Barry rufen.

»Ich bin im Arbeitszimmer«, antwortete Molly und fuhr mit ihrer Arbeit fort. Dann hielt sie inne und lauschte auf Mrs. Barrys Schritte, die den Flur entlangkamen. Wie immer klangen sie sehr laut, was Molly auch früher schon öfter aufgefallen war. Mrs. Barry trug stets Gesundheitsschuhe mit Gummisohlen, die auf dem Boden ein durchdringendes Quietschen verursachten.

»Es tut mir wirklich furchtbar leid, Molly«, sagte Mrs. Barry, noch ehe sie richtig im Zimmer stand.

Als Molly aufblickte, wurde ihr sofort klar, daß Mrs. Barry nicht gekommen war, um sich zu entschuldigen.

Ihre Miene war entschlossen, und sie hatte die Lippen fest zusammengepreßt. In der Hand hielt sie den Hausschlüssel. »Ich weiß, daß es nach all den Jahren nicht sehr anständig von mir ist, aber ich kann nicht mehr bei Ihnen arbeiten. Ich möchte sofort kündigen.«

Verwundert erhob sich Molly. »Mrs. Barry, doch nicht wegen dieses Schlüssels. Wir beide glauben, daß wir im Recht sind, aber es gibt sicher eine vernünftige Erklärung dafür. Außerdem weiß ich bestimmt, daß Fran Simmons die Antwort finden wird. Sie müssen verstehen, warum mir das so wichtig ist. Wenn jemand mit dem Schlüssel, der im Garten versteckt war, ins Haus eingedrungen ist, könnte er ihn auch in die Schublade gelegt haben. Vielleicht ist ein Unbekannter, der von dem Versteck wußte, an jenem Sonntag abend hereingekommen.«

»Es war ganz eindeutig niemand da«, entgegnete Edna Barry mit schriller Stimme. »Und ich kündige auch nicht wegen des Schlüssels. Ich bedauere, Ihnen das sagen zu müssen, Molly, aber ich habe Angst, weiter für Sie zu arbeiten.«

»Angst!« Entgeistert starrte Molly die Haushälterin an. »Wovor denn?«

Edna Barry wich ihrem Blick aus.

»Doch nicht etwa vor mir? Oh, mein Gott.« Entsetzt streckte Molly die Hand aus. »Geben Sie mir den Schlüssel, Mrs. Barry. Und dann gehen Sie bitte. Sofort.«

»Sie müssen Verständnis für meine Situation haben, Molly. Es ist nicht Ihre Schuld, aber Sie haben zwei Menschen getötet.«

»Verschwinden Sie, Mrs. Barry.«

»Lassen Sie sich helfen, Molly.«

Mrs. Barry schluchzte auf und stürzte hinaus. Molly wartete, bis ihr Auto von der Auffahrt in die Straße einbog. Dann sank sie auf die Knie, schlug die Hände vors Gesicht und wiegte sich wimmernd hin und her.

Sie kennt mich seit meiner Geburt und hält mich dennoch für eine Mörderin. Niemand wird mir glauben. Was für eine Chance habe ich noch?

Edna Barry, die ein paar Straßen weiter an einer roten Ampel wartete, sagte sich immer wieder, daß ihr nichts anderes übriggeblieben war, als ihre Kündigung so zu begründen. Auf diese Weise würde ihre Geschichte mit dem Schlüssel glaubwürdiger erscheinen, und außerdem würden sich Leute wie Fran Simmons nicht mehr für Wally interessieren. Tut mir leid, Molly, dachte Edna, als ihr Mollys gekränkter Blick einfiel, aber Blut ist nun mal dicker als Wasser.

61

Calvin Whitehall verzehrte das Mittagessen, das die Haushälterin ihm auf einem Tablett im Arbeitszimmer serviert hatte, und brüllte zwischen den Bissen Lou Knox Befehle zu. Den ganzen Vormittag war er schon schlechter Laune, wohl, wie Lou annahm, weil Fran Simmons ihm allmählich gefährlich zu werden drohte. Lou wußte, daß sie ständig anrief, um einen Termin zu vereinbaren, und von Cal mit vagen Versprechungen abgewimmelt wurde. Außerdem hatte Lou ein Gespräch zwischen Jenna und Cal belauscht und mitbekommen, daß die Simmons heute mittag mit Peter Black verabredet gewesen war.

Als um halb eins das private Telefon läutete, vermutete Lou, daß Black von seinem Treffen mit Fran Simmons berichten wollte. Er hatte sich nicht getäuscht, und offenbar war Blacks Schilderung nicht dazu angetan, Cals Stimmung zu verbessern. »Was hast du geantwortet, als sie fragte, warum Gary dir die Teilhaberschaft angeboten hat? Wenn sie dahinterkommt … Warum hast du ihr überhaupt einen Termin gegeben? Du hättest dir doch denken können, daß du dir damit nur schadest. Dazu braucht man kein Genie zu sein.«

Mit hochrotem Kopf knallte Cal den Hörer hin. Gleich darauf läutete das Telefon wieder, und Cals Tonfall wurde sofort merklich freundlicher, als er den Anrufer erkannte. »Ja, Herr Doktor, ich habe vor einer Minute mit Peter gesprochen… Nein, es war nichts Besonderes. Erwarten Sie eine Nachricht von ihm?«

Lou war klar, daß der Anrufer Adrian Logue sein mußte, der angebliche Augenarzt, der das Farmhaus in West Redding bewohnte. Lou verstand nicht, warum Whitehall, Black – und früher auch Gary Lasch – Logue stets mit Samthandschuhen anfaßten. Im Laufe der Jahre hatte Lou Cal hin und wieder zum Farmhaus gefahren. Cal blieb nie lange, und Lou hatte immer im Wagen gewartet.

Ein- oder zweimal hatte er Logue aus der Nähe gesehen – ein hagerer, freundlich wirkender, grauhaariger Mann von über siebzig Jahren. Als Lou seinen Chef nun betrachtete, ahnte er, daß dieser gerade etwas sehr Unerfreuliches zu hören bekam.

Es war ein schlechtes Zeichen, wenn Cal eiskalt wurde, anstatt in die Luft zu gehen. Lou beobachtete, wie sich Cals Miene verhärtete. Seine Augen wurden zu funkelnden Schlitzen und erinnerten Lou an die eines sprungbereiten Tigers.

Cals Stimme klang zwar beherrscht, doch sein Tonfall war herrisch und befehlsgewohnt. »Bei allem Respekt, Herr Doktor, aber Sie hatten nicht das Recht, Peter Black zur Weiterführung des Experiments zu zwingen. Er hätte Ihren Anweisungen niemals Folge leisten dürfen. Damit sind Sie, vor allem angesichts der momentanen Umstände, ein unverzeihliches Risiko eingegangen. Es kommt überhaupt nicht in Frage, daß Sie dabei sind, wenn die Reaktion einsetzt. Sie werden sich wie immer mit einer Videoaufnahme zufriedengeben müssen.«

Lou verstand zwar Dr. Logues Antwort nicht, hörte jedoch, daß seine Stimme lauter wurde.

Cal fiel dem Anrufer ins Wort. »Herr Doktor, ich garantiere Ihnen, daß Sie das Band noch heute abend erhalten.« Er legte auf, ohne sich zu verabschieden. Lou sah ihm an, daß er in ernstlichen Schwierigkeiten steckte.

»Soweit ich mich erinnere, habe ich dir gegenüber schon einmal angedeutet, daß Fran Simmons ein Problem für uns werden könnte«, meinte Cal. »Es ist Zeit, sich dieses Problems anzunehmen.«

62

Gleich nach ihrem Besuch bei Peter Black rief Fran Philip Matthews an. Sie erreichte ihn in seiner Kanzlei und erkannte an seinem Tonfall sofort, daß ihn etwas beschäftigte.

»Wo sind Sie, Fran?« fragte er.

»In Greenwich. Ich wollte gerade nach New York zurückfahren.«

»Haben Sie Zeit, heute nachmittag gegen drei zu mir in die Kanzlei zu kommen? Ich fürchte, Mollys Lage hat sich verschlimmert.«

»Ich werde da sein.« Fran beendete das Gespräch. Sie näherte sich einer Kreuzung und bremste, da die Ampel auf Rot umsprang. Nach rechts oder nach links? fragte sie sich. Eigentlich wollte sie zur Redaktion der *Greenwich Time*, um ein paar Worte mit Joe Hutnik zu wechseln.

Doch etwas in ihr zwang sie, den Weg zu dem Haus einzuschlagen, in dem sie mit ihren Eltern vier Jahre lang gelebt hatte. Peter Blacks abfällige Bemerkung über ihren Vater hatte sie tief gekränkt. Allerdings war ihr klar, daß sie sich nicht persönlich verletzt fühlte, sondern eher um ihren Vater trauerte. Sie wollte das Haus, das letzte gemeinsame Heim ihrer Familie, noch einmal sehen.

Also los, sagte sie sich. Drei Straßen weiter bog sie in eine Allee ab, die ihr sofort vertraut erschien. Sie hatten in der Mitte des Häuserblocks gewohnt, in einem Backsteinhaus im Tudorstil. Eigentlich hatte sie nur langsam vorbeifahren wollen, doch statt dessen hielt sie auf der gegenüberliegenden Straßenseite an und betrachtete das Haus mit tränennassen Augen.

Es war ein schönes Anwesen, dessen Butzenscheiben im Sonnenlicht funkelten. Es hat sich kaum verändert, dachte sie und erinnerte sich an das lange, hohe Wohnzimmer mit dem hübschen Kamin aus irischem Marmor. Die Bibliothek war klein. Ihr Vater hatte immer Witze darüber gemacht, daß sie wohl nur für zehn Bücher geplant gewesen sei, aber man hatte sich dort wunderbar zurückziehen können.

Zu ihrem Erstaunen fielen ihr viele angenehme Dinge ein. Wenn Dad nur durchgehalten hätte, dachte sie. Selbst wenn er zu einer Gefängnisstrafe verurteilt worden wäre, hätte man ihn schon vor Jahren entlassen, und er hätte anderswo neu anfangen können.

Der Gedanke, daß er so sinnlos gestorben war, hatte sie und ihre Mutter lange gequält. Sie machten sich Vorwürfe, weil sie das Problem nicht rechtzeitig bemerkt und verhindert hatten.

Warum hat er nicht mit uns darüber gesprochen? fragte sich Fran. Wenn er sich uns doch nur anvertraut hätte.

Und was ist aus dem Geld geworden? überlegte sie weiter. Weshalb war es spurlos verschwunden, ohne einen Hinweis auf eine fehlgeschlagene Investition? Eines Tages werde ich die Antwort finden, schwor sie sich, als sie den Motor anließ.

Sie sah auf die Uhr. Zwanzig vor eins. Wahrscheinlich war Joe Hutnik zu Tisch, aber sie beschloß, es trotzdem in der Redaktion zu versuchen.

Joe saß wider Erwarten tatsächlich an seinem Schreibtisch und beteuerte Fran, daß sie ihn überhaupt nicht störe. Außerdem habe er sowieso mit ihr reden wollen. »Seit letzter Woche ist viel passiert«, knurrte er, während er ihr einen Stuhl anbot und die Tür schloß.

»Das würde ich auch sagen«, stimmte Fran zu.

»Sie kriegen eine Menge Stoff für Ihre Sendung.«

»Joe, Molly ist unschuldig. Ich weiß genau, daß sie diese beiden Verbrechen nicht begangen hat. Ich spüre es.«

Joe zog die Augenbrauen hoch. »Raus mit der Sprache, Fran. Sie wollen mich hoffentlich auf den Arm nehmen. Anderenfalls muß ich Sie warnen. Sie machen sich etwas vor.«

»Nein, Joe, ich bin überzeugt, daß sie weder ihren Mann noch die Scalli getötet hat. Sie wissen doch, was sich in dieser Stadt tut. Was erzählen die Leute denn so?«

»Die Menschen sind ganz einfach entsetzt und traurig, aber nicht weiter überrascht. Alle denken, daß Molly geisteskrank ist.«

»Das habe ich befürchtet.«

»Und es gibt noch etwas, worüber Sie sich wirklich Sorgen machen sollten. Tom Serrazzano, der Staatsanwalt, drängt den Bewährungsausschuß, Mollys Bewährung zurückzunehmen. Er weiß zwar, daß sie wieder unter Anklage steht und eine neue Kaution hinterlegt hat, doch seine Begründung lautet, ihre Äußerung vor dem Gefängnis stellte einen Widerspruch zu ihrer Aussage bei der Bewährungsanhörung dar. Schließlich hatte sie die Schuld am Tode ihres Mannes auf sich genommen. Daß sie den Mord nun abstreitet, bezeichnet Serrazzano als Täuschungsmanöver. Er fordert, daß sie nun die gesamte Strafe verbüßen soll. Möglicherweise setzt er seinen Standpunkt durch.«

»Heißt das, daß Molly zurück ins Gefängnis muß?«

»Ich halte das für wahrscheinlich, Fran.«

»Das gibt es doch nicht«, murmelte Fran. »Joe, ich war heute morgen bei Dr. Peter Black. Zuvor habe ich mich ein wenig über die Klinik und den Remington-Gesundheitsdienst informiert. Etwas ist da faul, ich bin nur noch nicht dahintergekommen, was es ist. Aber Black war bei meinem Besuch äußerst nervös. Als ich ihn fragte, warum Gary Lasch ausgerechnet ihn aus einem drittklassigen Krankenhaus geholt habe, um ihn zu seinem Partner in der Lasch-Klinik und beim Remington-Gesundheitsdienst zu machen, hat er fast einen Anfall gekriegt. Seine beruflichen Qualifikationen sind nämlich alles andere als herausragend, und außerdem gab es damals in dieser Gegend einige viel besser geeignete Kandidaten.«

»Das ist wirklich merkwürdig«, meinte Joe. »Wie ich mich entsinne, hatte man damals den Eindruck, daß es sehr schwer gewesen ist, ihn abzuwerben.«

»Glauben Sie mir, das war es nicht.« Fran stand auf. »Ich muß los, Joe. Ich hätte gern Kopien sämtlicher Artikel, die in der *Time* über den Bibliotheksfonds, über Dad und das nach seinem Tod verschwundene Geld erschienen sind.«

»Die kriegen Sie«, versprach Joe.

Fran war froh, daß Joe ihr keine Fragen stellte, doch sie fand, daß sie ihm eine Erklärung schuldig war. »Als ich Dr. Black heute morgen auf den Zahn gefühlt habe, hat er die beleidigte Leberwurst gespielt und mir vorgeworfen, ich hätte kein Recht, ihn zu belästigen. Immerhin sei ich die Tochter eines Diebes, der sich die Spendengelder der halben Stadt unter den Nagel gerissen hat.«

»Das war ein Schlag unter die Gürtellinie«, sagte Hutnik. »Aber seine Gründe sind leicht durchschaubar. Anscheinend steht er zur Zeit unter großem Druck und will deshalb verhindern, daß etwas aufs Tapet kommt, das die Übernahme der kleineren Gesundheitsdienste durch Remington gefährdet. Meinen Quellen zufolge steht der Deal nämlich auf wackeligen Beinen, Fran. Zur Zeit liegt American National vorne. Und soweit ich weiß, hat Remington momentan finanzielle Probleme. Die kleinen Gesundheitsdienste würden neues Geld in die Kasse bringen und Remington über die Durststrecke hinweghelfen.«

Joe hielt Fran die Tür auf. »Wie ich Ihnen letztens schon gesagt habe, ist der Direktor von American National einer der angesehensten Ärzte im Land und außerdem ein scharfer Kritiker der Gesundheitsdienste. Er hält eine staatliche Krankenversicherung für die beste Lösung. Doch bis dieser Tag kommt, will er dafür sorgen, daß American National unter seiner Leitung die besten Leistungen im amerikanischen Gesundheitswesen erbringt.«

»Also könnte es sein, daß Remington den kürzeren zieht?«

»Sieht fast danach aus. Die kleinen Gesundheitsdienste, die sich eigentlich darum hätten reißen sollen, von Remington geschluckt zu werden, haben sich inzwischen auf die Seite von American National geschlagen. Auch wenn es noch so seltsam klingt, könnte es durchaus passieren, daß Whitehall und Black, obwohl sie die Mehrheit der Anteile an Remington besitzen, eine feindliche Übernahme nicht verhindern können.«

Es mag zwar kleinlich von mir sein, dachte Fran auf der Heimfahrt nach New York, doch nach dieser Bemerkung über Dad wäre es eine ausgesprochene Genugtuung für mich, wenn Peter Black scheitert.

Sie sah im Büro nach ihrer Post und nahm dann ein Taxi zum World Trade Center, wo sie um drei mit Philip Matthews verabredet war.

Er saß hinter hohen Papierstapeln an seinem Schreibtisch. »Ich habe eben mit Molly telefoniert«, verkündete er mit finsterer Miene. »Sie ist ziemlich erschüttert. Edna Barry hat heute morgen gekündigt, und raten Sie mal, mit welcher Begründung: Sie habe Angst vor Molly und fürchte sich davor, bei einer Frau zu arbeiten, die zwei Menschen auf dem Gewissen hat.«

»Die hat vielleicht Nerven!« Ungläubig starrte Fran Philip an. »Ich bin überzeugt, daß Edna Barry uns etwas verschweigt.«

»Fran, ich habe gerade die Aussage durchgelesen, die Edna nach dem Auffinden von Gary Laschs Leiche bei der Polizei gemacht hat. Sie deckt sich mit dem, was sie Ihnen und Molly gestern erzählte.«

»Meinen Sie ihre Behauptung, Molly habe als einzige den Ersatzschlüssel benützt und ihn nicht in das Versteck im Garten zurückgelegt? Molly streitet das rundheraus ab. Hat die Polizei bei ihren Vernehmungen nach dem Mord nicht auch Molly zu dem Schlüssel befragt?«

»Als Molly am Montag morgen blutverschmiert aufwachte, war sie praktisch nicht ansprechbar, und dieser Zustand hielt mehrere Tage an. Ich habe keinen Hinweis darauf entdeckt, daß sie verhört wurde. Schließlich gab es keine Anzeichen für einen Einbruch, und Mollys Fingerabdrücke befanden sich überall auf der Mordwaffe.«

»Und das heißt, daß alle Edna Barry glauben werden. Auch wenn Molly noch so sehr beteuert, daß sie lügt.« Ärgerlich lief Fran im Büro auf und ab. »Mein Gott, Philip, gibt es für Molly denn gar keinen Ausweg mehr?«

»Fran, ich habe heute morgen einen Anruf vom allmächtigen Calvin Whitehall erhalten. Er will mir einige hochkarätige Anwälte zur Seite stellen, um Mollys Verteidigung vorzubereiten. Sie hätten Zeit für diesen Fall, das hat er schon herausgefunden. Außerdem hat er sie in die Einzelheiten eingeweiht. Laut Whitehall sind sie sich einig, daß wir auf Unzurechnungsfähigkeit plädieren sollten.«

»Das dürfen Sie nicht zulassen, Philip.«

»Ich würde es auch gern verhindern, doch es gibt da noch ein Problem. Der Staatsanwalt setzt Himmel und Hölle in Bewegung, um Mollys Bewährung aufzuheben.«

»Das hat mir Joe Hutnik von der *Greenwich Time* schon erzählt. Also haben wir es mit folgender Situation zu tun: Mollys Haushälterin behauptet, Angst vor ihr zu haben, und Mollys Freunde möchten sie in eine Anstalt bringen. Denn darauf würde es doch hinauslaufen, wenn Sie auf geistige Unzurechnungsfähigkeit plädieren. Molly würde in einer psychiatrischen Klinik landen, richtig?«

»Nach einem zweiten Mord würden die Geschworenen sie niemals auf freien Fuß setzen. Ja, sie würde auf jeden Fall eingesperrt. Wir könnten es nie schaffen, noch einmal eine Abmachung mit der Staatsanwaltschaft zu treffen. Und außerdem bin ich mir auch nicht sicher, ob wir mit Unzurechnungsfähigkeit durchkommen.«

Fran bemerkte Philips bedrückte Miene. »Sie haben ein persönliches Interesse an dem Fall, stimmt's?«

Er nickte. »Und das schon seit langer Zeit. Ich schwöre Ihnen, daß ich den Fall dem besten Strafverteidiger übertragen würde, den ich auftreiben kann, wenn ich den Eindruck hätte, daß meine Gefühle für Molly meine Urteilsfähigkeit trüben.«

Als Fran Philip mitfühlend betrachtete, fiel ihr ein, wie er vor dem Gefängnistor auf sie gewirkt hatte. Offenbar wollte er Molly unter allen Umständen beschützen. »Ich glaube Ihnen«, sagte sie leise.

»Fran, wenn nicht ein Wunder geschieht, muß Molly zurück ins Gefängnis.«

»Ich treffe mich morgen mit Annamaries Schwester«, meinte Fran. »Und sobald ich heute wieder im Büro bin, werde ich mir aus dem Archiv sämtliche Informationen über den Remington-Gesundheitsdienst und alle beteiligten Personen besorgen. Je länger ich recherchiere, desto mehr denke ich, daß die beiden Morde nichts mit Gary Laschs Affäre zu tun haben. Meiner Ansicht nach geht es um unlautere Machenschaften in der Lasch-Klinik und beim Remington-Gesundheitsdienst.«

Sie griff nach ihrer Umhängetasche. Auf dem Weg nach draußen blieb sie am Fenster stehen. »Sie haben einen grandiosen Blick auf die Freiheitsstatue«, bemerkte sie. »Wollen Sie damit Ihren Mandanten Mut machen?«

Philip Matthews schmunzelte. »Komisch, Molly hat bei ihrem ersten Besuch vor sechs Jahren etwas Ähnliches gesagt.«

»Wollen wir für Molly hoffen, daß die Freiheitsstatue bei ihr auch die Rolle der Glücksfee übernimmt. Ich habe eine Vermutung, und wenn die sich als richtig erweist, schaffen wir es vielleicht. Wünschen Sie mir Glück, Philip. Wir sehen uns später.«

63

Gegen fünf begann Tashas Zustand sich dramatisch zu verändern. Barbara Colbert konnte es förmlich mitansehen.

In den letzten beiden Tagen hatten die Krankenschwestern auf das leichte Make-up verzichtet, das sonst Tashas Gesichtsfarbe auffrischte. Dennoch breitete sich plötzlich ein rosiges Leuchten auf ihren Wangen aus.

Ihre starren Gliedmaßen, die regelmäßig massiert werden mußten, schienen sich wie von selbst zu entspannen. Barbara bemerkte nicht, wie die Krankenschwester auf Zehenspitzen den Raum verließ, um im Nebenzimmer leise mit dem Arzt zu telefonieren.

Es ist besser für Tasha, sagte sich Barbara. Bitte, lieber Gott, gib mir Kraft. Und laß sie noch so lange leben, bis ihre Brüder hier sind. Sie möchten gerne bei ihr sein, wenn sie stirbt.

Barbara setzte sich auf das Bett, wobei sie achtgab, nicht das Gewirr aus Infusions- und Beatmungsschläuchen zu berühren. Sie nahm Tashas Hände. »Tasha, Tasha«, murmelte sie. »Mein einziger Trost ist, daß du deinen Vater wiedersehen wirst, der dich ebenso geliebt hat wie ich.«

Die Krankenschwester stand in der Tür. Barbara blickte auf. »Ich möchte mit meiner Tochter allein sein«, sagte sie.

Die Schwester hatte Tränen in den Augen. »Ich verstehe Sie. Es tut mir so leid.«

Barbara nickte und wandte sich um. Kurz hatte sie den Eindruck, als habe Tasha sich bewegt, und sie glaubte zu spüren, wie sie ihr die Hände drückte.

Tashas Atem ging schneller. Voller Schmerz wartete Barbara auf das Ende.

Sie bemerkte, daß jemand hinter ihr stand. Der Arzt. Verschwinde, dachte sie. Doch sie wagte es nicht, sich umzudrehen, um nicht die letzten Sekunden im Leben ihrer Tochter zu versäumen.

Plötzlich schlug Tasha die Augen auf, und ihre Lippen verzogen sich zu einem Lächeln. »Dr. Lasch, es war so dumm von mir«, murmelte sie.« Ich bin über meinen Schnürsenkel gestolpert und gestürzt.«

Entgeistert starrte Barbara sie an. »Tasha!« Tasha drehte den Kopf zu ihr. »Hallo, Mom ...«

Tasha schloß die Augen und öffnete sie langsam wieder. »Mom, hilf mir ... bitte.« Ihr letzter Atemzug war ein leiser Seufzer.

»Tasha!« schrie Barbara. Sie wirbelte herum. Peter Black stand reglos in der Tür. »Sie haben sie doch auch gehört, Herr Doktor! Sie hat mit mir gesprochen. Lassen Sie sie nicht sterben! Tun Sie etwas!«

»Meine Liebe«, erwiderte Dr. Black beruhigend, während die Schwester ins Zimmer eilte. »Unsere Tasha ist von uns gegangen. Es ist vorbei.«

»Sie hat mit mir gesprochen!« schrie Barbara Colbert. »Sie haben Sie gehört!«

Verzweifelt nahm sie Tasha in die Arme. »Tasha, stirb nicht. Es wird dir bald besser gehen!«

Kräftige Hände zogen an ihr und brachten sie mit sanftem Zwang dazu, ihre Tochter freizugeben. »Mutter, wir sind bei dir.«

Barbara sah zu ihren Söhnen auf. »Sie hat mit mir gesprochen.« Sie schluchzte. »Gott ist mein Zeuge. Bevor sie starb, hat sie mit mir gesprochen.«

64

Lou Knox sah gerade fern, als er wie erwartet gerufen wurde. Cal hatte zwar angekündigt, er werde ein Päckchen nach West Redding fahren müssen, aber ihn über die genaue Uhrzeit im unklaren gelassen.

Als er ins Haus kam, saßen Cal und Dr. Peter Black in der Bibliothek. Er spürte auf Anhieb, daß sie sich heftig gestritten hatten. Cal hatte die Lippen zusammengepreßt, er sah finster drein, seine Wangen waren gerötet. Dr. Black hielt ein großes Glas Scotch in der Hand. Nach seinem starren Blick zu urteilen, war es heute nicht sein erster Drink.

Der Fernseher war eingeschaltet, doch auf dem Bildschirm war nur das blaue Testbild des Videokanals zu sehen. Offenbar hatten sie sich ein Video angeschaut. Als Cal Lou bemerkte, fauchte er Black an: »So gib es ihm schon, du Dummkopf!«

»Cal, ich schwöre …«, beteuerte Dr. Black mit tonloser Stimme.

»Gib es ihm einfach.«

Black griff nach einer kleinen, in braunes Papier gewickelten Schachtel, die neben ihm auf dem Tisch stand, und reichte sie Knox wortlos.

»Ist das das Päckchen, das ich nach West Redding bringen soll, Sir?«

»Frag nicht so blöd, Lou. Und jetzt beeil dich.«

Lou erinnerte sich an Cals Telefonat vom Vormittag. Offenbar handelte es sich um das Videoband, über das er mit dem Augenarzt Dr. Logue gesprochen hatte. Wahrscheinlich hatten Cal und Black es sich angesehen, denn das Päckchen wirkte, als sei es ausgewickelt und wieder eingepackt worden. »Bin schon unterwegs, Sir«, entgegnete er rasch. Doch erst muß ich wissen, was auf diesem Band ist, dachte er, als er den Raum verließ.

Er eilte zurück in seine Wohnung und verschloß sorgfältig die Tür. Es war nicht weiter schwer, das Päckchen ein zweitesmal zu öffnen, ohne das Einwickelpapier zu zerreißen. Wie erwartet befand sich ein Video darin, das er rasch in den Videorecorder einlegte. Er drückte auf PLAY.

Was hatte das zu bedeuten? fragte er sich, als er den Bildschirm beobachtete. Er sah ein elegant möbliertes Krankenhauszimmer. Eine junge Frau lag, schlafend oder bewußtlos, im Bett. Daneben saß eine wohlhabend wirkende alte Dame.

Moment mal, überlegte Lou. Diese Frau kenne ich doch. Das ist Barbara Colbert, und das Mädchen ist ihre Tochter, die schon seit Jahren im Koma liegt. Die Familie hat soviel Geld für das Pflegeheim gespendet, daß man es nach ihr benannt hat.

In der unteren rechten Ecke des Bildschirms konnte man die Uhrzeit ablesen, zu der das Video aufgenommen worden war: heute morgen um halb neun. Lief die Kamera den ganzen Tag? fragte sich Lou. Auf so ein Band paßten doch keine zwölf Stunden.

Er spulte bis zum Ende vor, dann wieder ein Stück zurück und drückte erneut auf PLAY. Nun schluchzte die alte Dame, während zwei Männer sie in den Armen hielten. Dr. Black beugte sich über das Bett. Offenbar ist das Mädchen gestorben, sagte sich Lou. Er überprüfte noch einmal die Uhrzeit am unteren Bildrand: 17:40.

Erst vor ein paar Stunden, dachte er. Aber welchen Grund gab es, den Tod des Mädchens auf Video aufzunehmen?

Schließlich lag sie schon seit Jahren im Koma, so daß irgendwann mit ihrem Ableben zu rechnen war.

Lou wußte, daß Cal jeden Moment hereinkommen konnte, um sich zu erkundigen, warum er noch nicht losgefahren war. Während er die Ohren spitzte, damit ihm Cals Schritte auf der Treppe nicht entgingen, spulte er das Band ein Stück weiter zurück.

Der Anblick, der sich ihm bot, ließ ihn erschaudern. Er traute seinen Augen kaum, als er sah, daß das seit Jahren bewußtlose Mädchen aufwachte, den Kopf drehte und laut und deutlich von Dr. Lasch sprach. Dann schloß sie die Augen und starb, und Dr. Black beteuerte, er habe nicht gehört, wie sie etwas sagte.

Es war unheimlich. Lou wußte, daß er es mit einer großen Sache zu tun hatte. Außerdem war ihm klar, daß er ein Risiko einging, als er kostbare Minuten damit verbrachte, die letzte Viertelstunde des Bandes zu kopieren und das Video hinter den Regalbrettern in seiner Wohnung zu verstecken.

Er stieg gerade ins Auto, als Cal aus dem Haus kam. »Weshalb trödelst du so herum? Was hast du getrieben, Lou?«

Lou war sicher, daß ihm die Angst ins Gesicht geschrieben stand, doch er beherrschte sich mühsam. Dieses Videoband gab ihm Macht, und seine im Laufe der Jahre antrainierte Fähigkeit zu lügen, ließ ihn auch diesmal nicht im Stich.

»Ich war auf der Toilette. Verdauungsprobleme.«

Ohne die Antwort abzuwarten, schloß er die Wagentür und startete den Motor. Eine Stunde später traf er beim Farmhaus in West Redding ein und übergab dem Mann, den er als Dr. Adrian Logue kannte, das Päckchen.

Logue zitterte fast vor Aufregung, als er Lou das Päckchen aus der Hand riß und ihm die Tür vor der Nase zuknallte.

65

Noch nie im Leben ist mir etwas so schwergefallen«, erklärte Edna Barry Marta Jones am Telefon. Sie hatte gerade nach dem Abendessen die Küche saubergemacht, gönnte sich nun eine Tasse Tee und brannte darauf, ihrer Freundin ihre Version der Geschichte brühwarm zu erzählen.

»Ja, es muß schrecklich für dich gewesen sein«, bestärkte Marta sie.

Edna zweifelte nicht daran, daß Fran Simmons weiter hier herumschnüffeln und Fragen stellen würde. Vielleicht würde sie auch Marta einen weiteren Besuch abstatten. Und deshalb wollte Edna sichergehen, daß ihre Nachbarin die Dinge in ihrem Sinne darstellte. Diesmal sollte Fran nur Informationen zu hören bekommen, die Wally ganz sicher nicht schaden konnten. Sie trank einen Schluck Tee und hielt den Hörer ans andere Ohr. »Marta«, fuhr sie fort, »schließlich hast du mich auf den Gedanken gebracht, daß Molly gefährlich sein könnte. Ich habe versucht, nicht daran zu denken, aber sie benimmt sich seltsam. Sie ist so still. Stundenlang sitzt sie allein herum und will niemanden sehen. Gestern kauerte sie auf dem Boden und durchsuchte Kartons. Es waren stapelweise Fotos vom Doktor darin.«

»Nein!« keuchte Marta. »Man möchte doch meinen, daß sie die schon längst weggeworfen hat. Warum sollte sie sie behalten? Oder möchtest du dir ständig Fotos von einem Mann anschauen, den du umgebracht hast?«

»Genau das meine ich, wenn ich sage, daß sie sich komisch benimmt«, entgegnete Edna. »Und als sie gestern behauptete, sie hätte den Schlüssel nie aus dem Versteck im Garten genommen – nun, Marta, da wurde mir klar, daß das mit den Gedächtnislücken bereits vor dem Tod des Doktors angefangen haben muß. Wahrscheinlich schon nach ihrer

Fehlgeburt. Bestimmt hat sie damals eine Depression bekommen, und danach war sie völlig verändert.«

»Die Arme«, sagte Marta und seufzte. »Für sie wäre es das beste, wenn man sie in einer Einrichtung unterbringt, wo ihr geholfen wird. Ich bin froh, daß du dich von ihr fernhältst, Edna. Vergiß nicht, daß Wally dich braucht, du mußt zuerst an ihn denken.«

»Das finde ich auch, Marta. Gut, daß ich eine Freundin wie dich habe, mit der ich über alles sprechen kann. Ich war so durcheinander und mußte es mir einfach von der Seele reden.«

»Ich bin immer für dich da, Edna. Geh früh zu Bett und schlaf dich mal so richtig aus.«

Nachdem Edna ihre Mission erfüllt hatte, stand sie zufrieden auf, knipste das Licht in der Küche aus und ging ins Wohnzimmer. Wally sah sich die Nachrichten an. Erschrocken stellte Edna fest, daß gerade die Aufnahmen von Molly vor dem Gefängnistor über den Bildschirm flimmerten. »Erst vor zehn Tagen wurde Molly Carpenter Lasch aus dem Niantic-Gefängnis entlassen«, verkündete der Nachrichtensprecher. »Sie war dort fünfeinhalb Jahre wegen Mordes an ihrem Mann Dr. Gary Lasch inhaftiert. Inzwischen wurde sie erneut festgenommen und wegen Mordes an der Geliebten ihres Mannes, Annamarie Scalli, angeklagt. Staatsanwalt Tom Serrazzano versucht, ihre Bewährung aufheben zu lassen.«

»Warum schaltest du nicht um, Wally?« schlug Edna vor.

»Muß Molly wieder ins Gefängnis, Mom?«

»Ich weiß nicht, mein Junge.«

»Sie sah so ängstlich aus, als sie ihn fand. Sie hat mir leidgetan.«

»Das darfst du nicht sagen, Wally. Du weißt nicht, wovon du redest.«

»Doch, Mom. Ich war doch dabei, schon vergessen?«

Entsetzt packte Edna ihren Sohn am Kinn und zwang ihn, zu ihr hochzusehen. »Erinnerst du dich nicht mehr, wie die Polizei dir angst gemacht hat, als Dr. Morrow ermordet wurde? Dauernd haben sie dir Fragen gestellt, wo du in der Nacht gewesen bist. Deshalb habe ich dir ja die Schiene wieder angelegt und dir deine Krücken gegeben, bevor sie kamen, damit sie dich in Ruhe lassen.«

Er versuchte, sich loszumachen. »Was soll das, Mom?«

Edna blickte ihren Sohn eindringlich an. »Wally, du darfst nie wieder über Molly oder über diese Nacht sprechen. Nie wieder. Verstehst du mich?«

»In Ordnung.«

»Wally, ich werde nicht mehr für Molly arbeiten. Du und ich, wir machen eine Reise. Wir fahren ganz weit weg, vielleicht in die Berge oder sogar nach Kalifornien. Würde dir das Spaß machen?«

Er sah sie zweifelnd an. »Schon.«

»Dann schwöre mir, daß du nie mehr über Molly redest.«

Er schwieg eine Weile. »Ich schwöre, Mom«, sagte er schließlich leise.

66

Obwohl Molly all ihre Überredungskünste aufbot, weigerte sich Dr. Daniels, den Termin ein zweites Mal zu verschieben. Er sagte, er werde um sechs Uhr bei ihr sein, und er stand pünktlich vor Mollys Tür.

»Ganz schön mutig von Ihnen, mit mir allein zu sein«, murmelte sie. »An Ihrer Stelle wäre ich vorsichtig. Kehren Sie mir ja nicht den Rücken zu. Ich könnte gefährlich sein.«

Der Arzt, der gerade dabei gewesen war, den Mantel auszuziehen, hielt mitten in der Bewegung inne und musterte sie prüfend. »Was soll das heißen, Molly?«

»Kommen Sie rein. Ich erzähle Ihnen alles.« Sie führte ihn ins Arbeitszimmer. »Sehen Sie«, sagte sie und wies auf die Zeitschriftenstapel und Fotos auf dem Boden. »Ich sitze nicht nur herum und grüble.«

»Offenbar sind sie beim Aufräumen«, stellte Dr. Daniels fest.

»So könnte man es auch nennen, Herr Doktor, aber es ist mehr als das. Man bezeichnet es auch als ›Neuanfang‹, ›Trauerarbeit‹ oder ›Vergangenheitsbewältigung‹ – sie können es sich aussuchen.«

Daniels ging zum Sofa. »Darf ich?« fragte er und zeigte auf die Fotos.

»Schauen Sie sie sich ruhig an, Herr Doktor. Den linken Stapel schicke ich an Garys Mutter, der rechte kommt in den Papierkorb.«

»Wollen Sie sie wirklich wegwerfen?«

»Ich halte das für eine gesunde Reaktion, Herr Doktor. Sie nicht?«

Er blätterte die Fotos durch. »Auf vielen sind die Whitehalls zu sehen.«

»Jenna ist meine beste Freundin. Wie Sie sicher wissen, haben Cal, Gary und Peter Black gemeinsam den Remington-Gesundheitsdienst betrieben. Es sind auch einige Bilder von Peter und seinen Ex-Gattinnen dabei.«

»Sie haben Jenna wohl sehr gern, Molly. Was ist mit Cal? Sind Sie auch mit ihm befreundet?«

Als er aufblickte, bemerkte er, daß ein Lächeln um ihre Lippen spielte.

»Cal ist kein sehr liebenswerter Mensch«, erwiderte sie. »Ich bezweifle, daß ihn überhaupt jemand mag, nicht mal Lou Knox, sein Chauffeur und Mädchen für alles. Niemand findet Cal sympathisch, man ist eher fasziniert von ihm. Er kann sehr nett und amüsant sein, und er ist hochintelligent. Ich weiß noch, wie wir einmal bei einem Dinner waren, das ihm zu Ehren veranstaltet wurde. Über sechshundert wichtige Leute waren da. ›Neunundneunzig Prozent von ihnen sind nur aus Angst hier‹, hat Jenna mir zugeflüstert.«

»War das Ihrer Meinung nach ein Problem für Jenna?«

»Du meine Güte, nein. Jenna liebt Cals Macht. Allerdings ist sie selbst eine starke Persönlichkeit und läßt sich von niemandem aufhalten. Deshalb hat sie es auch geschafft, Teilhaberin einer bedeutenden Anwaltskanzlei zu werden. Das hat sie ganz allein geschafft.« Molly hielt inne. »Ich hingegen bin ein Weichei. Das war ich schon immer. Jenna war sehr lieb zu mir. Doch Cal würde es bevorzugen, wenn ich vom Erdboden verschwinden würde.«

Da hast du recht, dachte John Daniels. »Wollte Jenna Sie heute besuchen?«

»Nein. Sie ist in New York zu einem Dinner eingeladen. Aber sie hat angerufen. Ich habe mich sehr darüber gefreut. Nach Mrs. Barrys Kündigung hatte ich ein bißchen Aufmunterung dringend nötig.«

Dr. Daniels wartete ab. Er bemerkte, daß Mollys Miene sich veränderte. Sie wirkte bedrückt und irgendwie ein bißchen ungläubig. Mit ruhiger, fast monotoner Stimme berichtete sie ihm von Edna Barrys Abschied.

»Ich habe heute nachmittag mit meiner Mutter telefoniert und sie gefragt, ob sie und Vater auch Angst vor mir hätten«, erzählte sie weiter. »Ich wollte wissen, warum sie mich nicht besuchten, obwohl ich sie brauchte. Letzte Woche wollte ich niemanden um mich haben. Als ich nach Hause kam, fühlte ich mich wie jemand mit schweren Verbrennungen: ›Faßt mich bloß nicht an! Laßt mich in Ruhe!‹ Doch nachdem Annamaries Leiche gefunden wurde, hatte ich große Sehnsucht nach meinen Eltern.«

»Und was hat Ihre Mutter geantwortet?«

»Daß sie nicht kommen können. Dad hatte einen leichten Schlaganfall, ist aber wieder auf dem Wege der Besserung. Deshalb sind sie nicht hier. Sie haben Jenna angerufen und sie gebeten, sich um mich zu kümmern, und das hat sie natürlich auch getan. Sie haben es selbst gesehen.«

Molly blickte an Dr. Daniels vorbei. »Es war wichtig für mich, mit ihnen zu sprechen und zu wissen, daß sie weiter zu mir halten. Die Angelegenheit hat sie sehr mitgenommen. Und als Mrs. Barry heute gekündigt hat, fühlte ich mich, als hätten sie mich ebenfalls im Stich gelassen. Dann hätte ich ...« Ihre Stimme erstarb.

»Was hätten Sie getan, Molly?«

»Ich weiß nicht.«

Doch, du weißt es ganz genau, dachte Daniels. Eine Zurückweisung durch deine Eltern hätte dir den Rest gegeben.

»Wie fühlen Sie sich jetzt, Molly?« fragte er freundlich.

»Unter Druck, Herr Doktor. Wenn meine Bewährung aufgehoben wird und ich wieder ins Gefängnis muß, werde ich das nicht durchstehen. Ich brauche mehr Zeit, denn ich schwöre Ihnen, daß ich es schaffen werde, mich an das zu erinnern, was in jener Nacht nach meiner Rückkehr aus Cape Cod geschah.«

»Wir könnten es mit Hypnose versuchen, Molly. Es hat zwar damals nicht geklappt, aber das muß nicht immer so bleiben. Vielleicht ist es mit Ihrer Gedächtnisblockade wie mit einem Eisberg, der langsam Risse bekommt. Ich könnte Ihnen helfen.«

Molly schüttelte den Kopf. »Nein, ich muß allein dahinterkommen. Da ist ...« Sie hielt inne. Es war noch zu früh, um Dr. Daniels zu erzählen, daß ihr den ganzen Nachmittag schon ein Name im Kopf herumging: Wally.

Aber warum?

67

Barbara Colbert schlug die Augen auf. Wo bin ich? fragte sie sich benommen. Was ist geschehen? Tasha! Tasha! Sie erinnerte sich daran, daß Tasha vor ihrem Tod mit ihr gesprochen hatte.

»Mom.« Ihre Söhne Walter und Rob standen vor ihr und sahen sie mitleidig an.

»Was ist passiert?« flüsterte sie.

»Mom, Tasha ist gestorben, weißt du noch?«

»Ja.«

»Du bist ohnmächtig geworden. Schock. Erschöpfung. Dr. Black hat dir ein Beruhigungsmittel gegeben. Du bist im Krankenhaus, und er möchte, daß du noch ein oder zwei Tage zur Beobachtung hierbleibst. Dein Puls war ziemlich schwach.«

»Walter, Tasha ist aus dem Koma aufgewacht und hat mit mir gesprochen. Dr. Black muß sie gehört haben. Die Schwester auch. Fragt sie doch.«

»Mom, du hattest die Schwester aus dem Zimmer geschickt. *Du* hast mit Tasha geredet, nicht umgekehrt.«

Barbara kämpfte die aufkommende Schläfrigkeit nieder. »Ich bin zwar alt, aber noch nicht vertrottelt«, entgegnete sie. »Meine Tochter ist aus dem Koma aufgewacht, das weiß ich genau. Walter, hör mir zu, sie hat mit mir gesprochen, und ich erinnere mich noch klar an ihre Worte: ›Dr. Lasch, es war so dumm von mir. Ich bin über meinen Schnürsenkel gestolpert und gestürzt.‹ Dann erkannte sie mich. ›Hallo Mom‹, sagte sie. Sie bat mich, ihr zu helfen. Dr. Black hat das mitbekommen. Da bin ich ganz sicher. Warum hat er nichts unternommen? Er stand einfach nur da.«

»Mom, er hat alles Menschenmögliche für Tasha getan. Es war wirklich so am besten für sie.«

Barbara versuchte, sich aufzurichten. »Wie ich bereits gesagt habe, bin ich nicht vertrottelt. Ich habe mir nicht eingebildet, daß Tasha aus dem Koma aufgewacht ist«, verkündete sie mit vor Entrüstung kräftiger Stimme. »Aus irgendeinem schrecklichen Grund belügt uns Peter Black.«

Walter und Rob Colbert hielten ihrer Mutter die Hände fest, damit Dr. Black, der vom Bett aus nicht zu sehen gewesen war, ihr eine Spritze verabreichen konnte.

Barbara Colbert spürte, wie sie in warmer Dunkelheit versank, so sehr sie sich auch dagegen zu wehren versuchte.

»Das wichtigste ist, daß sie Ruhe bekommt«, erklärte Dr. Black ihren Söhnen. »Auch wenn wir noch so fest glauben, auf den Tod eines geliebten Angehörigen vorbereitet zu sein, kann ein Schock eintreten, wenn der Augenblick des Abschieds da ist. Ich schaue später noch einmal nach ihr.«

Als Black nach der Visite in sein Büro zurückkehrte, erwartete ihn eine Nachricht von Cal Whitehall, der um dringenden Rückruf bat.

»Hast du Barbara Colbert einreden können, daß sie gestern abend Halluzinationen hatte?« fragte Cal.

Peter wußte, wie ernst die Lage war und daß es keinen Sinn hatte, Cal zu belügen. »Ich mußte ihr wieder ein Beruhigungsmittel verabreichen. Sie wird sich nicht so leicht überzeugen lassen.«

Calvin Whitehall schwieg eine Weile. Dann sagte er leise: »Ich hoffe, dir ist klar, was du uns da eingebrockt hast.«

Black antwortete nicht.

»Und dabei ist Mrs. Colbert nicht unser größtes Problem. Ich habe gerade einen Anruf aus West Redding bekommen. Nachdem sich der gute Doktor das Band gründlich angesehen hat, verlangt er nun, daß wir mit dem Projekt an die Öffentlichkeit gehen.«

»Weiß er nicht, welche Folgen das haben würde?« fragte Black entsetzt.

»Das ist ihm egal. Er ist nicht ganz richtig im Kopf. Ich habe darauf bestanden, daß er bis Montag wartet, damit wir die Präsentation richtig vorbereiten können. Bis dahin habe ich mich um ihn gekümmert. Ich würde vorschlagen, daß du dich mit Mrs. Colbert befaßt.«

Cal knallte den Hörer auf. Peter Black hatte keinen Grund, daran zu zweifeln, daß sein Gesprächspartner absoluten Gehorsam erwartete.

68

Lucy Bonaventure nahm die Frühmaschine von Buffalo zum New Yorker Flughafen La Guardia. Um zehn Uhr betrat sie Annamaries Parterrewohnung in Yonkers. Obwohl Annamarie fast sechs Jahre dort gelebt hatte, hatte Lucy die Wohnung nie gesehen. Annamarie hatte gefunden, daß zwei Zimmer zu klein für Besucher waren. Für sie war es bequemer gewesen, zu ihrer Schwester nach Buffalo zu fahren.

Da Lucy wußte, daß die Polizei nach Annamaries Tod die Wohnung durchsucht hatte, wunderte sie sich nicht über das Durcheinander. Der Krimskrams auf dem Couchtisch war achtlos beiseitegeschoben, und die Bücher lagen in den Regalen, als habe man sie herausgezogen und willkürlich zurückgestellt. Auch die Schubladen im Schlafzimmer hatte man offensichtlich durchwühlt und den Inhalt einfach wieder hineingestopft.

Lucy hatte die Hausverwaltung gebeten, sich um den Verkauf der Eigentumswohnung zu kümmern. Nun mußte sie nur noch ausräumen. Am liebsten hätte sie die Aufgabe in einem Tag hinter sich gebracht, doch ihr war klar, daß sie wohl hier würde übernachten müssen. Es tat ihr weh, Annamaries Lieblingsparfüm auf der Kommode und das aufgeschlagene Buch auf dem Nachtkästchen zu sehen. Im Schrank hingen ihre Kostüme, Kleider und Schwesterntrachten, die sie nun nie wieder tragen würde.

Kleidung und Möbel sollten von wohltätigen Organisationen abgeholt werden. So würden wenigstens ein paar arme Leute etwas davon haben, sagte sich Lucy, ein schwacher Trost zwar, aber immerhin.

Die Reporterin Fran Simmons hatte sich für halb zwölf angesagt. Lucy begann, Annamaries Kommode zu leeren und die Sachen ordentlich gefaltet in die Kartons zu legen, die der Hausmeister ihr gegeben hatte.

Als sie auf die Fotos in der untersten Schublade stieß, stiegen ihr Tränen in die Augen. Sie zeigten Annamarie mit ihrem kleinen Sohn und waren offenbar unmittelbar nach der Geburt aufgenommen worden. Annamarie wirkte auf diesen Bildern so jung, und sie blickte ihr Baby liebevoll an. Es gab noch weitere Fotos von dem Kind, alle auf der Rückseite beschriftet. ›Erster Geburtstag‹, ›zweiter Geburtstag‹. Auf der letzten Aufnahme war der Kleine fünf Jahre alt, ein hübsches Kind mit leuchtend blauen Augen, dunkelbraunem Haar und einem freundlichen, sonnigen Lächeln. Es hat Annamarie das Herz gebrochen, ihn weggeben zu müssen, dachte Lucy. Sie überlegte, ob sie Fran Simmons die Fotos zeigen sollte, und entschied sich schließlich dafür. Vielleicht würde die Reporterin Annamarie so besser verstehen und ahnen, wie schwer sie für ihre Fehler gebüßt hatte.

Um Punkt halb zwölf läutete Fran an der Tür. Lucy Bonaventure bat sie herein. Die beiden Frauen musterten einander. Fran sah eine vollbusige Frau von Mitte Vierzig mit verschwollenen Augen, einem ebenmäßigen Gesicht und Tränenspuren auf den Wangen.

Lucy stand vor einer schlanken Frau Anfang Dreißig mit schulterlangem, hellbraunem Haar und blaugrauen Augen. »Sie war überhaupt nicht aufgetakelt«, erklärte sie ihrer Tochter am nächsten Tag, »und trug einen dunkelbraunen Hosenanzug, einen gelb und weiß gemusterten Schal und schlichte Goldohrringe. Aber sie wirkte wie eine waschechte New Yorkerin. Außerdem war sie sehr nett, und als sie mir sagte, wie leid ihr Annamaries Tod täte, wußte ich, daß es nicht nur leeres Gerede war. Ich bot ihr einen Kaffee an, und dann setzten wir uns an Annamaries kleinen Eßtisch.«

Fran hielt es für das Beste, sofort zur Sache zu kommen. »Mrs. Bonaventure, ich habe angefangen, Nachforschungen über den Mord an Dr. Lasch anzustellen, weil Molly Lasch mich darum gebeten hat. Sie ist eine alte Schulfreundin von mir. Ich werde für die Reihe *Wahre Verbrechen* eine Folge über ihren Fall drehen. Molly möchte genauso wie Sie erfahren, was wirklich hinter diesen beiden Morden steckt. Fünfeinhalb Jahre hat sie wegen eines Verbrechens, an das sie sich nicht erinnern kann, im Gefängnis verbracht. Inzwischen glaube ich, daß sie unschuldig ist. Was Dr. Laschs Tod angeht, gibt es noch zu viele offene Fragen. Damals wurde nicht gründlich genug ermittelt, und das möchte ich jetzt nachholen.«

»Aber ihr Anwalt hat so getan, als hätte Annamarie Dr. Lasch auf dem Gewissen«, protestierte Lucy ärgerlich.

»Er hat sich so verhalten, wie es die Pflicht eines jeden guten Verteidigers ist, und lediglich erklärt, Annamarie hätte sich in der Mordnacht ohne Zeugen in ihrer Wohnung in Cos Cob aufgehalten.«

»Wenn dieser Prozeß nicht vorher schon zu Ende gewesen wäre, hätte er Annamarie ins Kreuzverhör genommen und versucht, ihr den Mord in die Schuhe zu schieben. Das weiß ich ganz genau. Ist er immer noch Molly Laschs Anwalt?«

»Ja. Und er ist ein sehr fähiger Mann. Mrs. Bonaventure, Molly hat Dr. Lasch nicht umgebracht. Und sie hat auch Annamarie nicht getötet. Und Dr. Jack Morrow, den sie kaum kannte, hat sie ganz sicher nicht ermordet. Drei Menschen mußten sterben, und ich vermute, daß ein und dieselbe Person dahintersteckt. Der wirkliche Täter, nicht Molly, muß bestraft werden, denn er hat sie ins Gefängnis gebracht und will ihr auch den Mord an Annamarie anhängen. Möchten Sie, daß Molly Lasch unschuldig ins Gefängnis muß? Oder haben Sie Interesse daran, den Mörder Ihrer Schwester zu finden?«

»Warum hat Molly Lasch Annamarie aufgespürt und um ein Treffen gebeten?«

»Molly hatte immer geglaubt, daß sie eine glückliche Ehe führte. Offenbar war das ein Irrtum, denn sonst hätte es die Affäre mit Annamarie ja nicht gegeben. Molly wollte wissen, warum ihr Mann umgebracht worden und woran ihre Ehe gescheitert ist. Also erschien es ihr am sinnvollsten, bei der Frau anzufangen, die die Geliebte ihres Mannes war. Und Sie können mir helfen. Annamarie hatte vor etwas Angst. Da Molly das schon während ihres Gesprächs mit ihr aufgefallen ist, haben Sie es sicher bereits früher bemerkt. Warum hat Annamarie den Mädchennamen ihrer Mutter angenommen? Warum hat sie nicht mehr in einem Krankenhaus gearbeitet? Soweit ich informiert bin, war sie eine sehr gute Krankenschwester und liebte ihren Beruf.«

»Ja, das stimmt«, meinte Lucy Bonaventure traurig. »Sie hat sich keinen Gefallen getan, als sie damit aufhörte.«

Ich muß den Grund wissen, dachte Fran. »Mrs. Bonaventure, Sie sagten, etwas sei in der Klinik geschehen, das Annamarie schwer erschüttert habe. Können Sie sich vorstellen, was es war oder wann es passiert ist?«

Lucy Bonaventure schwieg eine Weile. Offenbar überlegte sie, ob sie Annamaries Andenken schützen oder zur Ergreifung ihres Mörders beitragen sollte.

»Anscheinend ereignete es sich kurz vor dem Mord an Dr. Lasch«, entgegnete sie dann zögernd. »Und zwar an einem Wochenende. Es hatte mit einer jungen Patientin zu tun. Dr. Lasch und sein Partner Dr. Black haben sie behandelt. Annamarie fand, daß Dr. Black einen schweren Fehler gemacht hatte, doch sie meldete den Vorfall nicht, denn Dr. Lasch hat sie angefleht, den Mund zu halten. Er sagte, das Fortbestehen der Klinik wäre in Gefahr, wenn es sich herumspräche.«

Als Lucy Fran mit einem fragenden Blick die Kaffeekanne hinhielt, schüttelte diese den Kopf. Lucy schenkte sich selbst noch eine Tasse ein und stellte die Kanne zurück auf die Wärmeplatte. Nachdem sie kurz in ihre Tasse gestarrt hatte, fuhr sie fort. Fran bemerkte, daß sie sich ihre Worte sorgfältig zurechtlegte.

»In Krankenhäusern geschehen hin und wieder Fehler, Miss Simmons, darüber sind wir uns alle im klaren. Annamarie hat mir erzählt, die junge Frau habe sich beim Joggen verletzt und bei ihrer Einlieferung an Flüssigkeitsmangel gelitten. Anstatt der üblichen Salzlösung habe ihr Dr. Black irgendein neues Medikament verabreicht, worauf sie ins Koma gefallen sei.«

»Wie entsetzlich!«

»Eigentlich wäre es Annamaries Pflicht gewesen, es zu melden, aber sie tat es nicht, weil Dr. Lasch sie darum bat. Wenig später, bekam sie zufällig mit, wie Dr. Black zu Dr. Lasch sagte: ›Diesmal habe ich es der richtigen Patientin gegeben. Sie war sofort bewußtlos.‹«

»Soll daß heißen, in der Klinik wurde mit Patienten experimentiert?« fragte Fran entgeistert.

»Ich kann Ihnen nur sagen, welche Schlüsse ich aus dem gezogen habe, was Annamarie mir erzählte. Sie redete nicht gern darüber, doch wenn sie ein paar Gläser Wein getrunken hatte, schüttete sie mir häufig ihr Herz aus.« Lucy hielt inne und blickte wieder bedrückt in ihre Tasse.

»Ist noch etwas vorgefallen?« erkundigte sich Fran leise. Sie mußte mehr von der Frau erfahren, wollte sie aber nicht unter Druck setzen.

»Ja, Annamarie berichtete mir, in der Nacht, nachdem die junge Frau das falsche Medikament bekommen hatte, sei eine alte Dame gestorben. Sie lag schon eine Weile im Krankenhaus und hatte einige Herzinfarkte hinter sich. Annamarie sagte, sie sei nicht sicher gewesen, doch sie habe den Verdacht, die alte Dame habe auch das neue Medikament erhalten. Offenbar war sie diejenige, die Dr. Black als ›die richtige Patientin‹ bezeichnet hatte, denn außer ihr starb in dieser Woche niemand in der Klinik. Außerdem war Dr. Black ständig bei ihr im Zimmer gewesen, ohne sich im Krankenblatt einzutragen.«

»Überlegte Annamarie, ob sie diesen Todesfall melden sollte?«

»Sie hatte keinerlei Beweise dafür, daß bei der zweiten Patientin nicht alles mit rechten Dingen zugegangen war.

Und als an der jungen Frau Untersuchungen durchgeführt wurden, deutete nichts auf verdächtige Medikamente in ihrem Blutkreislauf hin. Allerdings hat Annamarie Dr. Black darauf angesprochen und ihn gefragt, warum er sich nicht in das Krankenblatt der alten Dame eingetragen habe. Er entgegnete, er wisse nicht, wovon sie spreche, und drohte, sie wegen übler Nachrede zu verklagen, wenn sie weiterhin Gerüchte verbreitete. Als sie sich nach der jungen Frau erkundigte, die im Koma lag, entgegnete er, sie habe im Krankenwagen einen Herzstillstand erlitten.«

Lucy hielt inne und schenkte sich Kaffee nach. »Sie müssen verstehen. Annamarie hielt den ersten Zwischenfall zunächst für einen tragischen Fehler. Sie liebte Gary Lasch und wußte zu diesem Zeitpunkt bereits, daß sie schwanger von ihm war, hatte es ihm allerdings noch nicht gestanden. Deshalb wollte sie einfach nicht glauben, daß er einem Patienten absichtlich Schaden zufügte. Und sie befürchtete, ihn oder die Klinik in Schwierigkeiten zu bringen. Während sie noch darüber nachgrübelte, was sie tun sollte, wurde Jack Morrow ermordet, und plötzlich bekam sie es mit der Angst zu tun. Sie glaubte, er habe ebenfalls Verdacht geschöpft, daß etwas in der Klinik faul war, es jedoch nicht beweisen können. Offenbar hatte er ihr etwas zur Aufbewahrung übergeben wollen, anscheinend irgendwelche Unterlagen oder Papiere. Doch dazu hatte er keine Gelegenheit mehr, denn er wurde ermordet. Zwei Wochen später wurde auch Dr. Lasch getötet, und Annamarie hatte panische Angst.«

»Hat Annamarie Dr. Lasch bis zum Schluß geliebt?«

»Nein. Er ging ihr aus dem Weg und sie begann, sich vor ihm zu fürchten. Als sie ihm sagte, daß sie schwanger war, verlangte er von ihr eine Abtreibung. Wenn es keine DNS-Tests gäbe, hätte er die Vaterschaft sicherlich abgestritten. Jack Morrows Tod hat Annamarie einen schweren Schlag versetzt. Ich denke, sie hat ihn trotz ihrer Affäre mit Dr. Lasch immer geliebt. Später zeigte sie mir ein Foto von Dr. Lasch. ›Ich war ihm hörig‹, meinte sie zu mir. ›Er macht Frauen von sich abhängig und benützt andere Menschen.‹«

»Hatte Annamarie auch nach Gary Laschs Ermordung das Gefühl, daß in der Klinik etwas nicht stimmte?«

»Ich glaube, sie wußte nichts Genaues. Außerdem stand ihre Schwangerschaft bei ihr im Mittelpunkt. Miss Simmons, wir haben sie angefleht, das Baby zu behalten. Wir hätten ihr geholfen, es großzuziehen. Aber sie hat es weggegeben, weil sie meinte, es nicht zu verdienen. ›Was soll ich meinem Kind später erzählen?‹ fragte sie mich. ›Daß ich eine Affäre mit seinem Vater hatte, der deshalb ermordet wurde? Und wenn es wissen will, wer sein Vater war, soll ich dann antworten, sein Vater sei eine Gefahr für die Patienten gewesen und habe die Menschen verraten, die ihm vertrauten?‹«

»Annamarie sagte zu Molly, Gary Lasch sei es weder als Arzt noch als Mann wert gewesen, daß man seinetwegen ins Gefängnis geht«, erklärte Fran.

Lucy Bonaventure lächelte. »Das klingt ganz nach Annamarie«, erwiderte sie.

»Ich kann Ihnen gar nicht sagen, wie dankbar ich Ihnen bin, Mrs. Bonaventure«, entgegnete Fran. »Ich weiß, wie schwer es für Sie sein muß.«

»Ja. Aber bevor Sie gehen, möchte ich Ihnen noch etwas zeigen.« Lucy Bonaventure holte die Fotos, die im Schlafzimmer auf der Kommode lagen, und gab sie Fran. »Das ist Annamarie mit ihrem Baby. Sehen Sie, wie jung sie war? In den ersten fünf Jahren hat die Adoptivfamilie ihr an jedem Geburtstag ein Foto geschickt. Das ist der kleine Junge, den sie weggegeben hat. Sie hat so schrecklich für ihre Fehler gebüßt. Wenn Molly Lasch unschuldig ist, hoffe ich, daß Sie das beweisen können. Doch richten Sie ihr von mir aus, daß Annamarie ebenfalls ein Leben wie im Gefängnis geführt hat. Vielleicht hat sie es sich selbst auferlegt, doch sie trug genauso schwer an ihrer Last. Vorhin haben Sie mich gefragt, vor wem sie Angst hatte. Sie haben recht, es war sicher nicht Molly Lasch. Meiner Ansicht nach hat sie sich vor Dr. Peter Black gefürchtet.«

69

Cal, was ist los mit dir? Den ganzen Tag blaffst du mich nur an. Und dabei habe ich nichts weiter verbrochen, als dir vorzuschlagen, ein paar Tage zum Golfen zu fahren und auszuspannen.«

»Jenna, du bräuchtest nur die Tageszeitungen zu lesen, in denen ausführlich über den Tod dieser Krankenschwester und Mollys Verhaftung berichtet wird, um meine schlechte Laune zu verstehen. Offenbar ist dir nicht klar, meine Liebe, daß uns ein Vermögen durch die Lappen geht, wenn American National sich die Gesundheitsdienste unter den Nagel reißt und dann eine feindliche Übernahme von Remington vorbereitet. Wir beide wissen, daß du mich geheiratet hast, weil ich dir etwas bieten kann. Oder bist du bereit, auf deinen Luxus zu verzichten?«

»Ich bin jedenfalls bereit, einzusehen, daß ich mir besser nicht einen Tag freigenommen hätte«, zischte Jenna. Schon am Frühstückstisch war Cal äußerst schlecht gelaunt gewesen, weshalb sie ihm ins Arbeitszimmer gefolgt war.

»Warum besuchst du nicht deine Freundin Molly?« meinte er. »Sie läßt sich bestimmt gern von dir trösten.«

»Steht es wirklich so schlimm, Cal?« fragte Jenna leise. »Ich sage dir das jetzt nicht als Ehefrau, sondern als Mitstreiterin: Ich kenne dich und weiß, daß du auch die aussichtsloseste Situation zu deinem Vorteil wenden kannst.«

Calvin Whitehall lachte höhnisch auf. »Danke, Jenna, sehr aufmunternd. Aber vermutlich hast du recht.«

»Ich wollte tatsächlich zu Molly fahren. Am Mittwoch abend habe ich mir ernstlich Sorgen um sie gemacht. Sie war schrecklich niedergeschlagen. Und als ich gestern nach Mrs. Barrys Kündigung mit ihr sprach, schien sie sich immer noch nicht von dem Schock erholt zu haben.«

»Das hast du mir bereits erzählt.«

»Schon gut. Und ich weiß, daß du mit Mrs. Barry einer Meinung bist. Du wärst auch nicht gern allein mit Molly.«

»Ganz richtig.«

»Cal, Mrs. Barry hat Molly etwa zwanzig Schlaftabletten gegeben, die eigentlich ihrem Sohn verschrieben worden sind. Ich befürchte, sie könnte in ihrem momentanen depressiven Zustand ...«

»Selbstmord begehen? Eine ausgezeichnete Idee. Ihr Arzt würde Luftsprünge machen.« Cal sah an Jenna vorbei. »Alles in Ordnung, Rita, Sie können mir jetzt die Post bringen.«

Als das Hausmädchen ins Zimmer kam, küßte Jenna ihren Mann auf den Scheitel. »Cal, reiß darüber bitte keine Witze. Ich glaube wirklich, daß Molly an Selbstmord denkt. Du hast sie doch letztens selbst gehört.«

»Meine Meinung steht fest. Sie würde sich mit dieser Entscheidung einen großen Gefallen tun und anderen Leuten eine Menge Arbeit abnehmen.«

70

Als es Sturm klingelte, wußte Marta Jones sofort, daß es nur Wally sein konnte. Sie war gerade dabei gewesen, im oberen Stockwerk den Wäscheschrank aufzuräumen. Mit einem schicksalsergebenen Seufzer eilte sie die Treppe hinunter. Ihre arthritischen Knie schmerzten bei jedem Schritt.

Wally hatte die Hände in den Taschen und hielt den Kopf gesenkt. »Darf ich reinkommen?« fragte er mit monotoner Stimme.

»Du weißt doch, daß ich mich immer über deinen Besuch freue.«

Er trat ein. »Ich will nicht weg.«

»Was meinst du damit, mein Junge?«

»Nach Kalifornien. Mom packt. Wir fahren morgen früh los. Ich sitze nicht gerne lang im Auto. Ich will nicht weg. Ich möchte mich nur von dir verabschieden.«

Kalifornien? fragte sich Marta. Was hatte das zu bedeuten? »Wally, bist du sicher, daß deine Mom Kalifornien gesagt hat?« erkundigte sie sich.

»Ja, ganz sicher.« Er scharrte mit den Füßen und verzog dann das Gesicht. »Ich will mich auch von Molly verabschieden. Ich möchte sie nicht stören, aber ich kann doch nicht einfach so wegfahren. Denkst du, es ist in Ordnung, wenn ich mich von ihr verabschiede?«

»Warum nicht?«

»Dann besuche ich sie heute abend«, murmelte Wally.

»Was hast du gesagt, mein Junge?«

»Ich muß jetzt los. Mom will, daß ich zu meiner Sitzung gehe.«

»Eine gute Idee. Es gefällt dir doch immer so gut dort, Wally. Hat da nicht eben deine Mutter gerufen?« Als Marta die Tür öffnete, sah sie Edna im Mantel auf der Vortreppe des Nachbarhauses stehen und nach ihrem Sohn Ausschau halten.

»Wally ist bei mir!« rief sie. »Komm mit, Wally.« Vor lauter Neugier lief sie los, ohne einen Mantel mitzunehmen »Edna, stimmt es, daß du nach Kalifornien fährst?«

»Wally, steig ins Auto«, flehte Edna Barry. »Du weißt, du bist spät dran.« Widerwillig gehorchte er und schlug die Beifahrertür hinter sich zu.

»Marta, ich bin nicht sicher, ob wir in Kalifornien oder in Timbuktu landen«, flüsterte Edna ihrer Nachbarin zu.

»Aber ich muß verschwinden. Jedesmal, wenn ich die Nachrichten einschalte, hörte ich eine neue Hiobsbotschaft über Molly. Nun soll am Montag eine Sondersitzung des Bewährungsausschusses stattfinden. Der Staatsanwalt will ihre Bewährung aufheben lassen. In diesem Fall müßte sie die gesamte Strafe für den Mord an Dr. Lasch absitzen.«

Marta erschauderte. »Ach, Edna, ich weiß. Ich habe heute auch die Nachrichten gesehen. Es ist schrecklich. Das arme Mädchen gehört in eine Anstalt, nicht ins Gefängnis. Aber du darfst dich nicht so darüber aufregen, daß du gleich alles hier aufgibst.«

»Schon gut. Ich muß jetzt los. Wir sprechen uns später.«

Völlig durchgefroren kehrte Marta ins Haus zurück und beschloß, sich eine Tasse Tee aufzubrühen. Dann setzte sie sich an den Küchentisch und schlürfte nachdenklich das heiße Getränk. Die arme Edna, überlegte sie. Sie hat ein schlechtes Gewissen, weil sie bei Molly gekündigt hat. Aber ihr blieb nichts anderes übrig. Sie muß zuerst an Wally denken.

Und es zeigt sich wieder einmal, daß Geld allein nicht glücklich macht, sagte sie sich mit einem Seufzer. Die Familie Carpenter konnte Molly trotz ihres Reichtums nicht vor dem Gefängnis bewahren.

Marta erinnerte sich an eine andere bekannte und wohlhabende Familie aus Greenwich, über die heute morgen im Fernsehen berichtet worden war. Sie hatte von Natasha Colbert gelesen, die mehr als sechs Jahre lang im Koma gelegen hatte. Schließlich war sie gestorben, und die arme Mutter hatte vor lauter Trauer einen Herzinfarkt erlitten, den sie vermutlich nicht überleben würde. Vielleicht tut Gott der armen Frau einen Gefallen, wenn er sie zu sich holt, überlegte Marta und schüttelte den Kopf. Es ist eine Tragödie …

Sie schob den Stuhl zurück und ging wieder nach oben, um weiter den Wäscheschrank aufzuräumen. Doch während sie arbeitete, wurde sie ein unangenehmes Gefühl nicht los. Nach einer Weile kam sie dahinter, was sie quälte: Wenn Edna erfährt, daß ich Wally gesagt habe, es sei in Ordnung, sich von Molly Lasch zu verabschieden, kriegt sie einen Anfall, dachte sie. Na ja, wahrscheinlich hat er nur wieder wirres Zeug geredet. Das tut er ja meistens. Und morgen fahren sie weg. Warum soll ich also die arme Edna damit belasten? Sie hat doch genug um die Ohren.

71

Nach ihrem Besuch bei Annamaries Schwester blieb Fran Simmons noch eine Weile im Auto sitzen und überlegte, was sie als nächstes tun sollte. Es war an sich schon schlimm genug, wenn Gary Lasch und Peter Black einer Patientin irrtümlich ein falsches Medikament verabreicht hatten, wodurch sie für immer ins Koma gefallen war. Doch mit neuen Medikamenten zu experimentieren und damit eine Patientin umzubringen, stand auf einem ganz anderen Blatt. Aber genau das war nach Annamarie Scallis Ansicht offenbar geschehen.

Wie kann ich nach all den Jahren noch etwas beweisen? fragte sich Fran. Schließlich war Annamarie die ganze Zeit vor Ort und hat es dennoch nicht geschafft, ihren Verdacht zu bestätigen.

Laut Lucy Bonaventure hatte Annamarie erzählt, Peter Black sei nicht nur ein Kunstfehler unterlaufen, sondern er habe vermutlich auch noch eine ältere Patientin getötet. Hatte Black deshalb Gary Lasch umgebracht, um einen glaubhaften Zeugen für sein Verbrechen zu beseitigen?

Durchaus möglich, fand Fran. Wenn man sich vorstellen konnte, daß ein Arzt skrupellos mordete. Aber warum?

Es war kalt im Auto. Fran ließ den Motor an, stellte die Heizung auf die höchste Stufe und schaltete die Lüftung ein. Ich friere nicht nur wegen der Temperaturen, sondern auch innerlich, dachte sie. Die finsteren Machenschaften in der Klinik haben vielen Menschen eine Menge Leid gebracht. Doch aus welchem Grund? Was steckt dahinter? Molly ist für ein Verbrechen verurteilt worden, das sie nicht begangen hat – inzwischen bin ich mir ganz sicher. Annamarie hat ihr Kind und ihren geliebten Beruf aufgegeben, nur um sich selbst zu bestrafen. Ein junges Mädchen lag wegen eines medizinischen Experiments im Koma. Eine alte Frau ist vielleicht wegen desselben Medikaments zu früh gestorben.

Und das sind nur die Fälle, die ich kenne, sagte sich Fran. Ob es noch weitere gibt? Möglicherweise dauern die Experimente ja noch immer an, schoß es ihr plötzlich durch den Kopf.

Aber ich gehe jede Wette ein, daß die Antwort in der angeblichen Freundschaft zwischen Gary Lasch und Peter Black zu suchen ist. Es muß einen Grund geben, warum Lasch Black nach Greenwich geholt und ihm die Teilhaberschaft an der Klinik auf einem silbernen Tablett serviert hat.

Eine Frau, die ihren Hund ausführte, ging am Auto vorbei und starrte Fran neugierig an. Ich sollte losfahren, dachte Fran. Sie wußte, was sie als nächstes tun wollte – Molly besuchen und herausfinden, ob sie ihr das Verhältnis zwischen Gary Lasch und Peter Black erklären konnte. Wenn Fran erst einmal wußte, was die beiden Männer verbunden hatte, würde sie vielleicht dahinterkommen, was sich in der Klinik tat.

Auf dem Weg nach Greenwich rief sie im Büro an und erhielt die Nachricht, Gus Brandt wolle sie dringend sprechen. »Bevor Sie mich durchstellen, sehen Sie bitte nach, ob das Archivmaterial über Gary Lasch und Calvin Whitehall schon da ist«, sagte sie zu ihrer Assistentin.

»Die Sachen liegen auf Ihrem Schreibtisch, Fran«, antwortete diese. »Der Stapel ist so dick, daß Sie für diese Woche mit Lektüre gut versorgt sind. Besonders das Material über Calvin Whitehall.«

»Ich kann es kaum erwarten. Danke. Und jetzt würde ich gerne mit Gus reden.«

Ihr Chef hatte gerade zu Tisch gehen wollen. »Gut, daß Sie mich noch erwischt haben, Fran«, sagte er. »Es macht ganz den Eindruck, als könnten Sie Ihre Freundin Molly Lasch ab Montag nachmittag im Knast besuchen. Anscheinend zweifelt der Staatsanwalt nicht daran, daß die Bewährung aufgehoben wird. Sobald er den offiziellen Startschuß bekommt, wird Molly wieder ins Niantic-Gefängnis wandern.«

»Das dürfen sie ihr doch nicht antun«, protestierte Fran.

»Die kennen kein Pardon und werden sich an ihrem Vorhaben vermutlich nicht hindern lassen. Sie ist ohnehin recht glimpflich davongekommen, weil sie zugegeben hat, ihren Mann getötet zu haben. Und kaum war sie wieder draußen, hat sie die Tat abgestritten. Das allein war schon ein Verstoß gegen die Bewährungsauflagen, meine Liebe. Und nun wird sie schon wieder eines Mordes verdächtigt. Was würden Sie tun, wenn Sie abstimmen müßten, ob sie hinter Gitter gehört? Wie dem auch sei, Sie bringen heute abend einen Bericht über den Fall.«

»In Ordnung, Gus. Bis später«, sagte Fran bestürzt.

Eigentlich hatte sie Molly anrufen und ihren Besuch anmelden wollen, doch bei Gus' Worten, er habe gerade zu Mittag essen wollen, war ihr etwas eingefallen. Susan Branagan, die freiwillige Helferin in der Cafeteria der Lasch-Klinik hatte ihr erzählt, sie habe für zehnjährige Dienste eine Ehrennadel bekommen. Das bedeutete, daß sie auch schon in der Klinik gearbeitet hatte, als die junge Frau vor sechs Jahren ins Koma fiel. So etwas passiert schließlich nicht alle Tage, überlegte Fran. Vielleicht erinnert sie sich noch, wer die junge Frau war und was aus ihr geworden ist.

Möglicherweise konnte sie mehr über den Vorfall herausfinden, von dem Annamarie ihrer Schwester berichtet hatte, wenn sie mit der Familie der Patientin sprach. Natürlich war die Wahrscheinlichkeit gering, aber sie durfte nichts unversucht lassen. Hoffentlich begegne ich nicht Dr. Black, dachte sie. Wenn er mitbekommt, daß ich weitere Erkundigungen über die Klinik einziehe, kriegt er einen Anfall.

Um halb zwei betrat sie die Cafeteria. Da es Mittagszeit war, hatten die freiwilligen Helferinnen alle Hände voll zu tun. Zwei Frauen arbeiteten hinter dem Tresen, doch zu Frans Enttäuschung war Susan Branagan nicht dabei.

»Am Tresen ist noch ein Platz frei. Wenn Sie ein bißchen warten, können sie auch einen Tisch haben«, sagte die Kellnerin.

»Mrs. Branagan ist anscheinend heute nicht da«, erwiderte Fran.

»Oh, doch. Sie bedient heute an den Tischen. Jetzt kommt sie gerade aus der Küche.«

»Könnte ich vielleicht einen ihrer Tische haben?«

»Sie haben Glück. Der, der gerade abgeräumt wird, gehört zu ihrem Service. Er ist gleich fertig.«

Fran wurde zu einem kleinen Tisch geführt und bekam die Speisekarte. Kurz darauf wurde sie von einer freundlichen Stimme begrüßt. »Guten Tag. Haben Sie sich schon entschieden, oder brauchen Sie noch etwas Zeit?«

Als Fran aufsah, bemerkte sie sofort, daß Susan Branagan sie auf Anhieb erkannt hatte. Sie hoffte, daß die Frau sie nicht abblitzen lassen würde, und sagte: »Nett, Sie wiederzusehen, Mrs. Branagan.«

Susan Branagan strahlte übers ganze Gesicht. »Als wir beide letztens geplaudert haben, wußte ich gar nicht, daß ich es mit einer Berühmtheit zu tun habe, Miss Simmons. Seitdem sehe ich Sie mir immer in den Abendnachrichten an. Ihre Berichte über den Fall Molly Lasch gefallen mir sehr gut.«

»Im Moment sind Sie ja ziemlich beschäftigt. Aber ich würde mich später gern mit Ihnen unterhalten, wenn es Ihnen recht ist. Sie haben mir damals sehr geholfen.«

»Und inzwischen ist das arme Mädchen, über das wir geredet haben, die Krankenschwester Annamarie Scalli, ebenfalls ermordet worden. Ich fasse es immer noch nicht. Halten Sie Molly Lasch für die Täterin?«

»Nein, Mrs. Branagan. Wann machen Sie Feierabend?«

»Um zwei. Dann wird es hier ziemlich leer. Apropos: Möchten Sie etwas bestellen?«

Fran warf einen Blick auf die Karte. »Ein Clubsandwich und Kaffee bitte.«

»Ich gebe es sofort an die Küche weiter. Wenn es Sie nicht stört zu warten, spreche ich später gern mit Ihnen.«

Eine halbe Stunde war vergangen. Fran sah sich in der Cafeteria um. Genau, wie sie gesagt hat, dachte sie. Man hätte meinen können, es hätte eine Feueralarmübung stattgefunden, denn der Raum war auf einmal wie leergefegt. Susan Branagan hatte den Tisch abgeräumt und versprochen, sofort zurückzukommen.

Als sie wieder an den Tisch trat, trug sie keine Schürze mehr und hatte eine Tasse Kaffee in jeder Hand. »Wunderbar«, seufzte sie, stellte den Kaffee auf den Tisch und setzte sich Fran gegenüber. »Ich liebe diesen Job zwar, aber meine Füße machen nicht mehr so mit. Aber meine Füße interessieren Sie sicherlich nicht. Außerdem ist mir gerade eingefallen, daß ich in einer halben Stunde zum Friseur muß. Also, was kann ich für Sie tun?«

Eine sehr sympathische Frau, dachte Fran. Sie redet nicht lang um den heißen Brei herum. »Mrs. Branagan, Sie haben mir letztens erzählt, Sie hätten eine Ehrennadel für zehnjährige Dienste bekommen.«

»Richtig. Und wenn Gott will, kriege ich vielleicht noch eine zum zwanzigjährigen Jubiläum.«

»Das schaffen Sie sicher. Ich würde Sie gern nach etwas fragen, was vor langer Zeit hier in der Klinik geschehen ist. Es passierte kurz bevor Dr. Morrow und Dr. Lasch ermordet wurden.«

»Oh, Miss Simmons, hier geht es ständig rund«, meinte Mrs. Branagan. »Ich weiß nicht, ob ich Ihnen helfen kann.«

»Vielleicht erinnern Sie sich doch an den Zwischenfall. Offenbar wurde eine junge Frau nach einem Joggingunfall eingeliefert. Sie ist in ein irreversibles Koma gefallen. Ich habe gehofft, Sie wüßten vielleicht etwas über sie.«

»Ob ich etwas über Sie weiß!« rief Susan Branagan aus. »Sie meinen Natasha Colbert. Sie war jahrelang in unserem Pflegeheim untergebracht. Erst letzte Nacht ist sie gestorben.«

»Letzte Nacht?«

»Ja, es ist so traurig. Als sie den Unfall hatte, war sie erst dreiundzwanzig. Sie ist beim Joggen gestürzt und hat im Krankenwagen einen Herzstillstand erlitten. Sie kennen doch die Familie Colbert. Sie besitzt einen großen Zeitungsverlag und ist sehr wohlhabend. Nach dem Unfall des Mädchens haben ihre Eltern Geld für ein Pflegeheim gespendet, und das wurde dann nach ihr benannt. Schauen Sie, das hübsche, zweistöckige Gebäude da drüben.«

Herzstillstand im Krankenwagen, überlegte Fran. Wer war der Fahrer? Wie hießen die Sanitäter? Sie mußte mit ihnen sprechen. Sicher waren sie nicht allzu schwer ausfindig zu machen.

»Als Tasha letzte Nacht starb, ist ihre Mutter zusammengebrochen. Jetzt liegt sie hier in der Klinik. Soweit ich gehört habe, hatte sie außerdem einen Herzinfarkt.« Susan Branagan senkte die Stimme. »Der attraktive Mann da ist einer von Mrs. Colberts Söhnen. Er hat noch einen Bruder, und die beiden sind Tag und Nacht bei ihrer Mutter. Der andere war vor etwa einer Stunde hier, um etwas zu essen.«

Wenn Mrs. Colbert aus Schmerz über den Tod ihrer Tochter stirbt, haben die Machenschaften in dieser Klinik ein weiteres Opfer gefordert, dachte Fran.

»Es geht den Söhnen sehr nahe«, fuhr Susan Branagan fort. »Zwar haben sie ihre Schwester eigentlich schon vor sechs Jahren verloren, aber es ist dennoch ein Schock, wenn das Ende wirklich kommt.

Es heißt, Mrs. Colbert ist nach Tashas Tod ein bißchen durchgedreht«, flüsterte sie dann verschwörerisch. »Die Schwester meint, sie habe geschrien, Tasha sei aus dem Koma aufgewacht und habe mit ihr geredet. Das ist natürlich völlig unmöglich. ›Dr. Lasch, ich bin über meinen Schnürsenkel gestolpert und gestürzt‹, soll sie gesagt haben. Und dann: ›Hallo, Mom.‹«

Fran schnürte es die Kehle zu, so daß sie kaum einen Ton herausbrachte. »War die Schwester zu diesem Zeitpunkt bei Mrs. Colbert im Zimmer?«

»Tasha hatte eine eigene Wohnung. Mrs. Colbert hat die Schwester ins Wohnzimmer geschickt, weil sie mit ihrer Tochter allein sein wollte. Doch bevor Tasha starb, kam in letzter Minute der Arzt herein. Er beteuert, er habe nichts gehört. Mrs. Colbert habe sich das alles nur eingebildet.«

»Wer war dieser Arzt?« fragte Fran, obwohl sie die Antwort schon kannte.

»Dr. Black, der Leiter der Klinik.«

Vielleicht war Annamaries Verdacht vor sechs Jahren ja begründet gewesen. Und möglicherweise entsprachen Mrs. Colberts Beobachtungen von letzter Nacht der Wahrheit. Wenn das stimmte, hat Dr. Black zuerst Tashas Gesundheit verpfuscht und dann weiter an ihr herumexperimentiert, dachte Fran.

Hilflos blickte sie zu dem Mann hinüber, der laut Susan Branagan Mrs. Colberts Sohn war. Am liebsten hätte sie ihm gesagt, daß seine Mutter für Dr. Peter Black eine Gefahr darstellte und daß er sie deshalb so schnell wie möglich in eine andere Klinik verlegen lassen sollte.

»Ach, da ist ja Dr. Black«, meinte Susan Branagan in diesem Moment. »Er geht zu Mr. Colbert. Hoffentlich hat er keine schlechten Nachrichten.«

Sie sahen, wie Peter Black ein paar leise Worte an den Mann richtete. Dieser stand auf und verließ mit ihm den Raum.

»Ach, du meine Güte«, seufzte Mrs. Branagan. »Sicher ist etwas passiert.«

Fran antwortete nicht. Denn Peter Black hatte sie entdeckt, und ihre Blicke trafen sich. Seine Augen hatten einen kalten, zornigen und bedrohlichen Ausdruck – sie wirkten ganz und gar nicht wie die eines Arztes, dem man vertrauen konnte.

Dich kriege ich noch, schwor sich Fran. Und wenn es das letzte ist, was ich im Leben tue.

72

Immer wenn sich eine unangenehme Situation zu einer Krise zuspitzte, verfügte Calvin Whitehall über die beneidenswerte Fähigkeit, Ärger und Wut perfekt auszublenden. Dieses Talent war wieder einmal gefragt, als er nachmittags um halb fünf einen Anruf von Peter Black erhielt. »Noch einmal ganz langsam«, meinte Cal. »Du sagst also, Fran Simmons habe in der Klinik-Cafeteria gesessen und mit einer freiwilligen Helferin geplaudert, als du Mr. Colbert die Nachricht vom Tod seiner Mutter überbrachtest?«

Die Frage war eigentlich überflüssig.

»Hast du dir die Helferin danach vorgeknöpft und dich nach dem Inhalt ihres Gesprächs mit Fran Simmons erkundigt?«

Peter Black saß zu Hause in seiner Bibliothek und genehmigte sich den zweiten Scotch. »Als ich Mrs. Colberts Söhne endlich allein lassen konnte, ohne einen schlechten Eindruck zu erwecken, war Mrs. Branagan bereits gegangen. Ich habe jede Viertelstunde bei ihr angerufen und sie dann endlich erreicht. Sie war beim Friseur.«

»Es interessiert mich nicht, wo sie war«, entgegnete Whitehall kühl. »Ich will wissen, was sie der Simmons erzählt hat.«

»Sie haben sich über Tasha Colbert unterhalten«, antwortete Peter Black niedergeschlagen. »Die Simmons hat gefragt, ob sie etwas über eine junge Patientin wüßte, die vor mehr als sechs Jahren nach einer Verletzung für immer ins Koma gefallen ist. Offenbar hat Mrs. Branagan der Simmons den Namen der Patientin genannt und ihr alles berichtet, was sie über die Sache wußte.«

»Zweifellos hat sie auch Barbara Colberts Behauptung erwähnt, ihre Tochter habe vor ihrem Tod noch etwas zu ihr gesagt.«

»Ja, Cal. Was sollen wir jetzt tun?«

»Ich werde deinen Hals retten. Und du trinkst am besten dein Glas leer. Wir reden später. Bis bald, Peter.«

Mit einem leisen Klicken wurde der Hörer aufgelegt. Peter Black stürzte den Inhalt seines Glases mit einem Schluck herunter und schenkte nach.

Calvin Whitehall saß eine Weile reglos da und ging im Geiste die verschiedenen Möglichkeiten durch. Nachdem er einige davon wieder verworfen hatte, traf er schließlich eine Entscheidung, die zwei seiner Probleme mit einem Schlag lösen würde – West Redding und Fran Simmons.

Er wählte die Nummer in West Redding. Erst nachdem es zwölfmal geläutet hatte, wurde abgehoben.

»Ich habe mir Ihr Band angesehen, Calvin.« Die Stimme des Arztes klang vor Aufregung fast jugendlich. »Ist Ihnen klar, was wir erreicht haben? Welche Vorbereitungen haben Sie für die Pressekonferenz getroffen?«

»Genau deshalb rufe ich an, Herr Doktor«, sagte Cal. »Da Sie nie fernsehen, wissen Sie nicht, wen ich meine, doch es gibt da eine junge Frau, die sich inzwischen als Reporterin einen Namen gemacht hat. Ich möchte, daß

Sie zu Ihnen kommt und ein erstes Interview mit Ihnen führt. Sie weiß, daß wir die Sache noch absolut geheimhalten müssen. Aber sie wird sofort mit der Arbeit an einer dreißigminütigen Sondersendung beginnen, die in sieben Tagen ausgestrahlt werden soll. Sicher verstehen Sie, daß diese bahnbrechende wissenschaftliche Entdeckung ein möglichst großes Publikum erreichen muß, um das öffentliche Interesse zu wecken. Und das bedarf sorgfältiger Planung.«

Whitehall erhielt die erwartete Antwort. »Calvin, ich bin sehr zufrieden mit Ihnen. Mir ist klar, daß wir uns mit einigen unbedeutenden juristischen Problemen werden herumschlagen müssen. Doch angesichts meiner großartigen Leistung sind sie nicht weiter von Belang. Mit sechsundsiebzig Jahren möchte ich noch erleben, daß meine Forschungsergebnisse gewürdigt werden, bevor meine Zeit abgelaufen ist.«

»Das werden Sie auch, Herr Doktor.«

»Ich glaube, Sie haben mir den Namen der jungen Frau noch nicht genannt.«

»Sie heißt Simmons. Fran Simmons.«

Calvin legte auf und drückte den Knopf der Gegensprechanlage, die ihn mit der Wohnung über der Garage verband. »Komm sofort her, Lou«, sagte er.

Cal hatte zwar keine Pläne, heute abend noch auszugehen, und Jenna war vorhin mit ihrem eigenen Wagen weggefahren, aber Lou hatte dennoch damit gerechnet, daß sein Arbeitgeber ihn noch brauchen würde. Inzwischen hatte er genug gehört und gesehen, um zu wissen, daß Cal in ernsthaften Schwierigkeiten steckte. Früher oder später würde er also nach ihm rufen, damit er ihm half, sie zu lösen.

Natürlich hatte er wie immer recht.

»Lou«, meinte Cal fast freundschaftlich. »Doktor Logue in West Redding und Fran Simmons sind für uns zur Bedrohung geworden.«

Lou schwieg abwartend.

»Auch wenn du es nicht glaubst, werde ich jetzt für Miss Simmons einen Interviewtermin mit dem guten Doktor vereinbaren. Ich denke, du solltest währenddessen in der Nähe sein. Natürlich darf ich dir nicht verschweigen, daß Dr. Logue jede Menge feuergefährlicher Substanzen im Labor seines Farmhauses aufbewahrt. Da du noch nie im Haus warst, werde ich es dir erklären. Das Labor befindet sich im ersten Stock, ist aber über eine Außentreppe und eine Veranda, die sich direkt davor befindet, problemlos zu erreichen. Das Fenster auf die Veranda ist zur Belüftung stets einen Spalt weit geöffnet. Verstehst du mich, Lou?«

»Ja, Cal.«

»Für dich immer noch Mr. Whitehall, Lou. Ansonsten könntest du in Gegenwart Dritter deine Stellung vergessen.«

»Tut mir leid, Mr. Whitehall.«

»Im Labor steht ein deutlich gekennzeichneter Sauerstofftank. Ich bin sicher, daß es einem schlauen Burschen wie dir gelingt, einen brennenden Gegenstand in das Labor zu werfen, die Treppe hinunterzulaufen und in Deckung zu gehen, bevor alles in die Luft fliegt. Meinst du nicht?«

»Ja, Mr. Whitehall.«

»Dieser Auftrag könnte einige Stunden in Anspruch nehmen. Natürlich werde ich deine Überstunden wie immer angemessen entlohnen. Das weißt du.«

»Ja, Sir.«

»Ich habe mir überlegt, wie man Miss Simmons wohl am besten dazu bringt, dem Farmhaus einen Besuch abzustatten. Selbstverständlich muß dieser Ausflug absolut geheim bleiben. Deshalb sollte sie einen Tip erhalten, dem sie einfach nicht widerstehen kann, am besten anonym. Kannst du mir folgen?«

Lou grinste. »Von mir.«

»Genau. Was sagst du dazu, Lou?« fragte Cal vergnügt und siegesgewiß.

»Sie kennen mich ja.« Lou konnte sich gerade noch bremsen, Cal wieder mit Vornamen anzusprechen. »Sie wissen, daß mir solche Spielchen Spaß machen.«

»Und du hast dich in der Vergangenheit sehr geschickt dabei angestellt. Diesmal sollte es besonders interessant und ausgesprochen lohnend werden, Lou. Vergiß das nicht.«

Als die beiden einander anlächelten, dachte Lou an Fran Simmons Vater und an den heißen Tip, den er ihm gegeben hatte. Lou hatte Mr. Simmons weisgemacht, er habe Cal von einer überaus profitträchtigen Aktie reden hören, die bald auf den Markt kommen sollte. Daraufhin hatte sich Simmons rasch vierzigtausend Dollar aus dem Bibliotheksfonds geborgt, weil er glaubte, sie in ein paar Tagen zurückgeben zu können. Doch dann hatte jemand seine Unterschrift gefälscht und noch einmal dreihundertsechzigtausend Dollar abgehoben, worauf Simmons sich das Leben genommen hatte. Er wußte, niemand hätte ihm geglaubt, wenn er die erste Unterschlagung zugab, die zweite hingegen abstritt.

Damals war Cal ganz besonders großzügig gewesen. Lou hatte die vierzigtausend Dollar, die Simmons ihm förmlich aufgedrängt hatte, behalten dürfen. Und auch die wertlosen Aktienzertifikate, die Simmons leichtgläubig auf Lous Namen hatte eintragen lassen.

»Angesichts der Vergangenheit ist es nur recht und billig, daß ich Fran Simmons anrufe, Sir«, meinte Lou zu seinem ehemaligen Mitschüler. »Ich freue mich schon darauf.«

73

Sofort nach ihrem Besuch im Krankenhaus rief Fran bei Molly an. »Ich muß dich dringend sehen«, sagte sie.

»Ich bin zu Hause«, erwiderte Molly. »Komm nur vorbei. Jenna ist auch hier, aber sie muß bald gehen.«

»Hoffentlich treffe ich sie noch an. Ich versuche schon seit Tagen, einen Termin mit ihr und ihrem Mann zu vereinbaren. In ein paar Minuten bin ich bei euch.«

Ich bin spät dran, dachte Fran, als sie auf die Uhr sah. In einer halben Stunde würde sie nach New York zurückfahren müssen. Aber ich will mich selbst vergewissern, wie es Molly geht. Gewiß hat man sie davon unterrichtet, daß der Bewährungsausschuß am Montag zu einer Sondersitzung zusammentritt. Sie überlegte, daß sie Molly nicht nach den Hintergründen der Geschäftspartnerschaft zwischen Gary Lasch und Peter Black fragen konnte, solange Jenna da war. Sie würde es sicher ihrem Mann weitererzählen. Allerdings war zu vermuten, daß Molly ihrer besten Freundin Jenna ohnehin von ihren Gesprächen mit Fran berichtete.

Um zehn vor drei kam Fran bei Molly an. Vor dem Haus parkte ein Mercedes-Cabriolet, sicher Jennas Wagen.

Ich habe sie jahrelang nicht gesehen, dachte Fran. Ob sie wohl noch so eine Schönheit ist wie damals? Kurz fühlte sie sich wieder so unterlegen wie während ihrer Schulzeit in Greenwich.

An der Cranden Academy war es ein offenes Geheimnis, daß Jennas Familie kein Geld hatte. »Mein Ururgroßvater hat jede Menge Kies verdient, und seine Nachkommen haben alles verpraßt«, pflegte Jenna zu witzeln. Doch es bestand kein Zweifel daran, daß sie aus guter Familie stammte. Wie Mollys Vorfahren waren auch die von Jenna englische Siedler, die sich gegen Ende des siebzehnten Jahrhunderts in der Neuen Welt niedergelassen hatten. Sie waren als wohlhabende Abgesandte der Krone nach Amerika gekommen, anders als die meisten, die mittellos eintrafen, um hier ihr Glück zu suchen.

Molly öffnete die Tür, als Fran die Auffahrt entlangging. Offenbar hatte sie Ausschau nach ihr gehalten. Erschrocken stellte Fran fest, daß Molly leichenblaß war und dunkle Ringe unter den Augen hatte. »Klassentreffen«, verkündete sie. »Jenna hat extra auf dich gewartet.«

Jenna sah im Arbeitszimmer einen Stapel Fotos durch. Bei Frans Anblick sprang sie auf. »Wir werden uns wiedersehen«, jubelte sie, lief Fran entgegen und umarmte sie.

»Erinnere mich nur nicht an meinen dämlichen Artikel in der Schülerzeitung«, flehte Fran und schnitt eine übertrieben angewiderte Grimasse. Sie trat einen Schritt zurück. »Komm schon, Jenna, wann wirst du endlich alt und häßlich?«

Jenna sah wirklich atemberaubend aus. Ihr dunkelbraunes Haar reichte bis knapp zum Jackenkragen, ihre großen haselnußbraunen Augen leuchteten, und ihr schlanker Körper bewegte sich mit lässiger Anmut, so als ob ihre Schönheit und die Komplimente, die sie dafür erhielt, etwas ganz Alltägliches wären.

Einen Moment fühlte sich Fran, als wäre die Uhr zurückgedreht worden. Am meisten Zeit hatte sie mit Molly und Jenna bei der Arbeit am Jahrbuch verbracht. Und heute erinnerte sie der Raum mit seinen Papierstapeln, Akten und herumliegenden Fotos und Zeitschriftenstößen an das Zimmer, in dem sie damals über ihrem Werk gebrütet hatten.

»Wir waren heute sehr fleißig«, verkündete Molly. »Jenna ist um zehn gekommen und hat bis jetzt pausenlos geschuftet. Wir haben den gesamten Inhalt von Garys Schreibtisch und seinen Bücherregalen durchgeackert und jede Menge weggeworfen.«

»Es war zwar nicht besonders lustig, aber zum Amüsieren haben wir auch noch später Zeit, was, Fran?« meinte Jenna.

»Wenn dieser Alptraum erst einmal vorbei ist, kommt Molly mit mir in die Stadt und wohnt bei mir. Wir werden uns tagelang in dem neuen Schönheitssalon, den ich entdeckt habe, verwöhnen lassen. Dann werden wir einen Einkaufsbummel unternehmen und sämtliche Boutiquen plündern. Und zum Abschluß futtern wir uns durch die besten Restaurants in New York mit dem Le Cirque 2000 als krönendem Abschluß.«

Sie klang so zuversichtlich, daß Fran kurz die Wirklichkeit vergaß und ihr glaubte. Fast fühlte sie sich ausgeschlossen und sehnte sich danach, mit von der Partie zu sein. Die Schatten der Vergangenheit, schoß es ihr durch den Kopf.

»Ich glaube zwar nicht mehr an Wunder, aber falls doch eines geschieht, muß Fran unbedingt mitfeiern«, sagte Molly. »Ohne euch beide hätte ich nie so lange durchgehalten.«

»Du wirst es schaffen, das schwöre ich bei meiner Ehre als Gattin von Cal, dem Allmächtigen«, meinte Jenna und grinste. »Apropos, Fran: Ich fürchte, er ist wegen des bevorstehenden Zusammenschlusses sehr beschäftigt und außerdem übelster Laune – eine gräßliche Mischung also. Ich kann mich jederzeit mit dir treffen, aber den Termin mit ihm vergißt du in nächster Zeit am besten.«

Sie umarmte Molly. »Ich muß los. Wahrscheinlich hat Fran etwas mit dir zu besprechen. Schön, dich wiederzusehen, Fran. Bis nächste Woche, einverstanden?«

Fran überlegte rasch. Wenn Mollys Bewährung tatsächlich aufgehoben würde, würde das am kommenden Montag geschehen. Dann würde Jenna sicher bei ihr sein wollen. »Was hältst du von Dienstag gegen zehn in deiner Kanzlei?«

»Großartig.«

Molly begleitete Jenna zur Tür. Als sie ins Arbeitszimmer zurückkehrte, sagte Fran: »Molly, ich muß auch gleich wieder nach New York. Also machen wir es kurz. Du hast doch sicher von der Sondersitzung des Bewährungsausschusses am Montag gehört.«

»Ja, und nicht nur das. Ich habe eine Vorladung bekommen.« Mollys Miene war ganz ruhig, und ihre Stimme klang beherrscht.

»Ich weiß, was du jetzt denkst, aber halt die Ohren steif, Molly. Ich schwöre, daß sich bis dahin etwas tun wird. Heute habe ich mit Annamaries Schwester gesprochen und einige erschreckende Dinge über die Lasch-Klinik erfahren. Es geht um deinen Mann und Peter Black.«

»Peter Black hat Gary nicht umgebracht. Sie waren gute Freunde.«

»Molly, wenn Peter Black nur die Hälfte der Verbrechen begangen hat, derer ich ihn verdächtige, ist er ein von Grund auf böser Mensch, dem ich fast alles zutraue. Ich muß dich etwas fragen, das du mir hoffentlich beantworten kannst. Warum hat dein Mann Peter Black gebeten, hierherzuziehen und sein Geschäftspartner zu werden? Ich habe mich über Black erkundigt. Er war weder ein guter Arzt noch besaß er einen Pfennig Geld. Kein Mensch verschenkt eine halbe Klinik an einen alten Freund. Außerdem glaube ich nicht, daß Black Gary wirklich so nahestand. Kennst du den Grund, warum Gary Black die Partnerschaft angeboten hat?«

»Peter arbeitete bereits in der Klinik, als ich Gary kennenlernte. Wir haben es nie erörtert.«

»Das habe ich befürchtet, Molly. Ich weiß nicht, wonach ich eigentlich suche, aber tu mir einen Gefallen. Laß mich Garys Unterlagen durchsehen, bevor du sie wegwirfst. Vielleicht entdecke ich doch etwas, das uns weiterbringt.«

»Wenn du willst«, erwiderte Molly gleichgültig. »In der Garage stehen bereits drei volle Müllsäcke. Ich deponiere sie für dich in der Abstellkammer. Was ist mit den Fotos?«

»Behalt sie noch. Vielleicht brauchen wir sie für die Sendung.«

»Ach, ja, die Sendung!« sagte Molly und seufzte. »Habe ich dich wirklich erst vor zehn Tagen gebeten, Erkundigungen einzuziehen, um meine Unschuld zu beweisen? Oh, wie naiv ich war«, meinte sie mit einem wehmütigen Lächeln.

Sie hat die Hoffnung aufgegeben, dachte Fran. Sie weiß, daß sie am Montag wieder ins Gefängnis muß, um den Rest der zehnjährigen Haftstrafe abzusitzen. Und dann kommt noch ein neuer Prozeß wegen Mordes an Annamarie Scalli auf sie zu. »Molly, sieh mich an«, befahl sie.

»Ich sehe dich doch an, Fran.«

»Molly, du mußt mir vertrauen. Ich vermute, der Mord an Gary ist nur einer in einer ganzen Serie, die du unmöglich begangen haben kannst. Ich werde das beweisen, und dann bist du wieder vollständig rehabilitiert.«

Sie muß mir glauben, überlegte Fran und hoffte, daß sie überzeugend genug geklungen hatte. Offenbar war Molly im Begriff, in Apathie und Depression zu versinken.

»Und dann gehe ich in den Schönheitssalon und futtere mich durch die besten Restaurants von New York.« Sie hielt inne und schüttelte den Kopf. »Du und Jenna seid wirklich gute Freundinnen, aber ich fürchte, ihr könnt Fantasie und Wirklichkeit nicht auseinanderhalten. Mein Schicksal ist besiegelt.«

»Molly, ich bin heute abend auf Sendung und muß los, um mich vorzubereiten. Bitte wirf nichts weg.« Fran sah auf das Sofa herunter und stellte fest, daß fast alle dort ausgebreiteten Fotos Gary Lasch zeigten.

Molly bemerkte Frans Blick. »Jenna und ich haben in Erinnerungen geschwelgt, bevor du kamst. Wir vier hatten eine schöne Zeit, oder wenigstens dachten wir das. Der Himmel weiß, was damals in meinem Mann vorging. Wahrscheinlich so etwas wie ›Oh, Gott, schon wieder ein Abend mit meiner langweiligen Vorstadthausfrau.‹«

»Molly, hör auf, dich zu quälen«, flehte Fran.

»Mich zu quälen? Warum sollte ich das selbst tun, solange der Rest der Welt so gute Arbeit leistet? Die brauchen meine Hilfe nicht, Fran. Du mußt wieder nach New York, also fahr los. Mach dir keine Sorgen um mich. Aber – Moment mal, noch eine kurze Frage: Kannst du diese alten Zeitschriften gebrauchen? Ich habe sie mir angesehen, aber es stehen nur medizinische Fachartikel darin. Vielleicht sollte ich sie lesen, aber zur Zeit habe ich kein Bedürfnis nach Bildung.«

»Sind ein paar der Artikel von ihm?«

»Nein, er hat nur diejenigen angekreuzt, die ihm wichtig erschienen.«

Gary Laschs berufliche Interessen sind auch die meinen, dachte Fran. »Darf ich die Zeitschriften mitnehmen, Molly? Ich sehe sie mir an und entsorge sie dann für dich.« Sie bückte sich und hob den schweren Stapel vom Boden auf.

Als Molly ihr die Eingangstür aufhielt, blieb Fran kurz auf der Schwelle stehen. Sie mußte zwar so schnell wie möglich in die Stadt, zögerte aber, Molly in ihrem offensichtlich niedergeschlagenen Zustand allein zu lassen. »Hast du dich wieder an etwas erinnert, Molly?«

»Das habe ich wenigstens geglaubt. Aber anscheinend handelt es sich nur um Hirngespinste. Mein großes Gerede darüber, daß mein Gedächtnis zurückkehren würde, war nichts weiter als heiße Luft. Es hat ganz den Anschein, als würde ich ab kommenden Montag weitere viereinhalb Jahre bei freier Kost und Logis zubringen. Und dann kommt noch die Verurteilung wegen Mordes an Annamarie.«

»Molly, du darfst nicht aufgeben!«

Molly, du darfst nicht aufgeben, dieser Satz ging Fran ständig im Kopf herum, als sie durch den ungewöhnlich dichten Verkehr zurück nach New York fuhr und dabei immer wieder besorgt auf die Uhr am Armaturenbrett blickte.

74

»Mom, ich will nicht nach Kalifornien.« Wally Barry wurde immer störrischer.

»Wally, wir werden nicht mehr darüber reden«, entgegnete seine Mutter streng.

Hilflos sah Edna zu, wie ihr Sohn aus der Küche stürmte und die Treppe hinaufpolterte. Den ganzen Tag hatte er sich standhaft geweigert, seine Medikamente zu nehmen, und sie machte sich allmählich Sorgen.

Ich muß ihn hier wegbringen, dachte sie. Bevor er zu Bett geht, löse ich ein paar seiner Tabletten in warmer Milch auf, damit er sich beruhigt und endlich einschläft.

Sie betrachtete Wallys unberührten Teller vom Abendessen. Normalerweise hatte er einen herzhaften Appetit, und um ihm eine Freude zu machen, hatte sie sein Leibgericht gekocht – Schweineschnitzel, Spargel und Kartoffelpüree. Doch statt etwas zu essen, hatte er nur mürrisch vor sich hingemurmelt. Edna wußte, daß er wieder Stimmen hörte, und sie hatte die schlimmsten Befürchtungen.

Das Telefon läutete. Sie war sicher, daß Marta am Apparat war, und mußte sich rasch etwas einfallen lassen. Es wäre so nett gewesen, ein Täßchen Tee mit Marta zu trinken, aber heute abend war es nicht ratsam. Wenn Wally wieder anfing, über den Schlüssel und Dr. Laschs Tod zu sprechen, würde Marta ihn womöglich noch ernst nehmen.

Wahrscheinlich bildet er sich das alles nur ein, sagte sich Edna wie immer, wenn Wally die Mordnacht erwähnte. Und wenn es doch nicht nur Hirngespinste sind? fragte sie sich. Aber das konnte nicht sein. Selbst wenn er im Haus gewesen sein sollte, hatte er bestimmt nichts Böses getan. Da das Telefon zum viertenmal klingelte, hob sie ab.

Marta hatte lange mit sich gerungen, ob sie Edna anrufen sollte. Aber sie hatte beschlossen, ihrer Freundin zu beichten, daß sie Wally zugeraten hatte, sich von Molly zu verabschieden. Sie wollte Edna vorschlagen, auf dem Weg aus der Stadt kurz bei Molly vorbeizuschauen, damit Wally ein paar Worte mit ihr wechseln konnte. Bestimmt würde er dann endlich Ruhe geben.

»Ich dachte, ich komme auf einen Sprung vorbei, um dir und Wally auf Wiedersehen zu sagen«, meinte sie, als Edna abnahm.

Edna hatte sich schon eine Antwort zurechtgelegt. »Um offen zu sein, bin ich noch mitten im Packen und Aufräumen, Marta. Ich habe beim besten Willen keine Zeit, denn wenn ich jetzt eine Pause mache, schaffe ich heute abend überhaupt nichts mehr. Was hältst du davon, morgen zum Frühstück zu kommen?«

Nun, ich will mich ja nicht aufdrängen, dachte Marta. Sie klingt wirklich müde, und ich möchte ihr keinen Kummer bereiten. »Gute Idee«, erwiderte sie bemüht fröhlich. »Ich hoffe, daß Wally dir hilft.«

»Wally sieht oben in seinem Zimmer fern«, entgegnete Edna. »Er hatte heute einen schlechten Tag. Am besten gebe ich ihm seine Medizin in warmer Milch.«

»Dann wird er sicher gut schlafen«, antwortete Marta. »Also bis morgen.«

Erleichtert hängte Marta ein. Wally saß wohlbehalten in seinem Zimmer und würde bald einschlafen. Anscheinend hat er nicht mehr vor, Molly heute abend zu besuchen, überlegte sie. Sie brauchte sich wohl keine Sorgen mehr zu machen.

75

Zu den wichtigsten Meldungen der Abendnachrichten gehörte, daß Natasha Colbert nach sechs Jahren im Koma gestorben war. Nur knapp vierundzwanzig Stunden später war ihre Mutter Barbara Colbert, ein angesehenes und für ihr wohltätiges Engagement bekanntes Mitglied der besseren Gesellschaft, einem Herzinfarkt erlegen.

Fran saß an ihrem Schreibtisch und betrachtete aufmerksam den Bildschirm – Tasha, energiestrotzend und lebensfroh mit flammend rotem Haar, und ihre attraktive und elegante Mutter. Peter Black hat euch beide auf dem Gewissen, dachte sie wütend. Und vielleicht werde ich es ihm niemals beweisen können.

Sie hatte mit Philip Matthews gesprochen, der die schlimmsten Befürchtungen hatte – Molly würde aller Wahrscheinlichkeit nach am Montag nachmittag wieder im Gefängnis sitzen. »Ich habe mich kurz nachdem Sie weg waren mit ihr unterhalten, Fran«, meinte Philip. »Dann habe ich Dr. Daniels angerufen. Er wird noch heute abend bei ihr vorbeischauen. Er ist mit mir einer Meinung, daß sie vermutlich völlig zusammenbrechen wird, wenn man sie nach der Sitzung des Bewährungsausschusses wieder in Haft nimmt. Natürlich werde ich sie begleiten, und er möchte für alle Fälle auch dabei sein.«

In solchen Momenten hasse ich meinen Job, dachte Fran, als das Zeichen kam, daß sie nun auf Sendung war. »Der Bewährungsausschuß von Connecticut hat für Montag nachmittag eine Sondersitzung einberufen. Alles weist darauf hin, daß Molly Carpenter Lasch wieder ins Gefängnis muß, um den Rest ihrer zehnjährigen Haftstrafe wegen Mordes an ihrem Ehemann Dr. Gary Lasch abzusitzen.«

Ihr Bericht endete mit den Worten: »Im letzten Jahr mußten in diesem Land drei verurteilte Mörder im nachhinein freigesprochen werden, da entweder neue Beweise auftauchten oder der wirkliche Täter ein Geständnis ablegte. Molly Laschs Anwalt will, wie er sagt, alles tun, um das Urteil gegen seine Mandantin aufheben zu lassen. Außerdem will er beweisen, daß sie den Mord an Annamarie Scalli nicht begangen hat.«

Mit einem erleichterten Seufzer nahm Fran ihr Mikrophon ab und stand auf. Sie war erst so spät im Sender eingetroffen, daß sie es gerade noch geschafft hatte, eine andere Jacke anzuziehen und sich schminken zu lassen. Tim hatte sie nur rasch zugewinkt, bevor sie ins Studio geeilt war. Da nun Werbung eingeblendet wurde, war Zeit für ein kurzes Gespräch. »Fran, warten Sie«, rief er deshalb. »Ich möchte mit Ihnen reden.«

Auf dem Weg ins Studio hatte Fran Mollys Zeitschriften auf ihren Schreibtisch im Büro gelegt und nur einen kurzen Blick auf das Archivmaterial über Lasch und Whitehall werfen können. Während sie auf Tim wartete, griff sie neugierig danach.

Beim Durchblättern der Papiere fiel ihr sofort auf, daß das Material über Calvin Whitehall und Dr. Gary Lasch sehr ausführlich und aufschlußreich war. Offenbar hat man im Archiv ganze Arbeit geleistet, dachte sie dankbar. Ich habe so ein Gefühl, daß ich die ganze Nacht mit Lesen verbringen werde.

»An Lektüre scheint es Ihnen ja nicht zu mangeln.«

Als Fran aufblickte, stand Tim in der Tür. »Jetzt dürfen Sie sich was wünschen«, meinte sie. »Sie haben nämlich genau meinen Gedanken ausgesprochen, und wenn das passiert, geht jeder Wunsch in Erfüllung.«

»Davon habe ich zwar noch nie was gehört, aber es kann ja nicht schaden. Hier ist mein Wunsch: Ich möchte mit Ihnen einen Hamburger essen gehen. Was halten Sie davon?« Er lachte. »Ich habe vorhin mit meiner Mutter telefoniert. Als ich ihr erzählte, ich hätte letztens Sie für das Essen bezahlen lassen, hat sie mich ordentlich ausgeschimpft. Sie mag diese moderne Sitte nicht, daß Männer und Frauen sich die Restaurantrechnung teilen, außer es handelt sich um ein Geschäftsessen oder einen Fall von Geldknappheit. Mit meinem Gehalt als Single sollte ich also nicht so geizig sein.« Er grinste. »Ich glaube, sie hat recht.«

»Ich bin zwar nicht dieser Ansicht, aber das mit dem Hamburger ist eine ausgezeichnete Idee – wenn es nicht zu lange dauert.« Fran wies auf den Stapel von Zeitschriften und Papieren. »Ich muß heute nacht noch diesen Kram durcharbeiten.«

»Ich habe von der Sondersitzung des Bewährungsausschusses gehört. Schade. Wahrscheinlich ist das ein ziemlicher Schlag für Molly.«

»Ganz richtig.«

»Und wie kommen Sie mit Ihren Recherchen voran?«

Fran zögerte. »In der Lasch-Klinik ist etwas mächtig faul, aber offen gestanden kann ich es noch nicht beweisen. Ich sollte nicht einmal darüber reden.«

»Vielleicht ist es das beste, wenn Sie eine kleine Pause einlegen«, schlug Tim vor. »Gehen wir ins P. J.?«

»Einverstanden. Von dort aus brauche ich zu Fuß nur zwei Minuten nach Hause.«

Tim griff nach dem Papierstapel auf dem Schreibtisch. »Wollen Sie das ganze Zeug hier mitnehmen?«

»Ja, es wird sicher ein spaßiges Wochenende, das alles durchzuackern.«

»Hört sich fast so an. Also los.«

Sie bestellten Hamburger und unterhielten sich über Baseball – den Beginn des Frühjahrstrainings und die Stärken und Schwächen der verschiedenen Spieler und Mannschaften. »Ich sollte vorsichtig sein, sonst übernehmen Sie noch die Sportredaktion«, meinte Tim, als er die Rechnung bezahlte.

»Wahrscheinlich würde ich dort mehr zustande bringen als im Augenblick«, entgegnete Fran bedrückt.

Tim beharrte darauf, Fran nach Hause zu begleiten. »Ich lasse Sie nicht allein diese ganzen Papiere schleppen«, sagte er. »Sonst kugeln Sie sich noch den Arm aus. Keine Angst, ich verschwinde gleich wieder.«

Als sie in Frans Etage aus dem Aufzug stiegen, kam er auf den Tod von Natasha und Barbara Colbert zu sprechen. »Ich gehe jeden Morgen zum Joggen«, sagte er. »Und heute beim Laufen habe ich daran gedacht, wie Tasha Colbert eines Tages loszog, genau wie ich. Dann ist sie gestolpert, hingefallen, und es war aus und vorbei mit ihr.«

Über einen offenen Schnürsenkel, überlegte Fran, während sie die Wohnungstür aufschloß. Sie machte Licht.

»Wo soll ich die Sachen hinlegen?« fragte Tim.

»Da rüber auf den Tisch, bitte.«

»Gerne.« Er folgte der Aufforderung und wandte sich dann zum Gehen. »Wahrscheinlich will mir Tasha Colbert deshalb nicht aus dem Kopf, weil meine Großmutter zu dieser Zeit auch in der Klinik war.«

»Wirklich?«

Tim stand schon im Treppenhaus. »Ja. Ich besuchte sie gerade, als Tasha mit Herzstillstand eingeliefert wurde. Sie lag nur zwei Zimmer weiter. Einen Tag später ist Großmutter gestorben.« Er schwieg eine Weile und zuckte dann die Achseln. »Nun denn. Gute Nacht, Fran. Sie sehen müde aus. Arbeiten Sie nicht zu lange.« Er drehte sich um und ging den Flur entlang, weshalb er Frans erschrockene Miene nicht mehr sah.

Fran schloß die Tür und lehnte sich dagegen. Sie war felsenfest davon überzeugt, daß Tims Großmutter die alte Dame war, von der Annamarie Scalli gesprochen hatte – die herzkranke Frau, die ursprünglich das Medikament erhalten sollte, das Tasha Colberts Gesundheit unwiederbringlich ruiniert hatte. Und eine Nacht später hatte man es ihr ebenfalls verabreicht.

76

Molly, bevor ich gehe, gebe ich Ihnen noch ein Beruhigungsmittel, damit Sie besser schlafen können«, schlug Dr. Daniels vor.

»Meinetwegen, Herr Doktor«, erwiderte Molly gleichgültig.

Sie saßen im Wohnzimmer. »Ich hole ein Glas Wasser«, sagte Dr. Daniels und wollte in die Küche gehen.

Molly dachte an die Schlaftablettenpackung, die dort auf der Anrichte stand. »In der Hausbar ist auch ein Wasserhahn, Herr Doktor«, meinte sie rasch.

Sie wußte, daß er sie aufmerksam beobachtete, als sie die Tablette in den Mund steckte und mit Wasser nachspülte. »Mir geht es eigentlich ganz gut«, meinte sie, nachdem sie das Glas weggestellt hatte.

»Wenn Sie sich richtig ausschlafen, werden Sie sich morgen noch wohler fühlen. Am besten legen Sie sich gleich ins Bett.«

»Wird gemacht.« Sie begleitete ihn zur Tür. »Es ist schon nach neun. Tut mir leid, daß ich Ihnen seit einer Woche jeden Abend verderbe.«

»Zerbrechen Sie sich nicht den Kopf darüber. Wir unterhalten uns morgen.«

»Vielen Dank.«

»Und nicht vergessen – sofort ins Bett, Molly. Sicher werden Sie gleich schläfrig.«

Molly wartete, bis er weggefahren war, verschloß dann die Tür und drückte den Bodenriegel herunter. Diesmal erschien ihr das Klicken weder besonders außergewöhnlich noch bedrohlich.

Ich habe es mir nur eingebildet, dachte sie benommen. Das Geräusch, das Gefühl, daß jemand in jener Nacht im Haus war. Wahrscheinlich habe ich mich nicht daran erinnert, sondern es erfunden, weil ich wollte, daß es so ist.

Hatte sie das Licht im Arbeitszimmer ausgemacht? Sie wußte es nicht mehr. Die Tür war geschlossen. Molly öffnete sie und griff nach dem Lichtschalter. Als das Licht anging, bemerkte sie eine Bewegung draußen vor dem Fenster. Da war doch jemand! Im Lichtschein, der aus dem Arbeitszimmer auf den Rasen fiel, erkannte sie Wally Barry, der vor dem Fenster stand und zu ihr hineinblickte. Mit einem Aufschrei wandte sie sich ab.

Und dann veränderte sich plötzlich das Arbeitszimmer. Es war wieder getäfelt wie früher … Gary war da, er kehrte ihr den Rücken zu, saß vornübergebeugt am Schreibtisch. Sein Kopf war voller Blut.

Blut tropfte aus einer tiefen Wunde an seinem Schädel, durchweichte sein Hemd, sammelte sich auf dem Schreibtisch und rann auf den Boden.

Molly wollte schreien, aber sie brachte keinen Laut heraus. Als sie sich hilfesuchend nach Wally umsah, war er verschwunden. Sie hatte Blut an ihren Händen, am Gesicht und an den Kleidern.

In panischer Angst taumelte sie aus dem Zimmer und die Treppe hinauf und fiel aufs Bett.

Als sie zwölf Stunden später, noch benommen von der Schlaftablette, erwachte, wußte sie, daß der blutige, so real wirkende Alptraum nur Teil des unerträglichen Martyriums war, in das sich ihr Leben inzwischen verwandelt hatte.

77

Fran wußte, daß sie einschlafen würde, wenn sie versuchte, im Bett zu lesen. Also zog sie einen bequemen Pyjama an, ließ sich in ihrem Ledersessel nieder und legte die Füße hoch.

Zuerst wandte sie sich der Akte Gary Lasch zu, die sich las wie das typische Portrait eines Sprößlings aus gutem Hause. Er hatte eine gute Privatschule und ein angesehenes College besucht, allerdings keine Eliteuniversität. Wahrscheinlich haben die Noten nicht gereicht, dachte sie. Er hatte einen durchschnittlichen Abschluß gemacht und dann an der Meridian Medical School in Colorado studiert. Danach war er in die Praxis seines Vaters eingetreten. Dieser war bald darauf gestorben, und Gary hatte die Klinik übernommen.

Und jetzt wird es interessant, sagte sich Fran. Verlobung mit der höheren Tochter Molly Carpenter, mehr und mehr Artikel über die Lasch-Klinik und ihren charismatischen Leiter, später Berichte über Gary und seinen Partner Peter Black, die gemeinsam mit dem Finanzier Calvin Whitehall den Remington-Gesundheitsdienst gegründet hatten.

Darauf folgten die Traumhochzeit von Molly und Gary und Zeitungsausschnitte über das hübsche Paar bei Wohltätigkeitsbällen und anderen bedeutenden gesellschaftlichen Ereignissen.

Dazwischen entdeckte Fran auch Meldungen über die Klinik, den Gesundheitsdienst und Garys Auftritte bei medizinischen Kongressen. Fran las einige davon – die übliche Lobhudelei, fand sie und legte sie beiseite.

Alle anderen Artikel in der Mappe – Massen von Berichten über den Mord, den Prozeß und Molly – befaßten sich mit Garys Tod.

Wie Fran sich widerstrebend eingestehen mußte, wies nichts in den Unterlagen darauf hin, daß Gary Lasch etwas anderes als ein Durchschnittsarzt gewesen war, der das Glück gehabt hatte, in die bessere Gesellschaft einzuheiraten und mit einem Gesundheitsdienst Geld zu verdienen. Bis zu seiner Ermordung natürlich.

Gut, dann also zum allmächtigen Calvin Whitehall, dachte Fran und seufzte. Vierzig Minuten später brannten ihre Augen vor Müdigkeit. Mit diesem Burschen ist es offenbar eine ganz andere Geschichte, sagte sie sich. ›Skrupellos‹ und ›machthungrig‹ waren ihrer Ansicht nach die Wörter, die ihn am besten beschrieben. Ein Wunder, daß er bis jetzt noch nicht hinter Gittern gelandet war.

Die Liste der Prozesse, die im Laufe der Jahre gegen Cal Whitehall geführt worden waren, nahm mehrere Seiten ein. Manche der Rechtsstreitigkeiten waren ›gegen eine nicht veröffentlichte Summe‹ außergerichtlich beigelegt worden. Andere Verfahren hatte man entweder eingestellt, oder man war zu einem für Whitehall günstigen Urteil gekommen.

Die Akte enthielt verschiedene Artikel aus jüngerer Zeit, die sich mit dem geplanten Aufkauf einiger kleinerer Gesundheitsdienste durch Remington befaßten. Es wurde auch von der Möglichkeit einer feindlichen Übernahme von Remington gesprochen.

Der Vertrag hängt wirklich am seidenen Faden, überlegte Fran, während sie weiterlas. Whitehall schwimmt zwar im Geld, doch wenn man den Artikeln glauben kann, sind die wichtigsten Anteilseigner von American National auch ziemlich gut bestückt. Aus den Artikeln schließe ich, daß die Mehrheit die Zukunft des amerikanischen Gesundheitswesens bei American National sieht, dessen Präsident ein ehemaliger Gesundheitsminister ist. Wenn das stimmt, werden die entsprechenden Leute sicher dafür sorgen, daß American National sich durchsetzt.

Anders als Gary Laschs Akte enthielt die von Whitehall keine umfangreiche Liste von Wohltätigkeitsorganisationen, an die er regelmäßig spendete. Allerdings entdeckte Fran einen Namen, der sie sofort wieder wach werden ließ. Calvin Whitehall war gemeinsam mit ihrem Vater Mitglied des Finanzausschusses des Bibliotheksvereins gewesen. Sein Name wurde in den Zeitungsartikeln über die Unterschlagung erwähnt. Davon hatte ich gar keine Ahnung, dachte Fran. Aber wie hätte ich das wissen sollen? Ich war ja fast noch ein Kind, und Mom hat nie über dieses

Thema gesprochen. Außerdem sind wir kurz nach Dads Selbstmord aus Greenwich weggezogen.

Sie sah auch einige verschwommene Fotos ihres Vaters. Die Bildunterschriften waren nicht sehr schmeichelhaft.

Fran stand auf und blickte aus dem Fenster. Es war schon nach Mitternacht, und obwohl in einigen Fenstern noch Licht brannte, würde die Stadt bald schlafen gehen.

Wenn ich Whitehall endlich kennenlerne, werde ich ihm ein paar schwierige Fragen stellen, nahm sie sich ärgerlich vor. Zum Beispiel, wie Dad es geschafft hat, unbemerkt eine so große Summe aus dem Bibliotheksfonds zu stehlen. Vielleicht kann er mir sagen, wo ich einschlägige Unterlagen finde. Mich würde nämlich brennend interessieren, ob Dad das Geld über einen längeren Zeitraum hinweg oder in einem einzigen Betrag abgehoben hat.

Calvin Whitehall ist Finanzier, überlegte sie weiter. Auch damals war er schon erfolgreich und wohlhabend. Er müßte eigentlich in der Lage sein, mir einiges über meinen Vater zu erzählen oder mir bei der Beschaffung von Informationen zu helfen.

Obwohl sie lieber zu Bett gehen wollte, beschloß sie, wenigstens noch einige von Mollys Zeitschriften durchzublättern. Zuerst überprüfte sie das Erscheinungsdatum auf dem Titel. Molly hatte ihr zwar erzählt, daß es sich um alte Zeitschriften handelte, aber Fran war dennoch erstaunt, denn eines der Blätter war bereits vor über zwanzig Jahren erschienen. Das neueste Magazin war dreizehn Jahre alt.

Sie nahm sich die älteste Zeitschrift zuerst vor. Im Inhaltsverzeichnis war ein Artikel mit dem Titel ›Ein Plädoyer für die Vernunft‹ angemerkt. Der Name des Autors kam Fran irgendwie bekannt vor, aber sie war sich nicht sicher. Sie begann zu lesen. Mir gefällt gar nicht, wie dieser Mann denkt, ging es ihr durch den Kopf. Geschweige denn das, was er schreibt.

Die zweite Zeitschrift war achtzehn Jahre alt und enthielt einen Artikel desselben Verfassers. Der Titel lautete

›Darwin, das Überleben der Stärksten und die Lage der Menschheit im dritten Jahrtausend‹. Der Autor, ein Professor in der Forschungsabteilung der Meridian Medical School war ebenfalls abgebildet. Das Foto zeigte ihn und zwei seiner besten Studenten in seinem Labor.

Entsetzt riß Fran die Augen auf, denn nun wußte sie, wer dieser Professor war. Und auch die beiden Studenten erkannte sie.

»Also doch!« rief sie. »Das erklärt alles.«

78

Am Samstag morgen um zehn ließ Calvin Whitehall seinen Plan anlaufen. Er hatte Lou Knox zu sich zitiert, damit dieser in seinem Arbeitszimmer Fran Simmons anrief. »Wenn sie nicht da ist, versuchst du es jede halbe Stunde«, befahl er. »Ich will sie noch heute oder spätestens morgen nach West Redding locken. Denn ich weiß nicht, wie lange ich unseren Freund Dr. Logue noch bremsen kann.«

Lou wußte, daß von ihm keine Antwort erwartet wurde. Wenn Cal in Aktion trat, neigte er dazu, laut zu denken.

»Hast du das Handy?«

»Ja, Sir.« Lou würde mit dem Handy anrufen, weil Fran, falls sie eine Anruferidentifikation besaß, das Telefonat nicht würde zurückverfolgen können. Die Rechnungen für das Handy gingen aus Sicherheitsgründen an eine Briefkastenadresse in Westchester County.

»Also los. Und gib dir Mühe, sie zu überzeugen. Hier ist die Nummer. Zum Glück steht sie im Telefonbuch.« Andernfalls hätte Cal Jenna gebeten, sie sich von Molly geben zu lassen, und zwar unter dem Vorwand, mit Fran Simmons einen Termin vereinbaren zu wollen. Allerdings war er froh, daß das nicht nötig gewesen war. So war er nicht gezwungen gewesen, seine goldene Regel zu verletzen, die lautete, so wenig Leute wie möglich in einen Plan einzuweihen.

Lou nahm den Zettel und begann zu wählen. Nach zweimal Läuten wurde abgehoben. Lou nickte Cal zu, der ihn aufmerksam beobachtete.

»Hallo«, sagte Fran.

»Miss Simmons?« fragte Lou in dem leicht deutschen Akzent seines verstorbenen Vaters.

»Ja, wer spricht da bitte?«

»Das kann ich Ihnen am Telefon nicht verraten, aber ich habe gestern gehört, wie Sie sich in der Krankenhaus-Cafeteria mit Mrs. Branagan unterhalten haben.« Er machte eine bedeutungsschwere Pause. »Ich arbeite in der Klinik, Miss Simmons, und Sie haben recht. Etwas ist dort faul.«

Fran stand – immer noch im Pyjama und das schnurlose Telefon in der Hand – im Wohnzimmer und sah sich hastig nach einem Stift um. Sie entdeckte ihn auf dem Hocker und nahm einen Notizblock vom Tisch. »Das weiß ich selbst«, erwiderte sie ruhig. »Aber leider kann ich es nicht beweisen.«

»Kann ich Ihnen trauen, Miss Simmons?«

»Was meinen Sie damit?«

»Ein alter Mann stellt die Medikamente her, die in der Lasch-Klinik bei Experimenten an Patienten benutzt werden. Er hat Angst, daß Dr. Black ihn umbringen will, und nun möchte er die Geschichte seiner Forschungsarbeit erzählen, bevor ihn jemand daran hindern kann. Ihm ist zwar klar, daß er sich selbst damit schadet, aber das ist ihm egal.«

Sicher redet er von Dr. Adrian Lowe, dem Arzt, der die Artikel geschrieben hat, dachte Fran. »Hat er schon mit jemandem über diese Sache gesprochen?« erkundigte sie sich.

»Nein, da bin ich ganz sicher. Ich bringe Päckchen von seinem Haus in die Klinik, und zwar schon seit einiger Zeit. Doch bis gestern wußte ich nicht, was darin ist. Er hat mir von den Experimenten erzählt und war sehr aufgeregt. Nun möchte er, daß die ganze Welt erfährt, warum Natasha Colbert vor ihrem Tod aus dem Koma aufgewacht ist.« Er hielt inne und senkte die Stimme zu einem rauhen Flüstern. »Miss Simmons, er hat sogar ein Video davon. Ich habe es selbst gesehen.«

»Ich würde mich gern mit ihm unterhalten«, erwiderte Fran bemüht ruhig.

»Miss Simmons, er ist ein alter Mann und praktisch ein Einsiedler. Auch wenn er möchte, daß die Welt ihn kennenlernt, hat er dennoch Angst. Wenn Sie eine ganze Horde Leute anschleppen, wird er nicht reden, und dann war alles umsonst.«

»Wenn er möchte, daß ich allein komme, bitte sehr«, entgegnete Fran. »Es ist mir ohnehin lieber so.«

»Wäre Ihnen heute abend um sieben recht?«

»Natürlich. Wo wohnt er?«

Lou machte eine siegessichere Geste in Richtung Cal. »Kennen Sie West Redding, Connecticut, Miss Simmons?« fragte er.

79

Früh am Samstag morgen rief Edna Marta an. »Wally schläft noch, also fahren wir erst später los«, sagte sie und zwang sich beiläufig zu klingen. Am liebsten hätte sie Marta gebeten, nicht herüberzukommen, um sich zu verabschieden. Allerdings wußte sie, daß sie ihre Freundin damit gekränkt hätte, denn schließlich hatte sie sie schon am Vorabend abgewimmelt.

»Ich backe einen Sandkuchen«, meinte Marta. »Den ißt Wally doch so gern. Melde dich einfach, wenn du fertig bist.«

In den nächsten beiden Stunden grübelte Marta über Ednas Anruf nach. Sie hatte den starken Verdacht, daß bei ihrer Freundin etwas nicht stimmte, denn sie hatte sich noch beunruhigter angehört als gestern abend. Außerdem hatte sie Ednas Auto in der Nacht wegfahren sehen, was sehr ungewöhnlich war. Edna fuhr sonst nie bei Dunkelheit. Also gab es eindeutig Probleme.

Vielleicht wird eine kleine Reise ihnen guttun, überlegte Marta. Der März ist so ein trüber Monat, und zur Zeit überstürzen sich die Hiobsbotschaften. Der Mord an der Krankenschwester in Rowayton; Molly Lasch muß wahrscheinlich wieder ins Gefängnis, obwohl sie eigentlich in eine Anstalt gehört; dann der Tod von Mrs. Colbert und ihrer Tochter so kurz nacheinander.

Um halb zwölf rief Edna an. »Wir freuen uns schon auf deinen Kuchen«, sagte sie.

»Ich bin gleich da«, erwiderte Marta erleichtert.

Doch als sie zur Tür hereinkam, erkannte sie auf Anhieb, daß sie mit ihrer Vermutung recht gehabt hatte. Edna steckte offenbar in Schwierigkeiten. Außerdem war Wally anscheinend in schlechter Stimmung. Er hatte die Hände tief in den Hosentaschen vergraben, sah zerrauft aus und bedachte seine Mutter mit finsteren Blicken.

»Wally, schau, was ich dir mitgebracht habe«, meinte Marta und wickelte den Kuchen aus der Alufolie. »Er ist noch warm.«

Wally achtete nicht auf sie. »Mom, ich wollte doch nur mit ihr reden. Was ist denn so schlimm daran?«

Ach, du meine Güte, dachte Marta. Ich wette, daß er allein bei Molly Lasch war.

»Ich bin nicht ins Haus gegangen. Ich habe nur reingeschaut. Damals war ich auch nicht drin. Aber du glaubst mir ja nie was.«

Marta bemerkte Ednas erschrockene Miene. Ich hätte nicht kommen sollen, überlegte sie und sah sich ratlos um. Edna kann es nicht leiden, wenn ich sehe, wie Wally die Beherrschung verliert. Manchmal erzählt er eben ziemlichen Unsinn. Einmal hat er sie sogar beschimpft.

»Wally, mein Junge, iß doch etwas von Martas Kuchen«, flehte Edna.

»Molly hat gestern dasselbe gemacht wie damals, Mom. Sie hat das Licht angeknipst und dann Angst bekommen. Nur, daß Dr. Lasch nicht voller Blut war wie beim letztenmal.«

Marta legte das Messer weg, mit dem sie gerade den Kuchen hatte anschneiden wollen. Sie drehte sich zu Edna um. »Was meint Wally damit, Edna?« fragte sie ruhig. Plötzlich fiel es ihr wie Schuppen von den Augen.

Edna brach in Tränen aus. »Überhaupt nichts. Er weiß nicht, wovon er redet. Sag Marta, daß du nicht weißt, wovon du redest, Wally!«

Offenbar war Wally über den Ausbruch erschrocken. »Tut mir leid, Mom. Ich verspreche, Molly nicht mehr zu erwähnen.«

»Nein, Wally, ich finde, du solltest es tun«, erwiderte Marta. »Edna, wenn Wally etwas über Dr. Laschs Tod weiß, mußt du mit ihm zur Polizei gehen, ob er nun dein Sohn ist oder nicht. Du kannst nicht zulassen, daß Molly Lasch vom Bewährungsausschuß zurück ins Gefängnis geschickt wird, wenn sie ihren Mann nicht getötet hat.«

»Wally, hol das Gepäck aus dem Auto«, sagte Edna Barry mit tonloser Stimme zu ihrem Sohn. Sie sah Marta flehend an. »Du hast recht. Wally muß bei der Polizei aussagen. Aber bitte gib mir bis Montag morgen Zeit. Er braucht einen Anwalt, der seine Interessen vertritt.«

»Wenn Molly Lasch wegen deines Schweigens wirklich fünfeinhalb Jahre unschuldig im Gefängnis verbracht hat, bist wahrscheinlich eher du es, die einen Anwalt braucht«, stellte Marta fest und betrachtete ihre Freundin traurig und mitfühlend.

Die beiden Frauen saßen wortlos da, während Wally geräuschvoll ein Stück Kuchen verzehrte.

80

Den restlichen Samstag vormittag verbrachte Fran damit, sämtliche Artikel zu lesen, die Dr. Adrian Lowe geschrieben hatte oder die sich mit ihm befaßten. Verglichen mit ihm ist Dr. Kevorkian, der sich für den Tod auf Verlangen einsetzt, ein zweiter Albert Schweitzer, dachte sie. Lowes These war von bestechender Schlichtheit: Dank des medizinischen Fortschritts lebten die Menschen zu lang. Die Alten verbrauchten finanzielle und medizinische Ressourcen, die anderweitig besser genutzt werden konnten.

In einem Artikel hieß es, die aufwendige Behandlung von chronisch Kranken sei verschwenderisch und überflüssig. Die Entscheidung über Leben und Tod des Betreffenden sollte von medizinischen Fachleuten ohne Hinzuziehung der Angehörigen gefällt werden.

Eine andere Abhandlung beschrieb Lowes Theorie, daß Koma-Patienten sich vorzüglich für Versuche mit neuen oder unerprobten Medikamenten eigneten. Ob eine rasche Besserung oder der Tod eintrat, spielte laut Lowe bei ihnen keine Rolle, da es so oder so das beste für sie sei.

Als Fran Lowes berufliche Laufbahn mit Hilfe der verschiedenen Artikel verfolgte, erfuhr sie, daß sein Standpunkt für die Universität untragbar geworden war, weshalb man das Arbeitsverhältnis beendete hatte. Auch die Ärztekammer hatte ihn ausgeschlossen. Er war sogar wegen der vorsätzlichen Tötung von Patienten in drei Fällen angeklagt worden, doch man konnte ihm nichts nachweisen. Später war er untergetaucht. Endlich fiel Fran wieder ein, wo sie seinen Namen schon einmal gehört hatte: In einem Ethikseminar im College hatten sie seine Thesen diskutiert.

Hatte Gary Lasch Dr. Lowe in West Redding untergebracht, damit dieser dort ungestört weiterforschen konnte? Hatte er Lowes zweiten Lieblingsstudenten Peter Black als Geschäftspartner in die Lasch-Klinik aufgenommen, um an ahnungslosen Patienten Experimente durchzuführen? Inzwischen hatte es ganz den Anschein.

Und es ergibt – so grausam die Erkenntnis auch sein mochte – einen gewissen Sinn, dachte Fran. Heute abend werde ich, so Gott will, den Beweis haben. Wenn dieser verrückte Arzt seine sogenannten Forschungsergebnisse an die Öffentlichkeit bringen möchte, ist er bei mir an der richtigen Stelle. Ich kann es kaum erwarten, ihn mir vorzuknöpfen.

Der anonyme Anrufer hatte ihr den Weg zu Lowes Haus genau beschrieben. West Redding lag etwa hundert Kilometer nördlich von Manhattan. Gut, daß es März ist und nicht August, überlegte Fran. Im Sommer herrschte wegen der vielen Strandausflügler nämlich reger Betrieb auf dem Merrit Parkway. Dennoch beschloß sie, früh genug loszufahren. Sie mußte um sieben dort sein und freute sich schon auf die Begegnung.

Sie überlegte, welche Aufnahmegeräte sie mitbringen sollte. Sie wollte nicht riskieren, daß Lowe es mit der Angst zu tun bekam und schwieg, doch sie hoffte, daß er ihr erlauben würde, das Interview auf Tonband oder sogar auf Video aufzuzeichnen. Schließlich entschied sie sich, sowohl den Kassettenrecorder als auch die Videokamera mitzunehmen, die beide problemlos in ihre Umhängetasche paßten. Das Notizbuch steckte sie ebenfalls ein.

Die Interviews mit Lowe, die sie gelesen hatte, waren sehr umfangreich und ausführlich. Hoffentlich macht es ihm immer noch Spaß, sich über seine Theorien zu verbreiten, dachte Fran.

Um zwei Uhr hatte sie das Interview vorbereitet. Nachdem sie geduscht und sich angezogen hatte, rief sie um Viertel vor drei Molly an. Der niedergeschlagene Tonfall ihrer Freundin erschreckte sie.

»Bist du allein, Molly?«

»Ja.«

»Erwartest du jemanden?«

»Philip hat angerufen. Er wollte mich heute abend besuchen, aber Jenna wird da sein. Ich habe ihn gebeten, sich bis morgen zu gedulden.«

»Molly, ich kann es dir noch nicht erzählen, aber zur Zeit tut sich eine Menge. Es sieht aus, als wäre ich auf etwas gestoßen, das Philip und dir bei der Verteidigung helfen könnte.«

»Es gibt doch nichts Besseres als gute Nachrichten, was, Fran?«

»Molly, ich habe heute abend einen Termin in Connecticut. Wenn ich jetzt gleich losfahre, könnte ich vorher noch kurz zu dir kommen. Möchtest du das?«

»Mach dir meinetwegen keine Mühe, Fran.«

»Ich bin in einer Stunde da«, entgegnete Fran rasch und legte auf, bevor Molly ablehnen konnte.

Sie hat aufgegeben, dachte Fran, als sie auf den Aufzug wartete. In diesem Zustand sollte man sie keinen Augenblick allein lassen.

Ich bin schuld, sagte sich Philip Matthews immer wieder. Ich hätte Molly bei ihrer Entlassung aus dem Gefängnis sofort ins Auto verfrachten sollen. Sie wußte nicht, was sie tat, als sie mit den Reportern redete. Es war ihr einfach nicht klar, daß es nicht möglich ist, eine Tat vor dem Bewährungsausschuß zuzugeben und sie danach abzustreiten. Warum habe ich es nicht geschafft, ihr das verständlich zu machen?

Allerdings hätte der Staatsanwalt die Aufhebung ihrer Bewährung beantragen können, sobald sie diese Worte ausgesprochen hatte, überlegte Philip weiter. Und das heißt, daß man sich nur wegen des zweiten Mordverdachts wieder mit ihr befaßt.

Ich habe nur eine Chance, Molly bei der Anhörung am Montag vor der Haft zu bewahren. Ich muß dem Bewährungsausschuß glaubhaft machen, daß die Anklage wegen Mordes an Annamarie Scalli aller Wahrscheinlichkeit nach ein Irrtum ist. Dann muß ich erklären, daß Molly ihr Geständnis nicht zurücknehmen, sondern nur ihr Gedächtnis wiederfinden wollte, um sich mit dem Geschehenen auseinandersetzen zu können. Er dachte nach. Vielleicht würde die Begründung Erfolg haben. Doch er mußte Molly dazu bringen, bei dieser Version zu bleiben. Anderenfalls …

Molly hatte den Reportern gesagt, daß sich in der Mordnacht ihrer Meinung nach noch jemand im Haus befunden hatte. Außerdem hatte sie beteuert, sie wisse tief in ihrem Herzen, daß sie zu einer solchen Tat nicht fähig sei. Möglicherweise konnte er den Bewährungsausschuß überzeugen, daß Molly traurig und verzweifelt gewesen war und nicht versucht hatte, sie zu täuschen, um wieder auf freien Fuß zu kommen. Darüber hinaus ist offiziell bestätigt, daß sie im Gefängnis an Depressionen gelitten hat.

Aber ich werde mit meiner Schilderung ihres Gemütszustands nichts erreichen, solange es mir nicht gelingt, Zweifel an ihrer Schuld im Mordfall Scalli zu wecken, grübelte er. Ich lande immer wieder am selben Punkt.

Deshalb fuhr Philip Matthews am späten Samstag nachmittag zum Sea Lamp Diner in Rowayton. Der Parkplatz, wo Annamarie Scalli gestorben war, war längst nicht mehr gesperrt. Er hatte zwar eine neue Asphaltdecke und frische Markierungen bitter nötig, wurde aber wieder benutzt. Es gab kein Zeichen dafür, daß eine junge Frau hier gewaltsam den Tod gefunden hatte. Und nichts wies mehr darauf hin, daß Molly Lasch möglicherweise den Rest ihres Lebens im Gefängnis verbringen mußte, weil Blutspuren an ihrem Schuh und in ihrem Wagen entdeckt worden waren.

Philip hatte einen fähigen Privatdetektiv hinzugezogen, der ihm half, Mollys Verteidigung vorzubereiten.

Laut Molly hatte eine mittelgroße Limousine den Parkplatz verlassen, als sie an jenem Abend aus dem Restaurant trat. Philips Privatdetektiv hatte bereits ermittelt, daß keine anderen Gäste kurz vor Annamarie aus dem Lokal gekommen waren.

Molly berichtete, sie sei sofort zu ihrem Wagen gegangen. Sie habe bei ihrer Ankunft einen geparkten Jeep bemerkt, aber nicht gewußt, ob es sich um Annamaries Auto handelte. Der Privatdetektiv war der Ansicht, Molly sei zufällig in das Blut getreten und habe deshalb einen Abdruck auf der Fußmatte ihres Wagens hinterlassen.

Nichts als Indizienbeweise, dachte Philip ärgerlich, als er in das Lokal ging. Nur das Blut am Schuh ist ein Anhaltspunkt dafür, daß sie etwas mit dem Mord zu tun haben könnte. Wenn der Mörder in der Limousine saß, muß er vor dem Restaurant geparkt haben, denn sonst hätte Molly ihn ja nicht wegfahren sehen. Philip stellte sich den Tathergang folgendermaßen vor: Der Mörder hatte Annamarie erstochen und floh, als Molly aus dem Lokal kam. Außerdem war keine Mordwaffe gefunden worden. Ich kann behaupten, daß Blut von der Waffe auf den Asphalt getropft ist, überlegte er. Und dann ist Molly hineingetreten, ohne es zu bemerken.

Allerdings gibt es da noch ein Problem, für das wir keine Erklärung haben, sagte sich Philip weiter, während er einen letzten Blick über den Parkplatz schweifen ließ. Welches Motiv hatte der unbekannte Täter? Warum sollte jemand Annamarie Scalli bis zum Restaurant verfolgen, draußen auf sie warten und sie dann umbringen? Außer ihrer Affäre mit Mollys Mann vor vielen Jahren hatte sie ein völlig unauffälliges Leben geführt – das hatte er bereits überprüft. Fran Simmons glaubte, daß Annamarie in der Klinik Zeugin dubioser Machenschaften geworden war. Er konnte nur hoffen, daß sie mit ihren Nachforschungen Erfolg haben würde.

Zu Philips Erleichterung stand Bobby Burke hinter dem Tresen – und zum Glück war Gladys Fluegel nirgendwo in Sicht. Der Privatdetektiv hatte ihm berichtet, daß Gladys ihre Geschichte, Molly habe Annamarie am Verlassen des Lokals hindern wollen und sei ihr dann nachgelaufen, bei jeder Wiederholung noch mehr ausschmückte.

Philip setzte sich an den Tresen. »Hallo, Bobby«, sagte er. »Kriege ich einen Kaffee?«

»Mann, Sie sind aber schnell hier, Mr. Matthews. Wahrscheinlich hat Miss Simmons gleich mit Ihnen telefoniert.«

»Wovon reden Sie, Bobby?«

»Ich habe Miss Simmons vor einer Stunde angerufen und ihr eine Nachricht hinterlassen.«

»Wirklich? Worum ging es denn?«

»Das Paar, nach dem Sie suchen – die Leute, die am Sonntag abend hier waren –, haben heute mittag bei uns gegessen. Sie wohnen in Norwalk. Am Montag morgen sind sie nach Kanada geflogen und erst gestern abend zurückgekommen. Kaum zu fassen, aber sie wußten nicht mal, was passiert ist. Sie würden gern mit Ihnen reden. Ihr Name ist Hilmer. Arthur und Jane Hilmer.«

Bobby senkte die Stimme. »Nur unter uns, Mr. Matthews, aber als ich ihnen erzählt habe, was Gladys bei der Polizei ausgesagt hat, meinten sie, daß sie nicht mehr richtig tickt. Sie haben nicht gehört, wie Mrs. Lasch zweimal ›Annamarie‹ rief. Sie sind sicher, daß sie nur einmal gerufen hat. Und ›Warten Sie!‹ hat sie ganz sicher nicht geschrien. Das war Mr. Hilmer, der versucht hat, sich bei Gladys bemerkbar zu machen.«

Philip Matthews wußte, daß er im Lauf der Jahre zum Zyniker geworden war. Die Menschen waren nur in soweit berechenbar, als daß sie einen mit Sicherheit enttäuschten. Nun aber freute er sich wie ein Schneekönig. »Geben Sie mir die Nummer der Hilmers, Bobby«, sagte er. »Das ist ja großartig!«

Bobby lächelte. »Es wird noch besser, Mr. Matthews. Die Hilmers haben mir erzählt, sie hätten beim Reinkommen einen Mann in einer mittelgroßen Limousine auf dem Parkplatz sitzen sehen. Sie haben sich sein Gesicht gut anschauen können und wären in der Lage, ihn zu beschreiben. Ich bin sicher, daß der Mann nicht im Restaurant war, Mr. Matthews. An diesem Abend war nicht viel los, und ich erinnere mich ganz genau.«

Molly hat doch von einer mittelgroßen Limousine berichtet, dachte Philip. Vielleicht ist das jetzt endlich der Durchbruch.

»Die Hilmers sind erst um neun wieder zu Hause, Mr. Matthews. Wer sie sprechen will, soll einfach um diese Zeit zu ihnen kommen. Sie wissen, wie wichtig ihre Aussage für Mrs. Lasch ist, und sie möchten gerne helfen.«

»Ich werde vor ihrer Tür warten«, meinte Philip Matthews. »Darauf können Sie Gift nehmen.«

»Die Hilmers sagen, sie hätten am fraglichen Abend neben einem nagelneuen Mercedes geparkt. Das wissen sie noch, weil es so kalt war und sie eine Lücke so nah wie möglich an der Tür gesucht haben. Sicher war das Mrs. Laschs Auto.«

»Ich hätte Sie als Assistenten anheuern sollen, Bobby. Woher kennen Sie sich mit diesen Dingen so gut aus?« erkundigte sich Philip.

Bobby lächelte stolz. »Mr. Matthews, mein Vater ist Pflichtverteidiger und ein guter Lehrer. Außerdem möchte ich auch einmal Pflichtverteidiger werden.«

»Ich glaube, das ist der richtige Beruf für Sie«, erwiderte Philip. »Kriege ich jetzt einen Kaffee, Bobby? Den kann ich nämlich gut gebrauchen.«

Während Philip seinen Kaffee trank, überlegte er, ob er Molly anrufen und ihr sofort von den Hilmers berichten sollte. Doch er entschied sich dagegen. Ich warte, bis ich selbst mit ihnen gesprochen habe, beschloß er. Vielleicht haben sie ja noch mehr beobachtet, das ihr nützen wird. Und wenn möglich schicke ich morgen gleich einen Portraitzeichner zu ihnen, damit wir wissen, wie der Mann auf dem Parkplatz aussah. Es könnte unsere Rettung sein.

Ach, Molly, dachte Philip sehnsüchtig. Er hatte das Bild ihres bleichen, traurigen Gesichts vor Augen. Ich würde meinen rechten Arm opfern, um dich aus diesem Alptraum zu befreien. Und ich würde alles dafür geben, um dich einmal lächeln zu sehen.

82

Systematisch bereitete Calvin Whitehall Lou auf seinen Auftrag in West Redding vor. Wenn der Plan funktionieren sollte, mußte man sich das Überraschungsmoment zunutze machen.

»Hoffentlich ist das Fenster, das von der Veranda ins Labor führt, offen, damit du den benzingetränkten Lappen hineinwerfen kannst. Ansonsten wird dir nichts anderes übrigbleiben, als die Scheibe einzuschlagen«, sagte Cal.

»Der Zünder unseres kleinen Geräts ist zwar recht knapp eingestellt, aber du wirst genug Zeit haben, die Treppe hinunterzulaufen und in Deckung zu gehen, bevor es knallt.«

Lou hörte aufmerksam zu, als Cal ihm erzählte, Dr. Logue habe angerufen. Er freue sich schon auf das Gespräch mit der Journalistin. Da er Fran Simmons unbedingt sein Labor zeigen wollte, konnte Lou davon ausgehen, daß die beiden sich im oberen Stockwerk befinden würden, wenn die Bombe explodierte. »Es wird aussehen, wie ein tragischer Unfall, wenn ihre Überreste im Labor gefunden werden«, meinte Cal lässig. »Falls sie sich allerdings im Parterre aufhalten, könnten sie es vielleicht schaffen zu fliehen. Im oberen Stockwerk dagegen haben sie keine Chance. Die Tür zwischen Labor und Veranda verfügt über zwei Schlösser und ist immer verriegelt, weil Dr. Logue Anschläge auf sein Leben fürchtet.«

Diese Angst ist nicht unbegründet, dachte Lou. Er mußte zugeben, daß Cal wie immer keine Einzelheit vergessen hatte, weshalb die Aktion sicher klappen würde.

»Wenn dir kein Schnitzer unterläuft, Lou – und davor kann ich dich nur eindringlich warnen –, haben wir durch das Feuer und die Bombe zwei Fliegen mit einer Klappe geschlagen und sind den Doktor und Fran Simmons endgültig los. Das Farmhaus ist über hundert Jahre alt und hat nur eine schmale, steile Treppe. Wenn die Explosion so heftig ausfällt wie erwartet, werden die beiden es – wie gesagt – kaum rechtzeitig aus dem Labor schaffen. Aber natürlich solltest du auch auf diesen Fall vorbereitet sein.«

Mit ›vorbereitet‹ meinte Cal, daß Lou seine Pistole mitnehmen sollte. Er hatte sie zwar seit sieben Jahren nicht mehr abgefeuert, doch manche Dinge verlernte man eben nie. Wie Radfahren oder Schwimmen, dachte Lou. In letzter Zeit bevorzugte er ein scharfes Messer.

Das Farmhaus lag in einer einsamen, bewaldeten Gegend. Auch wenn jemand die Explosion hörte, versicherte ihm Cal, würde er genug Zeit haben, um sich aus dem

Staub zu machen und die Hauptstraße zu erreichen, ehe Polizei und Feuerwehr eintrafen. Lou versuchte, sich seine Ungeduld nicht anmerken zu lassen, denn Cal erzählte ihm Dinge, die er schon längst wußte. Schließlich war er oft genug beim Farmhaus gewesen und kannte sich in der Umgebung aus. Außerdem konnte er sehr wohl auf sich selbst aufpassen.

Um fünf verließ Lou seine Wohnung. Das war zwar viel zu früh, doch Cal war ein Freund von Pünktlichkeit. Damit alles plangemäß ablief, mußte man auch mögliche Verkehrsstaus und andere Verzögerungen einkalkulieren. »Du brauchst genug Zeit, um dein Auto so zu parken, daß man es vom Haus aus nicht sehen kann, bevor Fran Simmons eintrifft«, hatte Cal ihm eingeschärft.

Als Lou in den Wagen stieg, tauchte Cal hinter der Garage auf. »Ich wollte mich nur von dir verabschieden«, sagte er mit einem freundlichen Lächeln. »Jenna verbringt den Abend bei Molly Lasch. Komm doch auf einen Drink vorbei, wenn du wieder da bist.«

Nach solchen Aufträgen darf ich dich auch mal Cal nennen, dachte Lou. Herzlichen Dank, Kumpel. Er ließ den Motor an und machte sich auf den Weg zum Merrit Parkway, der ihn nach West Redding bringen würde.

83

Fran hatte den Eindruck, daß sich Mollys Zustand über Nacht verschlechtert hatte. Sie hatte dunkle Ringe unter den Augen und stark erweiterte Pupillen. Ihre Lippen und ihre Haut waren kreidebleich, und sie sprach so leise und zögerlich, daß Fran sie nur mit Mühe verstehen konnte.

Sie setzten sich ins Arbeitszimmer, und Fran fiel auf, daß Molly sich immer wieder umblickte, als hätte sie den Raum noch nie zuvor gesehen.

Sie wirkt so schrecklich einsam und verloren, dachte Fran. Offenbar macht sie sich große Sorgen. Wenn ihre Eltern doch nur bei ihr sein könnten. »Molly, ich weiß, es geht mich nichts an«, sagte sie. »Kann deine Mutter deinen Vater nicht für ein paar Tage allein lassen und zu dir kommen, damit du ein wenig Gesellschaft hast?«

Molly schüttelte den Kopf, und ihre Stimme klang kurz ein wenig lebhafter. »Das kommt überhaupt nicht in Frage, Fran. Wenn mein Vater keinen Schlaganfall gehabt hätte, wären die beiden jetzt hier. Das weiß ich ganz genau. Ich fürchte, der Schlaganfall war schwerer, als sie zugeben wollen. Ich habe mit ihm gesprochen, und er hört sich schon wieder ziemlich kräftig an. Aber ich habe ihnen schon genug angetan. Wenn sich seine Krankheit jetzt verschlimmern würde, während meine Mutter hier ist, würde ich mir mein Leben lang Vorwürfe machen.«

»Glaubst du, sie werden es so leicht wegstecken, wenn sie dich verlieren?« fragte Fran geradeheraus.

»Was meinst du damit?«

»Ich habe schreckliche Angst um dich, und Philip geht es genauso – Jenna sicherlich auch. Laß es mich einmal so ausdrücken: Die Chancen stehen recht hoch, daß du am Montag in Haft genommen wirst.«

»Endlich redest du nicht mehr um den heißen Brei herum.« Molly seufzte. »Danke, Fran.«

»Hör zu. Meiner Ansicht nach wirst du wahrscheinlich rasch wieder freikommen, selbst wenn du noch einmal für kurze Zeit zurück ins Niantic-Gefängnis mußt, nur diesmal nicht auf Bewährung, sondern mit einem kompletten Freispruch.«

»Es war einmal ...«, murmelte Molly. »Ich wußte gar nicht, daß du eine Schwäche für Märchen hast.«

»Schluß damit!« rief Fran. »Molly, ich lasse dich nur ungern allein, aber ich kann jetzt nicht bleiben. Ich habe einen Termin, der für viele Leute – vor allem für dich – äußerst wichtig ist. Sonst würde ich nicht gehen. Weißt du warum? Weil ich vermute, daß du dich bereits selbst aufgegeben hast. Offenbar hast du beschlossen, gar nicht erst vor dem Bewährungsausschuß zu erscheinen.«

Molly zog zwar fragend die Augenbrauen hoch, widersprach aber nicht.

»Bitte, Molly, vertrau mir. Wir werden der Wahrheit auf den Grund kommen, davon bin ich überzeugt. Du mußt nur an mich und Philip glauben. Auch wenn es dir nicht wichtig ist, dieser Mann liebt dich, und er wird nicht ruhen, bis er deine Unschuld bewiesen hat.«

»Es gibt da einen wunderschönen Satz in ›Eine amerikanische Tragödie‹«, flüsterte Molly. »Hoffentlich kriege ich ihn noch richtig zusammen: ›Liebe mich, bis ich sterbe, und dann vergiß mich.‹«

Fran stand auf. »Molly«, meinte sie ruhig. »Wenn du wirklich beschließt, dir das Leben zu nehmen, wirst du eine Möglichkeit dazu finden, selbst wenn sämtliche himmlische Heerscharen dich bewachen. Und jetzt sag ich dir mal was: Ich bin wütend auf meinen Vater, weil er Selbstmord begangen hat. Nein, nicht nur wütend, sondern stinksauer. Er hat eine Menge Geld unterschlagen und wäre dafür ins Gefängnis gekommen. Aber irgendwann wäre er wieder entlassen worden, und dann hätte ich ihn abgeholt und mich riesig gefreut.«

Molly betrachtete schweigend ihre Hände.

Ungeduldig wischte Fran sich die Tränen aus den Augen. »Schlimmstenfalls mußt du deine Strafe absitzen. Das glaube ich zwar nicht, aber ich kann nichts garantieren. Doch wenn du rauskommst, bist du noch jung genug, um das Leben zu genießen. Das meine ich ernst, denn du hättest dann noch weitere vierzig Jahre vor dir. Du hast Annamarie Scalli nicht getötet. Das wissen wir alle, und Philip wird den Staatsanwalt in der Luft zerreißen. Also nimm dich um Gottes willen zusammen. Ihr aus der besseren Gesellschaft haltet euch doch soviel auf euren Stil zugute. Beweis es!«

Molly stand am Fenster und blickte Frans Wagen nach. Danke für die aufmunternden Worte, aber es ist zu spät, Fran, dachte sie. Stil habe ich schon längst keinen mehr.

84

Der Arzt wartete schon seit einer halben Stunde aufgeregt, als er endlich die Scheinwerfer ihres Autos auftauchen sah. Um sieben läutete sie an der Tür. Er freute sich, daß sie pünktlich war, denn er als Wissenschaftler, war ein penibler Mensch und konnte es nicht ausstehen, wenn andere Leute zu spät kamen.

Er öffnete die Tür und begrüßte sie überschwenglich. »Seit fast zwanzig Jahren hält man mich in dieser Gegend für Dr. Adrian Logue, Augenarzt im Ruhestand«, sagte er. »Doch mein wirklicher Name, den ich nun nicht mehr verbergen möchte, ist Adrian Lowe. Aber sicher ist Ihnen das bekannt.«

Die Fotos in den Zeitschriften, die Fran gesehen hatte, waren bald zwanzig Jahre alt. Auf ihnen hatte Dr. Lowe um einiges kräftiger gewirkt als der Mann, der jetzt vor ihr stand.

Lowe war knapp einen Meter achtzig und ging ein wenig gebeugt. Sein schütteres Haar war eher weiß als grau, und den Ausdruck in seinen blaßblauen Augen konnte man nur als freundlich bezeichnen. Er war überaus höflich, ja, fast ein wenig schüchtern, als er sie in das kleine Wohnzimmer bat.

Ich hätte ihn mir ganz anders vorgestellt, dachte Fran. Aber womit habe ich eigentlich gerechnet? fragte sie sich weiter, als sie sich statt des angebotenen Schaukelstuhls für einen mit gerader Lehne entschied. Als ich seine Artikel gelesen habe, habe ich mir eher einen Fanatiker ausgemalt, der mit rudernden Armen wirre Reden hält. Oder einen zackigen Nazidoktor.

Sie wollte ihn schon um Erlaubnis bitten, das Gespräch aufzuzeichnen, als er sagte: »Hoffentlich haben Sie einen Recorder mitgebracht, Miss Simmons. Ich möchte nicht falsch zitiert werden.«

»Hab' ich, Herr Doktor.« Fran öffnete ihre Umhängetasche, holte das Gerät heraus und schaltete es an. Er darf nicht ahnen, wieviel du schon über ihn weißt, überlegte sie. Stell ihm alle wichtigen Fragen. Dieses Tonband könnte später ein wertvolles Beweisstück sein.

»Ich gehe mit Ihnen sofort hinauf in mein Labor. Wir können uns dort unterhalten. Aber zuerst möchte ich Ihnen erklären, warum Sie hier sind. Oder noch besser, was ich hier tue.«

Mit einem Seufzer lehnte Dr. Lowe sich zurück. »Miss Simmons, sicher kennen Sie die alte Redewendung ›Wo Licht ist, ist auch Schatten‹. Sie trifft vor allem auf die medizinische Praxis zu, und deshalb muß man zuweilen auch schwierige Entscheidungen treffen.«

Wortlos hörte Fran zu, während Adrian Lowe – manchmal ganz leise, manchmal erregt – seine Ansichten über den medizinischen Fortschritt und die Notwendigkeit einer Reform erläuterte.

»Es sollte möglich sein, eine Behandlung abzubrechen. Damit meine ich nicht nur lebensverlängernde Maßnahmen«, begann er, »sondern wenn ein Patient zum Beispiel den dritten Herzinfarkt hatte, über siebzig ist, seit fünf Jahren an der Dialyse hängt oder unter gewaltigem finanziellem Aufwand eine Herz- oder Lebertransplantation erhalten hat, die gescheitert ist. Ist es dann nicht an der Zeit, daß dieser Mensch sich von der Welt verabschiedet, Miss Simmons? Offensichtlich ist es Gottes Wille, warum sollten wir also weiter gegen das Unvermeidliche ankämpfen? Natürlich wird der Betroffene anderer Ansicht sein, und die Angehörigen werden sicher vor Gericht ziehen, um eine Weiterführung der Behandlung durchzusetzen. Und deshalb sollte es eine Instanz geben, die befugt ist, das unausweichliche Ende zu beschleunigen, ohne das mit der Familie und dem Patienten erörtern zu müssen, so daß dem Krankenhaus keine weiteren Kosten entstehen. Diese Instanz muß die Entscheidung objektiv und nach medizinischen und wissenschaftlichen Gesichtspunkten fällen können.«

Ungläubig lauschte Fran dieser unerhörten Theorie. »Soll das heißen, weder der Patient noch die Angehörigen sollten ein Mitspracherecht haben oder gar davon wissen, wenn beschlossen wird, das Leben des Betroffenen zu beenden, Dr. Lowe?«

»Genau.«

»Und fordern Sie auch, daß behinderte Menschen als ahnungslose und unfreiwillige Versuchskaninchen für die Experimente Ihrer Kollegen herhalten sollen?«

»Meine Liebe«, erwiderte er herablassend. »Ich habe hier ein Video, das Sie sich unbedingt ansehen müssen. Vielleicht verstehen Sie dann, warum meine Forschungen so wichtig sind. Gewiß haben Sie von Natasha Colbert gehört, einer jungen Dame aus einer prominenten Familie.«

Mein Gott, jetzt wird er zugeben, was er ihr angetan hat, dachte Fran.

»Aufgrund eines bedauerlichen Mißgeschicks erhielt Miss Colbert anstellte der üblichen Salzlösung das lebensbeendende Medikament, das für eine chronisch kranke alte Frau vorgesehen war. Ergebnis war ein irreversibles Koma, das über sechs Jahre andauerte. Ich habe an einem Medikament geforscht, um dieses Koma rückgängig zu machen, und gestern Nacht hatte ich – wenn auch nur für einen kurzen Moment – endlich Erfolg. Aber das ist nur der Anfang eines fantastischen Durchbruchs in der Wissenschaft. Jetzt möchte ich Ihnen gerne den Beweis zeigen.«

Fran beobachte, wie Dr. Lowe eine Videokassette in den Recorder einlegte, der an einen Breitwandbildschirm angeschlossen war.

»Ich sehe sonst nie fern«, erklärte er, »und ich besitze dieses Gerät nur zu wissenschaftlichen Zwecken. Sie werden nun die letzten fünf Minuten in Natasha Colberts Leben sehen. Mehr brauchen Sie nicht, um zu begreifen, was ich in all den Jahren hier erreicht habe.«

Fassungslos starrte Fran auf den Bildschirm, auf dem Barbara Colbert gerade den Namen ihrer sterbenden Tochter murmelte.

Als Natasha sich bewegte, die Augen aufschlug und zu sprechen begann, schnappte Fran erschrocken nach Luft. Ihr war klar, wie sich Dr. Lowe über diese Reaktion freute.

»Sehen Sie, sehen Sie!« rief er.

Entsetzt beobachtete Fran, wie Tasha ihre Mutter erkannte, die Augen schloß, sie wieder öffnete und um Hilfe bat.

Bei dem Anblick, wie Barbara Colbert ihre Tochter anflehte, am Leben zu bleiben, konnte sie die Tränen nicht unterdrücken. Dann hörte sie wie Dr. Black leugnete, daß Natasha wieder das Bewußtsein erlangt hatte, und ohnmächtige Wut stieg in ihr auf.

»Länger als eine Minute konnte sie nicht überleben. Das Medikament ist sehr stark«, erklärte Dr. Lowe und spulte das Band zurück. »Doch eines Tages wird es medizinischer Alltag sein, Menschen aus dem Koma zu holen.« Er steckte die Kassette in die Tasche. »Was halten Sie davon, meine Liebe?«

»Ich finde es einen Jammer, Dr. Lowe, daß Sie Ihre eindeutig überragende Intelligenz dazu einsetzen, angeblich lebensunwertes Leben zu vernichten, anstatt Menschenleben zu erhalten und Leiden zu lindern.«

Lächelnd stand er auf. »Wissen Sie, inzwischen denken viele vernünftige Menschen wie ich. Und nun zeige ich Ihnen mein Labor.«

Fran, die sich in Gegenwart dieses Mannes äußerst beklommen und unwohl fühlte, folgte Lowe die schmale Treppe hinauf. Natasha Colbert, sagte sie sich zornig. Sie wurde von einem dieser ›äußerst wirksamen Medikamente‹ in diesen Zustand versetzt. Auch Tims Großmutter, die so gerne noch ihren achtzigsten Geburtstag gefeiert hätte. Und Barbara Colbert, die zu klug war, um Lowes skrupellosem Schüler zu glauben, daß sie an Wahnvorstellungen litt. Vielleicht hat er sogar Billy Gallos Mutter auf dem Gewissen. Wie viele noch? fragte sie sich.

Im oberen Stockwerk war es düster, doch als Adrian Lowe die Tür seines Labors öffnete, war es, als betrete man eine andere Welt. Obwohl Fran wenig über Forschungslabors wußte, war ihr sofort klar, daß dieses hier nach dem neuesten Stand der Technik ausgestattet war.

Die Geräte waren sorgfältig angeordnet, so daß der wenige Platz bis auf den letzten Zentimeter ausgenutzt wurde. Der Raum enthielt nicht nur die neuesten Computer, sondern auch Instrumente, die Fran aus der hypermodernen Praxis ihres Arztes kannte. Außerdem stand da ein gewaltiger Sauerstofftank mit Ventilen und Schläuchen. Die meisten Geräte schienen zum Testen von Chemikalien zu dienen, aber einige davon wurden offenbar für Tierversuche benützt. Hoffentlich Ratten, dachte Fran bedrückt. Zwar erschien ihr das alles fremdartig, aber sie war doch von der peinlichen Sauberkeit im Raum beeindruckt. Ehrfurchtgebietend und gleichzeitig beängstigend, schoß es ihr durch den Kopf, als sie hineinging.

Adrian Lowe strahlte vor Stolz übers ganze Gesicht. »Miss Simmons, nachdem man mich von meinem Lehrstuhl gejagt hatte, hat mir mein ehemaliger Student Gary

Lasch dieses Haus zur Verfügung gestellt. Er glaubte an mich und meine Forschung, und er tat alles, um mich bei meinen Tests und Experimenten zu unterstützen. Dann holte er Peter Black dazu, auch einen meiner früheren Studenten, ein Kommilitone von Gary. Allerdings erwies sich das rückblickend betrachtet als Fehler. Black entpuppte sich, wahrscheinlich wegen seiner Alkoholprobleme, als Feigling, der uns gefährlich werden konnte. Er hat wiederholt versagt, obwohl er vor kurzem zum größten Durchbruch in meiner Karriere beigetragen hat. Außerdem ist da noch Calvin Whitehall, der so freundlich war, unser Treffen in die Wege zu leiten. Er ist ein leidenschaftlicher Befürworter meiner Theorie und greift mir auch finanziell unter die Arme.«

»Was hat Calvin Whitehall getan?« fragte Fran. Ein Schauder überlief sie.

Adrian Lowe sah sie verdattert an. »Er hat dieses Treffen möglich gemacht und mir Sie als kompetente Ansprechpartnerin beim Fernsehen genannt. Dann hat er einen Termin mit Ihnen vereinbart und mir Ihren Besuch angekündigt.«

Fran legte sich ihre nächsten Worte sorgfältig zurecht. »Wie hat Mr. Whitehall Ihnen meine Tätigkeit genau beschrieben?«

»Meine Liebe, Sie sind doch hier, um ein dreißigminütiges Interview mit mir zu führen, so daß ich der Welt Mitteilung von meiner Entdeckung machen kann. Natürlich werden meine Fachkollegen mir weiter die kalte Schulter zeigen. Doch nach einer Weile werden sie und auch die breite Öffentlichkeit erkennen, wie bahnbrechend meine Thesen und wie genial meine Forschungsergebnisse sind. Sie, Miss Simmons, werden mir den Weg ebnen. Sie werden eine Reportage über mich machen und diese in ihrem angesehenen Sender ausstrahlen.«

Fran war wie vor den Kopf geschlagen. Ihr fehlten die Worte. »Dr. Lowe«, sagte sie schließlich. »Ist Ihnen nicht klar, daß Sie sich selbst, Dr. Black und Calvin Whitehall damit zum Ziel staatsanwaltschaftlicher Ermittlungen machen würden?«

»Aber natürlich«, entgegnete er entrüstet. »Doch Calvin vertritt die Ansicht, daß sich das eben nicht vermeiden läßt, wenn wir unsere wichtige Mission erfüllen wollen.«

Ach, du meine Güte, dachte Fran. Er ist eine Gefahr für sie geworden. Und ich auch. Sie wollen dieses Labor loswerden – und uns beide. Ich bin in eine Falle geraten.

»Herr Doktor«, sagte sie bemüht ruhig. »Wir müssen sofort hier raus. Man will uns reinlegen. Calvin Whitehall würde nie zulassen, daß sie mit Ihren Erkenntnissen an die Öffentlichkeit gehen und im Fernsehen darüber sprechen. Bitte verstehen Sie!«

»Wovon reden Sie überhaupt?« erwiderte der Arzt verwirrt.

»Bitte vertrauen Sie mir«, flehte Fran.

Dr. Lowe stand an einem Arbeitstisch und stützte die Hände auf die Resopalplatte. »Miss Simmons, das ist doch Unsinn. Mr. Whitehall …«

Fran packte ihn an der Hand. »Herr Doktor, uns droht hier Gefahr. Wir müssen fliehen.«

Sie hörte ein leises Geräusch und spürte einen plötzlichen Windhauch. Ein Fenster wurde geöffnet. »Sehen Sie!« rief sie und deutete auf die schattenhafte Gestalt, die in der Dunkelheit kaum zu erkennen war.

Dann bemerkte sie eine kleine Flamme und das Ausholen eines Armes, und ihr wurde klar, was gleich geschehen würde. Der Unbekannte vor dem Fenster wollte eine Brandbombe in den Raum werfen und das Labor – und damit auch sie und Dr. Lowe – in die Luft jagen.

Doktor Lowe riß sich los. Obwohl Fran wußte, daß es zwecklos war, wollte sie nicht aufgeben. »Bitte, Herr Doktor.«

Doch er griff mit einer blitzschnellen Bewegung in eine Schublade, zog eine Pistole heraus, entsicherte sie mit einem lauten, bedrohlichen Klicken, zielte und drückte ab. Der Knall war ohrenbetäubend. Der Arm mit der Brandbombe verschwand, und ein dumpfes Krachen war zu hören. Im nächsten Moment züngelten Flammen auf der Veranda empor.

Dr. Lowe riß einen Feuerlöscher von der Wand und drückte ihn Fran in die Hand. Dann rannte er zum Wandsafe, öffnete ihn und begann, ihn hastig zu durchwühlen.

Fran beugte sich aus dem Fenster. Flammen umzüngelten die Schuhe des glücklosen Attentäters, der auf der Veranda lag. Stöhnend umklammerte er seine Schulter und versuchte, den Blutfluß zu stoppen. Fran drückte den Hebel des Feuerlöschers herunter. Das Feuer rings um den Verletzten wurde sofort vom Schaum erstickt.

Allerdings hatten sich die Flammen bereits zum Geländer der Veranda ausgebreitet und würden jeden Augenblick die Treppe erreichen. Außerdem war ein Teil der brennbaren Flüssigkeit aus der Bombe durch die Dielenbretter gesickert, und Fran sah, daß es auch schon im Erdgeschoß brannte. Doch wenn sie die Tür zur Veranda öffnete, würde das Feuer ins Labor eindringen und den Sauerstofftank zum Explodieren bringen.

»Raus hier, Doktor!« schrie sie. Er nickte und floh, die Arme voller Papiere, den Flur entlang. Sie hörte seine raschen Schritte auf der Treppe.

Fran sah wieder hinaus auf die Veranda. Es gab nur eine Möglichkeit, das Leben des Verletzten zu retten, und dazu war sie fest entschlossen. Schließlich konnte sie nicht zulassen, daß der Mann mit dem Labor verbrannte. Den Feuerlöscher in der Hand, zwängte Fran sich durch die schmale Fensteröffnung. Die Flammen näherten sich wieder dem Verwundeten und der Außenwand des Hauses. Mit dem Feuerlöscher sprühte Fran eine Schneise zwischen Fenster und Treppe frei. Der gescheiterte Attentäter lag oben am Treppenabsatz. Fran stellte den Feuerlöscher weg, schob die Hand unter die rechte Schulter des Mannes und zog ihn mit aller Kraft weiter. Zuerst schien es, als würde sie es nicht schaffen, doch dann stürzte er unter Schmerzensschreien kopfüber die Treppe hinab.

Als Fran sich aufrichten wollte, verlor sie wegen des glitschigen Schaums das Gleichgewicht und spürte, wie ihr die Füße wegrutschten. Beim Fallen prallte sie mit dem Kopf gegen die oberste Stufe, schlug mit der Schulter gegen die scharfe Kante der nächsten und verrenkte sich den Knöchel.

Benommen rappelte sie sich auf, als Dr. Lowe ums Haus herumgelaufen kam. »Nehmen Sie ihn!« rief Fran. »Helfen Sie mir, ihn wegzuschaffen, bevor das ganze Haus in die Luft fliegt.«

Der Mann hatte das Bewußtsein verloren und hing wie ein nasser Sack in ihren Armen, als Fran ihn unter Aufbietung all ihrer Kräfte und mit Dr. Lowes Hilfe etwa zehn Meter vom Haus wegschleppte. Und im nächsten Augenblick ereignete sich die Explosion, die Calvin Whitehall so sorgfältig geplant hatte.

Sie ergriffen die Flucht, während Flammen in den Himmel schossen und rings um sie Trümmer niederregneten.

85

Nachdem Fran fort war, ging Molly nach oben ins Bad und betrachtete ihr Gesicht im Spiegel. Sie hatte das Gefühl, eine Fremde vor sich zu sehen, und zwar eine, die sie nicht unbedingt kennenlernen wollte. »Du warst doch mal Molly Carpenter, richtig?« sagte sie zu ihrem Spiegelbild. »Molly Carpenter war doch ein Glückskind, dem die Welt zu Füßen lag. Aber jetzt gibt es sie nicht mehr, mach dir nichts mehr vor. In Zukunft bist du nur noch eine Nummer, die in einer Zelle wohnt. Hört sich nicht sehr spaßig an, was? Und ich finde, es ist keine sehr gute Idee.«

Sie ließ Wasser in den Whirlpool einlaufen, gab parfümiertes Badesalz hinzu und ging ins Schlafzimmer.

Jenna hatte gesagt, sie werde vor ihrem Besuch bei Molly noch kurz bei einer Cocktailparty vorbeischauen. Ihre Haushälterin werde Molly das Abendessen bringen. Sicher sieht Jenna wieder hinreißend aus, sagte sich Molly. Sie faßte den Entschluß, heute abend zum letzten Mal Molly Carpenter zu sein.

Eine Stunde später hatte Molly sich die Haare gewaschen und ihre Augenringe mit dezentem Make-up getarnt. In hellgrünen Seidenhosen und einer passenden Bluse mit Schalkragen, wartete sie auf Jenna.

Als diese um halb acht kam, war sie genauso makellos schön, wie Molly es sich vorgestellt hatte. »Ich habe mich verspätet«, jammerte Jenna. »Ich war bei den Hodges, das sind Mandanten von uns. Und weil alle hohen Tiere aus New York auch da waren, konnte ich mich nicht früher loseisen.«

»Ich hatte sowieso nichts anderes vor«, erwiderte Molly leise.

Jenna trat einen Schritt zurück und betrachtete sie. »Du siehst zum Anbeißen aus, Molly. Einfach zauberhaft!«

Molly zuckte die Achseln. »Ich weiß nicht so recht. Will dein Mann eigentlich, daß wir uns besaufen? Er hat mit dem Essen gleich drei Flaschen des sagenhaften Weins mitgeschickt, den er schon letztens dabei hatte.«

Jenna lachte. »Typisch Cal. Eine Flasche ist eine angenehme Erinnerung, aber drei Flaschen werden dich nie vergessen lassen, was für ein wichtiger Mann er ist. Aber solange er das auf diese Weise zum Ausdruck bringt ...«

»Richtig«, stimmte Molly zu.

»Probieren wir ihn doch«, schlug Jenna vor. »Genehmigen wir uns ein paar Gläschen und tun so, als wären wir wieder die Mädchen, die die Stadt aufmischen.«

So haben wir uns damals gefühlt, dachte Molly. Ich bin froh, daß ich mich feingemacht habe. Auch wenn es vielleicht das letzte Mal ist, wird es sicher sehr nett. Ich weiß, was ich heute nacht tun muß. Auf keinen Fall werde ich mich noch einmal in eine Zelle sperren lassen. Fran hatte ganz schön Nerven, herzukommen und mir ein schlechtes Gewissen zu machen. Was versteht sie schon davon? Frans Worte fielen ihr ein: *Ich bin wütend auf meinen Vater … stinksauer … Glaube an Philip. Vielleicht ist es dir ja nicht wichtig, aber der Mann liebt dich …*

Sie standen an der Hausbar, die in eine Nische des Flurs zwischen Küche und Wohnzimmer eingebaut war. Jenna suchte in der Schublade nach einem Korkenzieher und öffnete eine von den Weinflaschen. Dann nahm sie zwei zarte Kristallgläser aus dem Regal. »Meine Großmutter hatte auch solche Gläser«, sagte sie. »Erinnerst du dich noch daran, als die Testamente unserer Großmütter eröffnet wurden? Du hast dieses Haus und jede Menge Reichtümer geerbt. Ich sechs Gläser. Mehr besaß Oma nicht mehr, als sie diese Welt verließ.«

Jenna schenkte den Wein ein und reichte Molly ein Glas. »Ex.«

Beim Anstoßen hatte Molly das unbehagliche Gefühl, daß ein merkwürdiger neuer Ausdruck in Jennas Augen lag, den sie nicht einordnen konnte.

Was hatte das wohl zu bedeuten?

86

Eigentlich hätte Lou um halb zehn zurücksein sollen. Wie immer hatte Calvin Whitehall die Zeit, die sein Handlanger brauchte, um nach West Redding zu fahren, den Auftrag zu erledigen und zurückzukommen, bis auf die Minute berechnet. Nun sah er immer wieder ungeduldig auf die Uhr und mußte sich eingestehen, daß offenbar etwas schiefgegangen war, falls Lou nicht bald auftauchte.

Das war bedauerlich, denn diesmal hing viel vom Erfolg ab. Wenn es Probleme gab, hatte er keine Möglichkeit, den Schaden zu begrenzen.

Um zehn dachte er bereits darüber nach, wie schnell er seinen Helfershelfer Lou Knox wohl loswerden konnte.

Als es an der Tür läutete, war es zehn nach zehn. Calvin hatte der Haushälterin heute abend freigegeben, was er häufig tat. Es ging ihm auf die Nerven, auf Schritt und Tritt über das Personal zu stolpern. Natürlich war ihm klar, daß das an seiner Herkunft lag. Auch wenn man im Leben noch soviel erreichte, gelang es einem nie, seine bescheidenen Anfänge zu verleugnen.

Auf dem Weg zur Tür betrachtete er sich im Spiegel – er sah einen breitschultrigen Mann mit gerötetem Gesicht und schütterem Haar. Ihm fiel eine Bemerkung ein, die man kurz nach seinem Abschluß in Yale über ihn gemacht hatte. Die Mutter eines seiner Kommilitonen hatte geflüstert: »Cal fühlt sich in seinem teuren Anzug offenbar gar nicht wohl.«

Er war nicht überrascht, als nicht nur ein Mann, sondern gleich vier vor der Tür standen. »Mr. Whitehall, ich bin Detective Burroughs von der Staatsanwaltschaft«, erklärte einer von ihnen. »Ich verhafte Sie wegen versuchten Mordes an Frances Simmons und Dr. Adrian Lowe.«

Versuchten Mordes, dachte Cal und ließ die Worte auf sich wirken.

Es war schlimmer, als er erwartet hatte.

Cal starrte Detective Burroughs an, der seinen Blick vergnügt erwiderte. »Nur zu Ihrer Information, Mr. Whitehall: Ihr Komplize Lou Knox liegt im Krankenhaus und singt wie ein Vöglein. Und ich habe noch eine gute Nachricht für Sie. Dr. Adrian Lowe sagt gerade bei der Polizei aus. Offenbar ist er des Lobes voll, weil Sie ihm seine kriminellen Forschungen ermöglicht haben.«

87

Um sieben Uhr saß Philip Matthews im Auto vor dem Haus der Hilmers und hoffte, daß sie vielleicht früher nach Hause kommen würden.

Doch es war bereits zehn nach neun, als sie endlich in die Auffahrt einbogen. »Es tut mir schrecklich leid«, entschuldigte sich Arthur Hilmer. »Wir haben uns schon gedacht, daß wir erwartet werden, aber unsere Enkeltochter ist in einem Theaterstück aufgetreten … sie wissen ja, wie das ist.«

Philip lächelte. Ein netter Mann, sagte er sich.

»Aber das können Sie ja gar nicht wissen«, verbesserte sich Hilmer. »Unser Sohn ist vierundvierzig. Wahrscheinlich sind Sie etwa in seinem Alter.«

»Sie sollten Hellseher werden«, erwiderte Philip schmunzelnd. Dann stellte er sich vor und erklärte kurz, daß Molly eine erneute Haftstrafe drohte und daß die Aussage der Hilmers für sie vielleicht von Nutzen sein könnte.

Sie gingen ins Haus. Jane Hilmer, eine attraktive, jugendlich wirkende Frau von Mitte Sechzig, bot Philip Limonade, Wein oder Kaffee an, doch er lehnte ab.

Offenbar war Arthur Hilmer klar, daß Philip darauf brannte auf den Punkt zu kommen. »Wir haben heute mit Bobby Burke im Sea Lamp Diner gesprochen«, begann er. »Sie können sich gar nicht vorstellen, was für ein Schock es für uns war, als wir erfuhren, was am Sonntag abend dort passiert ist. Wir waren im Kino gewesen und haben dann im Restaurant ein Sandwich gegessen.«

»Am nächsten Morgen sind wir zu unserem Sohn nach Toronto geflogen«, ergänzte Jane Hilmer. »Erst gestern abend sind wir zurückgekommen. Heute haben wir auf dem Weg zu Janies Theateraufführung im Sea Lamp Diner zu Mittag gegessen, und da haben wir es gehört.« Sie sah ihren Mann an.

»Wie ich schon sagte, waren wir ganz aus dem Häuschen. Wir meinten zu Bobby, daß wir natürlich helfen wollten. Wahrscheinlich hat er Ihnen erzählt, daß wir uns den Kerl in der Limousine auf dem Parkplatz ziemlich gut anschauen konnten.«

»Ja, hat er«, bestätigte Philip. »Ich möchte, daß Sie morgen vormittag bei der Staatsanwaltschaft aussagen und dann den Mann einem Polizeizeichner beschreiben. Ein Phantombild des Fahrers der Limousine könnte uns weiterbringen.«

»Mit Vergnügen«, erwiderte Arthur Hilmer. »Aber ich glaube, wir haben noch mehr zu berichten. Wir haben die beiden Frauen nämlich genau beobachtet, als sie gingen. Die erste Frau, die an unserem Tisch vorbeikam, war offensichtlich völlig aufgelöst. Dann verließ die elegante Blondine, Molly Lasch, das Lokal. Sie weinte. Ich hörte, wie sie ›Annamarie!‹ rief.«

Philip zuckte zusammen. Bitte keine Hiobsbotschaften, flehte er lautlos.

»Die andere Frau hat das ganz sicher nicht mitbekommen«, erklärte Arthur Hilmer. »Über der Kasse befindet sich ein kleines, ovales Fenster. Von meinem Platz aus konnte ich den Parkplatz deshalb gut überblicken – zumindest die direkte Umgebung des Restaurants. Anscheinend hatte die andere Frau im schlechter beleuchteten hinteren Teil geparkt, denn ich habe sie nicht mehr gesehen. Aber ich bin sicher, daß die zweite Dame, Molly Lasch also, direkt ihn ihr Auto gestiegen und weggefahren ist.

Ich schwöre, es besteht nicht die geringste Möglichkeit, daß sie quer über den Parkplatz zu dem Jeep gegangen ist, um die andere Frau zu erstechen. Dazu reichte die Zeit vom Verlassen des Lokals und dem Moment, als ich sie wegfahren sah, beim besten Willen nicht.«

Philip bemerkte erst, daß ihm die Tränen in die Augen gestiegen waren, als er sie mit einer unwillkürlichen Handbewegung wegwischte. »Ich weiß nicht, wie ich Ihnen danken soll«, begann er und hielt dann inne. »Morgen fallen mir vielleicht die richtigen Worte ein«, meinte er dann. »Aber jetzt muß ich sofort nach Greenwich.«

88

Peter Black stand mit einem Glas Scotch in der Hand am Fenster seines Schlafzimmers im oberen Stockwerk. Mit glasigen Augen beobachtete er, wie zwei ihm unbekannte Autos in seine Auffahrt einbogen. Das geschäftsmäßige Auftreten der vier kräftig gebauten Männer sagte ihm sofort, daß es vorbei war. Cal, der Allmächtige, ist endlich vom Thron gestürzt, dachte er spöttisch. Doch leider reißt er mich mit in den Abgrund.

Man muß immer einen Ausweichplan haben, so lautete Cals Wahlspruch. Ob er jetzt auch einen hat? fragte sich Peter Black. Offen gesagt konnte ich den Kerl noch nie leiden, also ist es mir eigentlich egal.

Er ging zum Bett, öffnete die Schublade seines Nachttischs und holte ein Lederetui heraus, dem er eine bereits aufgezogene Spritze entnahm.

Fast erstaunt musterte er das Spritzbesteck. Wie oft hatte er mit mitleidiger Miene einem Patienten dieses Medikament injiziert, immer in dem Wissen, daß sich die vertrauensvoll auf ihn gerichteten Augen bald verschleiern und für immer schließen würden.

Laut Dr. Lowe war das Medikament im Blut nicht nachweisbar und verursachte keine Schmerzen.

Pedro klopfte an die Schlafzimmertür, um die ungebetenen Besucher anzukündigen.

Dr. Peter Black legte sich aufs Bett. Er trank einen letzten Schluck Scotch und stieß sich dann die Spritze in den Arm. Seufzend dachte er noch, daß Dr. Lowe wenigstens in einem Punkt recht gehabt hatte – es war absolut schmerzlos.

89

Es ist alles in Ordnung«, beharrte Fran. »Ich weiß genau, daß ich mir nichts gebrochen habe.« Sie hatte sich geweigert, sich ins Krankenhaus bringen zu lassen. Nun wurde sie wie Dr. Lowe in einem Streifenwagen zur Staatsanwaltschaft in Stamford gefahren. Von dort aus rief sie Gus Brandt zu Hause an und erzählte ihrem Chef von den Ereignissen des Abends. Ihr telefonischer Bericht wurde, begleitet von Archivmaterial, im Fernsehen übertragen.

Nachdem die Polizei am Tatort eingetroffen war, verkündete Dr. Lowe, er werde sich den Behörden stellen und eine umfassende Aussage über seine bahnbrechenden Forschungsergebnisse machen.

Seine Papiere in der Hand, stand er auf der Wiese vor seinem Haus, aus dem noch die Flammen loderten, und entschuldigte sich bei Fran. »Ich hätte heute abend ums Leben kommen können, Miss Simmons. Dann wäre mein ganzes Wissen mit mir untergegangen. Also muß ich es sofort dokumentieren lassen.«

»Herr Doktor«, sagte Fran, »ich kann mir nicht helfen, aber Sie sind doch schon weit über siebzig. Nach Ihrer

Theorie hätten Sie sich doch in aller Gemütsruhe ermorden lassen müssen.«

Die Polizei brachte sie zur Staatsanwaltschaft in Stamford, wo Fran dem stellvertretenden Staatsanwalt Rudy Jacobs alles berichtete. »Ich hatte Dr. Lowe auf Band«, meinte sie. »Wenn ich nur daran gedacht hätte, den Kassettenrecorder zu retten, bevor das Haus in die Luft flog.«

»Den werden wir nicht brauchen, Miss Simmons«, erwiderte Jacobs. »Der gute Doktor redet offenbar wie ein Wasserfall. Wir nehmen das Verhör auf Video auf.«

»Wissen Sie schon, wer der Mann ist, der uns umbringen wollte?«

»Aber natürlich. Er heißt Lou Knox, wohnt in Greenwich, ist Calvin Whitehalls Chauffeur und erledigt offenbar noch eine Menge anderer Aufgaben.«

»Wie schwer ist er verletzt?«

»Er hat eine Kugel in der Schulter und einige Verbrennungen abgekriegt, aber er wird schon wieder. Auch er ist anscheinend sehr gesprächig. Ihm ist klar, daß wir ihn auf frischer Tat erwischt haben und daß er nur auf Gnade hoffen kann, wenn er mit uns zusammenarbeitet.«

»Ist Calvin Whitehall verhaftet worden?«

»Er wurde gerade festgenommen. Im Moment wird er erkennungsdienstlich behandelt.«

»Darf ich ihn mir ansehen?« fragte Fran mit einem spöttischen Lächeln. »Seine Frau war eine Mitschülerin von mir, aber mit ihm hatte ich nie das Vergnügen. Ich würde den Typen gern kennenlernen, der versucht hat, mich in die Luft zu sprengen.«

»Ich wüßte nicht, was dagegenspräche. Kommen Sie.«

Der Anblick des breitschultrigen, ungeschlachten Mannes mit dem schütteren Haar, der ein zerknittertes Polohemd trug, erstaunte Fran. Dr. Lowe hatte sie sich nach den Fotos ganz anders vorgestellt, und auch an diesem zerrauften Mann erinnerte nichts an ›Cal, den Allmächtigen‹, wie seine Frau ihn nannte. Kaum zu glauben, daß die schöne, elegante und gebildete Jenna mit einem so groben Klotz verheiratet war.

Jenna! Es wird ein furchtbarer Schock für sie sein, dachte Fran. Sie wollte heute doch Molly besuchen. Ob sie es wohl schon gehört hat?

Jennas Mann muß sicher ins Gefängnis, überlegte Fran weiter. Vielleicht wird Molly ja auch wieder eingesperrt, falls ihr die Dinge, die ich über die Machenschaften in der Lasch-Klinik herausgefunden habe, nicht weiterhelfen. Mein Vater hat lieber Selbstmord begangen, als sich verhaften zu lassen. Eine seltsame Übereinstimmung im Leben der drei Mädchen von der Cranden Academy – wir alle haben auf die eine oder andere Weise Bezug zum Gefängnis.

Sie wandte sich an den Staatsanwalt. »Mr. Jacobs, inzwischen spüre ich jeden Knochen im Leib. Ich glaube, ich nehme jetzt ihr Angebot an, mich nach Hause zu fahren.«

»Aber natürlich, Miss Simmons.«

»Darf ich zuerst noch rasch telefonieren? Ich möchte meinen Anrufbeantworter abhören.«

»Selbstverständlich. Gehen wir in mein Büro.«

Es waren zwei Anrufe aufgezeichnet. Bobby Burke, der Barkeeper aus dem Sea Lamp Diner, hatte sich um vier gemeldet, um ihr mitzuteilen, daß er das Ehepaar ausfindig gemacht hatte, das während Mollys Treffen mit Annamarie Scalli im Lokal gewesen war.

Ausgezeichnet, dachte Fran.

Der zweite Anruf von Edna Barry war um sechs gekommen. »Miss Simmons, es fällt mir sehr schwer, aber ich muß endlich mein Gewissen erleichtern. Was Mollys Ersatzschlüssel angeht, habe ich gelogen, weil ich befürchtete, mein Sohn ... mein Sohn könnte etwas mit Gary Laschs Tod zu tun haben. Wally hat große Probleme.«

Fran preßte den Hörer fester ans Ohr. Edna Barry schluchzte so heftig, daß sie kaum etwas verstehen konnte.

»Miss Simmons, Wally erzählt manchmal wirre Geschichten. Er hört Stimmen und verwechselt seine Fantasien mit der Wirklichkeit. Deshalb hatte ich solche Angst um ihn.«

»Alles in Ordnung, Miss Simmons?« fragte Jacobs, der ihren besorgten Blick bemerkt hatte.

Fran legte den Finger an die Lippen und lauschte weiter Mrs. Barrys zitternder Stimme. »Ich habe Wally verboten zu reden und ihn immer zum Schweigen gebracht, wenn er wieder davon anfing. Aber er hat gerade etwas gesagt, das von Bedeutung sein könnte. Wally behauptet, er hat Molly in der Nacht, als Dr. Lasch starb, nach Hause kommen sehen. Sie habe das Haus betreten und Licht im Arbeitszimmer angemacht. Wally stand am Fenster, und als das Licht anging, bemerkte er, daß Dr. Lasch voller Blut war. Das nächste ist sehr wichtig, wenn es stimmt und Wally es sich nicht nur einbildet. Er schwört, dann habe sich die Haustür geöffnet, und eine Frau sei herausgekommen. Aber sie hat ihn entdeckt und ist wieder hineingestürzt. Er konnte ihr Gesicht nicht erkennen, und er weiß auch nicht, wer sie ist, denn er ist sofort davongelaufen.«

Eine Pause entstand, und Edna Barry schluchzte auf, bevor sie weitersprach. »Miss Simmons, ich hätte zulassen sollen, daß er vernommen wird, aber er hat mir noch nie von dieser Frau erzählt. Ich wollte Molly nicht schaden, ich hatte nur solche Angst um meinen Sohn.« Wieder hörte Fran heftiges Weinen. »Mehr kann ich Ihnen nicht sagen. Sicher werden Sie oder Mollys Anwalt morgen mit uns sprechen wollen. Wir werden zu Hause sein. Auf Wiedersehen.«

Verdattert legte Fran den Hörer auf. Wally behauptet, er habe Molly nach Hause kommen sehen, überlegte sie. Allerdings ist er krank und deshalb möglicherweise kein zuverlässiger Zeuge. Aber wenn er die Wahrheit sagt. Wenn wirklich eine Frau aus Mollys Haus gelaufen ist …

Fran erinnerte sich an das, was Molly ihr von jener Nacht berichtet hatte. Sie sei sicher gewesen, daß sich noch jemand im Haus befand, und habe ein Klicken gehört …

Was für eine Frau? Fran schüttelte den Kopf. Nein, das kann nicht sein... Noch eine Krankenschwester, mit der Gary Lasch eine Affäre hatte...?

Ein Klicken. Ich habe selbst solche Geräusche in Mollys Haus gehört, fiel Fran ein. Und zwar erst gestern, als Jenna da war. Das Klappern ihrer hohen Absätze im Flur.

Jenna. Die gute, beste Freundin.

Oh, mein Gott, war das möglich? Nichts wies auf einen Einbruch oder einen Kampf hin. Wally hatte eine Frau aus dem Haus kommen sehen. Also mußte Gary von einer Frau ermordet worden sein, die er kannte. Nicht von Molly. Nicht von Annamarie. Was war mit den vielen Fotos und damit, wie Jenna Gary darauf ansah?

90

Es reicht, Jenna. Ich bin schon ganz beschwipst.«

»Aber Moll, du hattest doch erst anderthalb Gläser.«

»Ich dachte, das letzte wäre mein drittes gewesen.« Molly schüttelte benommen den Kopf. »Dieser Wein ist ganz schön stark.«

»Was spielt das für eine Rolle? Du hast zur Zeit soviel um die Ohren, daß du ein bißchen Entspannung brauchst. Außerdem hast du dein Essen kaum angerührt.«

»Ich habe genug gegessen, und es war wirklich sehr gut. Ich hatte eben keinen großen Hunger.« Sie hob abwehrend die Hand, als Jenna ihr wieder nachschenkte. »Nein, ich kann nichts mehr trinken. Mir wird schwindelig.«

»Das macht doch nichts.«

Sie saßen im Arbeitszimmer in bequemen Polstersesseln an einem kleinen Tisch einander gegenüber. Eine Weile lauschten sie schweigend dem leisen Klavierstück auf einer Jazz-CD.

»Weißt du was, Jen?« sagte Molly in einer Pause zwischen zwei Stücken. »Gestern nacht hatte ich einen Alptraum, der mich sehr beunruhigt hat. Ich glaubte, Wally Barry am Fenster zu sehen.«

»Du meine Güte!«

»Ich hatte keine Angst, ich war nur erschrocken. Ich weiß, daß Wally mir nie etwas tun würde. Aber dann habe ich mich umgedreht, und plötzlich war das Zimmer wieder so wie damals in der Mordnacht. Und ich denke, jetzt bin ich dahintergekommen, weshalb ich diese Assoziation hatte. Wahrscheinlich war Wally in jener Nacht auch hier.«

Beim Reden hatte Molly den Kopf in den Nacken gelegt. Sie fühlte sich so unbeschreiblich schläfrig, doch sie zwang sich, die Augen offenzuhalten und den Kopf zu heben. Was hatte sie gerade geredet? Etwas über die Nacht, in der sie Gary gefunden hatte.

Gary gefunden hatte.

Plötzlich war sie wieder hellwach. Sie beugte sich vor.

»Jen, ich habe eben was Wichtiges gesagt.«

Jenna lachte. »Alles, was du sagst, ist wichtig, Molly.«

»Jen, dieser Wein schmeckt komisch.«

»Das werde ich Cal, dem Allmächtigen, nicht weitererzählen. Sonst ist er dir noch beleidigt.«

»Klick, schnapp – das waren die Geräusche, die ich gehört habe.«

»Molly, Molly, jetzt wirst du hysterisch.« Jenna stand auf, ging zu ihrer Freundin hinüber, stellte sich hinter ihren Sessel und drückte ihre Wange an Mollys Scheitel.

»Fran glaubt, ich will mich umbringen.«

»Und, willst du das?« fragte Jenna ruhig und setzte sich vor Molly auf den Tisch.

»Ursprünglich schon. Ich habe es geplant. Deshalb habe ich mich auch schickgemacht. Ich wollte gut aussehen, wenn sie mich finden.«

»Du siehst immer gut aus, Molly«, meinte Jenna leise und schob Molly ihr Weinglas zu. Als Molly danach griff, stieß sie es um.

»Wie konnte ich nur so ungeschickt sein?« murmelte sie und sank zurück in ihren Sessel. »Jen, ich habe Wally in jener Nacht am Fenster beobachtet. Letzte Nacht mag es ein Traum gewesen sein, aber damals nicht. Ruf ihn bitte an. Er soll herkommen, ich möchte mit ihm reden.«

»Molly, so sei doch vernünftig«, meinte Jenna streng. »Es ist zehn Uhr.« Sie wischte mit einer Serviette den Wein von der Tischplatte. »Ich hole dir neuen.«

»Nein ... nein ... ich hatte wirklich genug.«

Ich habe Kopfweh, dachte Molly. Klick, schnapp. »Klick, schnapp«, sagte sie.

»Wovon redest du?«

»Von dem Geräusch, das ich in jener Nacht gehört habe. Klick ... schnapp ... klick, klick, klick.«

»So hat es geklungen?«

»Ja.«

»Molly, du erinnerst dich ja wieder. Du hättest schon früher etwas trinken sollen. Bleib einfach sitzen und entspann dich. Ich hole dir noch Wein.«

Molly gähnte, als Jenna das leere Glas nahm und damit in die Küche eilte.

»Klick, klick, klick«, murmelte Molly im Gleichtakt mit dem Klicken von Jennas hohen Absätzen auf dem Steinfußboden.

91

Auf dem Weg nach Greenwich beschloß Philip, Molly seinen Besuch anzukündigen. Also wählte er ihre Nummer und wartete darauf, daß sie oder Jenna an den Apparat ging.

Besorgt hörte er zu, wie es zehnmal läutete. Entweder schlief Molly tief und fest, oder sie hatte das Telefon abgestellt.

Doch das ist ziemlich unwahrscheinlich, überlegte Philip weiter. Erstens haben nur wenige Leute ihre Nummer, und zweitens will sie bestimmt für uns erreichbar sein.

Er erinnerte sich, daß sie bei dem Telefonat am Nachmittag so apathisch und deprimiert geklungen hatte. Vielleicht schlief sie ja wirklich schon. Dann aber fiel ihm ein, daß Jenna ja bei ihr war. Er bog in Mollys Straße ab.

Möglicherweise war Jenna bereits wieder fort. Er sah auf die Uhr am Armaturenbrett: zehn. So früh ist es nun auch nicht mehr, dachte er. Kann sein, daß sie sich endlich einmal richtig ausschläft. Er fragte sich, ob er besser nach Hause fahren sollte.

Nein, er wollte Molly unbedingt von der Aussage der Hilmers erzählen, und wenn er sie dazu wecken mußte. Ganz sicher würde diese Nachricht sie unglaublich erleichtern. Also brauchte er kein schlechtes Gewissen zu haben, wenn er sie deswegen störte.

Als er sich Mollys Haus näherte, wurde er von einem Streifenwagen mit eingeschaltetem Blaulicht überholt, und bemerkte zu seinem Entsetzen, daß das Auto vor Mollys Haus hielt.

92

Jenna kehrte mit einem frischen Glas Wein für Molly ins Arbeitszimmer zurück. »Was hast du denn jetzt vor?« wollte sie wissen.

Molly hatte sämtliche Fotos, die sie am Vortag durchgesehen hatten, auf dem Sofa ausgebreitet.

»Eine Reise in die Vergangenheit«, antwortete sie mit schleppender Stimme. Sie nahm ihr Glas und erhob es spöttisch. »Schau dir uns vier nur mal an«, meinte sie und warf eines der Fotos auf den Couchtisch. »Wie glücklich wir damals waren … oder wenigstens glaubte ich das.«

Jenna lächelte. »Wir waren glücklich, Molly. Wir vier hatten eine Menge Spaß. Schade, daß es nicht von Dauer war.«

»Hmmm.« Molly trank einen Schluck Wein und gähnte. »Mir fallen die Augen zu. Tut mir leid.«

»Das beste ist, du trinkst jetzt deinen Wein und schläfst dich dann mal so richtig aus.«

»Wir vier«, murmelte Molly benommen. »Mit dir bin ich gerne zusammen, Jenna, aber nicht mit Cal.«

»Du magst Cal wohl nicht, Molly.«

»Du kannst ihn auch nicht ausstehen, Jenna. Ich denke sogar, du haßt ihn. Deshalb haben du und Gary …«

Molly spürte, wie ihr das Glas aus der Hand genommen wurde. Dann legte Jenna den Arm um sie und hielt ihr das Glas an die Lippen. »Trink, Molly, trink einfach weiter«, flüsterte Jenna beruhigend.

93

Da steht Jennas Auto«, sagte Fran Simmons zu Staatsanwalt Jacobs, als sie in Mollys Auffahrt einbogen. »Wir müssen uns beeilen. Sie ist da drin bei Molly!«

Jacobs hatte Fran und die beiden Polizisten begleitet. Fran riß die Autotür auf, bevor der Wagen noch richtig stand. Als sie heraussprang, sah sie ein weiteres Fahrzeug heranrasen.

Ohne sich um den pochenden Schmerz in ihrem Knöchel zu kümmern, rannte Fran die Vortreppe hinauf und läutete.

»Fran, was ist los?«

Fran drehte sich um und erkannte Philip Matthews, der auf sie zugelaufen kam. Ob er auch Angst um Molly hat? fragte sie sich.

Sie hörte, wie die Glocke im Haus widerhallte.

»Fran, ist Molly etwas passiert?« Philip stand nun neben ihr. Die beiden Polizisten waren ihm gefolgt.

»Philip, es ist Jenna! Sie hat es getan! Es muß einfach so sein. Sie war im Haus, als Gary Lasch ermordet wurde, und sie kann es sich nicht leisten, daß Molly ihr Gedächtnis wiederfindet. Hundertprozentig weiß sie, daß Molly sie in jener Nacht durchs Haus hat gehen hören. Sie wird ihr etwas antun. Wir müssen sie aufhalten! Ich bin sicher, daß ich recht habe.«

»Brechen Sie die Tür auf«, befahl Jacobs den Polizisten.

Da die Tür aus massivem Mahagoni war, verging eine kostbare Minute, bis sie endlich unter den Stößen des Rammbocks nachgab, aus den Angeln brach und krachend zu Boden stürzte.

Als sie durch die Vorhalle stürmten, gellten Jennas verängstigte Hilfeschreie durchs Haus.

Jenna kniete im Arbeitszimmer neben dem Sofa auf dem Boden. Molly war darauf zusammengesackt. Ihr Kopf lag auf einem Foto ihres ermordeten Mannes, und ihre Augen waren starr aufgerissen. Schlaff hing ihre Hand über die Sofakante. Auf dem Teppich befand sich ein umgekipptes Weinglas, dessen Inhalt in den Teppich sickerte.

»Ich wußte nicht, was sie vorhatte«, jammerte Jenna. »Anscheinend hat sie jedesmal, wenn sie aus dem Zimmer ging, Schlaftabletten in ihren Wein getan.« Sie schlang die Arme um Mollys reglosen Körper und wiegte sie schluchzend hin und hier. »Ach, Molly, wach auf, wach auf…«

»Lassen Sie sie sofort los.« Philip Matthews packte Jenna grob und riß sie von Molly weg. Dann zog er die reglose Frau hoch. »Du darfst jetzt nicht sterben!« rief er. »Ich lasse dich nicht sterben.«

Bevor jemand ihm zur Hilfe eilen konnte, hob er Molly hoch und trug sie, gefolgt von Jacobs und einem der Polizisten, ins Gästebad.

Kurz darauf hörte Fran das Duschwasser prasseln. Dann erbrach Molly würgend und keuchend den Wein, den Jenna mit Schlaftabletten versetzt hatte.

Jacobs kam aus dem Bad. »Holen Sie den Sauerstoff aus dem Auto«, wies er den einen Polizisten an. »Und Sie rufen einen Krankenwagen«, befahl er dem anderen.

»Sie wiederholte ständig, daß sie sterben wollte«, sprudelte Jenna hervor. »Dauernd ging sie in die Küche, um ihr Glas nachzufüllen. Sie bildete sich seltsame Dinge ein und sagte, du wärst böse auf sie und wolltest sie umbringen, Fran. Sie ist verrückt. Sie ist nicht mehr bei Verstand.«

»Mollys einzige Verrücktheit war, dir zu vertrauen, Jenna«, entgegnete Fran ruhig.

»Und ich habe dir vertraut.« Gestützt auf Philip und einen Polizisten wankte Molly ins Zimmer. Sie war zwar tropfnaß und noch immer benommen, doch ihr verurteilender Blick und der anklagende Tonfall waren unverkennbar.

»Du hast meinen Mann ermordet«, sagte sie. »Und mich wolltest du auch töten. Du warst es, die ich in jener Nacht gehört habe. Deine Absätze im Flur. Ich hatte die Haustür abgeschlossen und den Riegel heruntergedrückt. Das war das Geräusch – du hast den Riegel wieder hochgeschoben und die Tür aufgemacht.«

»Wally Barry hat dich beobachtet, Jenna«, ergänzte Fran. Eigentlich hat er nur eine Frau gesehen, dachte sie, und dazu nicht einmal ihr Gesicht. Aber vielleicht kauft Jenna mir das ja ab.

»Jenna«, rief Molly. »Du hast mich fünfeinhalb Jahre im Gefängnis schmoren lassen, und zwar wegen eines Verbrechens, das du begangen hast. Und du hättest nichts unternommen, wenn sie mich wieder eingesperrt hätten. Du wolltest, daß ich wegen Mordes an Annamarie verurteilt werde. Warum, Jenna? Sag mir, warum.«

Fast flehend sah Jenna von einem zum anderen. »Du irrst dich, Molly«, begann sie.

Doch dann hielt sie inne. Es hatte keinen Sinn mehr. Sie wußte, daß sie in der Falle saß. Das Spiel war aus.

»Warum, Molly?« meinte sie. »Warum?« Ihre Stimme wurde lauter. »Warum? Warum hatte deine Familie Geld? Warum mußten Gary und ich dich und Cal heiraten? Weil ihr uns etwas bieten konntet. Warum habe ich dir Gary vorgestellt? Warum haben wir soviel zu viert unternommen? Damit Gary und ich so oft wie möglich zusammensein konnten. Ganz zu schweigen von den vielen Malen, die wir uns in diesen Jahren allein getroffen haben.«

»Mrs. Whitehall, Sie haben das Recht zu schweigen«, warf Jacobs ein.

Jenna achtete nicht auf ihn. »Es war Liebe auf den ersten Blick. Und dann hast du mir an jenem Sonntag nachmittag erzählt, daß Gary eine Affäre mit einer Krankenschwester hatte und daß das Mädchen schwanger war.« Sie lachte bitter.

»Jetzt war ich die betrogene Geliebte. Ich kam her, um Gary zur Rede zu stellen. Geparkt habe ich ein Stück die Straße hinauf; du solltest mein Auto nicht bemerken, falls du früher nach Hause kommst. Er ließ mich herein, und wir haben uns gestritten. Er wollte unbedingt, daß ich ging, bevor du zurück warst. Dann setzte er sich an seinen Schreibtisch, wandte mir den Rücken zu und sagte: ›Allmählich glaube ich, daß es doch kein Fehler war, Molly zu heiraten. Wenn sie wütend ist, fährt sie wenigstens nach Cape Cod, anstatt mir eine Szene zu machen. Und jetzt verschwinde und laß mich in Ruhe.‹«

Tonlos fügte sie hinzu: »Dann passierte es. Ich habe es nicht geplant. Ich wollte es nicht tun.«

Die Sirene des ankommenden Krankenwagens durchschnitt das Schweigen, das entstand, als Jennas zitternde Stimme erstarb. »Lassen Sie Molly um Himmels willen nicht in die Lasch-Klinik bringen«, sagte Fran zu Jacobs.

94

»Die Sendung von gestern abend hatte ausgezeichnete Einschaltquoten«, sagte Gus Brandt sechs Wochen später. »Meine Glückwünsche. Es war die beste Folge von *Wahre Verbrechen*, die es je gegeben hat.«

»Sie sollten sich selbst gratulieren, denn Sie haben mich erst auf die Idee gebracht«, erwiderte Fran. »Wenn Sie mich nicht hingeschickt hätten, um über Mollys Entlassung aus dem Gefängnis zu berichten, wäre all das nie geschehen – oder zumindest ohne mich.«

»Mir haben besonders Molly Laschs Schlußworte gefallen, als sie meinte, man müsse an sich selbst glauben und auch dann durchhalten, wenn man denkt, daß alles über einem zusammenbricht. Sie ist Ihnen dankbar, weil Sie sie am Selbstmord gehindert haben.«

»Dafür hätte Jenna sie fast getötet«, entgegnete Fran. »Wenn ihr Plan geklappt hätte, wären wir alle davon ausgegangen, daß Molly sich wirklich das Leben genommen hat. Allerdings hätte ich sicher meine Zweifel gehabt. Ich vermute, Molly hätte die Tabletten wahrscheinlich doch nicht geschluckt.«

»Es wäre ein großer Verlust gewesen – sie ist so eine schöne Frau«, sagte Gus.

Fran lächelte. »Das war sie schon immer – nicht nur äußerlich, sondern auch innerlich. Und das halte ich für viel wichtiger, nicht wahr, Gus?«

Gus Brandt bedachte sie mit einem wohlwollenden Blick. »Richtig«, erwiderte er schmunzelnd. »Apropos wichtig: Ich finde, Sie sollten sich eine kleine Pause gönnen. Nehmen Sie sich einen Tag frei. Paßt Ihnen der Sonntag?«

Fran lachte. »Gibt es eigentlich einen Nobelpreis für Großzügigkeit?«

Auf dem Rückweg in ihr Büro steckte sie die Hände in

die Taschen und senkte den Kopf, was ihre Stiefbrüder immer als ›Frannys Denkerpose‹ bezeichneten.

Seit dem Tag, als ich über Mollys Entlassung aus dem Niantic-Gefängnis berichtet habe, arbeite ich bis zur Erschöpfung, gestand sie sich ein. Jetzt liegt das alles hinter mir. Aber ich lecke noch immer meine Wunden.

Es war eine Menge geschehen. Um einem möglichen Todesurteil zu entgehen, hatte Lou Knox bereitwillig alles preisgegeben, was er über Cal Whitehall und die merkwürdigen Geschehnisse in der Lasch-Klinik wußte. Mit der Pistole, die man bei seiner Verhaftung vor dem Farmhaus in seiner Tasche gefunden hatte, war Dr. Jack Morrow erschossen worden. »Cal sagte, Morrow gehöre zu den Leuten, die ständig Ärger machten«, berichtete er der Polizei. »Er war zu neugierig, was einige Todesfälle in der Klinik anging. Also habe ich mich um ihn gekümmert.«

Die Hilmers hatten Lou eindeutig als den Mann wiedererkannt, der in der Limousine auf dem Parkplatz des Sea Lamp Diner gesessen hatte. Knox erklärte, warum Annamarie hatte sterben müssen. »Sie hätte uns ziemlich was einbrocken können, denn sie hat mitbekommen, wie Lasch und Black darüber sprachen, die herzkranke alte Dame loszuwerden. Außerdem hat sie Black gedeckt, als er die kleine Colbert falsch behandelt hat. Als Cal in Mollys Wandkalender las, daß sie mit Annamarie Scalli in Rowayton verabredet war, hat er kalte Füße bekommen. Er war sicher, daß Annamarie als nächstes die ganze Geschichte brühwarm Fran Simmons erzählen würde. Und ihre Nachforschungen hätten sie sicher zu den Sanitätern geführt, die für ihre Falschaussage, Tasha Colbert habe auf dem Weg ins Krankenhaus einen Herzstillstand erlitten, ordentlich Geld bekommen haben. Und dann hätte ich sie beseitigen müssen. Da war es einfacher, die Scalli umzulegen.«

Wenn man die Menschen zählt, die getötet wurden, weil man sie als Bedrohung empfand, und sie zu denen addiert, die im Namen der Wissenschaft ihr Leben ließen, kann einem ganz schön angst werden, dachte Fran. Und auch das Schicksal meines Vaters ist mit diesen Leuten verknüpft, deren Opfer er war. Natürlich war auch seine Schwäche schuld daran, aber genau genommen hat Whitehall ihn auf dem Gewissen.

Staatsanwalt Jacobs hatte Fran die wertlosen Aktienzertifikate gezeigt, die Lou als Souvenir an das profitable Betrügergeschäft mit ihrem Vater aufbewahrt hatte. »Cal hat Lou Knox beauftragt, Ihrem Vater einen heißen Tip zu geben. Er sollte für vierzigtausend Dollar diese Aktien kaufen«, berichtete Jacobs. »Er war sicher, daß Ihr Vater darauf hereinfallen würde, denn er hat Whitehall wegen seines finanziellen Erfolges förmlich angebetet. Cal Whitehall verließ sich darauf, daß sich ihr Vater das Geld aus dem Bibliotheksfonds ausleihen würde. Schließlich saß er mit Ihrem Vater im Ausschuß und hatte ebenfalls Zugang zum Konto. So wurde dank Cals Machenschaften aus einer Entnahme von vierzigtausend Dollar eine von vierhunderttausend. Und Ihr Vater konnte das Geld weder zurückzahlen, noch beweisen, daß er nicht den gesamten Betrag gestohlen hatte.«

Er hat trotzdem fremdes Geld unterschlagen, auch wenn es nur als Leihgabe gedacht war, dachte Fran. Sicher wäre Vater froh zu wissen, daß Lous zweiter heißer Tip sich als Schuß in den Ofen entpuppt hat.

Fran würde für ihren Sender über die Prozesse gegen Dr. Lowe, Cal Whitehall und Jenna berichten. Interessanterweise wollte Jenna auf Totschlag im Affekt plädieren, die gleiche Anklage, zu der sich Molly damals schuldig bekannt hatte.

Sie alle sind böse Menschen, sagte sich Fran. Aber sie werden für ihre Taten bezahlen und viele Jahre im Gefängnis verbringen. Eine gute Nachricht lautete, daß American National, deren Leiter ein fähiger und integrer Mann war, den Remington-Gesundheitsdienst übernehmen würde. Molly wollte ihr Haus verkaufen, nach New York ziehen und im nächsten Monat eine Stelle bei einer Zeitschrift antreten. Philip liebt sie zwar über alles, überlegte Fran. Aber Molly braucht noch viel Zeit, um das Geschehene zu verarbeiten und ihr Leben zu ordnen, bevor sie sich auf eine neue Beziehung einlassen kann. Doch Philip weiß, daß er Geduld haben muß.

Fran griff nach ihrem Mantel. Ich gehe jetzt nach Hause, beschloß sie. Ich bin erschöpft und muß mich dringend erholen. Vielleicht ist es auch die Frühjahrsmüdigkeit, kam es ihr in den Sinn, als sie die bunten Blumen unten vor dem Rockefeller Center bemerkte.

Sie drehte sich um und sah Tim Mason in der Tür stehen. »Ich beobachte Sie heute schon den ganzen Tag«, meinte er. »Und meine Diagnose lautet, daß Sie ziemlich erledigt sind. Die beste Medizin dagegen ist, daß Sie mich sofort ins Yankee-Stadion begleiten. Das Spiel fängt in einer dreiviertel Stunde an.«

Fran lächelte. »Das hilft großartig gegen Niedergeschlagenheit«, stimmte sie zu und entschloß sich mitzugehen.

Tim hakte sie unter. »Zum Abendessen gibt es Hot dogs und Bier.«

»Nur, wenn Sie mich einladen«, entgegnete Fran. »Denken Sie daran, was Ihre Mutter Ihnen zu diesem Thema gesagt hat.«

»Selbstverständlich. Allerdings würde eine kleine Wette auf das Spielergebnis meine gute Laune noch steigern.«

»Ich setze auf die Yankees. Aber ich gebe Ihnen drei Runden Vorsprung«, sagte Fran.

Sie stiegen in den Aufzug. Die Tür schloß sich hinter ihnen.

Danksagung

Es war einmal‹ ist wohl der beliebteste Anfang für eine Geschichte. Eigentlich handelt es sich um den Aufbruch zu einer Reise. Wir machen uns auf die Suche nach den Menschen, die wir uns in unserer Fantasie vorgestellt haben, befassen uns mit ihren Problemen und erzählen ihr Leben. Und unterwegs haben wir Hilfe bitter nötig.

Mögen die Sterne meinen Lektoren Michael Korda und Chuck Adams günstig stehen, die mich wie immer beraten, ermutigt und mein Werk lektoriert haben. Sie sind die Größten. Tausend Dank, Jungs.

Außerdem haben sich die Chefkorrektorin Gypsy da Silva, die Korrektorinnen Carol Catt und Barbara Raynor und die Assistentinnen Carol Bowie und Rebecca Head wieder einmal selbst übertroffen, mir großzügig ihre Zeit geschenkt und stets ein offenes Ohr für mich gehabt. Gott segne euch und vielen Dank.

Weiterhin danke ich meiner PR-Beauftragten Lisl Cade, die meine treue Freundin, Unterstützerin und Gesprächspartnerin ist.

Ich danke auch vielmals meinen Agenten Gene Winick und Sam Pinkus für ihre wertvollen und aufmunternden Ratschläge.

Darüber hinaus schulde ich auch den Freunden Dank, die so nett waren, ihr medizinisches, juristisches und technisches Fachwissen mit mir zu teilen: dem Psychiater Dr. Richard Roukema, der Psychologin Dr. Ina Winick, dem plastischen Chirurgen Dr. Bennett Rothenberg, dem Strafverteidiger Mickey Sherman, den Autorinnen Lindy Washburn und Judith Kelman und der Produzentin Leigh Ann Winick.

Merci und grazie an meine Familie, ohne die meine Arbeit gar nicht denkbar wäre: den Clarks, Marilyn, Warren und Sharon, David, Carol und Pat; den Conheeneys, John und Debby, Barbara, Trish, Nancy und David. Und ich ziehe den Hut vor meinen Freundinnen, die mein Manuskript während der Entstehungsphase gelesen haben: Agnes Newton, Irene Clark und Nadine Petry.

Und natürlich gilt mein ganz besonderer Dank zu guter Letzt ›IHM‹, meinem Mann John Conheeney, der Geduld, Mitgefühl und Humor in Person ist.

Abschließend möchte ich wieder einmal voller Freude meinen Mönch aus dem fünfzehnten Jahrhundert zitieren: ›Das Buch ist fertig. Laßt den Schriftsteller spielen.‹